ДАНИЭЛА СТИЛ

САМАНТА

ИЗДАТЕЛЬСТВО
МОСКВА
2001

ББК 84 (7США)
С80

Danielle Steel
PALOMINO
1981

Перевод с английского

Серийное оформление А.А. Кудрявцева

Печатается с разрешения автора и его литературных агентов
Morton L.Janklow Associates и «Права и переводы».

Исключительные права на публикацию книги
на русском языке принадлежат издательству АСТ.
Любое использование материала данной книги,
полностью или частично, без разрешения
правообладателя запрещается.

Стил Д.

С80   Саманта: Роман / Пер. с англ. — М.: ООО «Издательство
АСТ», 2001. — 384 с.

ISBN 5-17-005264-2

Саманта и Джон Тейлоры прожили долгие годы в счастливом браке.
Однако Джона всегда раздражала умная, красивая, преуспевающая жена.
Он сам хотел быть лидером и нашел себе женщину под стать. Подруга
Саманты решила, что ей необходимо сменить обстановку, и увезла ее на
ранчо. С этого момента у Саманты начинается новая жизнь. Лошади,
ковбои, природа, открытые и чистые чувства. Она встречает любовь...
Любовь-мечту, любовь-иллюзию...

Тадеушу с любовью

Скакать по холмам
на прекрасном коне,
мечтать о любви,
любоваться закатом—
вот жизненный смысл...
А если удастся
любовь обрести,
то это блаженство
почти неземное.

Глава 1

Поднимаясь на порог своего дома на Восточной 63-й улице, Саманта прищурилась от резкого порыва ветра с дождем, который прямо на лету превращался в снег. Ветер и дождь хлестали ее по щекам, лицо горело от обжигающих прикосновений, глаза слезились. Саманта тихонько сопела, как бы понукая себя, принуждая идти дальше, а когда остановилась перед дверью, то у нее перехватило дыхание: ключ упорно не желал поворачиваться в замке. Наконец дверь поддалась, и Саманта буквально ввалилась в теплый вестибюль. Она долго стояла там, стряхивая капли дождя со своих длинных пепельно-золотистых волос. Такой цвет встречается редко: казалось, серебряные нити перекрутились вместе с золотой канителью. В детстве Саманту звали «Одуванчиком». Боже, как она ненавидела это прозвище! Но, повзрослев, оценила свои волосы по достоинству. И теперь, к тридцати годам, Саманта даже гордилась своими волосами, поэтому, когда Джон сказал ей, что она похожа на сказочную принцессу, она лукаво рассмеялась и в ее голубых глазах заплясали задорные огоньки. Тонкие линии красивого лица Саманты изящными чертами контрастировали с полной грудью и мягкими округлостями бедер.

Саманта была женщиной тысячи контрастов: огромные искрометные глаза, такие проницательные, подмечающие все вокруг, крупный чувственный рот, узкие плечи, пышный бюст и длинные грациозные руки. Она очень точно подбирала слова, но говорила всегда мягким, тихим голосом. Тейлор почему-то часто представлял себе Саманту медлительной южанкой, томно развалившейся в шезлонге, в пеньюаре, отделанном перьями марабу. Однако она обожала джинсы и ходила вовсе не томно, а энергично, размашисто. Вообще жизнь, энергия били в ней ключом... но не сегодня вечером и не в предыдущие сто вечеров.

Какое-то время — Саманте показалось, что это длилось несколько часов, — она молча смотрела на Джона. Не может быть, чтобы он говорил серьезно! Нет, он, наверное, шутит... Но Джон не шутил. Самое ужасное было, что он не шутил! Джон говорил абсолютно серьезно. Саманта поняла это по выражению муки на его лице. Она медленно шагнула к мужу, но он покачал головой и отвернулся.

— Не надо... пожалуйста, не надо! — Его плечи дрогнули, и впервые с той минуты, как он завел этот разговор, Саманта прониклась к нему жалостью... Жалость была пронзительной, словно боль... Но с какой стати его жалеть? Почему? Как она может испытывать жалость к *нему* после того, как он сказал *такое*?

— Ты ее любишь?

Плечи, которыми она всегда любовалась, опять дрогнули. Джон ничего не ответил. Однако с каждым шагом Саманты по направлению к мужу жалость все больше отступала на задний план. Вместо нее в душе закипал гнев.

— Отвечай же, черт побери!

Она изо всей силы дернула его за руку, он обернулся и посмотрел ей в глаза.

— Наверное, да... Не знаю, Сэм. Я знаю только одно: мне надо на время уйти отсюда, чтобы я мог во всем разобраться.

Саманта отшатнулась и пошла в дальний конец комнаты, остановившись у самого края изысканного французского ковра. Вытканные цветы, по которым ступали ее босые ноги, казались настоящими. Там были крошечные фиалки, и маленькие грязновато-красные розы, и множество более мелких цветочков, которые можно было рассмотреть, только нагнувшись. Ковер производил впечатление картины, нарисованной пастелью и выдержанной в теплых розовато-красноватых и лиловатых тонах; он служил как бы цветовым мостиком, соединявшим нежно-розовые, малиновые и глубокие грязно-зеленые тона мебельной обивки в большой гостиной, стены которой были обшиты деревянными досками. Верхний этаж этого старинного дома находился в их распоряжении, и Саманта целых два года любовно обставляла квартиру прекрасной мебелью эпохи короля Людовика XV, которую они с Джоном вместе покупали в антикварных лавках и на аукционах Сотби. Все эти вещи были французскими, в вазах постоянно стояли свежие цветы, картины Саманта выбирала исключительно кисти импрессионистов, и квартира производила впечатление элегантного европейского жилища. В то же время в ней, как считала Сэм, было уютно.

Однако сейчас, когда Саманта стояла, повернувшись спиной к мужу, и с горечью думала, смогут ли они когда-нибудь стать такими же, как прежде, ей было не до красот интерьера. Ей казалось, что Джон внезапно умер... или все вдруг разбилось вдребезги и склеить обломки уже не удастся... И все это — из-за нескольких точно подобранных слов!

— Почему ты мне раньше не сказал? — Она повернулась к Джону и с укоризной взглянула на него.

— Я... — начал было Джон, но продолжить не смог.

Он ничего не мог сказать, чтобы исправить положение и причинить как можно меньше боли женщине, которую он когда-то сильно любил. Но семь лет — большой срок. За это время они могли бы сродниться навсегда, однако этого произошло, и год назад, когда по телевизору широко освещалась предвыборная кампания, он... оступился. Сначала, когда они вернулись из Вашингтона, он искренне хотел покончить с этой историей! Честное слово, хотел! Но Лиз не отпустила его, и все продолжалось и здесь, в Нью-Йорке. Тянулось-тянулось и дотянулось до того, что теперь она заставила его таки плясать под свою дудку! Самым ужасным было то, что Лиз забеременела и не желала избавляться от ребенка.

— Я не знал, как сказать тебе это, Сэм, — пробормотал Джон. — Не знал... я думал...

— Плевать мне на то, что ты думал! — Она кричала на человека, которого знала и любила уже одиннадцать лет.

Они стали любовниками, когда ей было девятнадцать. Он был ее первым мужчиной, это случилось во время их учебы в Йельском университете. Джон был таким рослым, таким красивым блондином... звезда футбола, университетская знаменитость, баловень публики. Его все любили, в том числе и Сэм, она боготворила Джона с первого дня их встречи.

— А ты знаешь, что думала я, сукин ты сын? — закричала Саманта.— Я думала, ты мне верен, вот что! Я думала, что небезразлична тебе... А еще... — ее голос впервые дрогнул с тех пор, как Джон произнес роковые слова, — еще я думала, что ты меня любишь.

— Я тебя действительно люблю. — По щекам Джона медленно заструились слезы.

— Ах вот как? — Саманта уже плакала не таясь; ей казалось, будто Джон вырвал у нее сердце из груди и швырнул его на пол. — Но тогда почему ты уходишь? Зачем ведешь себя как сумасшедший? Черт возьми, зачем ты сказал, когда я спросила, как у тебя дела: «У меня роман с Лиз Джонс, и я от тебя ухожу»?! — Саманта сделала несколько шагов по направлению к мужу, и в ее голосе зазвучали истеричные нотки. — Ты можешь мне это объяснить? Кстати, давно ты с ней связался? Будь ты проклят, Джон Тейлор... Будь проклят...

Саманта не сдержалась и бросилась на Джона с кулаками, вцепилась ему в волосы, попыталась расцарапать лицо, но Джон легко справился с женой, завел ей руки за спину и повалил на пол, а потом сгреб в охапку и принялся укачивать, утешая как ребенка.

— Мне так жалко, малыш...

— Жалко? — то ли усмехнулась, то ли всхлипнула Саманта, высвобождаясь из его объятий. — Ты меня бросаешь и при этом говоришь, что тебе жалко? О Господи! — Саманта глубоко вздохнула и оттолкнула руки Джона. — Отпусти меня, черт побери!

Во взгляде Саманты сквозила жгучая боль, и Джон, увидев, что она немного успокоилась, не стал ее удерживать. Саманта все еще не могла отдышаться после недавней вспышки гнева, но бросаться на мужа больше не стала, а медленно подошла к темно-зеленой кушетке и села на нее. Саманта вдруг как-то съежилась и казалась совсем юной... густые волосы свесились вниз, когда она уткнулась лицом в ладони... Когда Сэм наконец подняла голову, в ее глазах стояли слезы.

— Ты ее действительно любишь?

В это невозможно было поверить!

— Наверное, да, — медленно выговорил он.— Самое ужасное то, что я люблю вас обеих.

— Но почему? — Саманта глядела в пространство, почти ничего не замечая и совсем ничего не понимая. — Что мы с тобой сделали не так?

Джон сел на диван. Придется ей все-таки рассказать. Она должна знать. Зря он так долго скрывал от нее правду.

— Это началось в прошлом году, во время предвыборной кампании.

— И уже тянется столько времени? — Саманта широко раскрыла глаза, смахивая новые слезинки. — Целых десять месяцев, а я ничего не знала?

Джон кивнул, не произнося ни слова.

— Боже мой... — Саманта помолчала, потом с подозрением поглядела на мужа. — Но тогда почему ты признался сейчас? Почему тебе приспичило сказать мне об этом именно сегодня? Почему ты с ней не расстался? Не попытался сохранить семью? Ведь мы живем вместе уже восьмой год! Какого черта ты говоришь: «У меня роман, я ухожу»? Так-то ты ко всему относишься, да? — Она снова сорвалась на крик.

Джон Тейлор ненавидел сцены, было ужасно, что приходится так поступать с Самантой, однако он понимал, что ничего не поделаешь. Ему придется уйти. У Лиз было то, чего ему так отчаянно хотелось, она обладала нужными ему качествами, именно такая женщина была ему необходима. Джон считал, что Саманта в чем-то похожа на него: они оба слишком открыты, порывисты и красивы. Ему нравились в Лиз рассудочность и обыкновенность, нравилось то, что у нее не такой блестящий ум, как у Саманты, нравились ее спокойствие и готовность оставаться на заднем плане, в тени, помогая ему достичь вершин славы. Лиз служила для него отличным фоном, и поэтому они так прекрасно сработались. Когда они выступали по телевидению в программе новостей, то Джон был бесспорной звездой, и Лиз всячески способствовала этому. Джону это нравилось. Лиз была гораздо спокойнее Саманты, да, конечно, она была не такой яркой и куда менее волнующей, но... В конце концов Джон пришел к выводу, что ему именно такая женщина и нужна! Рядом с ней он не нервничал, ему не надо было с ней состязаться. Он и так чувствовал себя лидером.

А теперь все еще больше усложнилось. Лиз забеременела, и Джон знал, что это его ребенок. А ребенка ему хотелось страстно. Джон мечтал о сыне, с которым можно будет играть, которого он будет любить, научит играть в футбол... Он всегда хотел детей, а Саманта не могла ему этого дать. Врачи три года пытались определить, в чем же все-таки причина, а затем уверенно заявили, что Саманта бесплодна. У нее не будет детей.

— Почему именно сейчас, Джон? — Голос Саманты вернул Джона в реальность.

Джон покачал головой.

— Какая разница? Это не имеет значения. Все равно мне пришлось бы так поступить. Я должен был тебе признаться. А подобные признания всегда бывают некстати.

— Ты и правда хочешь, чтобы все это закончилось?

Саманта вела себя настырно и прекрасно это осознавала, но была не в силах сдержаться: она чувствовала, что должна расспросить его, ведь случившееся не укладывалось у нее в голове. Почему именно сегодня, в этот изматывающе знойный день, муж, вернувшись домой с телевидения, где он выступал с ежевечерним выпуском новостей, вдруг заявил, что он уходит от нее к другой?

— Может, ты больше не будешь с ней встречаться, Джон?

Он покачал головой:

— Нет, Сэм, я не могу.

— Но почему? — Голос Саманты по-детски сорвался, и к глазам снова подступили слезы. — Что в ней такого особенного? Она же обыкновенная, скучная... ты всегда говорил, что она тебе не нравится... и что тебе противно с ней работать, и... — Саманта не могла больше продолжать.

Джон смотрел на нее и почти физически ощущал ее боль, словно его самого сейчас терзали.

— Я должен уйти, Сэм.

— Почему? — Увидев, что он направляется в спальню, намереваясь собрать вещи, Саманта совсем обезумела.

— Потому что должен, вот и все. Понимаешь, мне лучше сразу уйти, не мучить тебя.

— Пожалуйста, останься... — Страх, словно грозный хищник, закрался в ее душу. — Все уладится, мы с тобой договоримся... по-честному... пожалуйста... Джон...

По лицу Саманты струились слезы, и Джон, продолжавший укладывать свои пожитки, вдруг посуровел и стал держаться отчужденно. Казалось, он торопится уйти, пока силы его не покинули.

А потом он неожиданно обрушился на Саманту:

— Да прекрати же, черт побери! Прекрати! Саманта, пожалуйста...

— Что «пожалуйста»? Пожалуйста, не плачь, хотя от тебя уходит муж, с которым ты прожила семь лет... а если вспомнить наш роман в Йельском университете, когда мы еще не были женаты, то и все одиннадцать?! Или, пожалуйста, не заставляй меня мучиться угрызениями совести, хотя я бросаю тебя ради какой-то шлюхи? Ты это хочешь сказать, Джон? Хочешь, чтобы я пожелала тебе счастья и помогла собрать вещи? Боже, да ты всю мою жизнь разрушил! Чего тебе еще от меня надо? Понимания? Ну так ты этого не дождешься! Ты ничего не дождешься от меня, кроме слез. А если нужно, я тебя буду умолять... Да-да, умолять, слышишь?..

С этими словами Саманта рухнула в кресло и снова разразилась рыданиями. Джон решительно захлопнул чемодан, в который наспех побросал полдюжины рубашек, пару трусов, две пары обуви и летний костюм. Вещи торчали из щелей, в руке Джон держал несколько галстуков. У него голова шла кругом. Он даже рассуждать здраво не мог, не то чтобы как следует уложить свое барахло!

— Я вернусь в понедельник, когда ты будешь на работе.

— Я не пойду на работу.

— Почему?

Саманта подняла на Джона глаза, увидела, какой он взъерошенный, с блуждающим взглядом, и тихонько рассмеялась сквозь слезы.

— Потому что от меня только что ушел муж, тупица, и я вряд ли найду в себе силы выйти в понедельник на работу. А ты что, возражаешь?

Джон даже не улыбнулся, выражение его лица нисколько не смягчилось. Он лишь виновато посмотрел на Саманту, кивнул и торопливо шагнул через порог. По дороге Джон выронил два галстука. Когда он ушел, Саманта подняла их и долго сжимала в руке, упав с рыданиями на диван.

С того августовского вечера она часто рыдала, повалившись на диван, однако Джон так и не вернулся. В октябре он устроил себе небольшие каникулы, уехал в Доминиканскую Республику, получил развод и через пять дней женился на Лиз. Теперь-то Саманте уже давно было известно, что Лиз беременна, но, когда она впервые услышала это известие, оно было для нее как острый нож в сердце. Однажды вечером Лиз объявила по телевизору на всю страну о том, что ждет ребенка, и Сэм была совершенно потрясена и шокирована. Так вот почему Джон ее оставил! Из-за ребенка... из-за младенца... из-за сына, которого она, Сэм, ему подарить не могла. Однако потом, постепенно Саманта поняла не только это.

В их отношениях было много такого, чего Саманта не замечала, не желала замечать, поскольку очень сильно любила Джона. Он с ней внутренне соперничал, болезненно реагировал на профессиональные успехи Сэм. Хотя Джон был одним из самых популярных телекомментаторов в стране, и всюду, где бы он ни появился, за ним ходили толпы людей, умоляя дать им автограф, Джона, похоже, никогда не покидало чувство, что его успех эфемерен и в любой момент все это может кончиться. Он боялся, что его заменят кем-нибудь другим, что колебания рейтинга способны круто изменить его жизнь. У Сэм все было иначе. Она работала заместителем директора второго по величине рекламного агентства Америки; нельзя сказать, что Саманта чувствовала себя так уж уверенно, однако ее положение было более прочным, чем положение Джона. Профессия Саманты не гарантировала надежного заработка, и все же за ее плечами было столько успешно проведенных рекламных кампаний, что ветер перемен страшил ее гораздо меньше, чем Джона. Этой осенью, сидя дома в одиночестве, Саманта припоминала обрывки разговоров, припоминала то, что когда-то говорил ей Джон...

«О Господи, Сэм, да ты в тридцать лет достигла таких высот! Черт возьми, у тебя с премиями выходит больше денег, чем у меня!»

Теперь Саманта понимала, что Джона уязвляло еще и это. Но что ей нужно было сделать? Уйти с работы? Но почему? А чем ей заниматься в такой ситуации? Детей у них не было, а усыновить кого-нибудь Джон отказывался наотрез.

«Это совсем не то, что собственный ребенок».

«Но он же станет твоим! Послушай, мы могли бы усыновить новорожденного, мы с тобой еще молоды и можем взять самого лучшего малыша. А дети так много значат для семьи, любимый, подумай об этом...»

Во время таких обсуждений ее глаза всегда сияли, а его блестели как лед и он отрицательно качал головой. На все ее уговоры усыновить ребенка Джон неизменно отвечал отказом. Что ж, теперь ему не о чем беспокоиться. Через три месяца, так, кажется, он сказал, у него родится первенец. Его собственный ребенок. При мысли об этом Саманта вздрагивала будто от удара.

Она постаралась не думать на эту тему, поднявшись на верхний этаж и отперев дверь своей квартиры. В последнее время здесь стоял затхлый запах. Окна были постоянно закрыты, в комнатах царила жара, растения в горшках засыхали, а Саманта даже не пыталась их спасти. И выбрасывать не выбрасывала. Все, все здесь было пронизано нелюбовью, квартира приобрела нежилой вид, словно сюда заходили только переодеться — и больше ничем тут не занимались. И так оно и было. Саманта с сентября перестала себе готовить, она лишь делала себе кофе. Завтраком Саманта пренебрегала, обедала обычно вместе с клиентами или с другими служащими компании «Крейн, Харпер и Лауб», а про ужин, как правило, забывала. Если же ее вдруг одолевал голод, то она по дороге домой покупала сандвич и ела его прямо из вощеной бумаги, положив на колени и уставившись в телевизор, по которому показывали новости. Саманта с лета не доставала из буфета тарелок, и ее это нисколько не волновало. В последние месяцы она вообще не жила, а существовала, и порой ей казалось, что так будет продолжаться вечно. Мысли Саманты были только о том, что произошло: она вспоминала, как Джон сказал ей, что он уходит, думала, почему он ушел, и страдала из-за того, что он больше не принадлежит ей. Боль сменилась яростью, за яростью пришла тоска, за ней — снова негодование, и наконец к Дню благодарения Саманту настолько истерзали противоречивые чувства, что душа ее онемела. Саманта чуть было не завалила самую крупную рекламную кампанию, порученную ей за все время работы в агентстве, а за две недели до этого она зашла в кабинет, закрылась на ключ и упала ничком на диван. На мгновение ей показалось, что она сейчас забьется в истерике или потеряет сознание, а может... может, кинется к первому попавшемуся человеку и начнет плакаться в жилетку. Ведь она никому, абсолютно никому не нужна, никого у нее нет! Отец Саманты умер, когда она еще училась в колледже, мать жила в Атланте с мужчиной, которого она считала очаровательным (с чем Сэм, правда, не соглашалась). Он работал врачом и был жутко напыщенным и жутко самодовольным типом. Но ничего, мама счастлива — и ладно!.. Все равно Саманта не была настолько близка со своей матерью, чтобы обратиться к ней в трудную минуту. Она даже о своем разводе сказала ей только в ноябре, когда мать позвонила Сэм по телефону и застала ее в слезах. Мать поговорила с Самантой ласково, но отношения их не стали от этого теплее. Слишком поздно... Теперь Саманте нужна была не мать, а муж, человек, с которым она в последние одиннадцать лет лежала по ночам рядом, делила радость... человек, которого она любила и знала лучше, чем свое собственное тело... человек, рядом с которым она по утрам чувствовала себя счастливой, а по ночам — спокойной. И вот его с ней нет... При мысли об этом к глазам Саманты всегда подступали слезы и она впадала в отчаяние.

Но сегодня вечером усталая и замерзшая Саманта впервые почувствовала, что ей все равно. Она сняла пальто и повесила его в ванную сушиться, стянула с ног сапоги и провела щеткой по золотисто-серебряным волосам. Машинально посмотрелась в зеркало, толком не разглядев своего лица. С недавних пор она ничего не видела, глядя на себя в зеркало... ничего, кроме обтянутого кожей овала, двух тусклых глаз и копны длинных белокурых волос. Саманта принялась раздеваться и наконец скинула черную шерстяную юбку и черно-белую шелковую блузку, в которых она была сегодня на работе. Сапоги, что Саманта сняла и бросила на пол, были куплены в парижском магазине

«Селин», а шейный платок с черно-белым геометрическим рисунком — в «Гермесе». В ушах болтались массивные жемчужно-ониксовые серьги, волосы Саманта собрала в строгий пучок на затылке. Промокшее пальто, повешенное в ванной, было ярко-оранжевого цвета. Саманта Тейлор, даже убитая горем, была поразительно красивой женщиной или, как называл ее творческий директор агентства, «сногсшибательной красоткой». Она повернула кран, и в глубокую зеленую ванну хлынула горячая вода. Когда-то в ванной стояло столько горшков с комнатными растениями, все пестрело цветами... Летом Саманте нравилось держать здесь анютины глазки, фиалки и герань. На моющихся обоях были нарисованы крошечные фиалочки, а французская сантехника изумляла своим изумрудно-зеленым цветом. Однако теперь вся эта красота потускнела. Как и убранство комнат. Домработница, приходившая к Саманте три раза в неделю, старалась поддерживать в квартире чистоту, но не могла вдохнуть в ее жилище любовь. Увы, любовь покинула этот дом, как она покинула саму Саманту, а вещи в квартире приобретают лоск только тогда, когда их касаются теплые, заботливые руки, когда на всех предметах лежит налет любви, которую женщины способны проявлять во множестве разных мелочей.

Наполнив ванну горячей водой, от которой шел пар, Саманта медленно залезла в нее, легла и закрыла глаза. На миг ей показалось, будто она плавает в пустоте, где нет ни прошлого, ни будущего, ни страхов, ни забот... Но затем настоящее понемногу вновь овладело ее мыслями. Работа, которой она была сейчас занята, безумно ее тяготила. Агентство лет десять мечтало заняться рекламой автомобилей, и вот теперь Саманте предстояло разработать эту тему. Она выступила с целой серией предложений, сказала, что можно оттолкнуться от изображения лошадей, снимать рекламные ролики за городом или на ранчо и привлечь к съемкам сельских жителей, это привнесет в рекламу свежую струю. Но сердце ее осталось равнодушным, и, понимая правду, Саманта спросила себя, как долго это может

16

продолжаться. Сколько еще времени у нее будет ощущение какой-то внутренней поломки, нехватки чего-то важного... будто мотор работает, но машина никак не может переключиться с первой передачи на вторую? Она чувствовала страшную тяжесть, еле ползала, словно ее волосы, руки и ноги были налиты свинцом. Наконец Саманта вылезла из ванны, небрежно завязала длинные серебристые волосы узлом на затылке, аккуратно завернулась в большое сиреневое полотенце и, шлепая по полу босыми ногами, пошла в свою комнату. Ее спальня тоже производила впечатление сада: просторная старомодная кровать скрывалась за вышитым пологом, а на покрывале желтели вытканные цветы. Вся комната была нарядной, желтенькой, все драпировки украшены оборочками. Когда Саманта обставляла квартиру, эта спальня пользовалась ее особой любовью, но теперь, лежа в ней ночь за ночью одна, Сэм ее возненавидела.

Нельзя сказать, что никто из мужчин не пытался за ней приударить. Кое-кто пытался, но Саманта оставалась безучастной, чувство онемелости никак не покидало ее. Никто ей был не нужен, все безразличны. Казалось, доступ к ее сердцу перекрыт навсегда. Присев на краешек кровати, Саманта тихонько зевнула, вспомнила, что за весь день съела только сандвич с яйцом и зеленым салатом, а завтрак и ужин пропустила... и вдруг подпрыгнула от неожиданности, услышав, что кто-то позвонил во входную дверь внизу. Сперва Саманта решила не открывать, но, услышав второй звонок, отбросила полотенце и, поспешно схватив бледно-голубой стеганый атласный халат, побежала к домофону.

— Кто там?

— Джек Потрошитель. Можно войти?

На какую-то долю секунды голос показался Саманте незнакомым — в переговорном устройстве раздавались помехи, искажавшие его звучание, — но внезапно она рассмеялась и стала похожа на себя прежнюю. Глаза вспыхнули, после принятой горячей ванны на щеках все еще играл здоровый румянец. Так молодо она давно не выглядела.

— Что ты там делаешь, Чарли? — крикнула Саманта в домофон, висевший на стене.

— Отмораживаю себе задницу. Так ты меня впустишь или нет?

Саманта снова рассмеялась и поспешила нажать кнопку. В следующее мгновение на лестнице раздались шаги. Появившийся на пороге Чарльз Петерсон напоминал скорее лесоруба, нежели художественного руководителя агентства «Крейн, Харпер и Лауб». Да и тридцати семи лет на вид ему никак нельзя было дать, он выглядел года на двадцать два. У Чарльза были смеющиеся карие глаза, круглое мальчишеское лицо, всклокоченные темные волосы и густая борода, в которой сейчас блестели капли дождя.

— У тебя есть полотенце? — спросил он, запыхавшись не столько от быстрого подъема по лестнице, сколько от холода и дождя.

Саманта торопливо принесла ему толстое лиловое полотенце из ванной. Он снял плащ и вытер лицо и бороду. На голове Чарльза была большая кожаная ковбойская шляпа, с которой стекали на французский ковер ручейки воды.

— Ты опять решил сделать лужу на моем ковре, Чарли?

— Ну если уж на то пошло... Ты меня угостишь кофе?

— Конечно!

Сэм подозрительно покосилась на Чарльза. Уж не случилось ли чего плохого? За время их знакомства он пару раз заходил к ней домой, но лишь по какому-нибудь важному делу.

— Ты хотел мне что-то сказать по поводу новой рекламы? — Саманта озабоченно выглянула из кухни, но Чарльз ухмыльнулся и, покачав головой, подошел к ней.

— Нет. С этим все в порядке. Ты уже целую неделю идешь по верному следу. Реклама получится потрясающей, Сэм.

Саманта ласково улыбнулась ему и принялась варить кофе.

— Я тоже так думаю.

Они обменялись теплыми улыбками. Сэм и Чарльз дружили вот уже пять лет; они провели бесчисленное множество рекламных кампаний, завоевывали призы, подшучивали друг над другом и засиживались на работе до четырех часов утра, готовясь на следующий день представить работу заказчику. Сэм и Чарльз считались подчиненными Харви Максвелла, номинального художественного руководителя фирмы. На самом деле Харви давно устранился от дел. Он переманил Чарльза к себе из одного агентства, а Саманту — из другого. Найдя себе замену, Харви познакомил их с хорошими людьми. Поставив во главе творческой группы Чарли и Саманту, Харви с радостью отошел в тень и наблюдал за работой издали. Через год он должен был уйти на пенсию, и все вокруг, включая и саму Саманту, не сомневались, что она займет его место. Что ж, стать творческим директором в тридцать один год вовсе не плохо!

— Так что у нас новенького, дружок? Я тебя с утра не видела. Что там с рекламой Вертсмейера?

— Да ничего, — отмахнулся Чарли.— Что можно сделать для владельца крупнейшего универмага Сент-Луиса, если у него полно денег, но совершенно нет вкуса?

— А если разработать тему лебедя? Помнишь, мы говорили об этом на прошлой неделе?

— Нет, они приняли эту идею в штыки. Им нужно что-нибудь эдакое. А в лебедях ничего особенного нет.

Сэм присела к большому разделочному столу, а долговязый Чарльз уселся напротив нее на стул. Саманта никогда не испытывала влечения к Чарли Петерсону, хотя за прошедшие годы они работали вместе, и ездили в командировки, и спали рядом в самолетах, и часами болтали. Он был ей братом, задушевным другом, товарищем. У Чарли была жена, которую Саманта очень любила. Мелинда идеально подходила ему. Она завесила стены их большой гостеприимной квартиры на Восточной 81-й улице коврами и поставила в комнатах плетеные корзинки. Мягкая мебель была обтянута тканью темно-бордового цвета, и повсюду, куда ни брось взгляд, стояли прелестные вещицы, скромные сокровища Мелинды, которые она сама находила и приносила домой. Чего тут только не было —

от экзотических морских раковин, которые они с Чарльзом вместе собирали на Таити, до идеально гладкого шарика, позаимствованного Мелиндой у сыновей. Сыновей у Мелинды и Чарльза было трое, и все они пошли в отца. Еще в хозяйстве имелся громадный невоспитанный пес по кличке Дикарь и большой желтый джип, на котором Чарли ездил вот уже десять лет подряд. Мелинда тоже занималась искусством, но на службу не ходила, деловому миру не удалось совратить ее. Она работала в мастерской и за последние годы дважды устраивала выставки, которые прошли с успехом. Мелинда во многом отличалась от Саманты, и все же в них было и нечто общее: под внешней бравадой скрывалось мягкое обаяние, которое так нравилось Чарли. По-своему он тоже любил Саманту, и его до глубины души возмутило, что Джон так поступил с ней. Вообще-то Чарльз всегда недолюбливал Джона, считая его эгоцентричным болваном. Поспешный разрыв Джона с Самантой и его женитьба на Лиз Джонс лишний раз доказывали правоту Чарльза, во всяком случае, он воспринял это именно так. Мелинда пыталась понять обе стороны, но Чарли даже слышать о Джоне не желал. Он слишком волновался за Сэм. За последние четыре месяца она совсем расклеилась, это было очевидно. Работа шла вкривь и вкось. Глаза помертвели. Лицо стало изможденным.

— Ну так что, мадам? Надеюсь, вы не возражаете против моего прихода в столь поздний час?

— Нет. — Саманта улыбнулась, наливая Чарли кофе. — Я просто гадаю, что могло привести тебя ко мне. Решил явиться с проверкой?

— Возможно. — Глаза Чарли ласково засветились. — Неужели ты против, Сэм?

Она грустно посмотрела на Чарльза, и ему захотелось обнять ее.

— Ну что ты! Это же здорово, что кому-то есть до меня дело.

— Мне, во всяком случае, есть. И Мелли тоже.

— Как она поживает? Хорошо?

Чарльз кивнул. На работе им было некогда говорить об этом.

— Да, все о'кей.

Чарльз уже начал сомневаться, удастся ли ему сказать Саманте то, что он собирался. Разговор предстоял нелегкий, она могла обидеться...

— И все-таки в чем дело? Что случилось? — Саманта вдруг посмотрела на него с усмешкой. Чарли попытался сделать невинную мину, но она дернула его за бороду. — Ты что-то скрываешь, Чарли. Признавайся!

— С чего ты взяла?

— На улице льет как из ведра, холод собачий, сегодня пятница, вечер, тебе бы сидеть сейчас дома со своей милой, уютной женушкой и тремя очаровательными детишками. Как-то не верится, что ты явился сюда просто так, на чашечку кофе.

— А почему бы и нет? Ты еще очаровательнее моих детей. Но вообще-то... — Чарльз немного поколебался, — вообще-то ты права. Я зашел не просто так. Мне хотелось поговорить с тобой.

О Господи, какой кошмар! Ну как ей сказать? Чарльзу вдруг стало ясно, что она его не поймет.

— О чем? Ну не тяни же!

В глазах Саманты сверкнули лукавые искры, которых Чарльз так давно не видел.

— Видишь ли, Сэм... — Чарли глубоко вздохнул и пристально посмотрел на Саманту. — Мы с Харви тут поговорили и...

— О ком? Обо мне? — Саманта напряглась, однако Чарли спокойно кивнул.

Она терпеть не могла, когда о ней говорили. Ведь это означало только одно: люди обсуждают ее нынешнее состояние и поступок Джона.

— Да, о тебе, — подтвердил Чарльз.

— В какой связи? Вы обсуждали заказ из Детройта? Я не уверена, что клиент понял мое предложение, но...

— Нет, мы говорили не о детройтском заказе, Сэм. Мы говорили *о тебе.*

— А что обо мне говорить?

Надо же, а она считала, что все уже кончилось, люди перестали о ней судачить. Говорить-то больше не о чем! Они разъехались, Джон получил развод и женился на другой. Она, Саманта, пережила это. Так что же еще тут обсуждать?

— Со мной все в порядке.

— Вот как? Удивительно! — По взгляду Чарльза было ясно, что он сочувствует Саманте и до сих пор злится на Джона. — Я, например, на твоем месте вряд ли мог бы так ответить, Сэм.

— У меня нет выбора. И потом, у меня более сильный характер, чем у тебя.

— Наверное. — Чарльз усмехнулся. — Но может, не такой сильный, как ты полагаешь. Почему бы тебе не взять отпуск, Сэм?

— Для чего? Чтобы поехать в Майами и позагорать на пляже?

— А почему бы и нет? — Чарльз натянуто улыбнулся. Саманта была явно шокирована.

— На что ты намекаешь? — В ее голос стремительно закрадывался панический ужас. — Харви что, меня увольняет? Да? Он послал тебя в качестве палача, Чарли? Меня не желают больше терпеть на работе, потому что я утратила жизнерадостность? — Стоило Саманте задать эти вопросы, как ее глаза наполнились слезами. — Господи, а чего вы ждали? Мне пришлось нелегко... это было...

Слезы начали душить ее, и Саманта торопливо вскочила на ноги.

— Но теперь все о'кей, черт побери! Я в прекрасной форме. Какого дьявола...

Однако Чарли схватил ее за руку и снова усадил за стол, не сводя с Саманты ласкового взгляда.

— Не волнуйся, детка. Ничего страшного.

— Он меня увольняет? Да, Чарли?

По щеке Саманты покатилась одинокая, печальная слеза. Но Чарли Петерсон покачал головой:

— Нет, Сэм. Конечно, нет!

— Тогда в чем же дело?

Но она и так уже знала. Без него.

— Харви хочет, чтобы ты на какое-то время уехала, успокоилась. Что касается детройтского заказа, то ты оставишь нам хороший задел. А старику не повредит, если он для разнообразия немного поработает. Мы вполне справимся без тебя, сколько понадобится.

— Но в этом нет необходимости! Это же глупо, Чарли!

— Неужели? — Он сурово и пристально поглядел на Саманту. — Неужели глупо, Сэм? Ты считаешь себя способной спокойно вынести такой страшный удар? Думаешь, это ерунда — смотреть каждый вечер по телевизору, как муж, который бросил тебя, болтает со своей новой женой? Как у нее растет живот? Неужели ты действительно считаешь, что не сорвешься? Черт побери, ты каждый день ходишь на работу да еще настаиваешь, чтобы тебе передавали все новые заказы! Нет, рано или поздно ты сломаешься, я уверен! Как ты можешь так себя истязать, Сэм? Я, во всяком случае, не могу! Не могу так поступать с тобой, ведь я — твой друг! Этот сукин сын тебя чуть не поставил на колени, черт побери! Не нужно сдерживаться, тебе надо выплакаться, поезжай куда-нибудь, выплесни свое горе и вернись. Ты нам нужна. Очень! И Харви, и я, и ребята в отделе — все это знают, и ты знаешь не хуже нас, но нужна ты нам здоровой, не сломленной и не сумасшедшей, а если ты не сбросишь сейчас этот страшный груз с души, то дело кончится плохо.

— Значит, ты считаешь, что у меня нервный срыв, да? — Саманта поглядела на Чарли потрясенно и обиженно, но он покачал головой.

— Разумеется, нет. Но, черт возьми, через год это вполне может случиться! Пытаться избыть горе нужно сейчас, Сэм, а не потом, когда боль запрячется так глубоко внутрь, что ты ее и не обнаружишь.

— Но я живу с этим уже довольно долго. Целых четыре месяца!

— И это тебя убивает. — Чарли говорил категорично, и Саманта не стала с ним спорить.

— Ну и что сказал Харви? — В ее глазах, встретившихся с глазами друга, затаилась печаль.

У Саманты возникло чувство, будто она не смогла с честью выйти из положения... будто у нее была такая возможность, но она ее не использовала.

— Он хочет, чтобы ты уехала.

— Куда? — Саманта смахнула слезу со щеки.

— Куда хочешь.

— На сколько?

Чарли колебался всего мгновение:

— На три-четыре месяца.

Они решили, что, пока у Лиз и Джона не родится ребенок, разрекламированный на всю страну, Саманте лучше не появляться в Нью-Йорке. Чарли знал, какой это для нее удар, они с Харви много говорили об этом за ленчем, но все равно ни один из них не был готов к тому, что на лице Сэм появится такое выражение. Она смотрела на Чарли с жутким недоверием, шокированно, чуть ли не в ужасе.

— *Четыре месяца?* Ты в своем уме? А как же наши клиенты? Как, черт возьми, моя работа? О Господи, я гляжу, ты все предусмотрел, да? В чем дело? Ты нацелился на мое место, так? — Саманта снова вскочила из-за стола и метнулась в сторону, но Чарльз бросился за ней и с огромной печалью заглянул ей в глаза.

— Твою работу у тебя никто не отнимет, Сэм. Но ты должна сделать так, как мы говорим. Нельзя себя больше истязать. Тебе нужно уехать. Уехать из этой квартиры, из офиса, может быть, даже из Нью-Йорка. Знаешь, что мне пришло в голову? Позвони той женщине из Калифорнии, что тебе так понравилась, и поезжай к ней в гости. А когда боль отступит и ты вновь почувствуешь себя среди живых, то вернешься. Тебе это будет страшно полезно, поверь!

— Про какую женщину ты говоришь? — недоуменно воззрилась на Чарли Саманта.

— Ты мне про нее рассказывала давно. Это женщина с ранчо... Кэрол... Кэрин... точно не помню. Пожилая женщина, тетя девушки, с которой ты жила в одной комнате, когда училась в колледже. У меня создалось впечатление, что эта девушка была твоей лучшей подругой.

Верное впечатление. Барби действительно была для нее самым близким человеком, не считая Джона, и они действительно жили в одной комнате, когда учились в колледже. Барби погибла через две недели после окончания учебы: ее самолет разбился над Детройтом.

В глазах Саманты внезапно засияла теплая улыбка.

— Тетя Барби... Кэролайн Лорд!.. Она замечательная женщина. Но зачем, скажи на милость, мне туда ехать?

— Ты же любишь верховую езду, да?

Саманта кивнула.

— Ну так это самое подходящее место. Трудно придумать что-нибудь другое, настолько же далекое и отличное от Мэдисон-стрит. Вдруг это именно то, что тебе сейчас нужно: отложить на время в сторону модные деловые костюмы и пощеголять в соблазнительных облегающих джинсах, побегать за ковбоями?

— Только этого мне не хватало!

Однако предложение Чарли задело в ее душе какие-то струны. Саманта уже очень давно не видела Кэролайн. Джон и Саманта немного поездили к ней в гости и перестали: ранчо находилось в трех часах езды на северо-восток от Лос-Анджелеса, и Джону там очень не нравилось. Он не любил лошадей, чувствовал себя на ранчо неуютно и считал, что Кэролайн и ее помощник косо поглядывают на него, недолюбливая за городские манеры. Наездником он был никудышным. В отличие от Саманты, которая с детства умела изящно сидеть в седле. На ранчо был дикий жеребец, и Саманта, к ужасу Кэролайн, уселась на него верхом. Жеребец раз шесть сбрасывал ее на землю, но ей все было нипочем, и она снова пыталась его объездить. Ее ловкость сразу же произвела огромное впечатление на Джона. Да, то были счастливые минуты в жизни Саманты. Теперь, когда она подняла глаза и посмотрела на Чарли, они казались далеким прошлым.

— Я даже не уверена, что она захочет меня приютить. Не знаю, Чарли. Ну почему вы не оставите меня в покое и не дадите мне закончить работу?

— Потому что мы тебя любим, а ты подрываешь свое здоровье.

— Ничего подобного. — Саманта храбро улыбнулась, но Чарли медленно покачал головой.

— Сэм, что бы ты сейчас ни говорила, это бесполезно. Харви принял решение.

— Насчет чего?

— Насчет твоего отпуска.

— Это точно?

По лицу Саманты вновь стало понятно, что она шокирована, а Чарли вновь кивнул.

— Так же точно, как то, что сегодня пятница. Он предоставляет тебе возможность отдохнуть три с половиной месяца. Если захочешь, можешь растянуть отпуск до полугода.

Чарльз и Харви позвонили на радиостанцию, чтобы выяснить примерную дату родов Лиз, и приплюсовали к этому сроку еще две недели.

— А я не потеряю работу?

— Нет. — Чарли не спеша вынул из кармана письмо и протянул его Саманте. Письмо было от Харви. Он обещал не увольнять Саманту, даже если она не появится в конторе в течение полугода. В рекламном бизнесе это было нечто из ряда вон выходящее, но Харви заявил в письме Саманте Тейлор, что другой такой сотрудницы нет.

Сэм грустно посмотрела на Чарли.

— Значит ли это, что я с сегодняшнего дня в отпуске? — Ее нижняя губа дрожала.

— Да, леди, именно так. С этой минуты вы можете отдыхать. Проклятие, хотел бы я оказаться на твоем месте!

— О Господи! — Саманта рухнула на стул и прикрыла лицо рукой. — Ну и что мне теперь делать, Чарли?

Он ласково дотронулся до ее плеча.

— То, что я тебе сказал, малышка. Позвони своей старой знакомой на ранчо.

Это была безумная идея, но после ухода Чарли Саманта все равно принялась размышлять над своими планами. Она легла в постель, так и не выйдя из состояния шока. В ближайшие три-четыре месяца она будет без работы... Ехать ей некуда, делать нечего, видеть ничего и никого неохота. Впервые за свою сознательную жизнь Саманта совершенно не знала, что будет дальше. Ей лишь оставалось встретиться на следующее утро с Харви и сдать ему дела, после чего она могла отправляться на все четыре стороны. И вдруг, лежа в темноте, испуганная Саманта тихонько хихикнула. Да это полное сумасшествие! Куда ей себя деть, черт побери? Чем она будет заниматься до 1 апреля? День дураков... Вот так разыграли тебя, дуреха! Может, поехать в Европу? Или в Австралию? А что, если навестить маму в Атланте? На мгновение Саманта ощутила необычайную свободу, какой никогда еще не ощущала раньше. Когда она окончила Йельский университет, у нее уже был Джон и приходилось думать о нем. Теперь же ей не о ком было заботиться. А потом, повинуясь внезапному порыву, Сэм нашарила в потемках записную книжку и решила последовать совету Чарли. Она зажгла свет и, раскрыв книжку на букве «Л», легко отыскала нужный телефон. Девять тридцать, Калифорния... Саманта надеялась, что еще не поздно, хозяйка не легла спать.

На втором звонке трубку сняли, и Саманта услышала знакомый прокуренный голос Кэролайн Лорд. Сэм принялась путано что-то объяснять, Кэролайн сочувственно молчала, и наконец у Саманты вдруг вырвался горестный всхлип. И в тот же миг показалось, что она вернулась... вернулась в дом к старому, доброму другу. Пожилая женщина слушала ее, слушала с неподдельным участием! От этого веяло давно забытым покоем... Повесив спустя полчаса трубку, Сэм еще долго лежала, уставившись на полог у себя над головой, и недоумевала. Может, она и вправду сошла с ума? Ведь она только что пообещала завтра же вылететь в Калифорнию!

Глава 2

Для Саманты то было совершенно безумное утро: она упаковала два чемодана, обзвонила множество самолетных агентств, оставила записку и чек женщине, которая приходила прибираться в ее квартире, и постаралась закрыть дом на все замки, которые там имелись. Затем взяла чемоданы, поймала такси и поехала в офис, где отдала Чарли ключи и пообещала прислать его сыновьям рождественские подарки с побережья. После чего Саманта два с лишним часа беседовала с Харви и отвечала на его вопросы.

— Послушайте, Харви, вы зря все это затеяли. Я вовсе этого не хочу! — выпалила Саманта, ловя взгляд Харви в конце прощальной встречи.

Он спокойно посмотрел на нее поверх массивного хромированного стола с мраморной крышкой.

— Речь идет не о твоих желаниях, а о том, что тебе необходимо, Сэм. Не важно, понимаешь ты это или нет. Ты уезжаешь куда-нибудь?

Харви был высоким, сухопарым мужчиной с посеребренными сединой волосами, коротко подстриженными, как носят моряки. Харви любил белые рубашки «Брукс Бразерс» и костюмы в полоску; он курил трубку и внешне был типичным банкиром, глядящим на мир стальными серыми глазами, однако на самом деле обладал блестящим умом, был творческой личностью и прекрасным человеком, каких мало. В каком-то смысле он заменил Саманте отца, и, если разобраться, в том, что он отправлял ее в отпуск, не было ничего удивительного. Однако за все утро они ни словом не обмолвились о ее планах, а говорили исключительно о делах.

— Да, я уезжаю.

Саманта, сидевшая по другую сторону внушительно-грозного стола, улыбнулась Харви. Она прекрасно помнила, как в самом начале работы в агентстве трепетала перед Харви и как потом, с годами, начала его уважать. Впрочем, насколько она знала, уважение было обоюдным.

— Вообще-то, — Саманта взглянула на часы, — мой самолет через два часа уже вылетает.

— Тогда какого черта ты торчишь в конторе?

Харви вынул трубку и ухмыльнулся, однако Сэм секунду поколебалась и спросила, не поднимаясь с места:

— Вы уверены, что я смогу вернуться сюда на работу, Харви?

— Клянусь! Ты получила мое письмо?

Саманта кивнула.

— Это хорошо, — продолжал Харви. — Теперь, в случае чего, ты сможешь подать на меня в суд.

— Я не хочу судиться. Я хочу вернуться на рабочее место.

— Ты вернешься. И может быть, даже займешь мое кресло.

— Я могла бы вернуться через пару недель, — осторожно произнесла Саманта, однако Харви покачал головой, и глаза его моментально перестали улыбаться.

— Нет, Сэм. Ты вернешься первого апреля — и точка.

— На это есть какие-то особые причины?

Харви не хотелось ей объяснять, поэтому он снова покачал головой.

— Нет, просто мы выбрали эту дату. Я буду писать тебе, буду держать в курсе того, что тут происходит, а ты сможешь звонить мне в любое время. Моя секретарша знает, где тебя искать?

— Пока нет, но я ей скажу.

— Отлично.

Харви обошел вокруг стола и, не говоря больше ни слова, притянул Саманту к себе. Потом поцеловал в макушку.

— Выше нос, Сэм. Мы будем по тебе скучать, — грубовато сказал он.

На глаза Саманты навернулись слезы, она прижалась к нему еще на миг и бросилась к двери. На какую-то долю секунды Саманте опять показалось, будто ее выгоняют, и она чуть было не принялась в панике умолять Харви, чтобы он позволил ей остаться.

Однако, выйдя из кабинета Харви, Саманта увидела Чарли, который поджидал ее в коридоре; он ласково обнял ее за плечи.

— Ну что, детка? Ты готова ехать?

— Нет. — Саманта улыбнулась сквозь слезы и, шмыгнув носом, уткнулась в бок Чарли.

— Ничего, скоро будешь готова.

— Да? Почему ты так уверен? — Они медленно шли в сторону ее кабинета, и Саманте больше чем когда-либо хотелось остаться. — Это чистое безумие. Разве ты не понимаешь, Чарли? Ведь у меня столько работы, нужно проводить рекламные кампании, я не имею права...

— Сэм, ты, конечно, можешь протестовать, если тебе хочется, но все будет без толку. — Чарли взглянул на часы. — Через два часа я посажу тебя в самолет.

Саманта резко остановилась и воинственно посмотрела на него. Чарли не смог сдержать улыбку. Саманта была сейчас похожа на красивую и ужасно избалованную девчонку.

— А если я не сяду в самолет? Что будет, если я откажусь ехать?

— Тогда я выволоку тебя отсюда и полечу вместе с тобой.

— Мелли это не понравится.

— Напротив, она будет в восторге! Мелли уже целую неделю просит меня куда-нибудь смыться, говорит, что я ей осточертел.

Чарли тоже остановился, не сводя глаз с Саманты. Ее губы медленно растянулись в улыбке.

— Значит, мне не удастся тебя переубедить?

— Нет. Ни меня, ни Харви. Сэм, нам совершенно не важно, куда ты уедешь, но ты непременно должна уехать, черт побери! Ради твоего же блага! Неужели тебе самой не хочется? Уехать от расспросов, от воспоминаний, от вероятности столкнуться с... ними?

Когда Чарли произносил последнее слово, в его голосе зазвучала боль. Саманта передернула плечами.

— Какая разница, уеду я или нет? Стоит мне включить в Калифорнии телевизор, и я увижу. Обоих. И у них будет такой вид, словно...

Глаза ее наполнились слезами при одном лишь воспоминании об этих лицах, которые каждый вечер как магнит притягивали ее к себе. Она каждый вечер смотрела на них, а потом ненавидела себя за это, хотела переключить телевизор на другой канал, но не могла пошевелить рукой.

— Черт, не знаю, но у меня такое впечатление, что они прямо созданы друг для друга, правда? — Ее лицо неожиданно превратилось в печальную маску, и по щекам покатились слезы. — Мы вместе так не смотрелись, да? Я хочу сказать, что...

Но Чарли не поддержал этот разговор, а лишь привлек ее к себе.

— Все хорошо, Сэм. Все хорошо, — пробормотал он и, когда она тихонько заплакала, уткнувшись ему в плечо и не обращая внимания на взгляды шмыгавших мимо них секретарш, убрал с ее лба длинную прядь волос и снова улыбнулся. — По-моему, это называется эмоциональным истощением. Неужели ты сама не замечала, что у тебя нервы не в порядке?

Саманта что-то недовольно проворчала, а потом рассмеялась сквозь слезы.

— Вот, значит, как это называется? Понятно... — Она отодвинулась от Чарли, вздохнула и вытерла глаза. — Наверное, ты прав, мне действительно пора в отпуск.

Хорохорясь, она тряхнула головой, поправила волосы, упавшие на плечи, и попыталась вызывающе поглядеть на друга.

— Но совсем по другой причине. Просто вы, гады, меня доконали.

— Ты абсолютно права! И когда вернешься, мы тебе опять не будем давать покоя. Так что наслаждайся пока свободой, лошадница...

Кто-то вдруг положил им руки на плечи. Сэм и Чарли обернулись.

— Ты еще здесь, Саманта? — Это был Харви; глаза его ярко блестели, в зубах он сжимал трубку. — А я думал, тебе надо успеть на самолет.

— Ага, надо. — Чарли с ухмылкой покосился на Саманту.

— Тогда умоляю, отвези ее в аэропорт! Пусть она наконец уберется отсюда! Нам надо работать, — проворчал, улыбнувшись, Харви, взмахнул трубкой и скрылся в другом коридоре.

Чарли же снова посмотрел на Саманту и увидел, что она смущенно улыбается.

— Вообще-то тебе вовсе не обязательно сажать меня в самолет.

— Вот как?

Саманта в ответ кивнула, однако на самом деле ей уже было не до творческого директора: она смотрела на свой кабинет так, словно видела его в последний раз. Чарли поймал ее взгляд и потянулся к пальто и чемоданам.

— Ладно, пошли, пока ты меня совсем не разжалобила. А то опоздаешь на самолет.

— Слушаюсь, сэр.

Чарли шагнул через порог и выжидательно замер. Саманта, немного поколебавшись, тоже сделала два шага. Потом глубоко вздохнула и, окинув прощальным взглядом комнату, тихо прикрыла за собой дверь.

Глава 3

Полет проходил без приключений. Земля, проплывавшая внизу, казалась стеганым лоскутным одеялом. Темно-бурые поля, напоминавшие буклированную ткань, перемежались с участками белого снега, похожими на бархат, а когда самолет достиг западного побережья и внизу стали проплывать озера, леса и поля, появились как бы куски блестящего темно-зеленого и голубого атласа. Наконец самолет, словно приветствуемый ослепительно яркими лучами заходящего солнца, приземлился в Лос-Анджелесе.

В очередной раз посмотрев в иллюминатор, Саманта потянулась, распрямляя онемевшую спину. Большую часть полета она проспала и теперь, выглянув наружу, не понимала, с какой стати ей вздумалось приехать сюда. Какой смысл был лететь в Калифорнию? Что она тут забыла? Поднявшись с кресла и тряхнув белокурыми волосами, собранными в конский хвост, Саманта подумала, что зря она сюда явилась. Ей уже не девятнадцать. Глупо приезжать на ранчо и изображать лихую наездницу. У нее обязанности, вся ее жизнь сосредоточена вокруг Нью-Йорка. А что у нее здесь? Вообще ничего!

Саманта со вздохом посмотрела на пассажиров, которые направлялись к выходу из самолета, застегнула пальто, взяла дорожную сумку и встала в очередь. На Саманте были темно-коричневая дубленка с подкладкой из овечьего меха, джинсы и кожаные сапоги шоколадного цвета фирмы «Селина». Сумка, которую Саманта держала в руках, была подобрана точно в тон, на ручке алел шарф; Саманта взяла его и свободно повязала на шее. Даже озабоченно нахмурившаяся, небрежно одетая, Саманта оставалась поразительно красивой женщиной, и когда она медленно проходила по огромному самолету, мужчины поворачивали головы в ее сторону. Хотя полет продолжался пять часов, никто из них ее не заметил раньше, потому что она лишь однажды встала с кресла, да и то чтобы умыться перед поздним ленчем, который подали пассажирам стюардессы. Все остальное время Саманта сидела на своем месте, онемевшая, уставшая, дремала и пыталась вновь и вновь понять, почему она позволила так с собой поступить, почему дала заморочить себе голову.

— Желаем приятно провести время. Спасибо, что воспользовались услугами нашей авиакомпании... — Выстроившиеся в ряд стюардессы хором произносили шаблонные фразы, и Саманта улыбнулась им в ответ.

Через несколько мгновений она уже стояла в аэропорту Лос-Анджелеса и, растерянно оглядываясь, не могла понять, куда теперь идти, кто ее встретит и встретит ли вообще. Кэролайн сказала, что в аэропорт, наверное, приедет ее помощник Билл Кинг, а если он окажется в это время занят, Саманту встретит какой-нибудь другой работник. «Ты только посмотришь и сразу увидишь их, в этом аэропорту их не заметить просто невозможно». И пожилая женщина тихонько рассмеялась. Сэм — за ней. Да, в аэропорту, среди людей в самых умопомрачительных нарядах от Вьюттона и Гуччи, среди женщин в экстравагантных золотистых и серебряных босоножках из тончайших ремешков, в небрежно наброшенных норковых и шиншилловых шубах, соседствующих с маечками-бикини и рубахами, расстегнутыми до пупа, легко будет распознать парня с ранчо, ведь он наверняка будет в стетсоне, ковбойских сапогах и джинсах. Но главное даже не костюм; этих парней легко вычислить по их манере двигаться, по походке, по сильному загару и по тому, как они неуютно себя чувствуют среди разряженной, рафинированно-декадентской толпы. По своим предыдущим посещениям ранчо Саманта знала, что в парнях, работавших там, нет ничего декадентского. Это были крепкие, добродушные трудяги, которые любили свое дело и ощущали какую-то почти мистическую связь с землей и с животными, за которыми они так заботливо ухаживали. Саманта всегда уважала таких людей, хотя они разительно отличались от привычной ей нью-йоркской среды. Очутившись в здании аэропорта, она внезапно подумала, что, как только ее довезут до ранчо, она будет рада своему приезду. В конце концов, может быть, ей действительно нужно именно это!

Саманта оглянулась, ища надпись «Выдача багажа», и тут на ее плечо легла чья-то рука. Она вздрогнула, повернула голову и увидела высокого, широкоплечего старого ковбоя с обветренным лицом. И тут же вспомнила, что они уже встречались десять лет назад. Он высился над ней, голубые глаза напоминали летнее небо, а изборожденное морщинами лицо — пересеченную местность; улыбка, как и десять лет назад, была до ушей, и на Саманту повеяло огромным теплом, когда ковбой притронулся к полям шляпы, а еще через секунду Саманта очутилась в его медвежьих объятиях. Это был Билл Кинг, человек, вот уже лет тридцать являвшийся правой рукой Кэролайн на ранчо «Лорд» — с того самого времени, как она его приобрела. Биллу было за шестьдесят, образования он толком не получил, но обладал обширными познаниями, отличался удивительной мудростью и еще более удивительной добротой. Саманта с первого взгляда почувствовала к нему притяжение; они с Барбарой относились к Биллу как к мудрому дядюшке, и он всегда был их защитником. Билл приехал вместе с Кэролайн на похороны Барбары и скромно стоял позади всех родственников, обливаясь слезами. Но сейчас не было даже намека на слезы, Билл широко улыбнулся Саманте, еще крепче сжал ее плечо своей ручищей и даже вскрикнул от радости:

— Черт возьми, как я рад тебя видеть, Сэм! Сколько мы с тобой не встречались? Пять лет? Шесть?

— Больше. Лет восемь-девять, — улыбнулась Саманта, которая тоже была счастлива видеть Билла и внезапно обрадовалась, что приехала в Лос-Анджелес. Может быть, Чарли и прав... Высокий загорелый мужчина посмотрел на нее сверху вниз, и она поняла по его взгляду, что приехала домой.

— Ты готова? — Он согнул руку в локте, Саманта с улыбкой оперлась на нее, и они отправились за чемоданом, который уже лежал, как выяснилось, когда они спустились вниз, на лениво вращавшейся ленте.

— Этот? — Билли вопросительно взглянул на Саманту и взял большой кожаный чемодан черного цвета с красно-зеленой полоской, эмблемой фирмы «Гуччи». Он легко поднял тяжелый чемодан одной рукой, а другой перекинул через плечо дорожную сумку Саманты.

— Да, этот, Билл.

Кинг метнул на нее взгляд из-под нахмуренных бровей.

— Значит, ты не собираешься долго у нас задерживаться? Я прекрасно помню, как ты в последний раз приезжала сюда с мужем. У вас на двоих было семь чемоданов.

Саманта усмехнулась, вспомнив про это. Джон привез тогда с собой столько одежды, что хватило бы на месяц в Сент-Морице.

— Там была в основном одежда моего мужа. Мы тогда только что побывали в Палм-Спрингсе.

Билл молча кивнул и пошел по направлению к автостоянке. Он был скуп на слова, однако чувствовал все очень тонко. Бывая на ранчо, Саманта успела в этом убедиться. Через пять минут они дошли до большого красного пикапа и положили чемодан в багажник. Когда они медленно выруливали со стоянки международного аэропорта, Сэм вдруг показалось, что она вот-вот обретет свободу. После Нью-Йорка, где она была обречена на жизнь в четырех стенах и не видела ничего, кроме работы и семьи, после суматохи и толчеи в самолете и в здании аэропорта она внезапно окажется на открытой местности, одна, сможет подумать, увидит горы, деревья, коров и вновь откроет для себя жизнь, о которой уже почти напрочь забыла. При мысли об этом лицо Саманты медленно озарилось улыбкой.

— Ты хорошо выглядишь, Сэм.

Билл мельком взглянул на нее, выезжая с территории аэропорта; едва очутившись на шоссе, он переключился на четвертую передачу.

Но Саманта усмехнулась и покачала головой:

— Ничего хорошего. Ведь прошло столько лет. — На этих словах ее голос смягчился: она припомнила свою последнюю встречу с Биллом Кингом и Кэролайн Лорд. То была странная поездка: прошлое сумбурно перемешалось с настоящим. Джону на ранчо было довольно скучно...

Пока машина ехала по шоссе, Сэм вспоминала свой предыдущий приезд. Когда старина Билл положил ей на плечо руку, ей показалось, что уже прошла тысяча лет, и, посмотрев в окно, она увидела совершенно другой пейзаж. Ни следа безобразных окраин Лос-Анджелеса, этого уродливого царства пластмассы, вообще никаких домов — только акры земли, далеко простирающиеся территории крупных ранчо и незаселенные земли, принадлежащие государству. Красота была изумительная, и Сэм, опустив стекло машины, принюхалась.

— Господи, тут даже пахнет по-другому, правда?

— Ну конечно! — Билл улыбнулся знакомой теплой улыбкой и какое-то время ехал молча. — Кэролайн не терпится тебя увидеть, Сэм. После смерти Барби ей было одиноко. Знаешь, она частенько про тебя вспоминала. Но я не знал, приедешь ты еще или нет. После того как ты побывала тут в последний раз, я вовсе не был уверен.

Они уехали тогда с ранчо раньше времени, и Джон не скрывал, что ему до смерти там надоело.

— Рано или поздно я все равно вернулась бы. Я всегда собиралась заехать к вам, когда отправлялась в Лос-Анджелес по делам, но мне не хватало времени.

— А теперь? Ты разве ушла с работы, Сэм?

Билл имел лишь смутное представление о том, что она работает в области рекламы; никакого четкого образа у него не было, да Билла это и не интересовало. Кэролайн сказала ему, что работа хорошая, Сэм довольна, а для Билла это было главное. Кем был муж Саманты, Билл, разумеется, знал. Каждый американец знал Джона Тейлора и в лицо, и по имени. Билл Кинг всегда недолюбливал Джона, но чем тот занимается, конечно же, прекрасно себе представлял.

— Нет, Билл, я не ушла с работы. Я просто в отпуске.

— По болезни? — Лицо Билла, въезжающего в этот момент на гору, приняло встревоженное выражение.

Сэм колебалась всего секунду.

— Вообще-то нет. Скорее это можно назвать реабилитацией. — Она хотела было на этом остановиться, но потом все же решила сказать: — Мы с Джоном расстались.

Билл вопросительно поднял брови, но не произнес ни слова. Саманта же продолжала:

— Уже довольно давно. По крайней мере мне так кажется. Месяца три-четыре. — Если быть точной, то сто два дня. Она вела счет дням. — И на работе решили, что мне нужно отдохнуть.

Это объяснение самой Саманте показалось фальшивым, и ее вдруг охватила паника... как утром, когда она разговаривала с Харви. А может, в действительности ее выгнали и просто не хотят пока говорить? Наверное, считают, что она не вынесет такого удара. Неужели им кажется, что она совершенно раздавлена случившимся?.. Однако, посмотрев на Билла Кинга, Саманта увидела, что он спокойно кивает, словно ее объяснение показалось ему вполне логичным.

— По-моему, они правы, крошка, — ободряюще сказал Билл. — Когда у человека тяжелые переживания, ему трудно работать. — Билл на мгновение умолк, а затем заговорил снова: — Я в этом убедился много лет назад, когда умерла моя жена. Я-то думал, что смогу и дальше выполнять свои обязанности на ранчо, где я тогда работал. Но через неделю хозяин сказал: «Билл, мальчик мой, вот тебе месячное жалованье, поезжай к своим. Вернешься, когда деньги у тебя кончатся». И знаешь, Сэм, я страшно разозлился на него, решил, что он таким образом дает мне расчет, но потом убедился в его правоте. Я поехал к сестре — она живет неподалеку от Феникса, — пробыл у нее примерно полтора месяца, и когда вернулся, то был прежним. Ни мужчина, ни женщина не могут работать как заведенные. Порой им надо дать возможность погоревать.

Билл не признался Саманте в том, что двадцать пять лет спустя, работая на ранчо «Лорд», он взял трехмесячный отпуск — когда в самом начале вьетнамской войны убили его сына. Три месяца он был сам не свой, почти не мог говорить. Кэролайн выходила его: она выслушивала Билла, сочувствовала ему и наконец разыскала его в баре в Туксоне и привезла домой. Кэролайн заявила, что на ранчо работы невпроворот, так что хватит расслабляться. Она рявкнула на

38

него, как сержант, и навалила на Билла столько дел, что он чуть не помер. Кэролайн орала, вопила, ругалась, силой заставляла Билла работать, и однажды они чуть было не подрались на лугу. Они соскочили с лошадей, и Кэролайн бросилась на Билла, а он сбил ее с ног, и тут вдруг она рассмеялась... И заливалась хохотом, пока слезы не хлынули у нее из глаз ручьями. А Билл... Билл тоже хохотал до упаду, потом склонился над Кэролайн, чтобы помочь ей подняться на ноги, и... впервые поцеловал ее.

Это случилось восемнадцать лет назад, и ни одну женщину Билл не любил так, как ее. Только за нее он так переживал, только о ней так мечтал, только ее так хотел, только с ней так весело смеялся, так прекрасно работал и строил планы на будущее. Билл уважал Кэролайн больше, чем любого мужчину. Но она и была необыкновенной женщиной. Такую женщину, как Кэролайн Лорд, днем с огнем было не сыскать. Она была умная, веселая, симпатичная, добрая, чуткая, потрясающая. Для Билла оставалось загадкой, что она нашла в нем, в обыкновенном работяге. Однако Кэролайн с самого начала твердо знала, что ей нужно, и не раскаивалась в принятом решении. Вот уже двадцать лет она была его тайной подругой. И если бы Билл разрешил, давно перестала бы делать секрет из их отношений. Но Билл прямо-таки со священным трепетом относился к тому, что Кэролайн — хозяйка ранчо, поэтому окружающие хоть и догадывались об их отношениях, тем не менее никто не знал наверняка, что они любовники; достоверно было известно только об их дружбе. Даже Саманта не была уверена, что между ними есть что-то большее. Разумеется, они с Барбарой подозревали и частенько посмеивались, но на самом деле толком ничего не знали.

— А как поживает Кэролайн, Билл? — Саманта взглянула на него с теплой улыбкой и заметила, что в глазах Билла появился какой-то особенный блеск.

— Как всегда, не дает никому спуску. Она крепче всех на ранчо.

И старше. Кэролайн была на три года старше Билла. Когда Кэролайн было двадцать, она считалась самой блестящей и элегантной женщиной Голливуда; муж ее был одним из крупнейших режиссеров того времени. В Голливуде до сих пор рассказывали легенды о вечеринках, которые они устраивали, а к их дому, построенному на пригорке, все еще водили экскурсантов. Дом часто переходил из рук в руки, но по-прежнему считался местной достопримечательностью, непревзойденным памятником минувшей эпохи. Однако в тридцать два года Кэролайн Лорд овдовела, и после этого в Голливуде все ей стало немило. Она прожила там еще несколько лет, но ей было тоскливо и одиноко, поэтому однажды она просто исчезла. Без объяснений. Кэролайн провела год в Европе, а потом — шесть месяцев в Нью-Йорке. Однако она еще целый год не могла понять, что же ей на самом деле нужно, и наконец, проехав несколько часов подряд одна в своем белом автомобиле «линкольн-континенталь», она вдруг осознала, где ей хочется жить. В сельской местности, на природе, вдали от льющегося рекой шампанского, вечеринок и всяких выкрутасов. После смерти мужа все это потеряло для нее смысл. Все было кончено. Она почувствовала, что готова к другому — к совершенно новой жизни, новым приключениям... И весной, осмотрев все дома и земельные участки, продававшиеся в радиусе двухсот миль от Лос-Анджелеса, Кэролайн приобрела это ранчо.

Она выложила за него кучу денег, наняла советника и лучших рабочих, каких можно было только найти в округе. Кэролайн платила всем очень щедро, предоставила хорошее, уютное жилье и окружила их теплом и заботой, от которых мало кто из мужчин способен отказаться. В ответ она хотела получить толковый совет и хорошие наставления — Кэролайн стремилась научиться управлять ранчо и надеялась, что все будут работать так же усердно, как она сама. Билл Кинг познакомился с ней в первый год пребывания Кэролайн на ранчо; он тут же взял бразды правления в свои руки и обучил Кэролайн всему, что умел.

Заполучить такого управляющего было заветной мечтой любого владельца ранчо. Билл чисто случайно очутился на ранчо «Лорд». Еще более случайным было их внезапное сближение, в результате которого они с Кэролайн Лорд стали любовниками. Саманта же знала про Билла только, что он начал работать на ранчо почти сразу же после того, как Кэролайн его приобрела, и дела там процветали во многом благодаря мудрости Билла.

Это была одна из немногих скотоводческих ферм в Калифорнии, которая приносила доход. Здесь разводили ангусовских коров, также имелся небольшой конный завод. Крупные ранчо находились в основном на Среднем и Южном Западе; в Калифорнии мало кому удавалось добиться успеха, многие ранчо были убыточными, и их хозяева — жители городов, биржевые маклеры, юристы и кинозвезды — смотрели на них как на этакую игру. Но ранчо «Лорд» не имело никакого отношения к игре, во всяком случае, в восприятии Билла Кинга, Кэролайн Лорд и людей, которые там работали. Поэтому Саманта понимала, что ей тоже придется потрудиться, пока она будет гостить у Кэролайн. На ранчо никто не приезжал просто отдохнуть. Это выглядело бы неприличным, ведь все трудились в поте лица!

Когда Сэм позвонила Кэролайн, та сказала, что ей как раз не хватает двух работников и будет прекрасно, если Саманта решит помочь по хозяйству. Саманта не сомневалась, что дел у нее во время отпуска будет хоть отбавляй. Она предполагала, что по большей части ей придется помогать на конюшне: ухаживать за лошадьми и, может быть, чистить стойла. Она знала, что получить более серьезное задание мало вероятно. И не потому, что она не справится. Саманта давно уже доказала, что умеет управляться с лошадьми. Она научилась ездить верхом в пять лет, в семь принимала участие в конных шоу, в двенадцать ездила в Мэдисон-сквер-гарден, получила три голубые ленты и одну красную, потом участвовала в скачках с препятствиями, а пару лет спустя мечтала об Олимпийских играх и почти не отходила от собственной лошади. Но когда Саманта поступила в колледж, времени на лошадей практически не осталось, мечты об Олимпийских играх развеялись, и в последующие годы Саманте почти не доводилось ездить верхом. Такая возможность появлялась лишь изредка, когда Саманта приезжала на ранчо вместе с Барбарой или знакомилась с человеком, у которого были свои лошади. Однако она осознавала, что работники ранчо сочтут ее залетной пташкой и никогда не допустят до работы на равных с ними, если только в дело не вмешается Кэролайн.

— В последнее время ты часто ездила верхом? — Билл словно угадал ее мысли и с улыбкой наклонился к Саманте.

Она покачала головой:

— Знаешь, по-моему, я не садилась на лошадь уже года два.

— Тогда завтра в это же время у тебя все тело будет ныть.

— Наверное.

Они обменялись тихими улыбками. Уже начинало вечереть.

— Но ничего. Это приятная боль, — продолжала Саманта.

Ноющие от усталости колени и болящие икры — что это такое по сравнению с той болью в душе, которую она ощущала в последние три месяца!

— У нас появилось несколько новых паломино*, один пинто и целый табун морганов**, всех их Кэролайн купила в этом году. А еще, — Билл чуть не зарычал, — еще ей вздумалось приобрести этого бешеного жеребца! И не спрашивай меня почему! Ее объяснения — чушь собачья... Видите ли, он похож на коня, на котором скакал в кино ее муж. — Билл неодобрительно посмотрел на Сэм. — Она купила чистокровного, породистого скакуна. Черт побери, это великолепный конь! Но нам такой на ранчо не нужен. Он похож на породистых скаковых лошадей... и

---

* Паломино — золотисто-кремовая лошадь с белым хвостом и гривой.
** Пинто, морган — породы лошадей.

несется как вихрь. Она когда-нибудь разобьется на нем, честное слово! Это как пить дать. Я ей так прямо и заявил!

Билл возмущенно посмотрел на Сэм, она улыбнулась. Саманта прекрасно могла представить себе элегантную Кэролайн, которая, словно молоденькая девушка, несется по полям на чистокровном рысаке. Как чудесно, что они снова увидятся! Чудесно снова вернуться сюда!.. И внезапно Саманту будто омыло теплой волной, она ощутила прилив благодарности. Все-таки она рада, что приехала в Калифорнию! Саманта исподтишка поглядывала на Билла, который уже почти подъехал к ранчо, вот уже больше двух десятилетий служившему ему домом, и неожиданно поймала себя на мысли о том, что ее опять интересует, насколько далеко зашли отношения Билла и Кэролайн. В шестьдесят три года Билл еще не утратил красоты и мужественности: широкие плечи, длинные ноги, могучие руки и блестящие голубые глаза придавали его облику особую силу и свой неповторимый стиль. Ковбойская шляпа выглядела на Билле великолепно, джинсы сидели как влитые. Ни один из этих ковбойских атрибутов не смотрелся пошло или глупо. Биллу не было здесь равных, он был гордостью ковбоев. Морщины на его лице лишь придавали очарование красивым чертам, а низкий, хрипловатый баритон с годами совершенно не менялся. С непокрытой головой рост Билла составлял шесть футов четыре дюйма; когда же он надевал свой стетсон, то становился просто верзилой.

Машина въехала в главные ворота ранчо, и у Саманты вырвался вздох облегчения. Или она вскрикнула от боли? Ее обуревали разноречивые чувства. После указателя, на котором было написано «Ранчо "Лорд"» — с витиеватой, вырезанной по дереву буквой «Л», такой же, как и на клейме для скота, — они проехали еще целую милю. Саманта вела себя как нетерпеливый ребенок: она затаила дыхание, ожидая, что впереди вдруг покажется дом, однако прошло еще десять минут, прежде чем они свернули на частную дорогу и дом наконец вырос впереди. Казалось, Саманта попала на старинную плантацию: большой прекрасный белый дом с темно-синими ставнями, кирпичной трубой, просторным крыльцом и широкими ступеньками был окружен клумбами, которые поражали в разгар лета буйством красок; а за домом высились стеной гигантские, великолепные деревья. Дом стоял на пригорке, и внизу, у подножия холма, росла одинокая ива и был устроен маленький пруд, заросший водяными лилиями и густо населенный лягушками. Рядом находились конюшни, за ними — сараи, а вокруг, куда ни посмотри, были построены домики для рабочих. Сэм часто считала, что ранчо всегда так выглядят, однако, побывав на других, быстро убедилась в своей ошибке. Мало где еще поддерживался такой идеальный порядок, мало где все было так красиво, так ухожено... и однако же ни Кэролайн Лорд, ни Билл Кинг этим не кичились!

— Ну, барышня, как вам тут у нас? — Пикап остановился, и Билл с привычной гордостью оглядел двор. Ведь именно он помог превратить ранчо «Лорд» в образцовое хозяйство, и все здесь поддерживалось в идеальном порядке в основном благодаря ему. — Что-нибудь изменилось?

— Нет.

Саманта улыбнулась, озираясь в темноте. Однако луна светила ярко, дом был освещен, в коттеджах рабочих и в главном зале, где они обедали и играли в карты, горел свет; возле конюшен тоже были зажжены яркие фонари, и Саманта легко убедилась в том, что на ранчо почти все осталось без изменений.

— Тут у нас есть кое-какие технические усовершенствования, но сейчас они не видны.

— Вот и отлично! А то я боялась, что тут теперь все другое.

— Ничего подобного!

Билл два раза нажал на гудок, и тут же дверь главного дома отворилась, и на пороге показалась высокая, худощавая седая женщина, которая сначала улыбнулась Биллу, а потом, в следующую секунду, — Саманте. Женщина всего лишь на мгновение замялась, вглядываясь в свою молодую гостью, а затем легко сбежала по ступенькам, протянула руки и сжала Саманту в крепких объятиях.

— Добро пожаловать домой, Саманта. Добро пожаловать домой!

И когда она почувствовала запах духов Кэролайн Лорд, когда густые седые волосы коснулись ее щеки, на глаза Саманты навернулись слезы, и она и вправду ощутила, что вернулась домой. Женщины почти сразу же разомкнули объятия, Кэролайн чуть отступила назад и поглядела на Саманту с улыбкой.

— Боже, до чего ты похорошела, Сэм! Ты еще красивее, чем в прошлый раз.

— Чепуха! Вот ты — это да!

Кэролайн стала еще тоньше, стройнее и еще больше напоминала тростинку, чем раньше; глаза ее ярко сияли, и все говорило о том, что жизнь в ней бьет ключом, что она не утратила изюминку. Кэролайн нисколько не подурнела со времени их последней встречи, когда ей было пятьдесят с небольшим, и теперь, в шестьдесят шесть, она по-прежнему была красива и даже в джинсах и мужской хлопчатобумажной рубашке смотрелась великолепно, никто не посмел бы отрицать, что у нее есть свой стиль. Шея Кэролайн была обвязана ярко-голубым шарфом, в пояс джинсов вставлен старинный индейский ремень, ковбойские сапоги изумляли своим глубоким яшмовым цветом. Поднимаясь вслед за Кэролайн по ступенькам дома, Саманта в какой-то момент опустила глаза и задохнулась от восторга.

— О Господи, какая прелесть, Кэролайн!

— Правда? — Кэролайн моментально поняла, о чем речь, и тоже посмотрела на сапоги, по-девчоночьи улыбаясь. — Это мне сделали на заказ. В моем возрасте носить такие вещи верх чудачества, но мне плевать! Может быть, это мой последний шанс.

Сэм неприятно поразили ее слова: она содрогнулась при одной мысли о том, что Кэролайн может теперь так рассуждать. Сэм молча вошла в знакомый дом. Билл шел за ними с чемоданом и сумкой. Они очутились в холле, и Саманта увидела роскошный стол раннеамериканской эпохи, медный подсвечник и большой яркий ковер. В гостиной за холлом в большом камине, возле которого стояли удобные кресла с красивой сочно-синей обивкой, пылал огонь. Тот же цвет воспроизводился и на старинном ковре, на котором был выткан яркий цветочный узор. Вся комната была выдержана в синих, красных и зеленых тонах, и яркость красок великолепно отражала характер Кэролайн. Множество старинных вещиц из благородных пород дерева украшало эту гостиную. На полках стояли книги в кожаных переплетах, множество вещей было сделано из меди: подставка для дров в камине, люстра, кашпо и кадки для домашних растений, а также висевшие на стене бра с лампочками в виде изящных свечек. Это была восхитительная комната, обставленная под старину, элегантная и в то же время уютная, во многом похожая на свою хозяйку Кэролайн. При этом в интерьере нашло отражение и то, что дом находится не где-нибудь, а именно на ранчо. Фотография такой комнаты идеально смотрелась бы в журнале «Город и деревня» или «Дом и сад», но, разумеется, Кэролайн не делала свое жилище достоянием публики. Она не собиралась превращать свой дом в выставку; после долголетнего пребывания в Голливуде, когда ей приходилось все время быть на виду, Кэролайн теперь ревниво охраняла приватность своей жизни. Она фактически исчезла с горизонта почти всех знакомых, за исключением лишь некоторых.

— Тебе еще понадобятся дрова, Кэролайн?

Билл глядел на нее с высоты своего роста. Он снял широкополую шляпу, и Сэм убедилась в том, что волосы его белы как снег.

Кэролайн улыбнулась и покачала головой, она выглядела сейчас еще моложе, чем раньше; в ее глазах отражалось сияние глаз Билла.

— Нет, Билл, спасибо. Мне хватит этого на всю ночь.

— Вот и отлично. Ладно, милые дамы, до завтра!

Биллу тепло улыбнулся Сэм, уважительно попрощался с Кэролайн и, направившись размашистой походкой к дверям гостиной, вышел за порог. Глядя, как он тихонько притворяет за собой дверь, Сэм вспомнила, что они с Барбарой сто раз обсуждали отношения Билла с Кэролайн, когда учились в колледже и приезжали сюда погостить, и снова решила, что, наверное, между ними ничего такого нет. Иначе они не расставались бы вот так по вечерам! Да и встречи их всегда были такими же, как только что: ничего интимного, лишь обмен дружескими кивками, небрежные улыбки, теплые слова приветствия и серьезные разговоры о делах на ранчо. Ничего другого они себе не позволяли, и все же у стороннего наблюдателя создавалось впечатление, что между Биллом и Кэролайн существует какое-то тайное взаимопонимание. Или, как однажды заявила Барбаре Сэм, что они прямо как муж и жена.

Однако Кэролайн прервала нить рассуждений Сэм, потому что поставила на журнальный столик возле камина поднос, налила горячего шоколада, сняла фольгу, прикрывавшую тарелку с сандвичами, и позвала Сэм, приглашая ее к столу:

— Иди сюда, Сэм. Присаживайся, располагайся поудобнее.

Когда Саманта подошла, пожилая хозяйка дома снова улыбнулась ей и сказала:

— Чувствуй себя как дома.

Во второй раз за этот вечер глаза Саманты наполнились слезами, и ее длинная, изящная рука потянулась к Кэролайн. Мгновение они держались за руки. Сэм крепко сжимала худенькие пальцы Кэролайн.

— Спасибо, что вы разрешили мне приехать к вам.

— Не говори так. — Кэролайн отпустила руку Саманты и протянула ей чашку с горячим шоколадом. — Я рада, что ты мне позвонила. Я всегда тебя любила... — Она немного поколебалась, глядя в огонь, а затем снова посмотрела на Сэм. — Любила так же, как Барб. — Кэролайн тихо вздохнула. — Это все равно что потерять дочь. Даже не верится, что уже прошло десять лет.

Сэм молча кивнула, и Кэролайн улыбнулась ей.

— Мне очень приятно осознавать, что хотя бы тебя я не потеряла. Я так любила получать от тебя письма, но в последние несколько лет мне казалось, что ты больше не вернешься сюда.

— Я хотела приехать, но... мне все было некогда.

— Может, ты расскажешь мне обо всем? Или ты устала?

Полет длился пять часов, а потом Сэм провела еще три часа в машине. В Калифорнии была лишь половина девятого, но для Сэм, все еще жившей по нью-йоркскому времени, было уже полдвенадцатого ночи. Однако Саманта не ощущала усталости, все заслонило радостное волнение от встречи с Кэролайн.

— Нет, я не так уж устала... Просто я не знаю, с чего начать.

— Тогда начни с горячего шоколада. Потом перейди к сандвичам. И только потом — к рассказу.

Женщины вновь обменялись улыбками, и Сэм не удержалась и опять потянулась к Кэролайн, которая ласково обняла ее в ответ.

— Если б ты знала, как я рада твоему приезду!

— Ну уж не больше, чем я! — Саманта откусила большой кусок сандвича и блаженно откинулась на спинку дивана. — Билл сказал, у вас новый скакун. Красивый?

— О, Сэм, не то слово! — Кэролайн снова рассмеялась. — Он даже красивее моих зеленых сапог. — Она весело посмотрела на свои ноги, и когда перевела взгляд на Сэм, в ее глазах плясали веселые огоньки. — Это жеребец. Да такой горячий, что я с ним еле справляюсь. Билл в ужасе, ему кажется, что я непременно разобьюсь, но понимаешь, когда я увидела этого красавца, то просто не смогла устоять. Сын одного из здешних фермеров купил его в Кентукки, а потом ему срочно понадобились деньги, и он продал его мне. Кататься на нем верхом для собственного удовольствия — это, конечно, безобразие, но я ничего не могу с собой поделать. Я не в состоянии удержаться от соблазна. Ну и пусть я уже старуха и страдаю артритом! Плевать я хотела на то, что меня считают дурой!

Я такого коня в жизни не видела и собираюсь ездить на нем до самой смерти.

При напоминании о смерти и старости Сэм снова вздрогнула. Да, в этом смысле они с Биллом изменились со времени ее последней встречи с ними. Но с другой стороны, им ведь уже за шестьдесят; наверное, в этом возрасте подобные мысли нормальны... И все же Сэм не могла думать о них как о стариках: они были для этого слишком красивы, слишком деятельны, сильны и заняты. Однако, по-видимому, сами они уже считали себя стариками.

— А как зовут вашего любимца? — поинтересовалась Саманта.

Кэролайн громко расхохоталась, поднялась с места и, подойдя к огню, принялась греть руки.

— Черный Красавчик! Как же еще?

Кэролайн повернулась к Саманте, и красивые черты ее лица на фоне пламени напомнили Сэм искусно вырезанную камею или же личико фарфоровой статуэтки.

— Вам давно говорили, что вы красавица, тетя Каро?

Так называла ее Барбара, и на сей раз слезы навернулись на глаза Кэролайн.

— Бог с тобой, Сэм! Ты никогда не умела смотреть правде в глаза.

— Да, черт побери! — Саманта усмехнулась и доела сандвич, а потом отхлебнула горячего шоколада, который Кэролайн налила ей из термоса.

Кэролайн по-прежнему была гостеприимной хозяйкой. Как в те дни, когда Саманта впервые приехала на ранчо. Да и раньше, в тридцатые годы, живя в Голливуде, Кэролайн устраивала приемы, вошедшие в легенду.

— Так... — Лицо Сэм постепенно посерьезнело. — А теперь вам, должно быть, хотелось бы услышать про Джона. Но боюсь, я вряд ли смогу рассказать больше того, что я уже сказала вам в тот вечер по телефону. Он завел любовницу, она забеременела, он меня бросил, они поженились и теперь ожидают рождения первенца.

— Ты говоришь об этом так лаконично... — Кэролайн помолчала и вдруг спросила: — Ты его ненавидишь?

— Иногда. — Голос Сэм понизился до шепота. — Но чаще я тоскую по нему и не могу понять: а может, он прав? И спрашиваю себя, знает ли Лиз, что у него аллергия на шерстяные носки? И покупает ли ему любимый сорт кофе? Здоров ли он? Счастлив или хандрит? Не забывает ли брать в командировки лекарство от астмы? И... и... жалеет о... — Саманта осеклась и посмотрела на Кэролайн, которая по-прежнему стояла у камина. — Я сумасшедшая, да? Человек меня бросил, предал, пренебрег мной, он даже ни разу не позвонил, чтобы узнать, как я, жива ли, а я волнуюсь, не выступит ли у него сыпь на ногах оттого, что новая жена по ошибке купит ему шерстяные носки. Ну разве это не безумие? — Сэм рассмеялась, но тут же всхлипнула: — Разве нет?

Она зажмурилась и медленно покачала головой, не раскрывая глаз, словно это давало возможность отгородиться от видений, которые уже столько времени мучили ее.

— Господи, Каро, все это так ужасно... так публично! — Она открыла глаза. — Неужели вы не читали об этом в газетах?

— Читала. Однажды. Но это были лишь какие-то смутные слухи о вашем разводе. Я надеялась, что это все вранье, глупая попытка создать шумиху вокруг имени Джона, чтобы придать ему еще большую популярность. Мне ли не знать, как это делается! Как распускаются сплетни, а потом оказывается, что все это на пустом месте.

— Но тут слухи были обоснованными. Разве вы не видели, как они вместе выступают по телевидению?

— Нет, никогда.

— Я тоже не видела, — уныло вздохнула Саманта. — Зато теперь смотрю.

— Тебе нельзя на это смотреть.

Саманта молча кивнула.

— Да, нельзя. Мне многое нужно себе запретить. Наверное, за этим я сюда и приехала.

— А как же твоя работа?

— Не знаю. Каким-то чудом все это время мне удавалось справляться с работой. Во всяком случае, мне так казалось... если, выгоняя меня в отпуск, начальство не покривило душой. Но, по правде говоря, я сама не понимаю, как мне удавалось не запороть работу. Я была будто зомби, не выходила из этого состояния. — Саманта уткнулась в ладони и тихонько вздохнула. — Может, и хорошо, что я уехала.

В следующую секунду рука Кэролайн легла на ее плечо.

— Я тоже так думаю, Сэм. Может, если ты поживешь здесь, на ранчо, твои душевные раны затянутся, у тебя будет время, чтобы собраться с мыслями. Ты получила страшную травму. Я знаю, со мной было то же самое, когда умер Артур. Я думала, что не переживу этого. Думала, что тоже умру. Это не совсем то, что случилось с тобой, но ведь смерть — тоже разлука. — На последних словах глаза Кэролайн слегка помрачнели, но она поспешно отогнала печаль и опять улыбнулась Сэм. — Однако твоя жизнь не кончена, Саманта. Может, в некотором смысле она только начинается. Сколько тебе лет?

— Тридцать, — простонала Саманта.

В ее устах это прозвучало как восемьдесят, и Кэролайн рассмеялась. Мелодичный, серебристый смех так мило разнесся по этой прелестной комнате!

— Ты надеешься меня потрясти?

— Разжалобить, — хихикнула Саманта.

— Дорогуша, ты слишком многого хочешь от женщины моего возраста. Я могу тебе позавидовать — это да! Тридцать лет... — Кэролайн мечтательно посмотрела на пламя в камине. — Да я бы отдала все за твои тридцать!

— А я бы все отдала за то, чтобы в вашем возрасте выглядеть так, как вы!

— Ты мне льстишь...

Однако было очевидно, что Кэролайн приятно это слышать. Потом она снова повернулась к Саманте и вопросительно поглядела на нее.

— После того что случилось, у тебя кто-то был?

Сэм помотала головой.

— Почему?

— По двум причинам. Во-первых, из приличных людей мне никто не предлагал, а во-вторых, я сама не хотела. В глубине души я по-прежнему чувствую себя женой Джона Тейлора. И если бы появился другой, мне казалось бы, что я изменяю мужу. Я пока не готова. И знаете что? — Саманта мрачно посмотрела на Кэролайн.— Я боюсь, что так будет всегда. Мне просто никто не нужен. Когда он вышел за порог, что-то во мне умерло. Мне теперь все безразлично. Мне наплевать, влюбится в меня кто-нибудь или нет. Я не считаю себя достойной любви. И не хочу, чтобы меня любили... чтобы меня любил кто-нибудь, кроме него.

— Но тебе надо с собой справляться, Саманта. — В глазах Кэролайн появилось легкое неодобрение. — Нужно рассуждать реалистично: ты не можешь быть ходячим трупом. Ты должна жить. Это и мне говорили когда-то. Однако на все нужно время. Я знаю. Сколько уже прошло с тех пор?

— Три с половиной месяца.

— Прибавь еще шесть. — Кэролайн мягко улыбнулась. — И если через полгода ты не будешь по уши влюблена, придется прибегнуть к радикальным мерам.

— К каким? К лоботомии? — Саманта с серьезным видом отпила горячего шоколада.

— Мы что-нибудь придумаем. Хотя у меня нет впечатления, что до этого дойдет.

— Да, потому что, к счастью, я уже вернусь тогда на Мэдисон-авеню и буду гробить себя, работая по пятнадцать часов в сутки.

— Ты этого хочешь? — печально посмотрела на Саманту Кэролайн.

— Не знаю. Я привыкла так думать. Но теперь, когда я оглядываюсь назад, мне кажется, что, наверное, я конкурировала с Джоном. Да у меня до сих пор есть реальная возможность стать творческим директором агентства, а ведь это так льстит самолюбию!

— Но тебе это нравится?

Саманта кивнула и улыбнулась:

— Я в восторге.

Она наклонила голову набок, и в ее улыбке появилось некоторое смущение.

— Хотя бывают моменты, когда такая жизнь, как у вас, мне нравится больше. — Сэм поколебалась, но нерешительность ее длилась всего секунду. — Можно мне завтра покататься на Черном Красавчике? — Саманта вдруг стала похожа на маленькую девочку.

Но Кэролайн покачала головой:

— Пока нет, Сэм. Надо сперва потренироваться на других лошадях. Ты давно не ездила верхом?

— Около двух лет.

— Тогда тебе не следует начинать с Черного Красавчика.

— Почему?

— Потому что ты не успеешь выехать за ворота, как он тебя сбросит. Ездить на нем непросто, Сэм, — сказала Кэролайн и добавила уже мягче: — Даже тебе.

Кэролайн давно убедилась, что Саманта — прекрасная наездница, но ей было слишком хорошо известно: Черный Красавчик — необыкновенный конь. Он даже ей задавал жару, приводил в ужас управляющего и большинство работников.

— Потерпи. Я обязательно разрешу тебе покататься на нем, когда ты вновь почувствуешь себя уверенно.

Обе женщины понимали, что произойдет это довольно скоро. Саманта слишком много возилась с лошадьми, чтобы напрочь все позабыть.

— Знаешь, — продолжала Кэролайн, — я надеялась, что тебе захочется вволю накататься верхом. Мы тут с Биллом в последние три недели все время корпели над бухгалтерскими книгами. Год кончается, и нам надо привести в порядок баланс. Я тебе уже говорила, мне не хватает двух работников. Так что, если хочешь, ты можешь выезжать в поле вместе с парнями.

— Вы серьезно? — опешила Саманта. — Вы мне разрешаете? — В ее голубых глазах заплясали отблески каминного пламени, золотые волосы засияли.

— Конечно, разрешаю. Больше того, я буду тебе очень признательна, — откликнулась Кэролайн и добавила, ласково улыбнувшись: — Ты понимаешь в этом не меньше, чем они. Во всяком случае, через пару дней будешь понимать. Как по-твоему, ты выдержишь целый день в седле?

— Да, черт возьми! — расплылась в улыбке Саманта.

Кэролайн подошла к ней, в ее взгляде сквозила нежность.

— Тогда отправляйтесь в постель, леди. Вам вставать в четыре утра. Я же не сомневалась, что ты согласишься, поэтому велела Тейту Джордану тебя подождать. А мы с Биллом завтра поедем в город.

И Кэролайн посмотрела на часы. Эти простые часы когда-то подарил ей Билл Кинг. Давно, тридцать лет назад, на ее запястье можно было увидеть только швейцарские часы, украшенные бриллиантами. Особенно любила она те, что муж купил ей в Париже, у Картье. Но Кэролайн уже много лет не носила их. Порой даже ей не верилось, что когда-то у нее была другая жизнь. Она посмотрела на Саманту с теплой улыбкой и опять крепко обняла ее за плечи.

— Дорогая, ты у себя дома!

— Спасибо, тетя Каро.

Женщины медленно направились в холл. Кэролайн знала, что огонь не вырвется из камина, а поднос с грязной посудой оставлен до утра: каждое утро на ранчо приходила мексиканка, которая прибиралась в доме и выполняла кое-какую другую работу.

Кэролайн проводила Саманту до ее спальни и увидела, что Сэм пришла в полный восторг. Это была совсем не та комната, в которой они жили вдвоем с Барбарой, приезжая летом на ранчо. Ту комнату Кэролайн давно превратила в кабинет. Она навевала слишком тяжелые воспоминания о девочке, которая приезжала сюда, жила в этой комнате, среди покрывал и занавесок с розовыми рюшками и мало-помалу взрослела, превращаясь в девушку. Новая комната была совершенно иной. Она тоже предназначалась для женщины, однако была ослепительно белой. Все белоснежное, все утопает в прелестных оборках: и кровать с балдахином, и сшитые вручную подушечки, и плетеный шезлонг. Только красивое лоскутное одеяло выполняло роль цветового пятна, и это было настоящее буйство красок разных оттенков — красного, синего и желтого. Лоскутки были тщательно подобраны и образовывали узор. На двух удобных плетеных креслах, стоявших у камина, лежали подушки. А большой стол, тоже сплетенный из прутьев, украшала ваза, в которой стоял пестрый букет. Из окон открывался великолепный вид на горы. В этой комнате можно было безвылазно сидеть часами, а может, и годами. Каро не полностью избавилась от голливудских привычек: она по-прежнему обставляла каждую комнату как-то по-особенному, проявляя бездну вкуса.

— Да, это совсем не похоже на спальню сельского жителя, — усмехнулась Сэм, присаживаясь на краешек кровати и оглядываясь по сторонам.

— Пожалуй, да. Но если тебе больше по вкусу другое место, то, думаю, кто-нибудь из мужчин не откажется разделить с тобой постель в домике.

Они снова обменялись улыбками, поцеловались, и Кэролайн вышла, тихонько прикрыв за собой дверь. Саманта слышала, как каблуки ковбойских сапог стучат по деревянному полу, удаляясь в другой конец дома, где находились комнаты самой Кэролайн: большая спальня, маленький кабинетик, гардеробная и ванная. Там все было выдержано в ярких тонах, перекликавшихся с тонами лоскутного одеяла. Именно в этих комнатах Кэролайн хранила кое-какие предметы из своей давней коллекции. На стене висела превосходная картина кисти одного из импрессионистов. Были там и другие произведения искусства, которые Кэролайн когда-то купила в Европе: часть — еще при жизни мужа, часть — после его смерти. Это были единственные сокровища, оставшиеся от прежней жизни.

Оставшись одна, Сэм принялась не спеша распаковывать вещи; у нее возникло чувство, будто всего за несколько часов она попала совершенно в иной мир. Неужели сегодня утром она и вправду была в Нью-Йорке, спала в своей квартире, разговаривала в конторе с Харви Максвеллом? Неужели за столь короткое время можно умчаться так далеко? Когда Сэм услышала вдалеке негромкое ржание лошадей и, выглянув в окно, ощутила дуновение ветерка, ей показалось невероятным, что такое возможно. Луна, сиявшая на небе, где горели, наверное, все звезды, которые только существуют, освещала окрестности. Это было волшебное зрелище, и Саманта испытала невыразимое блаженство от того, что покинула Нью-Йорк, приехала сюда, увиделась с Кэролайн. Здесь она вновь обретет себя. Стоя у окна, Сэм вдруг поняла, что поступила правильно. А когда повернулась к нему спиной, то услышала, как в глубине дома, примерно там, где находилась спальня Кэролайн, закрылась дверь. И на мгновение засомневалась, как когда-то сомневались они с Барбарой: а может, это все-таки Билл Кинг?

Глава 4

В четыре утра возле кровати Сэм зазвонил будильник. Она застонала и протянула к нему руку, чтобы выключить. Но неожиданно пальцы ее обдало дуновением ветерка, и Саманта почувствовала какую-то перемену. Она открыла один глаз, посмотрела по сторонам и сообразила, что она не дома. В полной растерянности Саманта еще раз оглядела комнату, подняла глаза на белый балдахин, украшенный оборками, и наконец сообразила, где находится. Она на ранчо Кэролайн Лорд, в Калифорнии, и сегодня ей предстоит поехать на лошади вместе с работниками тети Каро. Сейчас эта идея уже не так вдохновляла ее, как накануне вечером. Мысль о том, что надо вылезти из постели, принять душ и выйти из дому, а затем очутиться в столовой перед тарелкой, в которой лежит целая гора сосисок и яичница, и после этого усесться на лошадь и выехать из усадьбы еще до шести утра, привела ее в крайне мрачное расположение духа. Но ведь она именно для такой жизни и отправилась на Запад, поэтому, немного подумав, Саманта решила, что не может проспать сегодняшнюю поездку. Не может, если хочет подружиться со здешними работниками. Да и потом, Кэролайн оказала ей большую честь, позволив поехать вместе с мужчинами. И чтобы они прониклись к ней уважением, Саманта должна проявить силу духа, волю, знания, должна не хуже их управляться с лошадьми и показать, что она готова ехать.

Приняв душ и выглянув в темноту за окном, Саманта не особенно воодушевилась: все было затянуто тонкой пеленой дождя. Она влезла в старые джинсы, надела белую рубаху, толстый черный джемпер с круглым вырезом, шерстяные носки и сапоги, которые она со священным трепетом надевала, отправляясь на верховую прогулку где-нибудь на востоке страны. Это был прекрасный образец товара фирмы Миллера, и на ранчо в таких сапогах, конечно, никто не ходил, но Саманта решила пока поносить их, а в конце недели купить в городе ковбойские сапоги. Она собрала свои длинные светлые волосы в тугой пучок на затылке, еще разок умылась холодной водой и поспешно схватила старую синюю куртку, в которой обычно каталась на лыжах, и коричневые кожаные перчатки. Товары от Хэлстона, Билла Бласса и Норелла остались в прошлом. Теперь ей предстояло совсем другое занятие. Элегантность тут не требовалась, важно было одеться тепло и удобно. Особенно отчетливо Саманта поймет это вечером, когда вернется в комнату: все мышцы, все суставы у нее будут болеть, ягодицы онемеют, колени окажутся в ссадинах, глаза, в которые целый день будет хлестать ветер, покраснеют, лицо станет гореть, а пальцы, которым с утра до вечера предстоит держать вожжи, почти не смогут разогнуться. Подобное знание не придавало желания подниматься ни свет ни заря... Саманта выскользнула из своей комнаты в холл и заметила под дверью спальни Кэролайн полоску серебристого света. Она хотела было поздороваться с тетей Каро, но потом решила, что не стоит тревожить человека в такое время, и на цыпочках пошла к выходу. Тихонько прикрыв за собой дверь, Сэм надела капюшон, вышла на моросящий дождь, туго завязала тесемки под подбородком и негромко захлюпала по лужам, которые уже образовались на земле.

Казалось, она целую вечность шла до столовой, где обычно питались работники Кэролайн, а по вечерам кое-кто из них играл в карты или в бильярд. Это было большое свежепокрашенное здание, не отличавшееся никакими архитектурными красотами; по потолку шли балки, кирпичный камин был высотой с человеческий рост, в зале имелись проигрыватель, телевизор, несколько столов для игр и старинный бильярдный стол. Сэм давно знала, что Кэролайн Лорд хорошо относится к своим работникам.

Дойдя до порога и дотронувшись озябшей рукой до дверной ручки, Сэм на секунду замерла в нерешительности. Сейчас она войдет в эту мужскую обитель, будет делить с мужчинами утреннюю и дневную трапезы, работать бок о бок с ковбоями и притворяться, что она такая же, как они. Как они воспримут это вторжение? Внезапно у Саманты задрожали колени: она не знала, предупредили ли Кэролайн и Билл о ее приходе работников, и боялась зайти.

Сэм все еще нерешительно стояла под дождем, держась за дверную ручку, когда за ее спиной раздался негромкий голос:

— Да заходи же, черт возьми, парень! На улице холодно.

Саманта вздрогнула от неожиданности, обернулась и оказалась лицом к лицу с широкоплечим, темноволосым и темноглазым мужчиной примерно ее возраста. Он удивился не меньше ее, а затем, быстро осознав свою ошибку, расплылся в ухмылке:

— Вы подруга мисс Кэролайн, да?

Саманта молча кивнула, пытаясь улыбнуться.

— Простите, но... не могли бы вы открыть дверь? А то холодно!

— О!.. — Сэм широко распахнула дверь. — Извините. Просто я... Послушайте, она... она обо мне что-нибудь говорила?

Нежные, будто фарфоровые, щеки Саманты раскраснелись от смущения и от холода.

— Конечно! Добро пожаловать на ранчо, мисс. — Мужчина улыбнулся и прошел мимо Саманты, держась доброжелательно, но не особенно стремясь поддерживать разговор.

Поздоровавшись с двумя-тремя работниками, он зашел в просторную кухню, поздоровался с поваром и взял чашку кофе и тарелку каши.

Только тут Саманта заметила, что в столовой сидит множество мужчин, похожих на него. Все были в джинсах, куртках и теплых свитерах; шляпы их висели на крючках, вбитых в стену, а ковбойские сапоги громко стучали по деревянному полу, когда работники ходили взад и вперед по столовой. Этим утром в столовой было больше двадцати человек, они разговаривали, усевшись маленькими кучками, или пили кофе поодиночке. Полдюжины человек уже сидели за длинным столом, кто ел яичницу с ветчиной, кто — горячую кашу, а кто допивал вторую или третью чашку кофе. Но все это был мужской мир со своими утренними ритуалами, и представители этого мира вот-вот должны были приступить к своим чисто мужским делам... так что Саманта впервые в жизни вдруг почувствовала себя совершенно не к месту. Кровь вновь прилила к ее лицу, и она нерешительно направилась к кухне, нервно улыбнулась по дороге каким-то парням, налила себе черного кофе и забилась в дальний угол комнаты, стараясь быть как можно незаметнее.

С первого взгляда она не запомнила ни единого лица. В основном работники были молодые и, по всей вероятности, сравнительно недавно нанявшиеся к Кэролайн; лишь двое-трое, судя по их виду, уже долго работали на ранчо — на этом или на каком-то другом. Среди них был широкоплечий, плотный мужчина лет пятидесяти с хвостиком, очень похожий на Билла Кинга. Он был примерно такого же телосложения, однако в глазах его Саманта не заметила особой теплоты, а в лице — добродушия. Мужчина мельком взглянул на Саманту и, повернувшись спиной, что-то сказал веснушчатому рыжему парню. Оба расхохотались и, подойдя к столу, сели рядом с двумя другими мужчинами. В приступе болезненной подозрительности Саманта вдруг решила, что они, наверное, смеются над ней, и сказала себе, что сошла с ума, явившись сюда. А решение выехать на работу вместе с этими парнями — это еще большее безумие. Это все отголоски ее давних наездов сюда вместе с Барбарой, когда они ради развлечения объезжали окрестности. Но тогда они были юными, хорошенькими девушками, и мужчины с удовольствием любовались ими, когда они появлялись поблизости на лошадях. Однако на сей раз все по-другому. Саманта пытается быть с ними на равных, а они этого наверняка не потерпят... если вообще заметят ее присутствие.

— Вы разве не будете завтракать?

Голос, раздавшийся рядом, звучал хрипло, но ласково, и перед Сэм вдруг вырос мужчина, похожий на предыдущего, но не такой неприятный.

Сэм посмотрела на него повнимательнее и... тихонько ахнула:

— Джош! Джош! Да это же я, Сэм!

Он бывал тут каждое лето, когда она приезжала с Барбарой, и всегда относился к ней очень заботливо. Барбара рассказывала Сэм, каким ласковым учителем был Джош в ее детстве: он учил ее ездить на лошади. Сэм припомнила, что у Джоша есть жена и шестеро детей. Но она никогда не видела их на ранчо. Как и большинство мужчин, работавших на ранчо, Джош привык к чисто мужскому обществу. Это была странная, одинокая жизнь, независимое существование среди таких же разъединенных людей. Одиночки собирались вместе как бы в поисках тепла... Джош уставился на Саманту сперва недоуменно, но быстро узнал ее и радостно улыбнулся. В следующую секунду он решительно обнял Сэм, уколов ей щетиной щеку.

— Будь я проклят! Сэм?! — негромко воскликнул Джош, а Саманта в ответ рассмеялась. — Как же я, дурак, не догадался, когда мисс Кэролайн сказала, что к ней приезжает подруга? — Он хлопнул себя по коленке и снова заулыбался. — Ну, как жизнь, черт побери? Да ты отлично выглядишь, девочка!

Саманте было трудно в это поверить: она представила себе свое заспанное лицо, подумала, что одета в какое-то старье...

— Вы тоже. Как ваша жена? Дети?

— Выросли и разъехались кто куда, слава Богу! Только жена да один сын остались. — Джош понизил голос, словно открывая Саманте какую-то страшную тайну: — Знаешь, теперь они живут здесь, на ранчо. Мисс Кэролайн заставила перевезти их сюда. Сказала, что им негоже жить в городе, когда я живу здесь.

— Я рада.

В ответ Джош закатил глаза, и они оба засмеялись.

— А почему ты не завтракаешь? Мисс Кэролайн сказала, что ее подруга, которая приедет из Нью-Йорка, будет нам помогать. — Джош мрачно усмехнулся. — Видела бы ты лица парней, когда она сообщила, что их будущий помощник — женщина!

— Да, они, наверное, пришли в экстаз, — язвительно откликнулась Саманта, идя вслед за Джошем на кухню. Ей до смерти сейчас захотелось выпить кофе, да и еда теперь, когда Сэм повстречала Джоша, вроде бы запахла аппетитнее.

Саманта принялась накладывать себе в большую миску овсяную кашу. Джош нагнулся к ней и заговорщически спросил:

— А чего ты сюда явилась, Сэм? Разве ты не замужем?

— Уже нет.

Он кивнул с понимающим видом, а Саманта предпочла не вдаваться в подробности, так что они молча сели за стол. Довольно долго — Сэм успела съесть кашу и перейти к гренкам — к ним никто не подсаживался, а потом вдруг нескольких человек одолело любопытство. Джош представил их одного за другим; в основном все они оказались младше Сэм, но вид у них был уже заскорузлый, как бывает у людей, которые практически всю жизнь проводят на воздухе. Работа у парней была нелегкая, особенно тяжко им приходилось в это время года. Морщины на лице Билла Кинга, придававшие ему сходство с грубо вытесанной статуей, были оставлены временем и стихиями, ведь он лет пятьдесят проработал на разных ранчо. Вглядевшись в лицо Джоша, Сэм убедилась, что оно ничем не отличается от лица Билла, и легко представила себе, что лица других работников в скором времени будут выглядеть примерно так же.

— Полно незнакомых людей, да, Сэм?

Саманта кивнула, и Джош на секунду оставил ее, чтобы принести еще кофе. Большие часы, висевшие над камином, показывали без пятнадцати шесть. Через четверть часа они все направятся за лошадьми·и начнется рабочий день. Интересно, кто предоставит ей на сегодня лошадь? Кэролайн вчера ни словом об этом не обмолвилась... Саманта вдруг заволновалась и принялась искать глазами Джоша. Однако он куда-то исчез с одним из своих дружков, и Сэм поймала себя на том, что озирается будто потерявшийся малыш. Если не считать нескольких любопытных взглядов, мужчины не проявляли по отношению к ней особого интереса; Сэм заподозрила, что они намеренно не желают обращать внимания на женщину и специально смотрят в другую сторону. Ей захотелось закричать или даже вскочить на стол, чтобы ее заметили. Она была готова извиниться, сказать, что, если они хотят, она уйдет, но только не надо ее игнорировать, это действует ей на нервы. Казалось, мужчины решили, что среди них ей не место, и притворились, будто Саманты здесь нет.

— Мисс Тейлор?

Сэм резко обернулась и уставилась в чью-то широкую грудь, обтянутую толстым шерстяным пуловером в синюю и красную клетку.

— Да?

Взгляд скользнул вверх, и Саманта увидела глаза удивительного цвета, такие ей почти не доводилось встречать. Казалось, перед ней изумруды с золотистыми искрами. Черные волосы на висках тронуты сединой. Обветренное лицо, резкие черты, высокий рост... Этот мужчина был выше всех на ранчо, даже выше Билла Кинга.

— Я помощник управляющего.

Он назвал лишь свою должность, без имени. Причем сказал это холодно и грозно. Если бы Саманта повстречалась с ним в темном переулке, у нее бы мурашки забегали по спине.

— Здравствуйте.

Саманта толком не знала, что ему сказать, а он глядел на нее сверху вниз, нахмурив брови.

— Вы готовы пройти со мной на конюшню?

Она кивнула в ответ, оробев от его властного тона и громадного роста. От Саманты не укрылось, что окружающие наблюдают за ними, интересуясь их разговором. Они явно заметили, что в голосе его не было ни капли тепла, что он не нашел для нее ни добрых приветственных слов, ни улыбки.

Вообще-то Саманте хотелось еще выпить кофе, но, поскольку мужчина пошел уже к выходу, она ничего ему не сказала. Поспешно сняв свою куртку с крючка, Сэм оделась, путаясь в рукавах, подняла капюшон и прикрыла за собой дверь, чувствуя себя провинившимся ребенком. Мужчина торопливо вошел в конюшню; по его виду было совершенно понятно, что он раздосадован намерением Саманты отправиться вместе с ними. Скинув капюшон с головы, Саманта стряхнула с него капли дождя; взгляд ее при этом не отрывался от помощника Билла. А он взял дощечку, на которой были написаны имена работников и клички лошадей, задумчиво наморщил лоб и направился к ближайшему стойлу. «Леди» — гласила табличка, и почему-то — Саманта не могла бы внятно объяснить почему — ее сразу взбесил его выбор. Значит, раз она женщина, ей надо ездить на Леди?

Саманта инстинктивно почуяла, что ей навяжут эту кобылу до конца пребывания здесь, и молила Бога, чтобы Леди хотя бы не оказалась жалкой клячей.

— Вы хорошо сидите в седле?

Она снова лишь кивнула в ответ, не желая хвастаться и боясь его обидеть, ведь, по правде говоря, она наверняка ездит верхом лучше большинства мужчин на ранчо, однако он должен увидеть это своими глазами... если, разумеется, удостоит ее взглядом. И вновь он углубился в чтение списка, а она стояла и глазела на его затылок, на темные волосы, спадавшие на воротник... Перед ней был сильный, чувственный мужчина лет сорока с небольшим. В нем было что-то пугающее, что-то неистовое, упорное, решительное. Саманта ощутила это, не успев с ним познакомиться, и ее охватил чуть ли не страх, когда он опять к ней повернулся и покачал головой.

— Не пойдет. Для вас она, наверное, слишком резвая. Лучше поезжайте на Рыжике. Он вон там, в глубине конюшни. Возьмите в подсобке седло и садитесь верхом. Мы выезжаем через десять минут. — Мужчина посмотрел на нее с раздражением. — Вы за десять минут управитесь?

Неужели он думает, что она будет два часа седлать лошадь?

Саманта вдруг вспылила:

— Я управлюсь и за пять. А может, еще быстрее.

Он ничего не сказал, повесил дощечку на стену, где она всегда висела, быстро прошел к стойлам, оседлал свою лошадь и неторопливо вывел ее на улицу. Спустя пять минут все мужчины уже позавтракали, и на конюшне поднялся бешеный гвалт: слышались свист, смех, шум, лошади били копытами, приветствуя своих обычных седоков, и ржали, глядя друг на друга, когда мужчины выводили их из конюшни. В дверях создалась пробка, как на шоссе; мало-помалу все вышли на сырой двор и, весело переговариваясь, столпились под моросящим дождем.

Большинство мужчин надели поверх курток дождевики, и Джош протянул такой же плащ Саманте, когда она медленно вывела своего коня во двор. Ей достался крупный, невозмутимый гнедой конь, не резвый и даже апатичный. Саманта уже заподозрила, что он способен остановиться как вкопанный у ручья, заупрямиться и не идти вперед, обгладывать кусты, при любом удобном случае щипать траву и проситься домой, как только она хотя бы посмотрит в сторону конюшен. Да, денек обещал быть нелегким, и Саманта вдруг пожалела о том, что взъелась на Леди. Но главное, ей не терпелось доказать помощнику управляющего, что она достойна гораздо лучшего коня.

«Такого, как Черный Красавчик», — улыбнулась про себя Саманта, вспомнив про рысака Кэролайн. Ей так хотелось прокатиться на нем. Тогда бы она показала этому суровому типу, явно презиравшему женщин, класс верховой езды!

«Интересно, Билл Кинг когда-нибудь напоминал его?» — подумала Сэм и пришла к выводу, что Билл, наверное, был еще хуже.

Билл Кинг был и оставался суровым управляющим, а этот человек не сделал ей в общем-то ничего плохого, только дал смирную лошадь.

Немного подумав, Саманта признала, что это вполне разумный поступок, когда перед тобой неизвестная наездница, тем более из Нью-Йорка. Да, может, она вообще ездить верхом не умеет? Так что, если Кэролайн не попыталась заранее настроить своих ребят положительно по отношению к ней, Саманте, поведение этого человека вполне объяснимо.

Мужчины сидели на лошадях, болтали, объединившись в небольшие группки, и ждали, пока помощник управляющего даст им задание на день. Двадцать восемь парней никогда не выезжали на работу все вместе, а разбивались на маленькие отряды по четыре-пять человек и, разъехавшись в разные концы ранчо, занимались нужными делами. Каждое утро Билл Кинг или его помощник приходили к ним, давали поручения и распределяли, кто, где и с кем будет работать. И теперь — как всегда, когда Билла Кинга не было на месте, — высокий темноволосый мужчина переходил от одного работника к другому, говоря, чем они сегодня должны будут заниматься. Он дал Джошу четырех помощников и послал их к южной границе ранчо, велев заняться поисками больных животных или животных, отбившихся от стада. Двум другим группам предстояло проверить, целы ли ограждения — помощник Билла подозревал, что они кое-где поломаны. Еще одной четверке было поручено привести двух больных коров, лежавших у реки. Ну а сам помощник управляющего собирался вместе с четырьмя мужчинами и Самантой прочесать территорию ранчо на севере, поскольку там, насколько ему стало известно, находились три отбившиеся от стада коровы, которые вот-вот должны были отелиться. Саманта молча выехала вслед за своими спутниками со двора, она спокойно трусила на Рыжике и мечтала о том, чтобы дождь наконец прекратился. Казалось, прошла целая вечность, прежде чем они поехали побыстрее, и Саманте пришлось в который раз убедиться в том, что западные седла не приспособлены для езды рысью. Ей было странно сидеть в большом удобном седле, она больше привыкла к менее просторным и более плоским английским седлам, которые использовались для скачек с препятствиями и на соревнованиях в Мэдисон-сквер-гарден. Однако тут не только седла, но и вся жизнь была иной...

Саманта лишь разок тихонько улыбнулась, попытавшись себе представить, как проходит сегодняшнее утро у нее на работе. С ума сойти! Всего два дня назад на ней был голубой костюм от Диора и она вела переговоры с новым клиентом, а теперь ищет заблудившихся коров на ранчо! При мысли об этом — их небольшая кавалькада как раз взобралась на вершину невысокого холма — Саманта чуть не залилась громким хохотом. Ей пришлось сделать над собой усилие, чтобы прогнать с лица улыбку... Да, контраст между тем, чем она занималась совсем недавно и занимается теперь, настолько разителен, что даже нелепо! Время от времени Саманта ловила на себе взгляд помощника управляющего: казалось, он проверяет, не свалилась ли она с лошади. Как-то раз она чуть было не сорвалась и не сказала ему пару ласковых, когда он, проезжая мимо, велел ей натянуть вожжи: Рыжик в этот момент отчаянно пытался дотянуться губами до травы. Саманта всего на секунду позволила ему пощипать травку, надеясь, что упрямое животное немного умиротворится и можно будет двигаться дальше. А темноволосый деспот, похоже, решил, что Саманта не в состоянии управлять лошадью. Ее эта мысль привела в бешенство.

«Да я нарочно!» — хотела крикнуть ему вслед Саманта, но он, видно, тут же позабыл о ней и спокойно заговорил с двумя своими спутниками.

Саманта обратила внимание на то, что все они считают его начальством. Мужчины разговаривали с ним так же, как с Биллом Кингом: с затаенной опаской, ограничиваясь короткими, почтительными ответами и торопливыми кивками. Никто не задавал ему вопросов, никто не оспаривал его слов. В разговорах с ним почти не было юмора; когда он обращался к парням или они к нему, помощник Билла очень редко улыбался. Почему-то он начал раздражать Саманту. Даже в той самоуверенности, с которой он держался, Саманте чудился открытый вызов.

— Ну как? Нравится кататься? — спросил он немного погодя, поравнявшись с Самантой.

— Очень, — ответила она сквозь стиснутые зубы; дождь к тому времени усилился. — Погода просто чудесная.

Саманта улыбнулась, но не увидела на его лице ответной улыбки. Помощник Билла молча кивнул, и она мысленно назвала его болваном, лишенным чувства юмора. Постепенно ноги ее устали, ягодицы заныли, седло постоянно терлось о джинсы, и кожа уже зудела так, что хотелось кричать. Подошвы ног окоченели, руки не разгибались... Саманта уже решила, что эта пытка не кончится никогда, как вдруг они остановились, чтобы перекусить. Всадники очутились на дальнем конце ранчо, перед домиком, специально предназначавшимся для этих целей. Там имелись стол, несколько стульев и все необходимое для приготовления еды: электроплитки и проточная вода. Сэм увидела, что помощник управляющего привез провизию в своей седельной сумке. Каждый получил по большому сандвичу с индейкой и ветчиной; кроме того, в домик внесли и быстро опорожнили два больших термоса. В одном был суп, а в другом — кофе. В следующий раз помощник управляющего обратился к Саманте, когда она смаковала кофе:

— Все нормально, мисс Тейлор? — В голосе мужчины звучала легкая насмешка, но глаза на сей раз смотрели добрее.

— Да, спасибо. А как вы, мистер... видите ли, я не знаю, как вас зовут. — Саманта мило улыбнулась ему, и он наконец-то ухмыльнулся в ответ.

Да, в этой девчонке что-то есть, это точно! Он сразу почувствовал, еще когда предложил ей Леди. В глазах Саманты промелькнула тогда досада, но ему было совершенно наплевать на ее желания. Мало ли на какой лошади ей захочется ехать! Он даст ей самую смирную — и точка! Не хватало только, чтобы какая-то фифа из Нью-Йорка переломала тут себе кости! Ему важнее всего, чтобы она осталась целой и невредимой, но пока, похоже, девица неплохо справляется. И потом, надо признать, когда человек едет верхом на такой смирной лошади, трудно понять, какой он на самом деле наездник.

— Меня зовут Тейт Джордан. — Он протянул Сэм руку, и она опять не поняла, серьезно он говорит или издевается. — Как вам у нас, нравится?

— Да, тут чудесно. — Саманта одарила его ангельской улыбкой. — Погода великолепная. Лошадь — высший класс. Люди прекрасные...

Она на секунду умолкла. Он поднял брови:

— А еда? Неужели вы ничего не скажете про еду?

— Сейчас скажу, дайте подумать.

— Я не сомневаюсь, что вы придумаете. Должен признаться, ваше желание покататься сегодня меня удивило. Вы могли бы подождать до лучших времен, когда распогодится.

— А зачем? Вы же не стали ждать, правда?

— Нет. — В его взгляде появилась почти откровенная насмешка. — Но это не одно и то же.

— Добровольцы всегда стараются больше. Вы этого не знали, мистер Джордан?

— Пожалуй, нет. У нас тут не так много добровольцев. А вы тут бывали раньше? — Он впервые посмотрел на нее с интересом, однако им двигало любопытство, а вовсе не желание подружиться с Самантой.

— Да, я приезжала, но ненадолго.

— И Кэролайн разрешала вам выезжать на работу вместе с мужчинами?

— Вообще-то нет... Ну, может быть, иногда, да и то это было... больше для развлечения.

— А теперь? — Он снова вопросительно поднял брови.

— Да и теперь, наверное, тоже. — Саманта улыбнулась уже искреннее.

Она могла бы сказать ему, что это скорее психотерапия, но не желала выдавать своих секретов. Вместо этого ей вдруг захотелось его отблагодарить.

— Я вам признательна за то, что вы мне разрешили поехать с вами. Я знаю, как трудно бывает терпеть рядом новичка. — Однако она не собиралась извиняться за то, что родилась женщиной. Этого еще не хватало! — Надеюсь, что и я смогу оказаться вам чем-нибудь полезной.

— Может быть. — Он кивнул и отошел в сторону. И больше не заговаривал с ней до вечера.

Животных, отбившихся от стада, они так и не нашли, зато часа в два повстречались с парнями, чинившими ограду, и присоединились к ним. От Саманты в этой работе было мало проку, тем более что — если уж говорить правду — она к трем часам так устала, что готова была заснуть прямо на лошади, под проливным дождем, в любых условиях. К четырем вид у нее был уже совсем жалкий, а к половине шестого, когда они повернули назад, Сэм не сомневалась, что, спешившись, будет не в состоянии пошевелиться. Из одиннадцати с половиной часов, которые они пробыли на работе, она провела верхом на лошади под дождем одиннадцать часов и думала, что вполне может ночью отправиться на тот свет. Когда всадники подъехали к конюшне, Саманта еле сползла с лошади и наверняка упала бы, если бы Джош не поддержал ее: колени у нее подгибались, сил совсем не осталось. Поймав его озабоченный взгляд, Саманта устало усмехнулась и с благодарностью оперлась на его руку.

— По-моему, ты сегодня перестаралась, Сэм. Почему ты не вернулась домой пораньше?

— Да вы что, смеетесь? Я скорее умерла бы! Если тетя Каро с этим справляется, то и я могу... — Саманта уныло взглянула на своего старого мерина и добавила: — Могу ли?

— Мне неприятно тебе об этом напоминать, малышка, но Кэролайн ездит верхом гораздо дольше тебя и занимается этим каждый день. А ты завтра будешь чувствовать себя совершенно разбитой.

— Плевать, что будет завтра! Мне важно то, как я себя сейчас чувствую!

Весь этот разговор велся шепотом в стойле Рыжика. Конь пировал, жадно набросившись на сено, и не обращал на них никакого внимания.

— Ты можешь идти?

— Постараюсь. Не поползу же я по-пластунски.

— Хочешь, я тебя понесу?

— Да я бы с удовольствием, — усмехнулась Саманта. — Но что скажут остальные?

При мысли об этом оба рассмеялись, потом Сэм подняла глаза на Джоша, и вдруг... вдруг они снова вспыхнули. Она только сейчас заметила табличку, на которой было выбито имя...

— Джош! — Саманта вмиг позабыла про все свои мучения. — Это Черный Красавчик, да?

— Да, мэм. — В улыбке Джоша сквозило восхищение как Самантой, так и породистым скакуном. — Вы желаете на него взглянуть?

— Да я готова по гвоздям идти, последние силы отдать, чтобы его увидеть, Джошуа! Отведите меня к нему.

Он взял Саманту под руку и помог ей проковылять по конюшне. Все остальные к тому времени уже ушли, и в помещении звучали только голоса Саманты и Джоша.

Издали казалось, что в стойле пусто, но, приблизившись, Саманта заметила, что конь стоит в дальнем углу. Она тихонько свистнула, он медленно подошел к ним и уткнулся носом в ее руку. Саманта в жизни не видела такую красивую лошадь, это было настоящее произведение искусства: черная бархатная шкура, на лбу — белая звезда, на передних ногах белые чулочки. Грива и хвост были такого же иссиня-черного цвета, как и шкура, а большие глаза смотрели ласково. Ноги жеребца отличались удивительным изяществом. При этом конь был прямо-таки богатырских размеров.

— Боже мой, Джош! Это невероятно!

— Красавец, правда?

— Не то слово! Я таких прекрасных лошадей еще не встречала. — Сэм была потрясена. — Какой у него рост?

— Семнадцать с половиной ладоней, почти восемнадцать. — Джош сказал это с гордостью и удовольствием. Саманта тихонько присвистнула.

— Вот на ком мне хотелось бы прокатиться.

— Ты думаешь, Кэролайн тебе разрешит? Мистеру Кингу не нравится, даже когда она сама на нем ездит. Ведь конь страшно норовистый. Пару раз он чуть не сбросил Кэролайн, а это не так-то легко сделать. Я не видел другой лошади, которая могла бы сбросить мисс Кэролайн.

Саманта не отрываясь смотрела на коня.

— Она сказала, что я смогу на нем покататься. Меня он не сбросит, могу поспорить на что угодно!

— Я бы на вашем месте не рисковал, мисс Тейлор. — Голос, раздавшийся у нее за спиной, принадлежал не Джошу; это был другой, низкий, прокуренный голос, он звучал тихо, но в нем не было ни капли тепла.

Саманта медленно повернулась, и, когда увидела Тейта Джордана, ее глаза вспыхнули.

— Почему это вы на моем месте не рисковали бы? Вы думаете, мне больше подходит Рыжик? — Она вдруг взбеленилась. Усталость, боль и досада сплелись в клубок, и Саманта оказалась уже не в силах совладать со своими эмоциями.

— Не знаю, не знаю. Но эти два коня отличаются как небо и земля, а я еще не видел женщины, которая бы ездила верхом лучше, чем мисс Кэролайн. Так что если уж у нее были неприятности с Черным Красавчиком, то вам придется еще тяжелее, можете не сомневаться.

Вид у него был безумно самоуверенный, и Джош вдруг смутился: ему явно было не по себе из-за того, что приходится присутствовать при этом обмене любезностями.

— Ах вот как? Очень интересно, мистер Джордан. Итак, вы еще не видели *женщины*, которая ездила бы верхом лучше, чем Кэролайн. А значит, с мужчинами ее все-таки не сравнить?

— Это совершенно разные вещи.

— Не всегда. Могу поспорить, что я управлюсь с этой лошадью гораздо лучше, чем вы.

— С чего это вы решили? — Он сверкнул на нее глазами, однако это продолжалось всего мгновение.

— Я много лет подряд ездила на таких лошадях. — Саманта сказала это просто от злости, потому что ужасно устала, однако Тейта Джордана ее слова не обрадовали и даже не позабавили.

— Не всем нам была предоставлена столь счастливая возможность. Мы здесь довольствуемся тем, что есть, и стараемся, как можем.

Услышав эти слова, Саманта густо покраснела. Тейт дотронулся до полей своей шляпы, кивнул ей, не глядя на стоявшего рядом с Самантой работника, и вышел из конюшни.

Мгновение они молчали, а потом Джош вгляделся повнимательнее в лицо Саманты. Пытаясь сохранить невозмутимость, она погладила морду Красавчика и подняла глаза на Джоша.

— Противный тип, да? Он всегда так себя ведет?

— Пожалуй. Когда дело касается женщин. Жена давно его бросила. Сбежала с сыном хозяина одного ранчо и вышла за него замуж. Тот даже усыновил сынишку Тейта. А потом они погибли. Бывшая жена и ее новый муж разбились в автомобильной катастрофе. И Тейт опять забрал мальчонку к себе, хотя тот уже не носил его фамилию. По-моему, Тейту безразлично, чью фамилию носит мальчик. Он в нем души не чает. А вот про жену никогда и слова не говорит. Наверно, после этой истории у него оскомина на женщин. За исключением... — на мгновение к щекам Джоша прилила краска, — за исключением гулящих. По-моему, он ни с какими другими не связывается. Да, черт побери... А сыну его вроде бы уже двадцать два, так что сама понимаешь, как давно все это было.

Сэм задумчиво кивнула:

— А вы знаете этого паренька?

Джош пожал плечами и покачал головой.

— Нет. В прошлом году Тейт нашел ему тут неподалеку работу, но он не любит распространяться ни о своей жизни, ни о сыне. Считает это своим глубоко личным делом. Да большинство мужчин так считает! Но с сыном он видится каждую неделю. Парень живет поблизости.

«Еще один одинокий человек — сказала себе Саманта и подумала: — А ковбои бывают не одинокими?»

Но в Тейте было что-то необычное. В его суждениях чувствовался гибкий ум... Не успела Саманта задуматься о том, что из себя представляет Тейт Джордан, как Джош покачал головой и произнес с хорошо знакомой усмешкой:

— Не переживай, Сэм. Он не хотел тебя обидеть. У него просто такие манеры. Ощетинится, как дикобраз, но душа у него добрая. Видела бы ты, как он играет с детьми на ранчо. Он наверняка был хорошим отцом своему мальчику. И потом, Тейт ведь с образованием! Отец его владел ранчо и послал его в хорошую школу. Тейт даже в колледже учился и получил диплом специалиста... уж не знаю, в какой области... но потом его старик умер, и они потеряли ранчо. Наверно, тогда-то он и нанялся на другое ранчо, к хозяину, с чьим сынком потом сбежала жена Тейта. Наверняка все это не прошло для него бесследно. По-моему, Тейт вполне доволен тем, что имеет, и не хочет ничего большего. Ни для себя, ни для своего парня. Он обыкновенный сельскохозяйственный рабочий, как все мы. Но Тейт умен и когда-нибудь станет управляющим. Не здесь, так еще где-нибудь. Надо отдать ему должное. С ним нелегко, но мужик он отличный.

Сэм призадумалась. Болтливый Джош рассказал ей гораздо больше того, что ей на самом деле хотелось знать о Тейте Джордане.

— Ну что, пойдем к дому? — Джош ласково посмотрел на промокшую под дождем до нитки миловидную молодую женщину с усталым лицом. — Как ты, доплетешься?

— Если вы меня хоть раз еще спросите, Джош, я вас ударю! — Саманта яростно сверкнула на него глазами.

Джош рассмеялся.

— Черта с два! — Он захохотал еще громче. — Да ты не в состоянии ногу от земли оторвать, ты даже малюсенькую шавку пнуть не сможешь, Саманта.

И он радовался своей шутке все время, пока они шли к хозяйскому дому. В самом начале седьмого Кэролайн открыла им дверь, и Джош оставил Саманту у порога, препоручив ее хозяйке ранчо. Кэролайн не сумела сдержать улыбку, когда Сэм еле вошла в уютную гостиную и со стоном рухнула на диванчик. По дороге Саманта успела скинуть куртку, а поскольку джинсы ее под плащом не промокли, она не боялась испортить мебель.

— Боже мой! Неужели ты весь день провела в седле, девочка?

Сэм кивнула: она так утомилась, что почти не могла говорить.

— Но почему ты не вернулась домой, когда начала уставать?

— Не хотела показаться слюнтяйкой...

Сэм страшно застонала, но все же умудрилась улыбнуться Кэролайн, которая покатилась со смеху и с размаху шлепнулась на диван рядом с ней.

— О, Саманта! Какая же ты дуреха! Ты ведь завтра будешь умирать.

— Не буду. Завтра я опять сяду на эту проклятую лошадь. — И Саманта снова застонала, но на этот раз не столько от боли, сколько от воспоминаний о своем рысаке.

— А какую лошадь тебе дали?

— Жалкую старую клячу. Рыжика. — Сэм с откровенным отвращением посмотрела на Кэролайн, и та засмеялась еще веселее:

— О Господи! Не может быть! Неужели?

Саманта кивнула.

— Но кто, черт возьми, это сделал? Я же им всем сказала, что ты ездишь верхом не хуже любого мужчины.

— А они не поверили. Во всяком случае, Тейт Джордан не поверил. Он чуть было не дал мне Леди, но потом решил, что лучше отправить меня на Рыжике.

— Завтра скажи ему, что хочешь взять Навахо. Это прекрасный конь, на нем ездим только мы с Биллом.

— Чтобы другие на меня зуб точили?

— А что, сегодня такое было?

— Не уверена. Это народ неразговорчивый.

— Они и друг с другом мало разговаривают. Но если ты моталась сегодня с ними весь день, с самого утра, то с какой стати им на тебя зуб точить? Господи Боже мой, с первого дня такая нагрузка!

Кэролайн явно ужаснул поступок Саманты.

— Но разве вы не сделали бы то же самое?

Кэролайн немного подумала, а затем смущенно усмехнулась и кивнула: дескать, сделала бы.

— Кстати, я видела Черного Красавчика.

— Ну и как он тебе? — Глаза Кэролайн засияли.

— Мне его украсть захотелось... или хотя бы покататься на нем. Но, — Саманта сверкнула глазами, — мистер Джордан считает, что мне не следует пробовать. По его убеждению, кататься верхом на Черном Красавчике — не женское занятие.

— А как же я? — Это очень позабавило Кэролайн.

— Он говорит, что другой такой наездницы, как вы, он не видел. Я с ним даже сцепилась по этому поводу. Поче-

75

му он подчеркивает, что речь идет именно о наездницах, то есть о женщинах?

Но Кэролайн лишь рассмеялась в ответ на ее возмущенную тираду.

— Что тут смешного, тетя Каро? Лучше вас никто вообще не ездит на лошади!

— Среди женщин, — уточнила Кэролайн.

— Вам смешно?

— Я привыкла к такому отношению. Билл Кинг тоже так считает.

— Да, мужики тут у вас нахальные, — простонала Саманта, слезая с диванчика и плетясь к себе в комнату. — Ладно, если я смогу завтра заставить Тейта Джордана дать мне более приличную лошадь, я буду считать, что одержала великую победу во имя женщин. Как зовут лошадь, про которую вы говорили?

— Навахо. Ты просто скажи, что я велела.

Саманта шутливо закатила глаза и в следующее мгновение скрылась в глубине коридора.

— Удачи! — крикнула ей вслед Кэролайн.

А Саманта умылась, вернулась в свою прелестную спальню и, принявшись расчесывать волосы, вдруг сообразила, что сегодня впервые за три месяца не была готова свернуть горы, лишь бы посмотреть вечернюю телепередачу, которую вели Джон и Лиз. И даже не пожалела, что пропустила ее! Она оказалась совершенно в другом мире. В мире Рыжиков и Навахо. И помощников управляющего, которые верили, что они управляют всем миром. Жизнь была очень простой и цельной, а самым серьезным вопросом оказалось то, какую лошадь выделят ей для завтрашней поездки.

Улегшись в постель вскоре после ужина, Саманта снова сказала себе, что столь блаженного простого существования она не знала со времен детства. А потом, прямо перед тем как заснуть, она услышала знакомый звук закрывающейся входной двери, и на сей раз до ее уха точно долетели звуки приглушенных шагов и тихого смеха, раздавшегося из холла.

Глава 5

Наутро Саманта с душераздирающими стонами выползла из постели, поковыляла в душ и целых пятнадцать минут стояла под горячей водой, обмывая ноющее тело. После одиннадцатичасового пребывания в седле кожа под коленями стала почти пунцовой, и перед тем, как осторожно влезть в джинсы, Саманта обложила себе ноги ватой и надела сверху дамские панталоны. Единственным положительным моментом было то, что дождь наконец прекратился, и, когда Сэм по дороге в столовую на завтрак вгляделась в предрассветный сумрак, она увидела на небе звезды. Этим утром она уже не так робела, войдя в столовую. Повесив куртку на крючок, Саманта сразу направилась к автомату, готовившему кофе, и наполнила высокую кружку дымящейся жидкостью. Заметив за дальним столом своего старинного приятеля Джоша, она с улыбкой подошла к нему, и он усадил ее рядом с собой.

— Ну как самочувствие, Саманта?

Она горестно усмехнулась и заговорщически понизила голос:

— Я только одно могу сказать, Джош: хорошо еще, что мы поедем верхом.

— Почему?

— А потому что ходить я бы точно не смогла! Я почти ползком ползла сюда из дома Кэролайн.

Джош и другие мужчины, сидевшие за столом, покатились со смеху, и один из них похвалил Саманту за то, что она накануне проявила такую выносливость.

— Ты отлично ездишь на лошади, Саманта.

Хотя на самом деле у нее не было возможности продемонстрировать им все свое умение, поскольку дождь лил как из ведра.

— Когда-то я ездила хорошо. Но это было давно.

— Не имеет значения, — решительно возразил Джош. — У тебя хорошая посадка и хорошая хватка, а это сохраняется по гроб жизни. Ты сегодня опять на Рыжике поедешь, Сэм?

Джош поднял брови. Саманта передернула плечами и отпила глоток кофе.

— Посмотрим. Не думаю.

Джош только улыбнулся в ответ. Он знал, что Саманта не будет долго терпеть старую клячу. Особенно после того, как она увидела Черного Красавчика! Джош сказал себе, что очень удивится, если Саманта в скором времени не усядется на Красавчика верхом.

— Ну, а как тебе понравился вчера наш богатырь? — Джош даже заулыбался от удовольствия.

— Черный Красавчик?

Когда Саманта произнесла это имя, в ее глазах появился особый свет. Эту страсть далеко не все способны понять... Джош кивнул и ухмыльнулся.

— Я такого великолепного жеребца никогда не видела. Джош не удержался и спросил:

— Мисс Каро разрешит тебе на нем покататься?

— Если мне удастся ее уговорить... а я уж постараюсь! — Сэм улыбнулась Джошу через плечо, направляясь к очереди, выстроившейся в ожидании завтрака.

Спустя пять минут она вернулась с тарелкой, на которой лежала ветчина с сосисками. Двое ее соседей по столу за это время пересели за другой стол, а Джош уже нахлобучивал шляпу.

— Чего это вы так рано, Джош?

— Да я пообещал Тейту, что зайду перед выездом на работу в конюшню, надо ему помочь. — Джош улыбнулся, потом переброcился парой фраз с приятелем и ушел.

Через двадцать минут Саманта зашла в конюшню и растерянно оглянулась, ища Тейта; она сама не знала, как завести с ним разговор о том, что хорошо бы ей дать другую лошадь. В то же время она не собиралась снова соглашаться на старого лентяя, которого дал ей Тейт в прошлый раз. Раз Кэролайн предложила Навахо, значит, он куда больше ей подходит!

Несколько мужчин, проходя мимо, кивнули Саманте. Похоже, ее присутствие уже не так их раздражало, как накануне. Саманта подозревала, что, даже ожидая увидеть ее сегодня утром, они еще не до конца поняли ее характер. Но в то же время Сэм было ясно, что сердца их можно покорить, только если ездить с ними на равных под проливным дождем, не сетуя на усталость. А раз она хочет провести ближайшие три месяца на ранчо Кэролайн, среди ковбоев, важно, чтобы они перестали ее считать чужой. Но от Сэм не укрылось, что на нескольких парней ее внешность и молодость произвели впечатление; накануне вечером она видела, как один из них завороженно уставился на нее, когда она сняла с волос резинку и тряхнула своей длинной гривой пепельно-белокурых волос. Поймав на себе взгляд парня, Саманта ответила мимолетной улыбкой, а он густо покраснел и отвернулся.

— Доброе утро, мисс Тейлор!

Чей-то решительный голос ворвался в приятные размышления Сэм, и, подняв глаза на Тейта Джордана, она вдруг поняла, что готова пережить любую неловкость, лишь бы не трястись целый день на плохой лошади, повинуясь его приказанию.

В его взгляде было столько упрямой самоуверенности, что она моментально взбеленилась, стоило Тейту повернуть к ней голову.

— Наверное, вы устали после вчерашнего?

— Да вообще-то нет.

Уж кому-кому, а Тейту она не собиралась жаловаться на усталость и на ломоту во всем теле! Устала ли она? Разумеется, нет!.. Одного взгляда на него достаточно, чтобы понять, каким могущественным и важным он себя считает. Надо же, помощник управляющего ранчо! Неплохо, мистер помощник. Биллу Кингу уже шестьдесят три, и он в любой момент может удалиться на покой, оставив Тейту Джордану в наследство свои громадные башмачищи. Хотя... Джордан, конечно, не будет смотреться в этой роли так внушительно, как Билл Кинг... не будет таким же умным, добрым и даже мудрым начальником... Саманта не понимала почему, но Тейт Джордан ужасно ее раздражал; любому постороннему человеку, который взглянул бы сейчас на Тейта, намеревавшегося отойти от Саманты, стало бы понятно, что между ними существуют скрытые трения.

— Э-э... Мистер Джордан! — Саманта неожиданно почувствовала странное наслаждение от того, что может его уесть.

— Да? — Тейт повернулся к ней лицом, держа на плече седло.

— Мне бы хотелось поехать на другой лошади.

Ее глаза были холодны, как стекло, а его внезапно сверкнули.

— К чему вы клоните? — В его голосе звучал скрытый вызов.

Саманту так и подмывало сказать, что она мечтает прокатиться на Черном Красавчике, но затем она решила не тратить на него свою иронию.

— Кэролайн считает, что мне вполне подойдет Навахо.

Джордан досадливо нахмурился, но потом кивнул и отвернулся, рассеянно бросив через плечо:

— Что ж, можно.

Эти слова еще больше разозлили Саманту. Почему ей требуется его разрешение? Разум подсказывал, что по очень простой причине, однако Саманта еще долго кипятилась: и подойдя к Навахо, и найдя в смежной комнатушке седло и уздечку, и вернувшись к коню, чтобы его оседлать. Это был прекрасный конь: морда светлая с подпалинами, бока бурые, и очень характерный круп — белый, с большими коричневыми пятнами. Конь стоял смирно, пока Саманта водружала ему на спину седло и закрепляла подпругу, однако едва она вывела его из конюшни, стало ясно, что он гораздо норовистее Рыжика. Саманте пришлось немного попотеть, подчиняя его своей воле, — он целых пять минут то и дело взвивался на дыбы, едва она пыталась присоединиться к ковбоям, которые уже начали выезжать со двора. Саманта попала в ту же группу, в которой она была накануне, и по дороге к холмам заметила, что Тейт Джордан наблюдает за ней с явным неодобрением.

— Вы считаете, что справитесь с ним, мисс Тейлор? — Голос мистера Джордана был звучен, как колокол, и когда он, проезжая мимо, критически поглядел на то, что выделывала ее лошадь, Саманте вдруг страшно захотелось ему врезать.

— Я очень постараюсь, мистер Джордан.

— По-моему, вам все же следовало взять Леди.

Саманта не произнесла в ответ ни звука и поехала вперед. Через полчаса все уже были поглощены работой: искали отбившихся от стада животных и снова проверяли, цела ли ограда. Нашли больную телку, и двое мужчин принялись кнутами подгонять ее к одному из больших коровников. К тому времени когда наконец был сделан перерыв на обед, они уже проработали шесть часов. Остановившись на поляне, работники привязали лошадей к деревьям, которые росли вокруг. Как обычно, всем раздали бутерброды и кофе, разговор велся лениво, все расслаблялись. К Саманте почти не обращались, однако ее это не тяготило; она закрыла глаза, подставив лицо зимнему солнцу, и потихоньку уносилась мыслями все дальше...

— Вы, наверное, устали, мисс Тейлор.

Снова этот голос!

Саманта открыла один глаз.

— Да, в общем, нет. Я просто греюсь на солнышке. Вас это раздражает?

— Ну что вы! — Он любезно улыбнулся. — Вам нравится Навахо?

— Очень. — Саманта открыла оба глаза и улыбнулась ему. А потом не удержалась от соблазна немного подразнить Тейта: — Хотя, конечно, не так, как мне понравилось бы ездить на Черном Красавчике.

Сэм лукаво улыбнулась, и было непонятно, серьезно она говорит или шутит.

— Это, мисс Тейлор, — он ответил улыбкой на улыбку, как игрок в теннис отбивает резкий удар, — было бы с вашей стороны ошибкой, и, надеюсь, вы ее не сделаете. — Мистер Джордан кивнул с видом человека, умудренного опытом. — Вы расшибетесь. И опозоритесь. — Он снова ласково улыбнулся. — Страшно опозоритесь. На таком жеребце могут ездить немногие. Даже мисс Лорд приходится соблюдать осторожность, когда она его выводит из стойла. С Красавчиком шутки плохи, это... — Тейт запнулся, подбирая слова. — Это лошадь не для... людей, которые катаются верхом лишь иногда, от случая к случаю.

Держа в руке чашку с дымящимся кофе, мистер Джордан покровительственно посмотрел на Саманту сверху вниз своими зелеными глазами.

— А вы сами-то на нем ездили? — Вопрос прозвучал резко, глаза Саманты не улыбались.

— Однажды.

— И как он вам?

— Прекрасный конь. В этом вы можете не сомневаться.— В зеленых глазах вновь засветилась улыбка. — На нем ездить не то что на Навахо.

Однако он этим давал понять, что с Навахо она в состоянии справиться!

— По-моему, когда мы выезжали из дому, он задал вам жару, — добавил Тейт.

— И вы решили, что я с ним не совладаю? — Саманта чуть не расхохоталась.

— Да нет, я просто беспокоился. Ведь если вы разобьетесь, в этом буду виноват я, мисс Тейлор.

— Вы говорите как настоящий начальник, мистер Джордан. Но навряд ли мисс Лорд призовет вас к ответу, если я свалюсь с лошади. Она меня слишком хорошо знает.

— Что вы хотите этим сказать?

— А то, что я не привыкла ездить на таких лошадях, как Рыжик.

— Но неужели вы считаете, что справитесь с Черным Красавчиком?

Тейт был уверен, что ни Кэролайн Лорд, ни Билл Кинг не позволят Саманте прокатиться на этом жеребце. Черт возьми, даже ему и то всего один раз дали проехаться на дорогом, породистом скакуне!

Саманта спокойно кивнула:

— Да, я считаю, что справлюсь:

Тейта ее заявление явно позабавило.

— Вот как? Вы настолько уверены в себе?

— Я просто знаю, что я умею, а что — нет. Я езжу хорошо. Не боюсь рисковать. И прекрасно осознаю, что делаю. А что касается опыта, то я езжу верхом с пяти лет. Это не так-то мало.

— И ездите каждый день? — В голосе Тейта снова появился вызов. — И много ездите верхом по Нью-Йорку?

— Нет, мистер Джордан, — мило улыбнулась Саманта. — Не много.

Но мысленно поклялась усесться верхом на Черного Красавчика, едва заручившись разрешением Кэролайн: во-первых, ей не терпелось на нем прокатиться, а во-вторых, ужасно хотелось доказать этому наглому ковбою, что она не ударит лицом в грязь.

В следующую минуту Тейт уже вернулся к подчиненным и подал сигнал к отъезду. Они вскочили в седла и остаток дня продолжали заниматься осмотром самых дальних уголков ранчо. Им удалось обнаружить еще несколько телок, которые чуть было не вышли за границы владений Кэролайн, и на закате их пригнали домой. Саманте опять казалось, что она не сможет слезть с лошади, но Джош поджидал Сэм у конюшни и потянулся к ней, когда она со стоном перекинула через лошадь ногу.

— Ну как? Дойдешь сама, девочка?

— Сомневаюсь.

Джош лишь улыбнулся в ответ, глядя, как Саманта расседлывает лошадь и, чуть не падая, идет убирать на место седло и уздечку.

— Как прошел день? — Джош последовал за Самантой и встал на пороге.

— Да вроде нормально. — Устало улыбнувшись, Саманта вдруг сообразила, что уже говорит как заправский ковбой, который не любит тратить слов попусту.

Только Джордан говорил иначе, да и то лишь обращаясь к ней. Тогда чувствовалось, что он человек образованный;

во всех остальных случаях его речь ничем не отличалась от речи окружающих мужчин. Билл Кинг тоже подбирал выражения, разговаривая с Кэролайн, но его речь менялась не так сильно. Они вообще были совершенно разными — Билл Кинг и Тейт Джордан. Джордан гораздо меньше всех остальных напоминал неотшлифованный алмаз.

— Далеко отсюда до Нью-Йорка. Да, Саманта? — На морщинистом лице невысокого пожилого ковбоя появилась ухмылка, и Саманта в ответ закатила глаза.

— О да! Именно поэтому я к вам и приехала!

Джош кивнул. Он толком не знал, почему Саманта решила сюда приехать. Но догадывался. Ранчо — хорошее место для тех, у кого неприятности. Тяжелая работа, свежий воздух, хорошее питание и отличные лошади вылечат почти любую хворь. В животе не бывает пусто, вечером валишься с ног от усталости, солнце всходит и заходит, а ты думаешь только о том, нужно ли тебе подковать лошадь и не пора ли починить забор на южной стороне ранчо. Другой жизни Джош не знал, но зато видел многих людей, перепробовавших самые разные занятия и в конце концов вернувшихся сюда. Да, это хорошая жизнь! И Джош понимал, что Саманте она тоже пойдет на пользу. От чего бы она ни пыталась на самом деле убежать, такая жизнь ей поможет забыться. Накануне утром Джош заметил под глазами Саманты темные круги. Теперь они слегка посветлели.

Джош и Саманта вместе прошли мимо Черного Красавчика, и Сэм почти инстинктивно протянула руку, чтобы потрепать его по холке.

— Здравствуй, дружок! — тихо пробормотала Саманта, и жеребец заржал, словно она была его хорошей знакомой.

Саманта задумчиво посмотрела на коня, будто видела его впервые. Потом ее глаза странно вспыхнули, она вышла вместе с Джошем из конюшни, пожелала ему доброй ночи и медленно направилась к хозяйскому дому. Билл Кинг разговаривал с Кэролайн. Когда Саманта зашла в комнату, они умолкли.

— Добрый вечер, Билл... Каро! — Саманта улыбнулась им обоим. — Я вам не помешала?

Она смутилась, но они поспешно замотали головами, успокаивая ее.

— Конечно, нет, дорогая! — Кэролайн поцеловала Саманту, а Билл Кинг взял шляпу и поднялся с кресла.

— До завтра, милые дамы.

Он быстро ушел, и Саманта со вздохом растянулась на кушетке.

— Тяжко пришлось, да? — ласково посмотрела на нее Кэролайн.

Сама она не ездила верхом уже целую неделю. Перед Новым годом им с Биллом все еще предстояла куча бумажной работы, а времени осталось кот наплакал — всего две недели. Кэролайн знала, что нужно хотя бы улучить момент и поездить немного верхом на Черном Красавчике, пока он не стал совсем диким, но она даже этого не успевала сделать.

— Ты очень устала, Сэм? — Кэролайн посмотрела на Саманту с сочувствием.

— Устала? Вы, наверное, шутите? Я же столько лет подряд просидела в конторе за письменным столом! Нет, я не просто устала! Я совершенно разбита! И если бы Джош не стаскивал меня каждый вечер с лошади, я бы, наверное, так и спала в седле.

— Плохо дело.

— Да уж куда хуже!

Они рассмеялись, а мексиканка, прибиравшаяся в доме и готовившая еду, позвала их ужинать. Все было готово.

— О... Что это? — Кэролайн радостно наморщила нос, плетясь в большую кухню, красиво обставленную в деревенском стиле.

— Энчиладас*, фаршированный перец, тамалес**... Мои любимые блюда. Надеюсь, тебе тоже понравится.

---

* Блюдо из креветок, приправленных острым соусом из перца.
** Пирожки из кукурузной муки с разной начинкой, обернутые банановыми листьями.

Саманта расплылась в блаженной улыбке.

— После такого денька я и картон готова грызть, лишь бы его было много, и при условии, что потом мне дадут принять ванну и рухнуть в постель.

— Ладно, я это учту, Саманта. Ну а в остальном как все было? Надеюсь, тебя никто не обижал? — Задавая последний вопрос, Кэролайн нахмурилась.

Саманта в ответ помотала головой и снова улыбнулась:

— О нет, все были очень милы.

Однако она чуть заметно запнулась, и Кэролайн моментально обратила на это внимание.

— Все, кроме...

— Никаких «кроме». Я, правда, не думаю, что мы с Тейтом Джорданом станем лучшими друзьями, но он ведет себя вполне прилично. Просто, по-моему, он неодобрительно относится к тем, кто, как он выражается, катается верхом лишь иногда, от случая к случаю.

Кэролайн усмехнулась.

— Да, пожалуй. Он человек необычный. В некоторых вопросах Тейт рассуждает как хозяин ранчо, но при этом с удовольствием гнет спину, работая не на себя. Он один из последних настоящих ковбоев. Отличный наездник и отличный работник. Это ковбой до мозга костей, который готов умереть за хозяина и сделать что угодно, лишь бы спасти ранчо. Мне повезло, что у меня есть такой работник, и когда-нибудь, — Кэролайн тихонько вздохнула, — он вполне заслуженно встанет на место Билла. Если останется здесь до того времени...

— А с чего бы ему не остаться? Тут ведь не жизнь, а малина! Вы всегда предоставляли своим работникам гораздо больше удобств, чем в других хозяйствах.

— Да, — Кэролайн задумчиво кивнула. — И всегда сомневалась, что для них это имеет такое уж большое значение. Это ведь странный народ. Они почти все делают из гордости, чтобы не уронить своего достоинства. Они готовы работать задаром, просто из уважения к человеку или потому, что он хорошо с ними обошелся, а от кого-нибудь другого уйдут, решив, что так надо. Предсказать, как они поступят, совершенно невозможно! Даже Билл непредсказуем. Я никогда точно не знаю, что он сделает в следующую минуту.

— А здорово, наверное, управлять таким ранчо, как ваше!

— Да, это интересное занятие, — улыбнулась Кэролайн. — Очень интересное. — Кэролайн вдруг перехватила взгляд Саманты, устремленный на часы. — Что-то не так, Сэм?

— О нет. — Саманта словно притихла. — Просто сейчас шесть часов.

— И что? — Кэролайн сразу не поняла, но потом до нее дошло. — Ты про выпуск новостей говоришь?

Саманта кивнула.

— Ты смотришь его каждый вечер?

— Я стараюсь не смотреть. — В глазах Сэм опять засквозила мука. — Но в конце концов не выдерживаю.

— Может, тебе и сейчас стоит посмотреть?

— Нет. — Саманта медленно помотала головой.

— Хочешь, я скажу Лусии-Марии, чтобы она принесла сюда телевизор? Она принесет, можешь не сомневаться!

Однако Сэм опять покачала головой:

— Нет, я все равно должна прекратить. — У нее вырвался еле слышный вздох. — И лучше сделать это прямо сейчас.

Это напоминало борьбу с наркоманией. Да, ежевечерняя привычка впиваться взглядом в лицо Джона Тейлора была своего рода наркотиком...

— Я могу тебя чем-нибудь отвлечь? Может, выпить хочешь? Или посмотришь новости конкурирующей телекомпании? Или пососешь леденец? А хочешь, я разрешу тебе разорвать что-нибудь в мелкие клочья?

Кэролайн подшучивала над ней, и Саманта наконец рассмеялась. Какая же она прекрасная женщина! Все понимает!

— Ничего, я и так справлюсь с собой, но раз уж вы заговорили о лекарстве... — Саманта поглядела на сидевшую напротив нее за столом Кэролайн. В глазах Сэм читалась огромная мольба... как у девочки, которой до смерти хочется надеть на школьный вечер мамину норковую шубу. В приглушенном свете лампы ее лицо, обрамленное белокурыми волосами, струившимися по плечам, казалось еще моложе, чем обычно. — Мне хотелось бы попросить вас об одолжении.

— О каком? По-моему, ты тут и так можешь получить все, что угодно.

— Нет, не что угодно, — по-детски лукаво усмехнулась Саманта.

— И что же это может быть?

Саманта прошептала два заветных слова:

— Черный Красавчик.

Кэролайн на мгновение задумалась, а потом внезапно расхохоталась.

— Так вот в чем дело! Понятно...

— Тетя Каро... можно?

— Что «можно»? — Кэролайн Лорд царственно откинула назад голову, однако в ее глазах мерцали веселые искорки.

Но Саманту не так-то легко было сбить с толку.

— Можно мне на нем покататься?

Кэролайн долго не отвечала, ее вдруг охватило волнение.

— А тебе кажется, ты уже готова к этому?

Саманта кивнула, осознавая правоту Джоша, который сказал: «Если ты что-нибудь заполучишь, то уже из рук не выпустишь».

— Да, — сказала Саманта.

Кэролайн задумчиво посмотрела на нее. Стоя рядом с Биллом у большого окна, она видела, как Сэм въехала во двор. У Сэм в крови любовь к лошадям. Лошади — это как бы часть ее существа, она инстинктивно все делала правильно, даже после годичного перерыва.

— А почему тебе хочется на нем прокатиться? — Кэролайн наклонила голову набок, позабыв про еду.

Когда Саманта вновь заговорила, голос ее звучал тихо-тихо, а глаза смотрели как-то отстраненно; она позабыла и про выступление своего бывшего мужа, и про женщину, к которой он ушел... Она могла думать сейчас только об ослепительно прекрасном черном жеребце, стоявшем в конюшне, и о том, как страстно ей хочется ощутить его под собой и поскакать навстречу ветру.

— Я не знаю почему. — Сэм честно посмотрела на Кэролайн и улыбнулась. — Просто у меня такое чувство, будто... будто, — она запнулась, и в глазах ее вновь появилась отрешенность, — будто я должна это сделать. Я не могу объяснить, Каро, но в этом коне есть что-то особенное.

На губах Сэм заиграла отрешенная улыбка, и тут же ее отражение появилось в глазах Кэролайн.

— Я знаю. Я тоже это чувствовала. Потому и купила его. Хотя женщине моего возраста не пристало ездить на таком норовистом жеребце. Но я должна была его купить, должна была поездить на таком напоследок.

Саманта кивнула в знак полного понимания, и, посмотрев друг другу в глаза, женщины ощутили нечто особенное, что всегда их объединяло; эта связующая нить протянулась сквозь годы и расстояния. В некотором смысле они были одинаковыми, родственными душами, как мать и дочь.

— Ну так что? — с надеждой посмотрела на Кэролайн Саманта.

— Ладно. — Лицо Кэролайн медленно озарилось улыбкой. — Можешь покататься.

— Когда? — Сэм даже дыхание затаила.

— Завтра. А почему бы и нет?

Глава 6

Утром, выпрастывая ноющее тело из простыней, Саманта лишь несколько первых мгновений кривилась от боли. Затем она неожиданно припомнила свой разговор с Кэролайн, и ей все стало нипочем: она ринулась в душ и даже не поморщилась, когда горячая вода забарабанила по ее плечам и голове. В то утро она даже на завтрак не пожелала тратить времени. Наплевать на еду! Во всяком случае, сегодня! Надо только выпить на кухне чашечку кофе — и бегом в конюшню! При одной мысли об этом Саманта расплылась в улыбке. Ни о чем другом она сейчас думать не могла. И когда она подбегала к конюшне, улыбка по-прежнему сияла в ее глазах. В углу тихонько беседовали двое мужчин, больше в конюшне никого не оказалось. Было слишком рано, и большинство работников еще не появились здесь. Они завтракали и пытались окончательно проснуться, взбадривая себя местными сплетнями и разговорами о делах ранчо, которые обычно велись в столовой.

Саманта тихонько, почти украдкой взяла седло Черного Красавчика и направилась к его стойлу. Но тут же поймала на себе взгляды мужчин, один ковбой даже брови поднял. Они прервали свою беседу и смотрели на нее с молчаливым вопросом. Она так же молча им кивнула и проскользнула в стойло. Вполголоса успокаивая коня, Саманта провела рукой по длинной, грациозной шее и потрепала его по мощному крупу. Красавчик смотрел на нее сначала нервно, пятился и поворачивался боком, но затем остановился, словно решив обнюхать воздух возле того места, где стояла Саманта. Она повесила седло на дверь и, накинув жеребцу на голову уздечку, вывела его из стойла.

— Мэм! — окликнули ее, когда она обвязывала поводья вокруг столбика, чтобы ей было удобно оседлать Черного Красавчика.

Саманта обернулась, желая посмотреть, кто к ней обращается. Это оказался один из двух наблюдавших за ней мужчин, и она только сейчас сообразила, что он близкий друг Джоша.

— Мисс Тейлор! — снова воскликнул он.

— Да?

— Мм... вы что, собираетесь... нет, я не имею в виду... — Он был смертельно напуган и явно обеспокоен.

Сэм лучезарно улыбнулась ему в ответ. В то утро волосы ее свободно спадали на спину, глаза блестели, лицо порозовело от декабрьского морозца. Она была несказанно прекрасна и, стоя рядом с угольно-черным жеребцом, напоминала миниатюрную белогривую лошадку.

— Все в порядке, — поспешила успокоить мужчину Саманта. — Мне разрешила мисс Лорд.

— Ух ты!.. Мэм... а Тейт Джордан это знает?

— Нет. — Саманта решительно помотала головой. — Он не знает. И я не вижу оснований ему докладывать. Черный Красавчик принадлежит мисс Кэролайн, разве не так?

Мужчина кивнул, и Сэм снова одарила его ослепительной улыбкой:

— Тогда нет причин для беспокойства.

Мужчина колебался, но затем пошел на попятную:

— Да, наверное... — Но тут же спросил, тревожно нахмурившись: — А вы не боитесь на нем ездить? Знаете, какая силища в этих длинных ногах!

— Держу пари, и он это знает! — Саманта одобрительно, предвкушая удовольствие, взглянула на ноги Красавчика и положила ему на спину седло.

Кэролайн приобрела для Черного Красавчика не только западное седло, но и английское седло, и именно его сейчас и надела на коня Саманта. Казалось, и ему приятно ощущать прикосновение гладкой коричневой кожи; английское седло было полной противоположностью неудобному западному, на котором Саманте пришлось ездить в последние два дня. Она привыкла к английскому седлу, так же как и к вполне определенной породе лошадей, на которых ей часто доводилось ездить, однако такой прекрасный конь, как этот, был бы редким подарком для любого наездника.

Оседлав Красавчика, Саманта потуже затянула подпругу, и тут один из ковбоев нерешительно приблизился к ней и помог взобраться на гигантского черного жеребца. Почувствовав на своей спине седока, Черный Красавчик нервно загарцевал, но Саманта крепко натянула поводья и, кивнув ковбоям, поспешно вывела коня во двор. По пути к первым воротам он несколько раз вставал на дыбы и пытался уклониться в сторону, но Сэм все же вывела его со двора и позволила перейти на рысь, которая быстро превратилась в галоп, когда они поскакали по полям. На небе к тому времени уже показались первые признаки рассвета, и вокруг пепельных волос Саманты возник золотистый ореол. Зимнее утро было великолепным, она ехала на великолепной лошади, равной которой у нее еще никогда не было... По лицу Саманты невольно расплылась улыбка, и она скакала на Черном Красавчике все быстрее и быстрее. Сэм в жизни не испытывала такого чувства свободы; это было похоже на полет, они мчались вперед, как бы слившись в единое целое... У нее сложилось впечатление, что прошел не один час, прежде чем она заставила коня изменить направление и, чуть осадив его, повернула домой. Этим утром ей еще предстоит отправиться на работу вместе со всеми, а она пропустила завтрак ради того, чтобы прокатиться на этом сказочном коне... До главного здания оставалось не больше четверти мили, и Саманта не смогла удержаться от искушения: она заставила могучего жеребца перепрыгнуть через узкую речушку. Он легко с этим справился, а она потом заметила неподалеку Тейта Джордана, который ехал на своем красивом черно-белом пинто и свирепо поглядывал на нее. Саманта слегка осадила Красавчика, повернула в сторону Джордана и поскакала к нему. На мгновение ей захотелось вызвать его на состязание и продемонстрировать свое умение ездить верхом. Но она поборола этот соблазн и просто понеслась к нему с ликующим видом на спине прекрасного жеребца. Понемногу она заставила Красавчика перейти на рысь, и, когда они поравнялись с Тейтом, конь уже весело гарцевал под ней.

— Доброе утро! Не хотите ли прокатиться с нами? — Саманта посмотрела на Тейта с огромным торжеством; в его же глазах читалась ярость.

— Какого черта вы залезли на этого коня?

— Кэролайн разрешила мне на нем покататься. — Саманта говорила тоном капризного ребенка.

Она поехала еще медленнее, и Тейт вынужден был скакать с ней бок о бок, возвращаясь домой. Сэм прекрасно помнила все, что он сказал ей накануне, и наслаждалась своим триумфом.

— Великолепный конь, не правда ли?

— Да. И если бы он оступился, прыгая через речку, его великолепные ноги были бы переломаны. Вы не подумали об этом, вынуждая его к прыжку? Вы что, не видели на берегу камни, черт побери? Или вы не знаете, что он легко может оступиться? — Голос Тейта далеко разносился в утренней тишине, и Саманта посмотрела на Джордана с досадой.

— Я знаю, что делаю, Джордан.

— Правда? — В его взгляде пылала неукротимая ярость. — А вот в этом я сомневаюсь. По-моему, вы думаете только о том, как покрасоваться и стремглав куда-нибудь понестись. Вы так перепортите черт-те сколько лошадей! Не говоря уж о том, что и сами покалечитесь.

Ехавшей рядом с Тейтом Саманте захотелось заорать на него во весь голос.

— А вы что, справились бы лучше?

— Я, наверное, слишком много знаю, чтобы в это ввязываться. Такая лошадь должна участвовать в скачках или в шоу. Красавчику нечего делать на ранчо. На нем не должны ездить люди, подобные вам, мне или мисс Каро. Это конь для высококлассных наездников. Для людей, привыкших обращаться с такими скакунами. В противном случае пусть лучше стоит в конюшне.

— Говорю вам: я знаю, что делаю! — Голос Саманты прорезал утреннюю тишину, и Тейт внезапно, без предупреждения схватил ее поводья.

Обе лошади почти тут же остановились.

— А я вам вчера сказал, что вам этот конь не подходит. Вы или попортите его или убьетесь сами.

— Ну и что? — сердито вскинулась Саманта.— Разве ваши предсказания сбылись?

— В следующий раз могут сбыться.

— Вам тяжело это признать, да? Невыносимо тяжело признать, что женщина скачет верхом не хуже вас. Вас ведь именно это бесит, не так ли?

— Да, черт побери! Это ж надо: плэй-герл заявляется сюда из города, чтобы поиграть пару недель в лихую наездницу, берет такого коня и заставляет его прыгать, не зная местности... Проклятие, ну почему такие люди, как вы, суются не в свое дело? Вам здесь не место! Неужели непонятно?

— Мне все понятно, отпустите мою лошадь!

— Да пожалуйста! Ради Бога!

Он швырнул ей поводья и ускакал. С чувством, что она не столько приобрела, сколько потеряла, Саманта направилась к конюшне, и вид у нее был уже не такой победительный. Неизвестно почему слова Джордана ее задели. И потом... В них была крупица правды. Она действительно поступила неосмотрительно, заставив Черного Красавчика перепрыгнуть через речушку. Сэм не знала местности... во всяком случае, не знала ее настолько хорошо, чтобы рисковать. Но с другой стороны, это было настоящее чудо — лететь по воздуху на коне, лететь со скоростью ветра...

Увидев столпившихся во дворе мужчин, Саманта торопливо завела Черного Красавчика в конюшню. Она хотела немножко его почистить, накрыть попоной и уйти. Саманта собиралась как следует почистить Красавчика вечером, но когда подошла к стойлу, то увидела, что Тейт Джордан уже поджидает ее. Зеленые глаза сверкали изумрудным огнем, а лицо казалось суровее, чем когда-либо, но при этом Джордан был сейчас осанистее и красивее любого ковбоя, изображаемого на рекламных проспектах, и у Саманты даже промелькнула безумная мысль: она вспомнила про рекламу автомобилей новых марок, которой занималось ее агентство. Тейт прекрасно бы смотрелся на этой рекламе!.. Но, увы, они не в агентстве и это не Нью-Йорк...

— Ну и как вы намерены обойтись с этой лошадью? — Голос Тейта был тихим и напряженным.

— Немного почищу его и накрою попоной.

— И это все?

— Послушайте... — Саманта знала, на что он намекает, и ее нежная кожа побагровела до самых корней золотистых волос. — Я потом вернусь и сделаю все, что нужно.

— Когда? Через двенадцать часов? Черта с два, *мисс* Тейлор! Если вам охота кататься на таких лошадях, как Черный Красавчик, то придется и ответственность на себя брать, так-то! Нужно его выгулять, дать ему остыть, почистить его хорошенько. А коли так, то будьте любезны пробыть здесь еще хотя бы час. Ясно? Я знаю, что вы не очень настроены принимать чужие советы или предложения, но это приказ! Надеюсь, вы понимаете язык приказов? Или у вас и с этим не все в порядке?

Сэм захотелось его ударить. Какой противный тип! Хотя... он любит лошадей и вообще-то все, что он сказал, правильно...

— Хорошо. Я вас поняла. — Она опустила глаза и, взяв Черного Красавчика под уздцы, собралась вывести его из конюшни.

— Вы уверены?

— Да, черт возьми! Да! — заорала, повернувшись к Тейту, Саманта, и в его глазах появился странный блеск.

Он кивнул и направился к своей лошади, которую небрежно привязал к столбу во дворе.

— Кстати, — спросила Саманта, — где вы сегодня должны работать?

— Не знаю, — бросил Тейт, проходя мимо. — Поищете — найдете.

— Каким образом?

— А вы носитесь галопом по всему ранчо. Вам же это нравится.

Джордан саркастически улыбнулся, сел на лошадь и ускакал, а Саманте на мгновение захотелось стать мужчиной. С каким бы удовольствием она его ударила!.. Но его уже не было рядом.

В конечном счете, она искала их битых два часа. Два часа Саманта пробиралась через кусты, сбивалась с пути, ездила по уже знакомым дорогам, попадая на незнакомые. В какой-то момент ей даже показалось, что Тейт нарочно выбрал такое занятие, которое позволило бы им безвылазно торчать в самых глухих уголках ранчо, чтобы она не смогла их разыскать.

Несмотря на декабрьский морозец, она не замерзла; наоборот, на ярком зимнем солнце ей даже было тепло, особенно после того, как она обшарила почти все ранчо. Ей попались по пути другие группы работников, две совсем маленькие и одна побольше, но Тейта и его подчиненных нигде не было видно...

Но все-таки Саманта нашла ковбоев.

— Ну как, хорошо прокатились? — Он посмотрел на нее с усмешкой, когда она остановилась, и Навахо принялся бить копытом землю.

— Чудесно, благодарю вас.

Однако Саманта все равно чувствовала себя победительницей, ведь она таки нашла их! И торжествующе посмотрела в изумрудные глаза, ярко блестевшие на солнце. А потом, не сказав больше ни слова, повернулась, подскакала к остальным, спешилась и принялась помогать ковбоям, переносившим новорожденного теленка на импровизированных носилках, сделанных из одеяла. Мать умерла всего несколько часов назад, и было похоже, что теленок тоже не выживет. Один из мужчин положил маленькое, уже еле дышавшее животное впереди себя на седло и осторожно поскакал к коровнику в надежде, что теленок обретет приемную мать. А всего через полчаса Саманта обнаружила другого теленка, еще меньше, чем первый. При этом он явно пробыл без матери на несколько часов дольше. На сей раз Саманта одна, без посторонней помощи соорудила из одеяла петлю, подтащила теленка к лошади и положила на седло; укладывать малыша ей помогал молодой ковбой, но он был слишком увлечен Самантой, так что проку от него в работе оказалось мало. Не дожидаясь дальнейших распоряжений, Саманта пустила лошадь мерной рысью и поскакала вслед за первым ковбоем к большому коровнику.

— Вы справитесь одна?

Саманта вздрогнула, подняла глаза и увидела Тейта Джордана, который неслышно приблизился к ней; их лошади были интересной парой — гладкий черно-белый пинто и бело-рыжая аппалоза...

— Да, думаю, справлюсь, — откликнулась Саманта и спросила, с тревогой посмотрев на лежавшего перед ней теленка: — Как по-вашему, он выживет?

— Сомневаюсь, — без всякого волнения, как о чем-то само собой разумеющемся сказал, внимательно поглядев на нее, Джордан. — Но все равно нужно попытаться его спасти.

Она кивнула и поскакала быстрее, а он повернулся и поехал назад. Спустя несколько минут Сэм уже была в коровнике. Осиротевший теленок попал в опытные руки. Около часа его пытались вернуть к жизни, но все было напрасно — малыш не выжил. Возвращаясь к Навахо, который терпеливо ждал ее у коровника, Саманта глотала жгучие слезы. А занося над седлом ногу, вдруг почувствовала, как в душе вскипает злость. Она злилась из-за того, что они не смогли спасти малыша и он умер. Саманта знала, что он такой не один, что есть другие, матери которых тоже умерли, отелившись холодной ночью. Ковбои постоянно вели поиски животных, заплутавших в горах, но, разумеется, не могли уследить за всеми, и каждый год некоторые неизбежно гибли. Особенно часто погибали коровы, отелившиеся зимой. Другие люди, может быть, и примирились бы с этим, но Саманта не могла. Осиротевшие телята почему-то ассоциировались в ее представлении с детьми, которых она не могла иметь, и она твердо решила, что следующий малыш, которого она привезет, непременно выживет.

За этот день она привезла в коровник еще трех телят. Саманта мчалась во весь опор, как утром на Черном Красавчике, телята были завернуты в одеяла, а мужчины смотрели на нее заинтригованно и даже с благоговейным трепетом. Эта странная красивая молодая женщина скакала, низко пригнувшись к лошадиной шее... Ни одна женщина, даже сама Кэролайн Лорд, не умела так мастерски

97

ездить верхом. Самым удивительным было то, что, глядя, как она несется по холмам на Навахо — он был сперва похож на коричневую полоску, а потом и вовсе скрылся из виду, — они вдруг поняли, что перед ними настоящий мастер. Саманта была настоящей наездницей, каких мало, и в тот вечер, возвращаясь в конюшню, ковбои впервые разговаривали с ней шутливо, как со своей.

— Вы всегда носитесь с такой скоростью? — Перед ней опять вырос Тейт Джордан.

Его темные волосы растрепались под большой черной шляпой, глаза блестели, на закате борода отбрасывала густую черную тень на грудь. В облике Тейта была суровая мужественность, и при виде его женщины замирали, словно у них на миг перехватывало дыхание. Однако на Саманту это не подействовало. Самоуверенность Тейта раздражала ее. Она видела в нем человека, который уверен буквально во всем: и в незыблемости своего мира, и в работе, и в подчиненных, и в лошадях, и даже, наверное, в женщинах... Саманта немного помолчала, а потом кивнула, рассеянно улыбнувшись:

— Да, если дело того стоит.

— А сегодня утром?

Ну почему он хочет уязвить ее? Какое ему вообще до нее дело?

— Утром у меня тоже были веские причины.

— Вот как? — Зеленые глаза неотступно следовали за ней, когда они возвращались домой после долгого рабочего дня.

Однако сейчас Саманта решительно повернулась к нему и посмотрела на него в упор.

— Да, так. Я вдруг снова ожила, мистер Джордан. И почувствовала себя свободной. У меня давно не было подобного ощущения.

Он медленно кивнул и ничего не сказал. Сэм не была уверена, что Тейт ее понял... и что ему вообще есть до этого дело... но прежде чем поехать дальше, он бросил на нее еще один внимательный взгляд.

Глава 7

— Разве вы сегодня не собираетесь покататься на Черном Красавчике?

Саманте, уже занесшей ногу над седлом, чтобы усесться верхом на Навахо, вдруг захотелось как следует рявкнуть на Тейта, но потом, неизвестно почему, она усмехнулась.

— Нет, я решила дать ему передышку, мистер Джордан. А каковы ваши планы?

— Я не катаюсь на чистокровных скакунах, мисс Тейлор. — Зеленые глаза смеялись, а резвый конь под Тейтом приплясывал.

— Может быть, вам следовало бы попробовать.

Тейт ничего не ответил и поехал впереди своих подручных, указывая им дорогу на дальний участок ранчо. Сегодня работников было больше, чем обычно, и, кроме того, с ковбоями поехали Билл Кинг и Кэролайн. Однако Саманта почти не виделась с ними. Она была слишком поглощена работой, которую ей поручили. Теперь Саманта уже знала, что парни потихоньку принимают ее в свой мир. Раньше они не собирались этого делать, совсем не хотели! Но она так усердно работала, так здорово ездила верхом, проявила такую выносливость и так старалась спасти осиротевших телят, что сегодня утром при ее появлении вдруг послышалось:

— Эй! Иди сюда... Сэм! Давай к нам! Слышишь, Сэм?!

Ее больше не называли «мисс Тейлор» или даже «мэм». Саманта совершенно потеряла счет времени и ничего не замечала вокруг, поглощенная своей работой, поэтому следующий ее разговор с Кэролайн состоялся лишь вечером за ужином.

— Знаешь, Сэм, ты просто чудо. — Кэролайн налила Саманте вторую чашку кофе и уселась на удобный кухонный стул. — Ты вполне могла бы остаться в Нью-Йорке, проводила бы время в конторе, сочиняла бы всякие сногсшибательные объявления, жила бы в квартире, которой любой позавидует, а вместо этого ты приехала сюда и гоняешься за коровами, перетаскиваешь больных телят, стоишь по колено в навозе, чинишь вместе с моими работниками заборы, выполняешь приказы мужиков, у которых всего пять классов образования, встаешь ни свет ни заря и целый день проводишь в седле. Это далеко не всем понятно.

«Не говоря уж о том, что ты была женой одного из самых привлекательных мужчин на телевидении», — подумала Кэролайн.

— Ты-то сама какого мнения о своих поступках? — Голубые глаза Кэролайн весело вспыхнули, и Саманта улыбнулась.

— По-моему, я совершила первый разумный поступок за долгие годы, и мне это очень приятно. И потом... — Сэм по-детски хихикнула, — если еще тут торчать, то мне, наверное, опять удастся покататься на Черном Красавчике!

— Я слышала, Тейт Джордан отнесся к этому не очень-то благосклонно.

— Мне кажется, он вообще ко мне неблагосклонен.

— Ты его, вероятно, до смерти напугала, Саманта?

— Вряд ли. Он такой самовлюбленный, куда мне его напугать!

— Я думаю, что дело не только в этом. Кстати, он вроде бы сказал, что ты неплохо умеешь ездить верхом. Для него это величайшая похвала.

— Да, сегодня утром мне показалось, что он так считает. Но он готов скорее умереть, чем произнести подобные слова вслух.

— В этом он не отличается от остальных. Тут их мир, Саманта, не наш. На ранчо женщина — существо второго сорта. Во всяком случае, ей почти все время отводится второстепенная роль. А они тут все короли.

— Вас это раздражает? — Саманта заинтригованно следила за Кэролайн, но стоило пожилой женщине задуматься, как ее лицо заметно смягчилось и глаза подернулись дымкой нежности.

— Нет, мне это нравится. — В голосе Кэролайн звучала странная нежность, а когда она подняла глаза на Саманту и улыбнулась, то стала похожа на девочку.

В считанные доли секунды Сэм все стало понятно насчет Билла Кинга. В каком-то смысле он был властелином Кэролайн, и ей это нравилось. Так длилось уже много лет. Она уважала его за силу, выносливость, мужественность, за знание хозяйства и умение обращаться с людьми. Ранчо принадлежало Кэролайн, и она вроде бы управляла всеми делами, но в действительности бразды правления держал в своих руках Билл Кинг. Ковбои относились к Кэролайн с почтением, но как к женщине, а не как к настоящему хозяину ранчо. Становиться навытяжку их заставлял Билл Кинг. А теперь еще и Тейт Джордан. В этом было что-то животное, унизительное для женщины и... притягательное. Как современная женщина, Саманта пыталась этому сопротивляться — и не могла. Обаяние таких мужчин было слишком сильным.

— Тебе нравится Тейт Джордан? — Слишком прямой вопрос прозвучал странно, но Кэролайн задала его с таким наивным видом, что Саманта рассмеялась.

— Нравится ли он мне? Нет, я не думаю, что могла бы в него влюбиться.

Однако Кэролайн совсем не то имела в виду, и, поняв это, Саманта залилась серебристым смехом и откинулась на спинку стула.

— Он знает свое дело. Наверное, я уважаю его, хотя ладить с ним нелегко, и вряд ли он испытывает ко мне симпатию. Тейт — привлекательный мужчина — вас это интересовало, да? — но подступиться к нему непросто. Это странный человек, тетя Каро.

Кэролайн молча кивнула. Когда-то она говорила то же самое про Билла Кинга...

— А почему вы спросили?

Между ними ведь ничего не было! Ничего такого, что Кэролайн могла бы почувствовать или увидеть, наблюдая за их работой в течение дня.

— Не знаю. Просто у меня такое ощущение... мне кажется, ты ему нравишься. — Кэролайн сказала это просто, как обычно говорят девушки.

— Сомневаюсь. — Саманта усмехнулась скептически. А затем произнесла более решительно: — Но как бы там ни было, я сюда приехала не за этим. Я не намерена излечиваться от влюбленности в одного мужчину влюбленностью в другого! Тем более что тут нет подходящей кандидатуры.

— Почему ты так уверена? — Кэролайн посмотрела на нее как-то странно.

— Потому что мы чужие. Я чужая для них, а они — для меня. Я их понимаю ничуть не лучше, чем они меня. Нет, — тихонько вздохнула Сэм, — я приехала сюда работать, тетя Каро, а не заигрывать с ковбоями.

Кэролайн ее выражения рассмешили, и она покачала головой.

— Однако же именно так все и начинается. Никто никогда не собирается...

На мгновение Сэм показалось, что Кэролайн сейчас ей в чем-то признается. Может быть, она через столько лет решила сказать, что у нее роман с Биллом Кингом?.. Но минутный порыв тут же прошел. Кэролайн встала, сложила посуду в раковину и потянулась к выключателю. Лусия-Мария давно ушла домой. Саманте вдруг стало жаль, что она не помогла Кэролайн разговориться, однако у нее создалось впечатление, что Кэролайн очень боялась сболтнуть лишнего. Дверца, ведущая в ее душу, тихонько затворилась.

— Говоря по правде, тетя Каро, я уже влюбилась в другого.

— Вот как? — Пожилая женщина бросила свое занятие и ошеломленно воззрилась на Саманту. Она и не подозревала, что такое может быть.

— Да.

— Будет очень нескромно, если я поинтересуюсь, в кого?

— Ну что вы! — ласково улыбнулась ей Саманта. — Я по уши влюбилась в вашего чистопородного жеребца.

Они рассмеялись и через пару минут пожелали друг другу доброй ночи. Лежа в постели, Сэм снова услышала знакомый звук открывающейся входной двери. Теперь она не сомневалась в том, что это Билл Кинг пришел провести ночь с Кэролайн. И не понимала, почему они не поженятся, ведь их связь уже так долго длится! Впрочем, может, на то есть свои причины? Может быть, он женат?.. А еще Саманта вспоминала вопросы про Тейта Джордана, которые ей задавала Кэролайн. И гадала, с чего это Кэролайн взяла, что он ей нравится. Это вовсе не так! Если уж на то пошло, то он ее раздражает. Или нет?.. Саманта вдруг поймала себя на том, что она не знает ответа. Тейт был мужественным или, как сейчас говорят, крутым мужчиной, таких видишь в рекламных фильмах или... в мечтах. Хотя она бы не сказала, что этот высокий смуглый красавец был мужчиной ее мечты... Сэм тихонько улыбнулась, и ее мысли внезапно обратились к Джону Тейлору... О, Джон! Роскошный длинноногий блондин с ярко-синими глазами, напоминавшими сапфиры! Они были такой идеальной парой, такие оживленные, счастливые... они все делали сообща... все, кроме одного: в Лиз Джонс он влюбился самостоятельно. С этим он справился без помощи Сэм.

Ладно, утешила себя Саманта, отгоняя мысли о Джоне, теперь она хотя бы новости не смотрит — и то хорошо! Ей хотя бы не известно, как развивается беременность Лиз, и не приходится слушать, как Лиз благодарит очередную тысячу телезрителей за крошечные вязаные пинетки, кружевные покрывальца и прелестные розовенькие чепчики. Это было невыносимо, но, пока Саманта оставалась в Нью-Йорке, она не могла не включать телевизор. Она смотрела новости, даже если допоздна засиживалась на работе. Казалось, у нее внутри был вмонтирован будильник: ровно в шесть часов он подавал сигнал, и ее неудержимо тянуло к телевизору... Тут, на ранчо, она почти неделю как не вспоминает про новости. А еще через неделю Рождество, и если она его переживет — первое Рождество без Джона, впервые за одиннадцать лет она окажется в этот день без него! — то, значит, ей суждено выжить. А пока что надо только работать от темна до темна, следовать за ковбоями, проводить по двенадцать часов в сутки верхом на Навахо, разыскивать осиротевших малышей и сохранять им жизнь. Если так делать день за днем и месяц за месяцем, то она справится со своим горем. Саманта постепенно начала осознавать, что ей удастся пережить разрыв с Джоном. Она снова похвалила себя за мудрое решение поехать на Запад, закрыла глаза и задремала. И на сей раз в ее снах неожиданно появились не только Лиз, Джон и Харви Максвелл, но и другие люди: Кэролайн отчаянно пыталась ей что-то сказать, но Саманта никак не могла расслышать ее слов; Джош смеялся, смеялся не переставая, а высокий темноволосый мужчина гарцевал на прекрасном черном коне с белой звездой во лбу и белыми чулочками на передних ногах. Саманта ехала у него за спиной, конь был неоседлан, она крепко прижималась к мужчине, и конь мчался, рассекая грудью ночь. Саманта не знала, откуда и куда они скачут, но знала, что, пока они вместе, ей ничто не угрожает. И когда в половине пятого прозвонил будильник, Саманта проснулась, чувствуя себя удивительно бодро, однако не могла толком припомнить, что привиделось ей во сне.

Глава 8

Ровно в то время, когда они обычно делали перерыв на обед, Тейт Джордан подал ковбоям знак, и они, радостно гикнув, помчались домой. Сэм была среди них: она отпускала шуточки насчет жены и детей Джоша, а двое парней подтрунивали над ней. Один из них обвинял ее в том, что она убежала от дружка, который ее поколачивал и «правильно делал, потому как ты за словом в карман не лезешь», а другой уверял, что она мать одиннадцати детей, но совсем не умеет готовить, поэтому ее вытурили из дому.

— Вы оба правы, — рассмеялась Саманта, весело глядя на ехавших рядом парней.

Работа, которую им поручили утром, оказалась несложной, и теперь им не терпелось поскорее освободиться, чтобы перекусить. Дело было двадцать четвертого декабря, и вечером в столовой устраивался грандиозный пир, куда были приглашены жены, дети и даже подруги ковбоев. Это был ежегодный, всеми любимый праздник. В Рождество они еще отчетливее, чем всегда, чувствовали себя единой семьей, которую связывает любовь к ранчо.

— По правде сказать, детей у меня пятнадцать штук, все незаконные и лупят меня почем зря, поэтому я и сбежала сюда. Ну, как вам такой вариант?

— Как? У тебя нет бой-френда? — загоготал один из старожилов. — Неужто у такой хорошенькой белогривой кобылки нет дружка? Ладно заливать-то!

Ковбои уже не раз сравнивали ее с белогривой лошадкой паломино, но Саманта не обижалась, а воспринимала это как комплимент, потому что обожала лошадей. Честно говоря, она действительно с каждым днем все больше напоминала паломино. Ее длинные блестящие волосы выгорели на солнце, а лицо загорело и приобрело красивый медово-коричневатый оттенок. Это было прелестное сочетание, не укрывшееся от мужских взоров, независимо от того, упоминали они об этом вслух или предпочитали помалкивать.

— Только не говори мне, что у тебя нет мужчины, Сэм! — Старожил продолжал муссировать тему, которую ковбои частенько затрагивали, когда Саманты не было поблизости.

— Но ведь это так! Нет, конечно, у меня было пятнадцать мужчин — пятнадцать отцов моих внебрачных детей, но теперь... — Саманта рассмеялась вместе с ковбоями, а потом передернула плечом и крикнула, рванувшись к конюшне: — Да на меня теперь приличный мужик даже не посмотрит!

Джош проводил ее ласковым взглядом, а парень, ехавший рядом, наклонился к нему и спросил:

— А на самом-то деле, что с ней стряслось, Джош? У нее есть дети?

— Насколько я знаю, нет.

— Она замужем?

— Уже нет.

Но больше Джош ничего не сказал. Во-первых, он считал, что Сэм сама им скажет, если захочет, а во-вторых, он действительно ничего больше не знал о ее жизни.

— А по-моему, она пытается от чего-то убежать, — покраснев, высказал предположение совсем юный ковбой.

— Может, и так, — согласился Джош и молча поехал дальше.

Откровенно говоря, никому особенно не хотелось вдаваться в подробности. Скоро Рождество, надо думать о своей жене и детях; в конце концов, нечего совать нос в чужие дела! На ранчо, конечно, тоже немного сплетничали, как в любом человеческом обществе, но в целом здесь относились друг к другу с уважением. Ведь в основном тут собрались мужчины, которые привыкли полагаться только на себя и слишком ценили окружающих, чтобы лезть в их личную жизнь. Болтунов среди них почти не было, и обычно разговор вертелся вокруг ранчо и домашнего скота. Сэм в их среде ничто не угрожало, и она это знала. Никто не собирался расспрашивать ее про Джона и Лиз, выяснять, почему у нее никогда не было детей и как она себя чувствует после развода...

— А скажите мне, мисс Тейлор, теперь, когда муж бросил вас и ушел к другой женщине, каково ваше отношение к...

Она достаточно нахлебалась этого в Нью-Йорке. И наконец почувствовала себя свободной.

— Увидимся позже! — весело крикнула Сэм Джошу и торопливо пошла к дому Кэролайн.

Она собиралась принять душ, надеть чистые джинсы и вернуться, как обещала, в столовую, чтобы помочь украсить елку. Все работники разделились на множество групп и образовали различные комитеты, получившие самые разные задания — от пения рождественских гимнов до выпечки тортов. На ранчо «Лорд» Рождество было для всех без исключения событием первостепенной важности.

Войдя в дом, Саманта увидела, что Кэролайн, сосредоточенно нахмурившись, изучает записи в огромном гроссбухе. Саманта незаметно подкралась к ней и со всей силы хлопнула по плечу.

— Ой! Ты меня напугала!

— Почему бы вам не устроить себе для разнообразия передышку? Ведь сегодня Рождество!

— А что, я уже похожа на Скруджа? — Напряженное лицо Кэролайн потеплело, и на нем заиграла улыбка. — Может, мне пора уже и заговорить его голосом?

— Еще не время. Подождите до завтра. Завтра мы вместе с Призраком Прошедшего Рождества устроим на вас охоту!

— О, да этих призраков уже знаешь сколько?

Кэролайн на мгновение задумалась, отложив в сторону большую бухгалтерскую книгу. Ей вдруг пришли на память Голливуд и экстравагантные рождественские балы, на которых она веселилась. Внимательно наблюдая за Кэролайн, Саманта догадалась, что у нее на уме.

— Вы до сих пор по этому тоскуете?

На самом деле имелось в виду: «Вы до сих пор тоскуете по своему мужу?» — и глаза Саманты вдруг погрустнели. Казалось, она пытается выяснить для себя, сколько все это может продолжаться.

— Нет, — тихо ответила Кэролайн. — И даже не уверена, что когда-либо тосковала. Как ни странно, мне всегда больше подходила такая жизнь, как здесь. Я долго этого не знала, но, как только очутилась здесь, поняла. Я всегда была здесь счастлива, Саманта. Мое место здесь, на ранчо.

— Я знаю. Я ощутила это сразу же, едва мы познакомились.

Саманта завидовала Кэролайн. Сэм еще не нашла своего места в жизни. У нее была лишь квартира, в которой они жили с Джоном Тейлором. А ничего такого, что принадлежало бы исключительно ей, не было.

— Ты очень скучаешь по Нью-Йорку, Сэм?

Саманта медленно покачала головой.

— Нет, не по Нью-Йорку. Я скучаю по друзьям. По Чарли, по его жене Мелинде и по трем их сыновьям. Один из них мой крестник. — Внезапно она почувствовала себя одинокой и покинутой и отчаянно затосковала по людям, которые остались дома.— А еще, наверное, мне не хватает моего босса, Харви Максвелла. Он творческий директор нашего агентства. Харви был мне как отец. Наверное, я и по нему скучаю.

Едва Сэм это выговорила, как ее захлестнула волна одиночества, ибо она вновь подумала о Джоне... и о первом Рождестве без него. Глаза ее невольно наполнились слезами; она поспешно отвернулась, но Кэролайн все равно заметила и ласково взяла ее за руку.

— Ничего-ничего. Я понимаю... — Она притянула Саманту к себе. — Я прекрасно помню, каково мне было поначалу, когда умер мой муж. Для меня это был очень трудный год. — Она немного помолчала и добавила: — Но постепенно это пройдет. Дай только время.

Сэм кивнула, и ее плечи легонько затряслись; она уткнулась в хрупкое плечо тети Каро, но уже через секунду шмыгнула носом и отстранилась.

— Извините. — Саманта улыбнулась сквозь слезы. — Надо же, как я расхныкалась! Сама не знаю, что на меня нашло.

— Просто приближается Рождество, а ты все эти годы проводила его с мужем. Это абсолютно нормальная реакция, Сэм. Чего еще ты ждала, скажи на милость?

Но все равно в который раз с тех пор, как она впервые узнала о том, что Джон бросил Сэм, Кэролайн заклокотала от ярости. Что он натворил?! Как мог он бросить эту прелестнейшую молодую женщину ради холодной маленькой сучки, на которую Кэролайн тайком смотрела теперь каждый вечер, включив телевизор: она пыталась понять, почему Джон предпочел Саманте Лиз. Единственным объяснением, пожалуй, был ребенок, но все равно это не повод, чтобы совершенно потерять голову и оставить такую женщину, как Сэм. Однако Джон это сделал! Сделал, хотя Кэролайн совершенно не понимала почему.

— Ты будешь помогать наряжать елку?

Сэм кивнула и мужественно улыбнулась.

— Я еще пообещала помочь на кухне, но боюсь, вы не скажете мне за это спасибо. Парни, с которыми я работаю, дразнят меня, говорят, что женщина, которая так здорово ездит верхом, наверняка не умеет готовить. И что ужаснее всего — они правы!

Собеседницы рассмеялись, и Сэм, ласково поцеловав тетю Каро, прижалась к ней еще на мгновение.

— Благодарю вас. — Она произнесла это яростным шепотом.

— За что? Какая ерунда!

— За вашу дружбу. — Когда Саманта отстранилась от Кэролайн, она заметила, что в глазах пожилой женщины тоже блестят слезы.

— Глупышка. Не смей благодарить меня за дружбу. А то ей придет конец! — Кэролайн пыталась сделать вид, что сердится, но у нее ничего не вышло, и она прогнала Саманту из комнаты, велев ей отправляться украшать елку.

Через полчаса Сэм уже была в столовой и, взобравшись на высокую лестницу-стремянку, вешала на ветки серебряные, зеленые, красные, синие и желтые стеклянные шары. Под нижними ветками копошились ребятишки, а самые маленькие вешали самодельные украшения из бумаги. Ребята постарше нанизывали на нитки воздушную кукурузу вперемежку с клюквой, а вставшие в кружок мужчины и женщины выбирали елочные украшения и шумели еще больше своих детей. Это было большое, веселое сборище; женщины обносили всех угощением: попкорном в больших мисках, шоколадными пирожными с орехами, печеньем. Все было приготовлено на ранчо или привезено из дому. Повсюду кипела работа, у всех было приподнятое рождественское настроение, даже Тейт Джордан явился в столовую, и, поскольку был общепризнанным местным великаном, согласился водрузить на верхушку елки рождественскую звезду. На каждое плечо он посадил по ребенку, а черную шляпу повесил на гвоздь у двери. Он заметил Саманту, только подойдя к елке вплотную, спустил детей на пол и улыбнулся. Стоя на лестнице, Саманта единственный раз оказалась выше Тейта.

— Они и вас к работе привлекли, Сэм?

— Конечно! — Она улыбнулась, однако после того ностальгического разговора с Кэролайн ее улыбке не хватало задорности.

Тейт попросил ее на минутку спуститься с лестницы, а сам быстро взобрался на нее и надел на макушку елки большую золотую звезду. Потом повесил на верхние ветки несколько игрушечных ангелочков и ярких шаров, поправил гирлянду из лампочек и, сойдя вниз, помог Саманте забраться обратно.

— Прекрасно.

— Должен же человек такого высокого роста, как я, иметь хоть какие-то преимущества! Хотите кофе? — Он спросил это небрежно, словно они всегда были друзьями, и на сей раз улыбка Саманты была более оживленной.

— Еще бы!

Вернувшись с двумя чашечками кофе и домашними пирожными, Тейт принялся подавать Саманте елочные украшения; она развешивала их, время от времени прихлебывая кофе и лакомясь пирожным, а он говорил, где лучше повесить следующий шар. Наконец, услышав, куда следует повесить маленького серебряного ангелочка, Саманта ухмыльнулась:

— Скажите, мистер Джордан, вы всегда отдаете приказания?

Он немного подумал и кивнул:

— Да. Наверное, да.

Она отпила глоток кофе и пристально посмотрела на Тейта.

— А вам не надоедает?

— Нет. — Он поглядел на нее в упор. — А вы... вы считаете, что отдавать приказания скучно?

Он интуитивно почувствовал, что и Саманта привыкла везде играть первую скрипку. В ее облике было что-то командирское.

Она ответила без колебаний:

— Да. Ужасно!

— И поэтому вы здесь?

Вопрос был слишком прямым, и Саманта ответила не сразу.

— Отчасти.

Когда она это сказала, у него вдруг промелькнула мысль: а не было ли у Саманты нервного срыва? Тейт был уверен, что Саманта приехала на ранчо неспроста, на то есть очень серьезные основания. Но при этом понимал, что перед ним не простая домохозяйка, которой захотелось немного развеяться. С другой стороны, Тейт не мог сказать, что она чуть-чуть «с приветом». В общем, он терялся в догадках.

— Саманта, а что вы делаете, когда не работаете на ранчо в Калифорнии?

Саманте не хотелось отвечать, но открытость Тейта ей пришлась по душе. Она решила не портить постепенно налаживающихся отношений уклончивыми ответами, побоявшись его отпугнуть. Этот человек вызывал ее симпатию и уважение; порой, правда, он ее бесил, но его работа всегда вызывала у Саманты восхищение. Стоит ли сейчас с ним играть в кошки-мышки?

— Я сочиняю рекламу. — Такое объяснение упрощало смысл ее работы, но Саманта подумала, что для начала это вполне сойдет. В каком-то смысле она тоже может назвать себя управляющим на ранчо Крейна, Харпера и Лауба. При мысли об этом она не смогла удержаться от улыбки.

— А что тут смешного? — Он явно был удивлен.

— Ничего. Я просто вдруг сообразила, что в нашей с вами работе есть много общего. В рекламном агентстве

111

есть человек по имени Харви Максвелл. Он чем-то напоминает Билла Кинга. Он тоже старый и рано или поздно уйдет на пенсию, и тогда...

Саманта вдруг пожалела о своих словах. Он вполне мог разозлиться на нее, решив, что она претендует на мужскую работу! Однако Тейт Джордан лишь улыбнулся, увидев, что она внезапно осеклась.

— Ну-ну, продолжайте! Договаривайте!

— Что договаривать? — Саманта отчаянно пыталась сделать вид, что не понимает, о чем речь.

— Скажите, что вы, наверное, сядете в его кресло.

— С чего вы взяли? — Румянец смущения проступил даже сквозь загар. — Я этого не сказала.

— А вам и не нужно было. Вы же упомянули, что в нашей работе есть много общего. Значит, вы помощник управляющего, не так ли? — По какой-то неясной причине Тейту это понравилось, хотя и позабавило. — Очень мило. И вам по душе ваша работа?

— Иногда да. А иногда начинается такая бешеная гонка, такое безумие, что я все ненавижу.

— Но все же вам не приходится по двенадцать часов кряду ездить верхом на лошади под дождем.

— Это верно.

Сэм ответила улыбкой на улыбку и неожиданно почувствовала интерес к этому, в сущности, совсем незлому великану; в первые дни ее пребывания на ранчо он был с ней так резок и требователен, потом, когда она прокатилась на Черном Красавчике, прямо-таки рвал и метал, а теперь, сидя вместе с ней под елкой, попивая кофе и закусывая пирожными, казался совершенно другим человеком.

Саманта пристально посмотрела на Тейта и решила задать ему один вопрос... В конце концов, что ей терять?! Да и потом... у мистера Джордана сейчас такой вид, словно ничто не может его разозлить и вывести из себя.

— Скажите, пожалуйста... Почему вы так рассердились на меня из-за Черного Красавчика?

112

Секунду Тейт сидел неподвижно, затем отставил чашку и заглянул Саманте в глаза.

— Я думал, вы подвергаете себя опасности.

— Вы считаете, что я слишком плохая наездница для такой лошади? — На сей раз в голосе Саманты не было вызова; она просто задала Тейту прямой вопрос и получила прямой ответ.

— Нет, я с первого дня понял, что вы ездите вполне прилично. Ваша посадка, когда вы сидели на Рыжике под проливным дождем, да и то, что вам даже удалось заставить этого старого лентяя немного напрячься, сразу натолкнули меня на мысль, что у вас есть опыт обращения с лошадьми. Но для езды на Черном Красавчике этого мало! Она требует осторожности и выносливости, а я не уверен, что вас в этом плане хватит надолго. Вернее, уверен в обратном. Настанет день, когда Красавчик кого-нибудь угробит. Я не хочу, чтобы этим человеком оказались вы. — Тейт помолчал и хрипло добавил: — Лучше бы мисс Кэролайн его не покупала! Это плохая лошадь, Сэм. — Он посмотрел на нее с каким-то странным выражением. — Я нутром чую! Красавчик меня пугает. — И Тейт снова изумил Саманту, еле слышно пробормотав: — Не надо больше на нем ездить, никогда!

Саманта ничего не ответила, она лишь пристально посмотрела на Тейта и отвела взгляд.

— Но это не в вашем стиле, не так ли? — продолжал Тейт. — Вы не привыкли уклоняться от вызова и всегда готовы рискнуть. Особенно, наверное, сейчас.

— Что вы хотите этим сказать? — Саманту последняя фраза Тейта ошарашила.

Он ответил, не сводя с нее глаз:

— У меня такое ощущение, будто вы потеряли что-то дорогое... скорее даже не что-то, а кого-то — обычно именно это вызывает переживания. Вероятно, сейчас вам довольно безразлично, что с вами может случиться. А значит, это совсем неподходящее время для езды на таком бешеном жеребце. Да на ком угодно ездите себе на здоровье, только не на Красавчике! Но я не думаю, что вы ради меня откажетесь от удовольствия прокатиться на столь прекрасном коне.

Тейт умолк. Саманта не сразу нашлась, что ему ответить. Когда же наконец заговорила, голос ее звучал глухо:

— Вы во многом правы, Тейт. — С непривычки ей было немного странно называть его по имени, и, подняв глаза на Тейта, она сказала еще тише: — Я была не права, когда поехала на нем кататься... Не так все нужно было сделать. В то утро я вела себя неосторожно. — И добавила после короткой паузы: — Я не могу вам обещать, что больше не буду ездить на Красавчике, но даю слово соблюдать осторожность. Это я вам обещаю твердо! Я не буду кататься в сумерках, заезжать в незнакомую местность, прыгать по камням и перепрыгивать через речки, которые даже не успела толком рассмотреть...

— Бог мой, какая разумная женщина! — Тейт посмотрел на нее сверху вниз и ухмыльнулся. — Я потрясен!

Он насмешничал, и Саманта ответила ему улыбкой.

— Нечего иронизировать. Вы себе даже не представляете, какие трюки я выделывала на лошадях!

— Это надо прекратить, Сэм. Вы можете заплатить за свои безумства слишком высокую цену.

Они немного помолчали. Каждый из них мог привести примеры несчастных случаев, рассказать про какого-нибудь любителя острых ощущений, который выделывал на лошади сумасшедший кульбит, упал и с тех пор прикован к инвалидному креслу.

— Я никогда не мог понять, какой смысл в этих прыжках и трюках, которыми так увлекаются в ваших краях. Господи, да так убиться можно, Сэм! Неужели дело того стоит?

Саманта медленно подняла на него глаза.

— А что вообще имеет значение?

Он посмотрел на нее пристально и напряженно.

— Сейчас вам все, по-видимому, безразлично, Сэм. Но в один прекрасный день ситуация изменится. Не делайте глупостей. Не совершайте непоправимых поступков.

114

Саманта кивнула и улыбнулась. Какой странный человек... до чего же он проницателен! Саманта вдруг увидела в нем качества, которых не замечала раньше. Сперва она считала его деспотом, хотя признавала, что работник он умелый. Но теперь Сэм стало ясно, что перед ней гораздо более глубокая личность. Годы, проведенные на ранчо, среди ковбоев, не были потрачены впустую. И поражения, и тяжелая работа, когда он чуть не падал с ног от усталости, тоже не прошли даром. Тейт узнал, что ему удается, а что нет, и вместе с тем научился разбираться в людях, хотя это не такое уж простое искусство.

— Еще кофе? — Тейт снова посмотрел на нее с высоты своего роста и еле заметно улыбнулся.

Саманта покачала головой.

— Нет, Тейт, спасибо. — На сей раз ей было уже легче выговорить его имя. — Мне надо поторапливаться. Я еще должна помочь на кухне. А вы чем будете заниматься?

Он усмехнулся и потянулся губами к ее уху.

— А я дед, — со смущенной радостью прошептал Тейт.

— Что-что? — Саманта поглядела на него с растерянной улыбкой, не понимая, шутит он или говорит серьезно.

— Ну дед! — повторил он и, придвинувшись к Сэм поближе, объяснил: — Я каждый год наряжаюсь Дедом Морозом и беру у мисс Кэролайн большой мешок с игрушками для детей. Так что моя задача — играть роль Санта-Клауса.

— О, Тейт! Правда?

— Да, ведь другого такого верзилы тут не найти, черт побери! Так что это вполне понятно. — Тейт пытался говорить будничным тоном, но было очевидно, что он в полном восторге. — Чего не сделаешь ради ребятишек! — И он снова взглянул на Сэм, теперь уже вопросительно: — А у вас есть дети?

Она покачала головой, стараясь, чтобы он не понял по глазам, какую пустоту в душе она ощущает.

— А у вас?

Сплетни, которые Саманта слышала от Джоша, вдруг вылетели у нее из головы.

— У меня есть сын. Сейчас он работает на ранчо неподалеку отсюда. Он хороший парень.

— Сын похож на вас?

— Нет. Совсем не похож. Он хрупкий и рыжеволосый, весь в мать. — Тейт улыбнулся, явно гордясь своим мальчиком.

У Саманты вдруг снова перехватило горло.

— Вы очень счастливый человек.

— Я тоже так думаю. — Тейт посмотрел на нее с улыбкой. А потом понизил голос, и в его шепоте зазвучала чуть ли не нежность: — Не тоскуй, маленькая Белогривка, в один прекрасный день тебе снова повезет.

Он ласково прикоснулся к плечу Саманты и ушел.

Глава 9

— Санта!.. Санта!.. Иди сюда...

— Погоди минутку, Салли. Подожди, пока я до тебя доберусь.

Тейт Джордан, нацепивший густую белую бороду и надевший красный бархатный наряд Санта-Клауса, медленно шел по комнате, наделяя каждого ребенка долгожданным подарком; он раздавал леденцы на палочках и другие лакомства, кого-то трепал по щеке, кого-то хлопал по плечу, кого-то даже целовал. С этой стороны Тейта Джордана почти никто не знал, за исключением тех, кто из года в год видел его под Рождество в амплуа Санта-Клауса. Поэтому глядя, как он усмехается, приплясывает и достает из мешка очередной подарок, можно было подумать, что он и вправду самый настоящий Санта-Клаус. Если бы Тейт не сказал Саманте, что он будет играть роль Санта-Клауса, она ни за что бы не догадалась, кто перед ней. Даже его голос звучал по-другому, когда Тейт балагурил и ласково смеялся, уговаривая ребят слушаться в новом году маму и папу, не дразнить младших сестренок, делать уроки и не мучить кошек и собак. Казалось, он все про всех знает... что, впрочем, было совсем нетрудно, учитывая особенности жизни на ранчо. А от его прикосновений — так же как и от прикосновений к нему — дети приходили в экстаз, и даже Саманту заворожило его басистое «хо-хо-хо». Всем показалось, что представление растянулось на несколько часов. Но наконец Санта-Клаус покончил с раздачей подарков и, съев целую тарелку пирожных и выпив шесть стаканов молока, напоследок еще раз сказал: «Хо-хо-хо!» — и до следующего года скрылся за сараем.

Спустя сорок пять минут, уже сняв грим, накладной живот, белый парик и красный тулуп, Тейт снова появился в столовой и, никем не замеченный, щекоча и дразня по пути ребятишек, принялся пробираться сквозь толпу, восхищавшуюся куклами и прочими игрушками. Вскоре он подошел к тому месту, где Саманта стояла с Биллом и Кэролайн; на Сэм была бархатная черная юбка простого покроя и хорошенькая кружевная блузка. Волосы она собрала в хвост и завязала черной бархатной лентой. Вдобавок Саманта впервые за все время своего пребывания на ранчо подкрасила губы и глаза.

— Вы ли это, Сэм? — шутливо спросил Тейт, взяв бокал с пуншем и горячо поблагодарив хозяйку ранчо.

— Тот же самый вопрос я могу адресовать вам, — сказала Саманта и добавила, понизив голос: — Это было потрясающе! Вы всегда так хорошо выступаете?

— О, с каждым годом у меня получается все лучше и лучше. — Тейт расплылся в счастливой улыбке.

Рождество всегда было связано для него с ролью Санта-Клауса.

— Ваш сын тоже здесь?

— Нет. — Тейт покачал головой. — Начальник Джефа не такой великодушный, как мой босс. Он сегодня работает.

— Это ужасно! — Саманта говорила с искренним сожалением.

— Ничего, я увижусь с Джефом завтра. Страшного тут ничего нет. Он уже большой парень. У него нет времени на отца.

Однако Тейт сказал это без обиды. Он был доволен, что сын его стал взрослым. Ему вдруг захотелось спросить у Саманты, почему у нее нет детей; он заметил, что она весь вечер не сводила глаз с маленьких мальчиков и девочек... Однако потом Тейт решил, что в этом вопросе слишком много личного, и принялся расспрашивать Сэм о Нью-Йорке.

— Там намного холоднее, но мне кажется, нигде нет такой рождественской обстановки, как здесь, у вас.

— Ну, Калифорния тут ни при чем. Все дело в Кэролайн Лорд, это только ее заслуга.

Саманта кивнула, и на сей раз, когда они улыбнулись друг другу, их глаза встретились... встретились надолго.

Потом Саманта познакомилась с женой Джоша и двумя его женатыми сыновьями; довольно много мужчин, с которыми она выезжала в последние две недели на работу, смущенно представили ей своих жен и подруг, подвели к Сэм сыновей, дочерей и племянников, и она впервые после приезда почувствовала себя здесь дома.

— Ну как, Сэм? Это очень отличается от рождественских праздников, к которым ты привыкла? — Кэролайн глядела на нее с ласковой улыбкой, рядом с ней стоял Билл.

— Да, как небо и земля. И мне это нравится.

— Я рада.

Кэролайн тепло обняла Саманту и пожелала ей счастливого Рождества. Только спустя некоторое время Саманта заметила, что Кэролайн исчезла. Старого управляющего тоже нигде не было видно.

«Интересно, кто еще обратил на это внимание?» — подумала Саманта.

Однако она прекрасно помнила, что ни разу не слышала на ранчо никаких пересудов насчет Кэролайн и Билла Кинга. Может быть, она все выдумала? Вряд ли, конечно, но разве в таких вещах можно что-то сказать наверняка?

118

— Устали? — вновь раздался над ее ухом голос Тейта Джордана, и Саманта, повернувшись к нему, слегка кивнула.

— Я как раз собиралась пойти домой. Хотела было найти тетю Каро, но она уже, наверное, ушла.

— Она всегда уходит потихоньку, чтобы не портить другим удовольствия. — В голосе Тейта чувствовалось лишь восхищение, ничего больше. Такое трепетное отношение к Кэролайн объединяло его с Самантой. — Ну что, вы хотите уйти?

Она кивнула и тщетно попыталась подавить зевоту.

— Пошли, соня, я провожу вас домой.

— Но разве я виновата, что мой начальник выжимает из меня все соки? Удивительно, как это я в конце рабочего дня не падаю от усталости с лошади.

— Пару раз, — ухмыльнулся Тейт, — я думал, что вы и вправду упадете. — У него вырвался смешок. — В первый день, когда вы вышли на работу, я думал, вы так и заснете верхом на лошади.

— И были правы. Джош чуть ли не волоком дотащил меня до дому.

— И после этого вы поскакали на Черном Красавчике? Это чистое безумие!

— Да... я без ума от этого коня.

Услышав эти слова, Тейт сразу приуныл, и Саманта поспешила сменить тему разговора, выйдя на ночной морозец:

— Похоже, вот-вот пойдет снег.

— Да нет, вряд ли. По крайней мере я надеюсь, снега не будет. — Тейт поглядел на небо, но тон у него был не очень уверенный.

К этому времени они уже дошли до хозяйского дома.

Саманта секунду поколебалась, а затем, войдя в дверь, обернулась и поглядела на темноволосого великана с глазами глубокого зеленого цвета.

— Может быть, зайдете, Тейт? Выпьем вина или кофе?

Но он торопливо замотал головой, словно она предлагала ему нечто несусветное, невозможное.

— Я не буду на вас набрасываться, — усмехнулась Саманта. — Обещаю! Я даже сяду отдельно.

Он рассмеялся, и Саманте показалось невероятным, что перед ней человек, с которым она больше двух недель была на ножах.

— Дело не в этом... Просто... тут, на ранчо, свой этикет. Это дом мисс Кэролайн. И будет невежливо, если я... В общем, это трудно объяснить...

Саманта обворожительно улыбнулась, стоя на пороге.

— Хотите, я ее разбужу, и она сама вас пригласит?

Тейт в шутливом испуге закатил глаза:

— Ну что вы! Хотя благодарю за заботу. Как-нибудь в другой раз.

— Трусишка!

Саманта сейчас казалась сущим ребенком, и Тейта это рассмешило.

Глава 10

Наутро, повинуясь выработавшейся за десять дней привычке, Саманта проснулась в половине пятого. Однако вставать не стала и даже попыталась себя обмануть: сделала вид, что спит. Примерно час она лежала с закрытыми глазами, перескакивая мыслями с одного на другое, и наконец вылезла из-под одеяла. За окном было еще темно, звезды ярко сияли, но Саманта знала, что не пройдет и часа, как жизнь на ранчо забурлит. Домашний скот надо кормить и в Рождество, и, хотя в горы сегодня никто не поедет, за лошадьми все равно ухаживать придется.

Саманта тихонько прошла босиком на кухню, включила электрическую кофеварку, которой обычно пользовалась Кэролайн, и сидела в темноте, ожидая, пока кофе будет готов; мысли ее вновь вернулись к событиям предыдущей ночи. Праздник удался на славу. Все чувствовали себя одной гигантской семьей, каждый ощущал свою связь с остальными, никто никому не был безразличен; дети, знавшие всех обитателей ранчо, были совершенно счастливы и с криками радости бегали вокруг большой, красиво убранной рождественской елки. Вспомнив про ребятишек, веселившихся в рождественский вечер, Саманта вдруг подумала про детей Чарли и Мелинды. Впервые она оставила их на Рождество без подарков. Сэм болезненно поморщилась, вспомнив про обещание, данное ею Чарли, но поблизости не было ни одного магазина. В пустой кухне Саманту внезапно подстерегло чувство одиночества, и вновь нахлынули мучительные мысли о Джоне. Как он празднует Рождество в этом году? Какие эмоции испытывает человек, чья жена ждет ребенка? Они уже обставили детскую? Боль, пронзившая Саманту словно нож, была почти непереносимой, и она инстинктивно потянулась к телефону. Сэм сделала это, не успев толком подумать, сделала просто потому, что ей хотелось вырваться из плена этих мыслей и услышать голос друга. Она набрала знакомый номер, и буквально в следующую секунду Чарли Петерсон подошел к телефону. Чарли снял трубку, напевая своим приятным, медоточивым голосом песню из репертуара «Джингл Беллс». Сэм удалось вставить слово только, когда он пропел первую строфу и перешел ко второй.

— Кто это?.. Скачем мы по полям...

— Чарли, заткнись! Это я, Сэм!

— О!.. Привет, Сэм... Мчимся ветра быстрей...

— Чарли! — Саманта покатилась со смеху, слушая пение друга и время от времени пытаясь на него шикнуть. Но Чарли ее позабавил, сердце вновь больно сжалось от одиночества, и Саманта неожиданно осознала, как же она далеко сейчас от него. Ей даже захотелось быть там, рядом с ним, а не за три тысячи миль от Нью-Йорка, на каком-то ранчо.

Ей таки пришлось дослушать песню до самого конца.

— Поздравляю!

— А разве концерт уже окончен? Неужели ты не споешь мне «Ночь тиха»?

— Вообще-то я не собирался, но по твоей заявке, Сэм, конечно, могу...

— Чарли, я тебя умоляю! Мне хочется поговорить с Мелли и с мальчиками. Но сперва, — Саманта чуть не задохнулась, — скажи, как дела у нас в агентстве?

Саманте стоило больших усилий воли удержаться от звонков на работу. Харви фактически запретил ей звонить, и она подчинилась. Если им что-нибудь понадобится, у них есть ее телефон... Начальник считал, что ей следует постараться совсем забыть о работе, и она на удивление удачно с этим справлялась... До сегодняшнего дня.

— Как там мои клиенты? Вы их еще не растеряли?

— А как же! Всех до единого! — Чарли расплылся в гордой улыбке и закурил сигару, но потом неожиданно нахмурился и поглядел на часы. — Но какого дьявола ты звонишь в такое время? У вас там... сколько? Э, да у вас еще и шести нет?! Ты сейчас где? — Он вдруг испугался, что она уехала с ранчо и вернулась в Нью-Йорк.

— Там же, где и была. Я просто не могла больше спать. Я тут встаю каждое утро в половине пятого, поэтому сейчас не знаю, куда себя деть. У меня такое ощущение, будто сейчас уже середина дня. — Саманта немного преувеличила, но на самом деле она и вправду уже окончательно проснулась. — Как твои дети?

— Прекрасно! — Чарли слегка замялся, но потом поспешил поинтересоваться, как поживает она: — Надеюсь, ты там скачешь на лошадях до изнеможения?

— До полного... Чарли, ты мне лучше расскажи, что у вас происходит! — Саманте вдруг захотелось знать все-все, от глупых сплетен до того, кто из клиентов пригрозил обратиться в другое рекламное агентство.

— Да ничего особенного, солнышко. За последние две недели Нью-Йорк не очень-то изменился. Ты давай рассказывай о себе. — Чарли резко посерьезнел, и Сэм улыбнулась. — Ты счастлива там, Сэм? У тебя все нормально?

122

— Все чудесно, — заверила его Саманта и добавила с легким вздохом: — Хоть мне и неприятно в этом признаваться, но я правильно поступила, приехав сюда. Пожалуй, мне действительно нужно было такое радикальное средство. Я уже целых две недели не смотрю шестичасовой выпуск новостей.

— О, это уже что-то! Если ты просыпаешься в половине пятого, то, должно быть, в шесть вечера уже дрыхнешь без задних ног.

— Не совсем так, но довольно близко к истине.

— А как твоя подруга? Ее зовут Кэролайн, да? Как лошадки? Все о'кей? — Чарли говорил как типичный житель Нью-Йорка, и Саманте стало смешно, когда она представила себе, как он попыхивает сигарой и глядит в пространство, сидя в пижаме и банном халате... А может, он вдобавок щеголяет в чем-то, что подарили ему на Рождество сыновья: в бейсбольной шапочке, перчатках или полосатых красно-желтых носках?

— У нас все прекрасно. Дай мне поговорить с Мелли.

Мелинда подошла к телефону и, не заметив, что Чарли подает ей знаки, почти сразу же выложила Сэм все новости. Она ждет ребенка. Он должен родиться в июле, а она только на этой неделе узнала, что беременна. На какую-то долю секунды возникла странная пауза, а потом Сэм принялась бурно поздравлять друзей. Чарли закрыл глаза и застонал.

— Зачем ты ей сказала? — прошипел он, обращаясь к жене, которая пыталась как ни в чем не бывало продолжить разговор с Сэм.

— А зачем скрывать? Все равно она узнает, когда вернется, — прошептала в ответ Мелинда, прикрыв ладонью микрофон, а затем, убрав руку, снова затараторила: — Дети? Они в один голос твердят, что хотят еще одного братика, но я лично хочу девочку, и если это не получится, то все, я больше пытаться не буду!

Чарли нетерпеливо замахал на жену руками, заставил ее быстро распрощаться и отобрал у нее трубку.

— А почему ты мне этого не сказал, приятель? — Сэм старалась говорить беспечно, но всякий раз, когда она слышала подобные известия, они неизбежно задевали ее за живое. — Ты боялся, что я этого не перенесу? Но ведь я же не душевнобольная, Чарли! Я просто пережила развод — и все! Это совсем не одно и то же.

— Да кому интересны такие новости?! — В голосе Чарли звучали грусть и беспокойство.

— Тебе. — Саманта говорила совсем тихо. — И Мелли. И мне. Вы же мои друзья. Она правильно сделала, что сказала. Поэтому, пожалуйста, не кричи на нее, когда повесишь трубку.

— А почему бы и не покричать? — виновато ухмыльнулся Чарли. — Ее нужно держать в тонусе.

— В некотором смысле ты так и делаешь, Петерсон. Слава Богу, что тебе хотя бы платят прилично. А то на твою ораву денег не напасешься.

— Да уж, — довольно хмыкнул Чарли.— Это верно. — Он надолго умолк, потом сказал: — Ладно, детка, не обижай лошадок и звони нам, если что будет нужно. И вот что, Сэм... — В разговоре вновь возникла тягостная пауза. — Ты должна знать: мы все о тебе думаем и очень скучаем. Ты ведь это знаешь, да?

Саманта кивнула, не в силах вымолвить ни слова, и к ее глазам подступили слезы.

— Да, знаю, — наконец произнесла она сдавленным шепотом. — Я тоже по вам скучаю. Счастливого Рождества!

Улыбнувшись сквозь слезы и послав Чарли воздушный поцелуй, она повесила трубку. После этого просидела на кухне почти полчаса, кофе остыл в чашке, а она замерла, уставившись в стол, и ее мысли и сердце были за три тысячи миль от ранчо, в Нью-Йорке. Когда Саманта очнулась, за окнами уже брезжил рассвет, ночное небо побледнело и стало не темно-синим, а бледно-серым. Саманта поднялась со стула и, взяв чашку, медленно побрела к мойке. Некоторое время она стояла как изваяние, а затем отчетливо поняла, что ей сейчас нужно. Саманта решительно пересекла холл, тихо собралась, надела два свитера, куртку и ковбойскую шляпу, которую дала ей за несколько дней до этого Кэролайн, и, оглянувшись напоследок — ей хотелось убедиться, что она никого не разбудила, — потихоньку выскользнула из дома, бесшумно притворив за собой входную дверь.

Саманта в считанные мгновения добежала до конюшни и остановилась в паре футов от стойла Красавчика. Оттуда не доносилось ни шороха, и она решила, что он, наверное, еще спит. Черный как смоль гигант с блестящей шкурой, на котором ей внезапно захотелось покататься... Саманта тихо открыла одну створку воротец и, войдя, погладила коня по шее и бокам, шепча ему ласковые слова, которые обычно нашептывают младенцам. Конь уже проснулся, однако не проявлял ни малейшего беспокойства. Казалось, Черный Красавчик ждал ее прихода: он многозначительно поглядел на нее из-под колючих черных ресниц, и Саманта, улыбнувшись ему, выскользнула из стойла, сходила за седлом и уздечкой и вернулась к коню. В конюшне до сих пор не было ни души, так что никто не видел, как она пришла.

Когда спустя несколько минут Саманта медленно вывела жеребца на утреннюю прохладу, в просторном дворе тоже никого не оказалось. Она подвела Черного Красавчика к ближайшему строению и быстро вскочила в седло. Устроившись поудобнее и натянув поводья, Саманта направила коня к уже знакомым холмам. Она точно знала, где ей хочется покататься, за несколько дней до этого она увидела в лесу дорожку и теперь мечтала поехать по ней. Сначала она ехала не спеша, но потом, почувствовав, что могучему коню не терпится как следует размять ноги, Саманта разрешила ему перейти с рыси на галоп, и он помчался навстречу восходящему солнцу. Это было упоительное чувство: Саманта крепко сжимала коленями бока Красавчика, и он без труда перепрыгивал через низкие кусты, а затем перемахнул и через узкий ручеек. Саманта вспомнила, как она в первый раз совершила прыжок на

Черном Красавчике, но сказала себе, что теперь это совсем другое дело. Она не рискует и не злится. Ей просто хочется слиться с Черным Красавчиком в единое целое, чтобы у них было общее тело и одна душа. Саманта чувствовала себя героем античного мифа или индийской легенды. Она заставила коня остановиться на вершине холма и следила за солнцем, которое едва появилось над горизонтом. И лишь когда сзади раздался топот копыт, Сэм поняла, что кто-то ехал за ней следом. Поняла — и удивленно обернулась. Однако увидев пинто, сотворенного, казалось, из черного дерева и оникса, а на нем — Тейта Джордана, Саманта в общем-то не особенно изумилась. Он тоже напоминал героя легенды, явившегося из прошлого или свалившегося с утреннего неба, в котором уже яростно полыхал золотой огонь.

Тейт во весь опор мчался на нее, мчался с какой-то почти свирепой решимостью, но в последний момент вдруг свернул и остановился рядом. Саманта настороженно покосилась на Тейта, толком не зная, что увидит в его глазах, боясь, что он снова рассердился и испортит ей радость. Ей было боязно, что дружба, зародившаяся лишь накануне вечером, так быстро оборвется. Однако в темно-зеленых глазах, пристально смотревших на нее, она увидела не злость, а нежность. Тейт ничего не говорил. Он молча глядел на нее, а потом кивком подозвал ее и поехал вперед. Она поняла, что он предлагает следовать за ним, и они поскакали вместе. Черный Красавчик без труда преодолевал встававшие на пути препятствия, взбирался на холмы, спускался в небольшие долины, и наконец они оказались в совершенно незнакомом месте. Саманта тут еще не бывала. Здесь голубело маленькое озерцо, на берегу которого стоял домик, и когда они, перебравшись через последний холм, увидели это, Тейт остановил взмыленного коня. Обернувшись, Тейт посмотрел на Саманту с улыбкой, и она ответила ему тем же, глядя, как он натягивает поводья и спрыгивает на землю.

— Мы все еще на ранчо?

126

— Да. — Тейт поднял голову и взглянул на Саманту. — Оно кончается вон там, за прогалиной.

Прогалина начиналась сразу же за домиком.

Саманта понимающе кивнула.

— А это чье? — Она указала на домик. Ей было любопытно, есть там кто-нибудь или нет.

Тейт не дал прямого ответа:

— Я давно набрел на этот дом и теперь время от времени наезжаю сюда. Нечасто, лишь когда мне хочется побыть одному. Дом на запоре, и никто не знает, что я тут бываю.

Таким образом он давал ей понять, что надо держать язык за зубами. Саманта кивнула:

— А у вас есть ключи?

— Как вам сказать? — Красивое загорелое лицо расплылось в улыбке. — У Билла Кинга есть ключик, который подходит к этому замку. Ну, я его однажды и позаимствовал.

— Чтобы сделать дубликат? — Саманта была шокирована, однако Тейт спокойно кивнул.

Тейт Джордан превыше всего ценил честность. Если бы Билл Кинг спросил его про ключ, Тейт во всем бы признался. Но Билл ничего не спрашивал, и Тейт считал, что беспокоиться не о чем. Кроме всего прочего, он не желал привлекать внимание к заброшенному дому. Этот дом слишком много для него значил.

— У меня тут есть кофе, если он, конечно, не заплесневел. Давайте зайдем ненадолго.

Тейт не упомянул про то, что в домике еще имеется бутылка виски. Он не злоупотреблял спиртным, а выпивал немножко, чтобы согреться и обрести душевное равновесие. Тейт приезжал сюда, когда из-за чего-то волновался или что-то выводило его из себя и он хотел побыть денек в одиночестве. Он частенько проводил здесь воскресенье, и у него были свои догадки относительно того, для чего в свое время предназначался этот домишко.

— Ну как, мисс Тейлор? — Тейт Джордан пристально посмотрел на Саманту.

Она кивнула:

— С удовольствием.

Предложение выпить кофе пришлось ей по душе: утро выдалось необычайно холодное. Тейт помог Саманте спешиться и привязать прекрасного коня, а затем подвел ее к домику, достал дубликат ключа, отпер дверь и отошел на шаг, впуская Саманту внутрь. Как и все остальные ковбои на ранчо, Тейт никогда не забывал о галантности. Это был как бы последний отзвук старого Юга, и Сэм ответила на его учтивый жест благодарной улыбкой, а затем медленно вошла в дом.

Там пахло затхлостью, но, когда Сэм поглядела по сторонам, глаза ее расширились от удивления. Стены гостиной, большой и светлой, были оклеены вощеным ситцем; это смотрелось старомодно, но все равно мило и привлекательно. В комнате стояла маленькая кушетка, два плетеных кресла, на которых лежали пухлые подушки, а в углу, у камина, Саманта заметила громадное кожаное кресло, очень красивое. Она сразу поняла, что это антикварная вещь. В другом углу Сэм увидела небольшой письменный стол. Еще в комнате имелись радиоприемник, маленький проигрыватель, несколько книжных полок и довольно много всяких забавных вещиц, которые, вероятно, что-то значили для владельца дома: два роскошных больших спортивных кубка, кабанья голова, коллекция старинных бутылок и несколько забавных старых фотографий в витиевато украшенных рамках. На полу перед камином была расстелена медвежья шкура, а на ней красовалось антикварное кресло-качалка. Рядом была поставлена скамеечка для ног. Все это походило на тихую сказочную обитель, спрятанную в лесной чаще; в таком месте хочется уединиться от мира. Затем в приоткрытую дверь Сэм разглядела маленькую симпатичную голубую спаленку с большой красивой медной кроватью, накрытой стеганым одеялом. Стены были бледно-голубыми, на полу лежала еще одна лохматая медвежья шкура, а маленькая медная лампа отбрасывала легкую тень. Бело-голубые занавески были с оборками, а над кроватью висел большой хороший пейзаж. Саманта узнала другой уголок ранчо. Из этой комнаты не хотелось уходить, здесь можно было провести остаток жизни.

— Тейт, чье все это? — Саманта недоумевала, но Тейт лишь указал ей на кубок, стоявший на маленькой полочке, которая висела на ближайшей стене.

— Посмотрите вон там.

Сэм подошла поближе и пригляделась. Глаза ее расширились. Она переводила взгляд с кубка на мистера Джордана и обратно. На кубке было написано: «Уильям Б.Кинг, 1934». Второй кубок тоже принадлежал Биллу Кингу, но дата стояла другая — 1939 год.

Когда Сэм в следующий раз посмотрела через плечо на Тейта, в ее взгляде сквозило беспокойство.

— Это его домик, Тейт? Может, нам не стоило сюда заходить?

— Ответа на первый вопрос я не знаю, Сэм. Что же касается второго, то, наверное, не стоило. Но с тех пор как я обнаружил это место, меня сюда тянет как на аркане. — Тейт говорил низким, хриплым голосом и пытался поймать взгляд Саманты.

Она молча посмотрела по сторонам и снова кивнула:

— Да, я понимаю почему.

Когда Тейт тихонько прошел на кухню, Саманта принялась перебирать старые фотографии. Люди, изображенные на них, показались ей отдаленно знакомыми, но она так и не поняла, кто это. А затем, даже несколько смутившись, она вошла в спальню, и ее взор остановился на большом пейзаже, повешенном над кроватью. Сэм поднялась на цыпочки, чтобы легче было прочесть надпись. И — окаменела! Художник написал свое имя красной ручкой в правом нижнем углу картины. «К. Лорд»... Сэм кинулась было прочь из маленькой спаленки, но выход оказался заблокирован — в дверном проеме стоял могучий великан Тейт. Он держал в руках чашку с растворимым кофе, от которого шел пар, и испытующе глядел на Саманту.

— Это их дом, да?

129

Вот и ответ на ее вопрос... вот то, о чем они с Барбарой так часто шушукались, хихикая и подшучивая. Наконец она узнала правду, узнала в этой уютной голубой спаленке с громадной медной кроватью, застеленной стеганым одеялом и занимавшей почти всю комнату.

— Разве нет, Тейт?

Сэм вдруг захотелось получить подтверждение именно от него, ни от кого другого. Он медленно кивнул и протянул ей ярко-желтую чашку.

— Думаю, да. Милое местечко, правда? Во всяком случае, здесь все так аккуратно, а это на них очень похоже.

— А еще кто-нибудь знает? — У Сэм было такое ощущение, будто она раскрыла страшную тайну и теперь они с Тейтом отвечают за то, чтобы слухи не поползли дальше.

— О них? — Тейт покачал головой. — Как бы там ни было, наверняка никто не может утверждать. Они всегда соблюдали строжайшую осторожность. Ни он, ни она ничем себя не выдали. Когда он с нами, то говорит о «мисс Кэролайн», как и все остальные, даже в лицо ее в основном так называет. Он обращается с ней уважительно, но без особого интереса, и она ведет себя с ним точно так же.

— Почему? — изумленно воскликнула Саманта. Она отпила глоток кофе, отставила от себя чашку и присела на краешек кровати. — Почему они столько лет таятся от людей? Почему не поженятся, если им этого хочется?

— Может быть, им не хочется, — отозвался Тейт с таким видом, словно ему все было понятно.

Однако, когда Саманта подняла на него глаза, стало ясно, что она совсем ничего не понимает.

— Билл Кинг — гордый человек, — пояснил Тейт. — Он не хочет, чтобы люди болтали, будто бы он женился на мисс Каро из-за денег, ранчо или стада коров.

— И они довольствуются вот этим? — Сэм с неподдельным изумлением обвела взглядом комнату. — Маленьким домиком в лесу и тем, что еще двадцать пять лет Билл будет на цыпочках прокрадываться к ней, а утром так же тихо уходить?

130

— Может, это помогает им сохранить свежесть романтических чувств. — Тейт Джордан, улыбаясь, сел рядом с Самантой. — Вы же понимаете, что перед вами довольно необычная картина. — В лице Тейта, когда он оглянулся по сторонам, сквозили любовь и уважение. И даже что-то похожее на благоговейный трепет. — Вы понимаете, кто перед вами, Саманта? — спросил Тейт и продолжал, не дожидаясь ответа: — Перед вами два человека, которые любят друг друга. Идеальная пара. Ее картины прекрасно сочетаются с его призами, ветхое кожаное кресло Билла — с маленьким креслом-качалкой и подставкой для ног, принадлежащими Кэролайн. Я уже не говорю о старых фотоснимках, пластинках и книгах! Вы только посмотрите на все это, Сэм!

Они оба выглянули из спальни и снова полюбовались гостиной.

— Только посмотрите, — повторил Тейт. — Вы понимаете, что перед вами? Перед вами любовь. Вот что такое любовь! Это старые медные горшки и старая подушечка для булавок. И эта смешная кабанья голова. Вы видите здесь двух людей, двух людей, которые долго любили друг друга и до сих пор любят.

— По-вашему, они и сейчас сюда приходят? — Сэм спросила это почти шепотом, и Тейт расхохотался.

— Сомневаюсь. Во всяком случае, если и приходят, то редко. Пожалуй, я бываю здесь чаще. В последние годы артрит не дает Биллу житья. Я подозреваю, — Тейт понизил голос, — что они предпочитают не уходить далеко от дома Кэролайн.

Саманта мгновенно припомнила, как по ночам тихонько открывалась и закрывалась входная дверь. Значит, даже спустя столько лет они тайком встречались в полночной тиши!

— И все же мне неясно, почему надо держать это в секрете!

Тейт долго смотрел на нее и молчал, а потом пожал плечами.

— Так бывает. — Он улыбнулся. — Это не Нью-Йорк, Саманта. Здесь люди до сих пор придерживаются старомодных принципов.

Однако Саманте все равно подобное поведение казалось совершенно бессмысленным. Если речь о принципах, то тогда тем более следовало пожениться! Господи, да все это тянется уже двадцать лет!

— А как вы набрели на их дом, Тейт? — Сэм снова встала, прошла в гостиную и уселась в удобное кресло-качалку Кэролайн.

— Да вот так, набрел — и все. Когда-то давно они, должно быть, проводили здесь много времени. Здесь чувствуешь себя как дома.

— Это и есть настоящий дом. — Сэм мечтательно уставилась в пустой камин и вспомнила элегантную квартиру, которую она оставила в Нью-Йорке. Эта квартира не обладала ни одним из тех свойств, которые имел домик Кэролайн и Билла: там не было ни любви, ни тепла, ни уюта и покоя, которые она ощутила, едва уселась в старую качалку.

— Кажется, что тут можно оставаться вечно, да? — Тейт улыбнулся Саманте и опустился в кожаное кресло. — Хотите, я затоплю камин?

Саманта торопливо замотала головой.

— Нет, а то я буду волноваться, когда мы отсюда уйдем.

— Да мы же его погасим, глупышка.

— Знаю. — Они снова обменялись улыбками. — Но я все равно буду волноваться. Мало ли что... вдруг щепка отскочит или еще что-нибудь... Нет, с этим связываться не стоит. Я не хочу, чтобы они из-за нас лишились своих сокровищ. — Сказав это, Саманта внезапно посерьезнела и добавила: — Я даже считаю, что мы зря сюда пришли.

— Почему? — Резко очерченный подбородок чуть выпятился вперед.

— Это все не наше. Это их дом, их личная жизнь, их секрет. Им бы не понравилось, что мы пришли сюда, что мы узнали про них...

— Но мы же все равно про них знали, разве не так? — тихо спросил Тейт.

Саманта задумчиво кивнула:

— Я, например, всегда подозревала. Мы с Барб... племянницей тети Каро... в детстве часами говорили об этом, все гадали, правда это или нет. Но наверняка сказать ничего не могли.

— А когда вы повзрослели?

Саманта улыбнулась:

— Тогда я, конечно, почувствовала. Но все равно сомневалась.

Тейт кивнул.

— Я тоже. Я всегда считал, что знаю наверняка. Но на самом деле не знал, пока не попал сюда. Этот дом говорящий. — Он снова оглянулся. — И какую же очаровательную историю он вам рассказал!

— Да. — Сэм согласно кивнула и принялась медленно раскачиваться в старом кресле. — Хорошо так любить, правда? Когда такая крепкая любовь, когда можно что-то построить вместе и не расставаться целых двадцать лет.

— А сколько вы пробыли замужем, Сэм? — Тейт впервые поинтересовался ее личной жизнью.

Саманта посмотрела ему в глаза и ответила быстро, без каких-либо явных эмоций. Однако на самом деле вопрос ее удивил. Откуда Тейт узнал, что она была замужем?

— Семь лет. А вы?

— Пять. Мой сын был еще маленьким, когда его мать сбежала.

— Как вы, наверное, были рады, когда он опять стал жить с вами! — воскликнула Саманта и тут же густо покраснела: она вспомнила всю эту историю и поняла, что невольно допустила страшную бестактность. — Извините. Просто я хотела сказать, что...

— Ничего, — ласково махнул рукой Тейт. — Я знаю, что вы хотели сказать. Да, черт возьми, я был рад! Но мне, конечно, страшно жаль, что его мать умерла.

— Вы любили ее даже после того, как она вас бросила?

Это уж точно был вопиюще бестактный вопрос, но Саманте вдруг стало наплевать. Казалось, в тихой обители Билла и Каро они могут говорить и спрашивать обо всем,

133

если только ими владеет не праздное любопытство и не желание уязвить собеседника.

Тейт Джордан кивнул:

— Да, я любил ее. И в общем-то до сих пор люблю, хотя она умерла почти пятнадцать лет назад. Удивительная вещь! Человек часто забывает о том, как в конце все пошло наперекосяк. А вы что скажете, Сэм? С вами такого не бывало? Вспоминая мужа, вы вспоминаете того, в кого когда-то влюбились, или сукина сына, каким он стал в конце вашей совместной жизни?

Сэм тихонько рассмеялась, поражаясь его честности, и, покачиваясь в кресле, кивнула:

— Господи, как же вы правы! Но я все время спрашиваю себя: почему? Почему я вспоминаю только, как мы ходили в колледж, обручились, проводили медовый месяц, праздновали наше первое Рождество вместе? Почему, думая о нем, я никогда не вспоминаю, как он уходил от меня и его носки свисали из щели в чемодане, словно мои вывороченные внутренности?

Картина, нарисованная Самантой, вызвала у них обоих улыбку. Тейт отвернулся, а когда посмотрел на нее снова, то в глазах его было столько вопросов...

— Вот, значит, как все случилось. Он вас бросил, Сэм?

— Да, — не стала отпираться Саманта.

— Ради другой?

Она кивнула, но отреагировала уже не так болезненно. Просто признала правду — и все.

— Ну точь-в-точь как моя!

Сэм неожиданно осознала, что сейчас Тейт гораздо больше похож на всех остальных ковбоев, чем обычно. Наверное, здесь он может расслабиться. Он уже не пытается произвести на нее впечатление, и вокруг никого нет...

— От этого разрывается сердце, правда? Мне тогда было двадцать пять, и я думал, что умру.

— Я тоже. — Саманта впилась в него взглядом. — Я тоже так думала. И, — тихонько прибавила она, — на моей работе испугались того же самого. Поэтому я и приехала сюда. Чтобы успокоиться. Переменить обстановку.

— А давно все это случилось?

— В августе.

— Да, уже достаточно. — Тейт сказал это деловито, и Саманту его тон вдруг задел.

— Вот как? Для чего достаточно? Чтобы мне стало наплевать? Ошибаетесь!

— Вы о нем все время думаете?

— Нет, — честно призналась Саманта. — Но все равно слишком много.

— Вы уже разведены?

Сэм кивнула:

— Да, и он снова женился, а в марте у них родится ребенок.

Лучше сказать ему все сразу, не оттягивая! Странно, но почему-то ей стало хорошо от того, что можно одним махом со всем покончить, рассказать мучительную правду, признаться, как на исповеди. Только бы поскорее с этим разделаться!.. Однако она заметила, что он пристально наблюдает за ней.

— Вам ведь наверняка очень больно.

— Вы о чем? — Она сперва не сообразила, что он имеет в виду.

— О ребенке. Вам хотелось иметь детей?

Саманта колебалась всего мгновение, а затем кивнула и резко поднялась с кресла-качалки.

— Вообще-то да, мистер Джордан. Но я бесплодна. Поэтому мой муж получил то, что хотел... в другом месте...

Приблизившись к окну, она стояла, глядя на озеро, и не услышала, как он подошел. Тейт встал за спиной Саманты и обхватил ее за талию.

— Это все не важно, Сэм... и ты не бесплодна. Бесплоден тот, кто не может любить, не способен отдавать, замкнут, зациклен на себе и весь выдохся. Все это к тебе не относится, Сэм. Ты не такая.

Он медленно повернул Саманту лицом к себе. В ее глазах застыли слезы. Она не хотела, чтобы Тейт их видел, но не смогла воспротивиться, когда он поворачивал ее: в

135

его руках был какой-то магнетизм. Тейт нежно поцеловал ее в оба глаза, а затем потянулся к губам и впился в них таким долгим поцелуем, что Сэм чуть не задохнулась.

— Тейт!.. Не надо... Нет... — Саманта отбивалась, но слабо, и в результате он прижал ее еще крепче.

Она почувствовала запах мыла и табака, а когда уткнулась носом в его грудь, ощутила под щекой грубую шерстяную ткань.

— Почему нет? — Тейт взял ее пальцем за подбородок и заставил снова посмотреть на него. — Сэм!

Она ничего не ответила, и он опять поцеловал ее. А потом прошептал на ухо, тихонько, но так, что сердце гулко забилось у нее в груди:

— Сэм, я хочу тебя. Я никого еще так не хотел.

Саманта ответила мягко, но выразительно, поглядев Тейту в глаза:

— Этого недостаточно.

Он кивнул:

— Я понимаю.

Наступило долгое молчание.

— Но больше я ничего предложить не смогу, — наконец вымолвил Тейт.

Теперь настала ее очередь. Саманта ласково улыбнулась и повторила его вопрос:

— Почему нет?

— Потому что... — Тейт поколебался, но все же ответил, и его негромкий смешок был слышен в каждом уголке прелестного маленького дома: — Потому что я, в отличие от тебя, действительно бесплоден. Мне и вправду нечего отдать.

— Откуда ты знаешь? Ты что, недавно проверял?

— Нет, ни разу за восемнадцать лет, — последовал торопливый, честный ответ.

— И ты считаешь, что тебе уже поздно влюбляться?

Тейт помолчал, и Сэм посмотрела по сторонам; взгляд ее немного задержался на спортивных призах, потом вернулся к Джордану.

— Ты думаешь, он ее любит, Тейт?

Тейт кивнул.

— И я так думаю. Но он вовсе не смелее тебя, хотя, конечно, очень смелый и мужественный. — Именно на этих словах Саманта снова посмотрела на Тейта. — Точь-в-точь как ты.

— Значит ли это...

Тейт говорил тихо, лаская своими губами ее губы, так что сердце Саманты готово было вырваться из груди, а в мозгу молнией проносились мысли: зачем она целует этого чужого мужчину, этого ковбоя... целует и пытается вдобавок объяснить, почему он должен влюбиться?.. Ей хотелось спросить себя, что, черт возьми, она вытворяет, но Саманта не успела.

— Значит ли это, — продолжал Тейт, — что, если я признаюсь тебе в любви, мы сразу же, прямо здесь, займемся любовью?

Его это явно забавляло, и она, усмехнувшись, покачала головой.

— Я так и думал. Так в чем же ты пытаешься меня убедить? И зачем?

— Я пытаюсь тебя убедить в том, что ты еще можешь влюбиться, еще не поздно. Посмотри на них! Когда с ними это случилось, они были старше, чем мы сейчас. Явно старше!

— Да... — Однако голос у Тейта был не очень уверенный. Он задумался. — А какая тебе разница, влюблюсь я еще раз или нет?

— Я хочу доказать тебе, что такая возможность существует.

— Для чего? Ты проводишь научное исследование?

— Нет, — прошептала Саманта. — Я хочу это выяснить для себя.

— Понятно. — Он ласково погладил Саманту по светлым волосам, собранным в тугой узел, немного поборолся со шпильками, которые удерживали прическу, и наконец выпустил на волю ее роскошные волосы, которые густой волной рассыпались по спине. — Боже мой, какие у тебя прелестные волосы, Сэм!.. Паломино, белогривая моя... — еще тише прошептал Тейт. — Малышка паломино... Как же ты прекрасна!

Солнце заглянуло в окно и заплясало в золотистых нитях ее волос.

— Нам пора возвращаться, — ласково, но твердо проговорила Саманта.

— Ты так считаешь?

— Да.

— Почему?

Он целовал ее в подбородок, в шею... Саманта не останавливала его, но больше ничего позволять ему не собиралась.

— Зачем нам сейчас возвращаться, Сэм? О Господи, ты такая прелестная!

Она почувствовала, как по телу Тейта пробежала дрожь, и отодвинулась, легонько покачав головой:

— Нет, Тейт.

— Почему нет? — В его глазах вдруг сверкнул огонь, и Саманта даже испугалась.

— Потому что мы не должны.

— Да брось! Я мужчина, ты женщина... Мы же не дети! Чего ты хочешь? — Он раздраженно повысил голос, распаленный желанием. — Идеального романа? Хочешь, чтобы я надел тебе на палец обручальное кольцо прежде, чем уложить в кровать?

— А чего ты хочешь, ковбой? Немного покувыркаться на сеновале?

Ее слова пронзили Тейта, будто пули. Он ошалело воззрился на Саманту, а затем медленно покачал головой.

— Извини, — холодно проговорил он и пошел к кухонной мойке мыть чашки.

Однако Саманта не сдвинулась с места и не сводила с него глаз. Когда он закрыл кран, она сказала:

— А мне нечего извиняться. Ты мне нравишься. Честно говоря, — она протянула руку и коснулась его плеча, — ты мне ужасно нравишься. Но я не хочу снова страдать.

138

— Ты не можешь получить гарантий, что не будешь страдать, Сэм. Никто тебе их не даст. Во всяком случае, я не дам. Все такие гарантии — ложь.

В словах Тейта была доля правды, и Саманта это понимала, но ей хотелось не обещаний, а чего-то реального!

— Знаешь, чего мне хочется? — Сэм обвела взглядом комнату. — Хочется вот этого. Чтобы и через двадцать с лишним лет человек меня любил, чтобы мы с ним были единым целым.

— А ты думаешь, они вначале были в этом уверены? По-твоему, они тогда знали то, что знают сейчас? Черта с два! Она была владелицей ранчо, а он — наемным работником. Вот и все, что они знали.

— Ты полагаешь? — Из глаз Саманты сыпались искры. — А хочешь, я тебе скажу, что они еще знали? Наверняка знали?

— Что?

— Что они любят друг друга. И пока я не обрету этого, не найду человека, который полюбит меня и которого я буду любить, я в такие игры не играю!

Тейт открыл входную дверь и, когда они с Самантой вышли, запер ее на ключ.

— Пошли.

Но, проходя мимо, Сэм увидела, что он не сердится. Он ее понял, и Саманта поймала себя на мысли, что ей интересно, как события будут разворачиваться дальше. На миг, всего на один миг ей захотелось отбросить осторожность, но она решила, что этого делать не следует. Не потому, что не испытывала желания, а, наоборот, потому, что слишком хотела Тейта. Тейт Джордан был потрясающим мужчиной.

— Мы сюда еще когда-нибудь приедем? — Саманта заглянула в глаза Тейту, который, подставив сложенные ладони, помогал ей взобраться на лошадь.

— Ты этого действительно хочешь?

Саманта медленно кивнула. Тейт улыбнулся и промолчал. Она перекинула ногу и вскочила в седло. А еще через мгновение, держа в руках поводья и подгоняя Красавчика, Саманта летела вместе с Тейтом Джорданом навстречу ветру.

Глава 11

— Ну как, хорошо покаталась, дорогая? — благодушно спросила Кэролайн у входящей в гостиную Саманты, разрумянившейся, с блестящими глазами и распущенными волосами, ниспадавшими на плечи. Она казалась олицетворением молодости, здоровья и красоты, и Кэролайн невольно позавидовала ей, глядя, как она уютно устраивается в кресле калачиком, поджимая под себя еще не утратившие юной гибкости ноги.

— Да, тетя Каро, спасибо. — Саманте ужасно хотелось признаться Кэролайн, что она побывала в домике, но делать этого было нельзя.

Однако возбужденность не проходила. Саманта была взволнована и происшедшим в домике, и тем, что они с Тейтом целовались в стойле Черного Красавчика. Поцелуи Тейта словно прожгли ее насквозь, проникли в самую душу. Тейт был так непохож на знакомых мужчин, он был сильнее, независимее и притягательнее всех, кого она когда-либо знала... и узнает.

— Ты уже с кем-нибудь виделась сегодня утром? — Небрежный вопрос Кэролайн был порожден тридцатилетней привычкой жизни на большом ранчо, отчасти напоминавшей жизнь в коммуне. Здесь не проходило и часу, чтобы кто-нибудь с кем-нибудь не встретился, не обменялся парой фраз и не услышал новости еще о ком-нибудь.

Сэм чуть было не воскликнула: «Нет, я никого не видела», но потом все же решила сказать Кэролайн правду:

— Я повстречалась с Тейтом Джорданом.

— А... — довольно равнодушно, без особого интереса протянула Кэролайн. — Ну и как после вчерашнего самочувствие Санта-Клауса? Дети всегда от него в восторге.

Сэм так и подмывало вставить: «Я тоже», но она не осмелилась, а лишь поддакнула:

— Еще бы! Он очень симпатичный человек.

— Так ты теперь к нему более снисходительна? Ненависть прошла?

— Да у меня ее и не было! — Саманта налила себе кофе, стараясь держаться как можно непринужденнее. — Мы с ним просто не сошлись во мнениях насчет моей способности ездить на Красавчике.

— А теперь он свое мнение изменил?

Саманта кивнула с довольным видом.

— Ну, так неудивительно, что он тебе теперь нравится. Кукушка хвалит петуха... Впрочем, Тейт и вправду славный человек, хоть и ругал тебя за то, что ты уселась верхом на Черного Красавчика. Он знает ранчо как свои пять пальцев, не хуже нас с Биллом.

«Как свои пять пальцев... даже про домик ему известно», — подумала Саманта и, чтобы скрыть улыбку, поспешила отпить глоток кофе.

— Чем вы сегодня намерены заниматься, тетя Каро?

— Как всегда, бухгалтерией.

— В Рождество? — Ответ Кэролайн шокировал Саманту.

Кэролайн кивнула с видом человека, исполняющего свой долг:

— Да, в Рождество.

— Но почему бы вместо этого не устроить рождественский обед?

— Насколько мне помнится, — усмехнулась Кэролайн, — мы уже устраивали праздничное застолье. Вчера вечером.

— Так то совсем другое дело! Там было все ранчо. А сегодня давайте приготовим праздничный обед для нас с вами, Билла Кинга и Тейта.

Кэролайн посмотрела на Саманту очень внимательно и покачала головой:

— Не думаю, что нам стоит это делать.

— Почему?

— Потому что они наемные работники, — с легким вздохом ответила Кэролайн. — А мы с тобой — нет. Видишь ли, на ранчо действительно существует очень строгая иерархия.

— Разве вы никогда не сидите с Биллом за одним столом? — Саманта испытала настоящий шок.

— Очень редко. Только в особых случаях: когда кто-нибудь женится или умирает. Лишь тогда и в праздники — например, в Рождество — все преграды между нами падают. В остальное же время каждый сверчок знает свой шесток: ты — на своем месте, а они... они зорко следят за тем, чтобы барьеры не разрушались, Сэм.

— Но почему?

— Из уважения к нам. Тут так заведено.

Кэролайн, похоже, с этим давно примирилась, но Сэм продолжала возмущаться:

— Но как же глупо! Какой смысл в этой иерархии, скажите на милость? Кому она нужна?

— Им. — Кэролайн словно обдала Саманту ледяной водой. — Их очень волнует форма отношений и положение человека, им важно, кто ты такая, они хотят относиться к тебе с должным почтением. Владельца ранчо они возносят на пьедестал и не позволяют спуститься вниз. Подчас это надоедает, но ничего не поделаешь. Приходится мириться. Если бы я сегодня пригласила сюда Билла и Тейта, они были бы искренне шокированы.

Однако Сэм все равно не верилось: она прекрасно помнила, как Тейт пытался переспать с ней в домике Билла и Кэролайн. До нее еще не дошло, что это разные вещи. То, второе, было их сугубо личным делом. А торжественный ужин в хозяйском доме — это совершенно иное!

— Нет, я все равно этого не понимаю!

Кэролайн тепло улыбнулась Саманте:

— Я тоже не понимала, но была вынуждена принять, Сэм. Так проще. Так уж они устроены.

Вот, значит, почему они построили этот домик?! Потому что он простой работник, а она владелица ранчо, человек другого сорта? Неужели у всей этой таинственности такое простое объяснение? Саманте ужасно захотелось задать этот вопрос Кэролайн, однако она вовремя спохватилась.

— В рабочей столовой целый день будут накрыты столы, чтобы люди могли полакомиться холодной индейкой, Саманта. Ты можешь пойти туда и поболтать там с кем тебе заблагорассудится. А нам с Биллом, ей-богу, нужно поработать пару часов в конторе. Мне страшно жаль оставлять тебя одну на Рождество, Сэм, но мы должны доделать работу.

Все эти годы главные помыслы Билла и Кэролайн были о ранчо. Однако любопытно... они хоть иногда скучают по своему домику? Наверное, да. Если хочешь от кого-то спрятаться, это идеальное место. Саманту интересовало и другое: давно ли они там не были, часто ли наезжали в свой тайный приют в начале романа — если, конечно, он уже был тогда построен — и... и когда она снова отправится туда с Тейтом.

— Не беспокойтесь обо мне, тетя Каро. Я не буду скучать — засяду за письма. А в столовую схожу перекусить, когда проголодаюсь. — Стоило Сэм это вымолвить, как она поняла, что ей страстно хочется увидеть Тейта.

Сегодня утром он, казалось, завладел ее существом, и она никак не могла от него отвязаться. Все мысли Саманты были о нем: о его руках, губах и глазах...

Но когда спустя полчаса она пришла в столовую, Тейта там не было. А когда еще через несколько часов Саманта встретила возле конюшни Джоша, он вскользь упомянул о том, что Тейт уехал повидаться с сыном, который работал на ранчо «Барнтри» в двадцати пяти милях от ранчо Кэролайн Лорд.

Глава 12

В серебристой рассветной мгле Тейт Джордан подал знак, и две дюжины ковбоев, работавших под его началом, поскакали вслед за ним к главным воротам. Сегодня большинству работников было поручено отлавливать молодых бычков, которых предстояло затем охолостить, а Тейт и еще несколько человек собирались съездить в узкое ущелье проверить, не обвалился ли мост, перекинутый через него. Добравшись до него через час, они убедились, что все в порядке, однако на обратном пути увидели два поваленных во время грозы дерева, в которые ударила молния; падая, они проломили крышу сарая и повредили трактор и несколько других, не таких крупных сельскохозяйственных машин. Парни часа два убирали ветки, проверяли исправность механизмов и пытались завести трактор. А потом включили большую бензопилу — поваленные деревья можно было оттащить в сторону, только распилив предварительно на части. Работа была на износ; особенно тяжко пришлось Саманте, и когда наконец устроили перерыв на обед, длинные светлые волосы Сэм были мокрыми от пота, а толстая фланелевая рубашка прилипла к груди.

— Хочешь кофе, Сэм?

Тейт, предлагавший всем кофе, протянул чашку Саманте, и на какую-то долю секунды ей показалось, что в его глазах появился особый блеск. Но потом, когда он принялся объяснять, что она должна сделать со сломанными механизмами, Сэм убедилась в своей ошибке. Их отношения снова стали сугубо деловыми. К концу дня она уверилась в этом окончательно. Теперь Тейт обращался с ней хорошо, как и со всеми, пару раз даже пошутил, а увидев, что она совсем изнемогает, велел отдохнуть. Но глядя, как она трудится в поте лица, он не нашел для нее каких-то особых слов, не попытался ободрить. А когда рабочий день закончился и она поставила Навахо в конюшню, Тейт, не сказав ей ни слова, ушел и отправился к себе — его домик находился неподалеку от рабочей столовой.

— Здорово пришлось сегодня вкалывать. Да, Сэм? — крикнул ей через плечо Джош, расседлывая лошадь.

Саманта кивнула и, посмотрев вслед уходящему Тейту, подумала, что, наверное, тот случай в тайном убежище влюбленных был своеобразным зигзагом, минутным помешательством, когда они оба потеряли над собой контроль, а потом вновь обрели его. И внезапно Саманта обрадовалась тому, что не поддалась искушению, хотя ее почти неудержимо влекло к Тейту.

«Вот бы он теперь надо мной потешался!» — сказала себе Сэм, стараясь не пропустить мимо ушей реплики Джоша:

— Ты совсем вымоталась.

— Как и все! Тут постоянно работаешь до седьмого пота.

Однако при этом вид у нее был вовсе не понурый. Напротив, Саманта даже радовалась, что провела все утро за расчисткой завала и ей не пришлось холостить бычков. Судя по тому, что она когда-то видела, занятие это было кровавым и малоприятным, поэтому Саманта не жалела, что провела целый день с Тейтом и остальными, обрубая ветки поваленных деревьев и борясь с неуклюжей техникой, стоявшей под проломленным навесом.

— До завтра! — Сэм помахала Джошу рукой, устало улыбнулась и побрела к дому Кэролайн. Ей вдруг ужасно захотелось принять горячую ванну, поесть и поскорее лечь в теплую постель.

С каждым днем жизнь Саманты на ранчо становилась все проще и проще. Она спала, потом поднималась, завтракала и работала до изнеможения. Но именно это ей и было нужно! Ей было практически некогда думать. Однако в последнее время мысли опять начали одолевать Саманту: перед ней постоянно маячило лицо Тейта... Саманта вспоминала, как они стояли рядом в домике и разговаривали о Билле и Кэролайн... а еще о себе...

Зайдя в уютный хозяйский дом, Саманта позвала Кэролайн, но ответом было молчание. А через несколько минут она обнаружила в кухне записку, в которой говорилось, что Кэролайн уехала вместе с Биллом Кингом за сотню миль от ранчо. У них возникли сложности с налоговой инспекцией, по телефону уладить вопрос не удалось, поэтому пришлось поехать, чтобы выяснить все на месте. Тетя Каро писала, что они вернутся ночью или утром, но ждать их, естественно, не следует. В духовке лежит жареная курица с картошкой, а в холодильнике — салат. Хотя Сэм славно потрудилась днем, она вдруг осознала, что вовсе не так голодна, как ей казалось вначале. Перспектива ужинать в одиночку ее не очень привлекала. Вместо этого Саманта медленно побрела в гостиную, решив потом, попозже, сделать себе сандвич, и почти машинально включила телевизор. И тут же ее словно током дернуло: в уютной гостиной Кэролайн зазвучал голос Джона. А еще через пару мгновений Саманта увидела огромный живот и улыбающееся лицо Лиз. И все нахлынуло вновь, и в глазах Сэм, прикованных к телевизору, вновь поселилась печаль... печаль, которую она привезла с собой из Нью-Йорка. Сэм смотрела на Джона и Лиз, слушала их обычную болтовню и не сразу сообразила, что кто-то уже несколько минут стучится в дверь. Она как загипнотизированная впилась взглядом в улыбающиеся лица на экране и, казалось, не могла оторваться... Но стоило щелкнуть выключателем, и они исчезли, а Саманта, на лбу которой залегла маленькая страдальческая морщина, подошла к входной двери и открыла ее. Про нью-йоркскую привычку спрашивать из предосторожности «кто там?» Саманта успела позабыть. Здесь злоумышленников быть просто не могло, здесь к ней могли прийти только друзья, то есть люди, работавшие на ранчо. Распахнув дверь, Сэм увидела перед собой синюю ковбойку и знакомую джинсовую куртку. Взгляд ее торопливо метнулся вверх, к лицу Тейта Джордана.

— Привет, Тейт! — Вид у Саманты был усталый и рассеянный, перед глазами еще стояли лица бывшего мужа и его новой жены.

— Что-то не так? — забеспокоился он, но Сэм покачала головой. — У тебя плохие новости?

146

— Нет. — Сэм слово «новости» привело к некоторому недоумению. Да, ей, конечно, сейчас ужасно плохо, но все это уже, увы, не новость... — Ничего особенного. Наверное, я просто устала.

Сэм улыбнулась, но не обычной непринужденной, естественной улыбкой, к которой привык Тейт, и он никак не мог понять, что ее так расстроило. Может быть, ей позвонили из дому или она получила письмо от бывшего мужа? Он когда-то испытал все это на себе, занимаясь выяснением отношений с бывшей женой.

— Ты сегодня совсем себя не жалела, маленькая Белогривка. — Улыбка Тейта послужила Саманте наградой за тяжкий труд, и теперь, когда она улыбнулась в ответ, это выглядело не натужно, а естественно.

— Я рада, что ты это заметил.

Впрочем, она уже знала, что Тейт Джордан замечает все. Отчасти поэтому он был столь незаменим на ранчо. Он все знал про своих парней: как они работают, насколько преданны хозяйке и своему делу, чем могут быть полезны ранчо Кэролайн Лорд и что попросят взамен...

Немного помолчав, Сэм вопросительно взглянула на Тейта и посторонилась.

— Может, зайдешь?

— Я не хотел тебя беспокоить, Сэм. — Тейт переступил порог и внезапно смутился. — Просто... мне сказали, что Билл и Кэролайн уехали к налоговому инспектору. Я хотел убедиться, что у тебя все в порядке. Ты не пойдешь на ужин в столовую?

Саманта была тронута его заботой, и ей вдруг показалось, что в улыбке Тейта сквозит не только дружеское участие. Хотя... ничего нельзя сказать наверняка, когда имеешь дело с Тейтом Джорданом. Подчас его жестко очерченное лицо бывает таким непроницаемым! Даже темно-зеленые глаза не выдают мыслей.

— Или ты уже поела?

Тейт, вероятно, почувствовал запах курицы, которую Сэм до сих пор не вынула из духовки. Саманта покачала головой.

— Нет, Кэролайн оставила мне курицу, но я не... у меня не было времени... — Она покраснела, вспомнив, как вместо ужина сидела и пялилась в телевизор.

Подняв на Тейта глаза, Саманта взмахнула рукой, указывая в сторону кухни, и, наклонив голову набок, перебросила густые светлые волосы за спину.

— Хочешь поужинать со мной, Тейт? Еды у нас вдоволь. Картошку можно разделить на двоих, в духовке лежит целая курица, а салата столько, что они смогли бы накормить половину всех работников Кэролайн! Тетя Каро всегда готовит столько еды, словно ожидает в гости целую армию. Вероятно, эта привычка сформировалась у нее за долгие годы жизни среди ковбоев и множества друзей.

— Я не причиню тебе много хлопот? — Тейт колебался.

У Сэм неожиданно возникло впечатление, что такому богатырю тесно в доме с низкими потолками, но она поспешила отогнать эти мысли, резко тряхнув головой:

— Не говори глупостей. Кэролайн оставила такое количество еды, что на десятерых хватит.

Тейт рассмеялся и прошел вслед за Самантой в кухню. Пока она накрывала на стол, у них завязался разговор о ранчо и о прошедшем рабочем дне, а через несколько минут, когда они жадно набросились на курицу и салат, уже казалось, что им каждый вечер доводится ужинать вот так, вдвоем...

— А как выглядит Нью-Йорк? — спросил, покончив с едой, Тейт и ухмыльнулся.

— О... это совершенно сумасшедший город... да, наверное, лучше не скажешь. Слишком многолюдный, шумный, грязный, но при этом потрясающий! В Нью-Йорке каждый занят своим делом: кто-то идет в театр, кто-то пытается организовать новую фирму, кто-то репетирует балет, разоряется или, наоборот, богатеет, становится знаменитым. Да, это город не для простых смертных.

— А как ты себя там чувствуешь? — Тейт внимательно посмотрел на Саманту, которая встала из-за стола, чтобы налить им обоим кофе.

— Я привыкла к мысли, что мне Нью-Йорк нравится, — пожала плечами Саманта, ставя на стол чашки с дымящимся напитком и садясь на свое место. — Но теперь у меня уже нет такой уверенности. Сейчас все это кажется ужасно далеким и совершенно не важным. Забавно, три недели назад я без агентства жить не могла: даже если отлучалась на час в парикмахерскую, звонила на работу минимум три раза — чтобы спросить, все ли у них нормально. А теперь я уже три недели отсутствую и... кому какая разница? Им безразлично. Мне тоже. Как будто меня там вообще не было!

Но Саманте было известно и другое: стоит ей вернуться домой, на следующее же утро у нее возникнет чувство, словно она никуда и не уезжала. И снова покажется, что уехать невозможно...

— Я думаю, Нью-Йорк можно сравнить с наркотиком. Если ты окончательно избавишься от дурной привычки, все будет прекрасно, но пока еще не совсем завязал, — Саманта дружески улыбнулась Тейту, — надо держаться подальше от соблазна!

— То же можно сказать и про некоторых моих знакомых женщин! — Тейт отпил кофе из хрупкой белой чашечки, и в его глазах заплясали лукавые искры.

— А где они сейчас, мистер Джордан? Может, вы соблаговолите рассказать мне о них?

— О нет! — Тейт снова улыбнулся. — А что ты мне скажешь? Тебя кто-нибудь ждет в Нью-Йорке или ты и от этого тоже сбежала?

Ее глаза на мгновение посерьезнели, и она покачала головой.

— Я не сбежала, Тейт. Я уехала. В отпуск... — Саманта опять смущенно замялась. — Мне в агентстве сказали: «Профессорам университета такой отпуск предоставляется раз в семь лет, можешь считать себя профессором...» А ждать меня никто не ждет. Я думала, что ты это уже понял.

— Лишний раз поинтересоваться не вредно.

— Я еще ни с кем не была после развода.

— Ни разу ни с кем? С августа?

Саманту удивило, что Тейт запомнил, когда она рассталась с мужем, но она не подала виду и молча кивнула.

— А тебе не кажется, что пора разговеться?

Сэм не хотелось признаваться, что она и сама об этом подумывает.

— Не знаю. Всему свое время.

— Ты полагаешь? — тихо пробормотал Тейт, пододвигаясь к ней поближе и вновь припадая к ее губам.

И опять ее сердце бешено заколотилось, чуть не выпрыгивая на стол. Саманта тоже потянулась навстречу Тейту, а он ласково взял ее одной рукой за подбородок, а второй пригладил шелковистые волосы.

— Господи, какая же ты красавица, Сэм! У меня даже дух захватывает.

Тейт еще раз поцеловал ее, а потом отодвинул тарелки подальше и крепко прижал Сэм к себе. Они самозабвенно целовались в полной тишине, пока не начали задыхаться. А когда Сэм слегка отодвинулась, на ее губах появилась смущенная улыбка.

— Тетя Каро была бы шокирована, Тейт.

— Неужели? — Слова Саманты явно не убедили Тейта. — А я почему-то сомневаюсь.

Им вдруг одновременно пришло на ум, что Кэролайн и Билл Кинг отправились в это маленькое путешествие вдвоем. Наверное, они проведут ночь где-нибудь на дороге... Сэм вспомнила про их домик, спрятанный от нескромных взоров. Тейт тоже о нем подумал и усмехнулся:

— Если бы сейчас не было так темно, мы могли бы поехать туда. Мне было там с тобой очень хорошо, Сэм.

— В домике? — Саманта сразу же поняла, о чем он говорит.

Тейт кивнул:

— Я в тот раз почувствовал, — Тейт поднялся со стула, его голос ласково обволакивал Саманту, — что этот домик как будто бы создан для нас с тобой.

Он заставил ее встать на ноги и привлек к себе. Рядом с ним она казалась меньше, чем на самом деле... А потом вдруг ее грудь тесно прижалась к его груди, и губы снова жадно впились в его губы. Саманта целовала Тейта, а он ласково гладил ее по спине и по волосам.

Наконец отстранившись, Тейт прошептал:

— Я знаю, это звучит безумно, Сэм, но я люблю тебя. Я понял это сразу, как только тебя увидел. Мне сразу захотелось прикоснуться к тебе, обнять, погладить по белогривой головке.

Тейт нежно улыбался, однако Саманта смотрела на него задумчиво и серьезно.

— Ты мне веришь, Сэм?

В больших голубых глазах вспыхнула тревога.

— Не знаю, Тейт. Я вспомнила, что сказала тебе в прошлый раз... Я сказала, что секс ради секса мне не нужен. Ты поэтому так теперь говоришь, да?

— Нет, — Тейт по-прежнему шептал, поднеся губы к ее уху и целуя Сэм в шею. — Я сказал это, потому что так оно и есть. Я много думал о тебе после нашей встречи. Ты хочешь примерно того же, чего хочу и я, Сэм. — Голос Тейта зазвучал громче, он взял ее за руки. — Но ты хочешь, чтобы я облек мои чувства в слова. А я к этому не привык. Проще сказать «я хочу переспать с тобой», чем «я тебя люблю». Однако я еще ни разу ни одну женщину так не желал, как тебя.

— Но почему? — хриплым шепотом спросила Сэм, и в ее резко воспалившихся глазах заполыхала боль, которую причинил ей Джон.

— Потому что ты такая очаровательная... — Тейт осторожно прикоснулся могучей рукой к груди Саманты. — Потому что мне нравится, как ты смеешься... нравится твоя манера говорить... и ездить на этом чертовом коне, которого неизвестно зачем купила Каро... нравится, что ты работаешь как вол наравне с мужиками, хотя тебе вовсе незачем так надрываться... А еще потому, — он ухмыльнулся, и его руки скользнули вниз по ее талии, — что мне нравится твой милый задик.

Саманта рассмеялась в ответ и ласково убрала его руки.

— Разве это недостаточно веские причины? — жалобно воскликнул Тейт.

— Веские для чего, мистер Джордан? — Саманта дразняще прищурилась и, отвернувшись от Тейта, принялась убирать со стола. Но донести тарелки до раковины не успела: Тейт отобрал их, поставил на стол, потом легко подхватил Сэм на руки и вынес из гостиной в длинный коридор, который вел в ее комнату.

— Туда, Саманта? — В голосе Тейта звучала несказанная нежность, а глаза прожигали ее насквозь.

Саманта хотела остановить его, сказать, чтобы он вернулся назад, но не смогла. Она лишь кивнула и сделала неопределенный жест, указывая на коридор. А потом, хихикнув, попыталась отстраниться.

— Не надо... перестань, Тейт! Сейчас же поставь меня на пол!

Он тоже засмеялся, но не послушался и пошел дальше, остановившись только у полуоткрытой двери в конце коридора.

— Это твоя комната?

— Да. — Саманта скрестила руки на груди, а он прижимал ее к себе, словно маленького ребенка. — Но я тебя сюда не звала.

— Правда? — Он поднял одну бровь и, переступив порог, с интересом огляделся. Затем, не тратя лишних слов, положил Саманту на кровать и порывисто поцеловал в губы. Игры внезапно окончились, и бешеная страсть, прорвавшаяся наружу, застала Саманту врасплох. Она опешила от его напора, от жгучих прикосновений его жадных губ и рук, от тяжести вдруг навалившегося тела... Буквально в следующий миг Тейт уже лежал рядом, а ее одежда — да и его тоже — куда-то исчезла... словно растаяла... Саманта вокруг ничего не замечала, лишь чувствовала прикосновение его нежной плоти, его ласковых рук... они постоянно блуждали по ее телу, воспламеняя кровь... Длинные ноги словно захватили Саманту в капкан, а губы жадно пили ее поцелуи. Он прижимал ее все ближе и ближе, пока она не сдалась и сама не

152

прижалась к нему, тихонько постанывая, сгорая от нетерпения... И тут он неожиданно отстранил Саманту, и она увидела в его серьезных глазах немой вопрос. Тейт Джордан никогда не овладевал женщиной насильно и ее не собирался принуждать. Ему нужно было получить подтверждение, что она хочет отдаться ему, и, когда он поймал ее взгляд, Саманта молча кивнула. В следующую секунду он вошел в нее, вошел глубоко, с размаху. Она вскрикнула от удовольствия, а он проник еще глубже, и Саманта, издав новый стон, понеслась навстречу экстазу. И это повторялось снова, и снова, и снова...

Казалось, прошла целая вечность, когда он наконец лег рядом с Сэм. В комнате было темно, дом погрузился в тишину. Большой, могучий мужчина, насытившись любовью, блаженно вытянулся на постели, и Сэм счастливо зажмурилась, почувствовав, как нежные губы касаются ее шеи.

— Я люблю тебя, Белогривка. Люблю.

Это звучало так искренне, но Саманте все равно захотелось спросить: «Правда?

Неужели правда? Неужели ее снова кто-то полюбил? Полюбил по-настоящему и не причинит ей боли, никуда от нее не уйдет? Слезинка выкатилась из уголка глаза и капнула на подушку. Тейт печально посмотрел на Саманту и кивнул. Притянув ее к себе, он принялся ласково укачивать Сэм, тихонько приговаривая, как бормочут, успокаивая раненое животное или крошечного ребенка:

— Все хорошо, малышка. Все теперь хорошо. Я здесь, с тобой...

— Извини... — Слов было почти не разобрать, потому что из груди Саманты вырвались громкие рыдания: казалось, тоска, жившая в ее душе, вылетела наружу, словно стая птиц.

Так продолжалось около часа; они лежали, сплетясь в объятиях, а когда наконец Сэм выплакала все слезы, по телу Тейта пробежала уже знакомая дрожь... Саманта невольно улыбнулась и прижалась к нему теснее.

— Все в порядке? Ты успокоилась? — Голос Тейта резко рассек тишину темной комнаты.

Саманта молча кивнула.

— Отвечай!

— Да.

Однако он не шевелился, пристально вглядываясь в ее лицо.

— Ты уверена?

— Да.

И Саманта своим телом дала ему понять то, что не могла выразить словами благодарности: выгнув дугой спину, она слилась с ним воедино, и он испытал ничуть не меньшее наслаждение, чем она. Тела их тесно переплелись. Саманте ни с кем еще не было так хорошо, и, заснув наконец на одной кровати с Тейтом Джорданом, она счастливо улыбалась.

Когда наутро зазвонил будильник, Саманта медленно пробудилась и на ее губах опять заиграла улыбка — Сэм ожидала увидеть рядом с собой Тейта. Но вместо этого увидела под маленькими часами записку. Тейт оставил ее в два часа ночи, перед тем как потихоньку выскользнуть из спальни Саманты. Это он завел будильник и черкнул несколько слов на клочке бумаги. Записка содержала всего одну фразу: «Я люблю тебя, Белогривка!»

Прочитав это, Саманта откинулась на подушку и, улыбнувшись, снова закрыла глаза. И на сей раз из-под ресниц не выкатилось ни слезинки.

Глава 13

К концу рабочего дня Саманта выглядела такой же свежей и бодрой, как и вначале, и, поглядев, как она с улыбкой вешает седло на крючок, Джош недовольно пробурчал:

— Ну ты даешь! До чего же ты выносливая, Сэм! Три недели назад ты под конец дня еле ходила — совсем без сил была. А теперь резво спрыгиваешь с этой проклятой лошади, и глаза у тебя в шесть часов вечера блестят, как утром, когда ты только-только проснулась. Мне на тебя даже глядеть тошно. Получается, что теперь тебе впору меня тащить домой на руках. На заднице у меня живого места не осталось, а к рукам больно прикоснуться — так я натер их, гоняясь с арканом за бычками. Может, тебе нужно поменьше сачковать и побольше работать?

— Да я больше вас сегодня вкалывала, придира!

— Ах, вот как? — шутливо рыкнул на Саманту Джош и, когда она проходила мимо, легонько шлепнул ее своей шляпой.

— Да-да, вот так! — Сэм широко улыбнулась и погналась за ним; ее длинные светлые волосы были собраны в хвост и обвязаны ярко-красной резинкой.

Сегодня она целый день как будто парила по воздуху. Все ее мысли были о Тейте Джордане, но ни он, ни она ничем себя не выдавали. Тейт вел себя с ней безразлично и немного угрюмо, а Саманта изо всех сил старалась не обращать на него внимания и не заговаривала даже тогда, когда выдавался удобный момент. Тейт небрежно перебросился с Сэм парой фраз только в обеденный перерыв, за чашкой кофе, но тут же отошел в сторону и принялся болтать с кем-то другим, а Саманта подошла к ковбоям, которых она знала лучше всех остальных, и заговорила с ними. Только теперь, после окончания рабочего дня, она позволила своим мыслям вновь обратиться к Тейту. Днем в памяти невольно мелькали картины вчерашней ночи, проведенной вместе: как Тейт лежал, раскрывшись, на смятых простынях; какие у него были глаза, когда он потянулся к ней, чтобы еще раз поцеловать; как он на мгновение прилег, издав счастливый вздох, а она медленно, дразняще провела пальцами по его спине, и по ней побежали мурашки. Саманте нравилась его внешность, нравилось до него дотрагиваться, нравилось то, что он с ней делал, и теперь, помчавшись бегом к дому тети Каро, она ни о чем другом думать не могла. Сэм понятия не имела, когда они вновь встретятся наедине. Домик Тейта стоял на самом виду, возле рабочей столовой, а тетя Каро уже вернулась вместе с Биллом из своей недолгой поездки. Саманта понимала, что встретиться будет непросто, но не сомневалась: Тейт найдет выход. Она представила себе на секунду, как Тейт и Билл Кинг будут теперь оба на цыпочках прокрадываться в дом, а в полночь потихоньку выскальзывать на улицу, и, распахнув входную дверь, не удержалась от смеха.

— Боже мой, я смотрю, вы сегодня лучитесь от счастья, мисс Саманта! — Кэролайн посмотрела на нее с нескрываемым удовольствием.

А Саманта сегодня впервые за четыре месяца смогла спокойно, не вздрогнув от боли, увидеть знакомое лицо Джона. Мгновение она смотрела на него, задумчиво прищурив глаза, а потом пожала плечами, усмехнулась и пошла к себе наверх принимать душ.

— Я сейчас вернусь, тетя Каро.

Когда Саманта вновь появилась внизу, они вместе поужинали, однако сегодня, в отличие от прошлых вечеров, Саманта неотрывно думала о Тейте. Где он сейчас? В столовой вместе с остальными? Или предпочел остаться дома и сам готовит себе ужин? Некоторые мужчины так делали, но большинство предпочитали есть вместе со всеми. Даже женатые работники частенько заходили после ужина в столовую, чтобы выпить кофе, покурить и пообщаться с товарищами, хотя они и так целый день проездили бок о бок. Саманте вдруг страшно захотелось туда, но она понимала, что, если заявиться ни с того ни с сего в столовую вечером, они очень удивятся. Днем ковбои принимали ее в свою среду, но вечера она должна проводить в хозяйском доме, с Кэролайн, — ее место здесь! Они будут шокированы, увидев ее в столовой после работы, и ей не удастся побеседовать с Тейтом, не вызвав пересудов. Кто-нибудь моментально догадается. Сплетни на ранчо роились как пчелы, и казалось, у каждого человека тут был этакий чувствительный радар, улавливающий любые изменения. Здесь быстро становилось известно о новых романах, свадьбах и разводах, о супружеских изменах и внебрачных детях, поэтому тем более было удивительно, что Биллу Кингу и Кэролайн удалось так долго сохранить свою любовь в тайне. Местные старожилы и те, кто хорошо знал Билла и Кэролайн, может, и подозревали, но наверняка сказать никто не мог. Саманта вдруг преисполнилась уважением к их осмотрительности и поняла, как трудно вести такую тайную жизнь. Ее сейчас распирало от волнения; до боли хотелось увидеться с любимым, поговорить с ним, посмеяться, подразнить, потрогать, немного погулять, подышать ночным воздухом, посмотреть на него снизу вверх с интересом и гордостью, подержать за руку, а затем вернуться вдвоем к ней в спальню, где каждый из них вновь, как и накануне ночью, откроет для себя тело другого...

— Хочешь еще салата, Саманта?

Только в середине обеда Саманта вдруг сообразила, где она находится. Примерно полчаса она сидела молча, как в тумане, и предавалась мечтам, а Кэролайн смотрела на нее и не могла понять, что творится с ее гостьей. Вид у Сэм вовсе не удрученный, поэтому вряд ли она расстроилась из-за вечернего выпуска новостей. И по дому она не тоскует. Наоборот, выглядит Саманта прекрасно, так что дело тут в чем-то другом...

— У тебя какие-то неприятности, Сэм?

— Ммм?

— Или, наоборот, случилось что-то хорошее?

— А? Что?.. Ох, простите... — Саманта покраснела, как школьница, и тряхнула головой, по-девичьи хихикнув: — Ничего такого, я просто немного рассеянная. Сегодня мы работали долго, но я довольна.

Другого объяснения тому, что она так сияет, Саманта не сумела найти.

— А чем же вы занимались?

— Да тем же, чем и обычно. Заарканили несколько лошадей, проверяли, не сломан ли забор, мужчины отлавливали после обеденного перерыва бычков... — Саманта мучительно старалась припомнить... Она почти весь день промечтала о Тейте. — Честное слово, мы прекрасно провели время.

Мудрая пожилая женщина пристально наблюдала за Самантой.

— Я рада, что тебе хорошо у меня на ранчо.

Лицо Саманты странно посерьезнело.

— Это действительно так, тетя Каро. Я давно не была так счастлива, как здесь, у вас.

Кэролайн кивнула и сама налегла на салат, а Сэм опять принялась мечтать о Тейте. Однако увиделась она с ним лишь на следующее утро. А ночью Билл Кинг вновь приходил к Кэролайн, и на сей раз Саманта с завистью прислушивалась к звукам отворявшейся двери. Тейт прийти к ней никак не мог, и когда Саманта, лежа в постели, мечтала о нем, то на лице ее промелькнула улыбка: она подумала, что похожа сейчас на восемнадцатилетнюю девчонку, у которой тайный роман. И действительно почувствовала себя девчонкой, вынужденной скрываться от целого мира. И ей отчаянно захотелось снова увидеть Тейта.

Поднявшись в семь часов утра — дело происходило в воскресенье, — Саманта залпом выпила кофе, застегнула джинсы, набросила куртку, провела разок щеткой по волосам и помчалась в конюшню, надеясь встретить там Тейта. Однако в конюшне никого не оказалось. Мужчины, которые приходили утром покормить лошадей, уже отправились на завтрак в столовую, и Сэм была наедине со знакомыми лошадьми; они либо спокойно жевали в своих стойлах, либо отдыхали, либо издавали негромкие звуки, приветствуя остальных. Саманта медленно направилась к стойлу Черного Красавчика. Она погладила его по морде, а он ткнулся мягкими губами в ее ладонь, ища чего-нибудь вкусненького.

— Я тебе сегодня ничего не принесла, Красавчик. Извини меня, малыш.

— Ну и ладно, — раздался за спиной Саманты мужской голос. — А что ты принесла мне?

— О! — Сэм, вздрогнув, обернулась и даже перевести дух не успела: Тейт быстро подхватил ее на руки и впился губами в ее губы. Она чуть не задохнулась, однако он быстро отпустил ее.

— Доброе утро, Белогривка! — шепотом произнес Тейт, и Саманта покраснела.

— Привет!.. Я по тебе скучала.

— Я тоже. Хочешь поехать сегодня в домик?

Тейт говорил так тихо, что его и в трех шагах не было слышно. Саманта поспешно кивнула, глаза ее ярко вспыхнули в предвкушении счастья.

— С удовольствием.

— Встретимся на лугу у южной ограды. Помнишь, где это? — Тейт вдруг забеспокоился и посмотрел на нее с таким видом, будто боялся, что Сэм может потеряться, но она лишь рассмеялась в ответ:

— Ты шутишь, да? А где я, по-твоему, была всю неделю во время работы?

— Не знаю, малышка, — ухмыльнулся Тейт. — Наверное, там же, где и я. Но мыслями витала где-то в другом месте.

— Ты не так уж далек от истины, — лукаво улыбнулась Саманта и, увидев, что Тейт хочет уйти, схватила его за рукав. — Я люблю тебя.

Он кивнул, прикоснулся губами к ее губам и прошептал в ответ:

— Я тебя тоже. Увидимся в десять.

Тейт ушел, гулко топая по бетонному полу конюшни, а через пару мгновений Саманта услышала, как он громко здоровается с двумя мужчинами, которые пришли почистить своих лошадей. Приди они минутой раньше — и увидели бы, как Тейт Джордан целуется с Самантой. Однако вместо этого перед их взором возникла совсем другая картина: Сэм как пай-девочка кормит любимую лошадь Кэролайн.

Глава 14

Они встретились без пяти десять на лугу возле южной границы ранчо. Лошади хорошо отдохнули за ночь, небо ласково голубело, в глазах Саманты и Тейта светилось желание. В этой внезапно вспыхнувшей страсти было что-то безумное; Саманта не могла этого объяснить, но в глубине души знала, что ее место — рядом с Тейтом, и была готова хранить ему верность всю оставшуюся жизнь. Попозже, когда они уже лежали в просторной, удобной медной кровати, занимавшей почти всю бледно-голубую спальню, ими овладела физическая усталость, но зато на сердце было легко. Тейт обнял Саманту, и она свернулась калачиком под его боком. Сэм попыталась объяснить ему, что она чувствует:

— Не знаю, Тейт, у меня такое ощущение, будто... будто я всегда тебя ждала. И теперь наконец знаю, зачем я родилась на свет...

— Чтобы трахаться со мной? — усмехнулся Тейт и растрепал ее пышные волосы.

— Не говори так! — обиделась Сэм.

— Ну извини. — Тейт тихонько поцеловал ее и дотронулся до лица. — Я хотел сказать «заниматься любовью». Мы ведь именно этим занимаемся, не важно, как я это называю.

— Я знаю. — Саманта со счастливой улыбкой придвинулась поближе к Тейту и закрыла глаза. — Наверное, плохо, что я так счастлива. Это даже неприлично!

Ресницы Саманты дрогнули, и Тейт поцеловал ее в кончик носа.

— Вот как? Почему? — У Тейта, лежавшего рядом, был такой же счастливый вид, как и у Саманты. — Почему мы не имеем права на эти чувства?

— Не знаю... Надеюсь, что имеем... и что это продлится долго.

Мысли Саманты и Тейта одновременно устремились к Биллу и Кэролайн, которые лежали до них на той же самой постели и спустя столько лет по-прежнему были вместе.

— Это безумие, Тейт. Мы совсем недавно вместе, а кажется, что прошло уже столько времени, правда?

— Правда, но если ты не прекратишь болтать, то я начну вести себя так, будто мы уже знакомы двадцать лет.

— И что тогда?

— Тогда я перестану обращать на тебя внимание.

— Только попробуй. — Сэм медленно провела тонким пальцем по внутренней стороне бедра Тейта и заинтригованно остановилась у его паха.

— Ты на что намекаешь, мисс Саманта?

— Погоди, сейчас я тебе задам! — шутливо пригрозила она, и он положил руку на ее бедро.

В их разговорах удивительным образом сочетались дразнящие и серьезные интонации, и все утро Саманту и Тейта не покидало чувство, что они были здесь раньше и что их жизни переплелись давным-давно. У Сэм в голове не укладывалось, что эта связь возникла совсем недавно, и Тейт, похоже, чувствовал себя не менее естественно, чем она, когда они голышом бродили по маленькому домику.

— Ты уже видела фотоальбом, малышка? — крикнул Тейт, когда Саманта делала в веселой кухоньке сандвичи из продуктов, которые принес Тейт.

Он сидел на кушетке, набросив на голые плечи одеяло и протянув ноги к ярко горевшему огню. Камин давно не чистили, поэтому Сэм и Тейт не сомневались, что, даже если оставить в камине лишнюю груду пепла, этого никто не заметит.

— Потрясающе, да?

В альбоме были фотографии Билла, Кэролайн и других людей с ранчо. Все снимки датировались началом 50-х годов, и влюбленные, наслаждавшиеся первыми днями близости, добродушно посмеивались, перелистывая страницы и разглядывая лица людей, много лет назад позировавших перед машинами, которые теперь вышли из моды, в каких-то странных купальных костюмах и удивительных шляпах. В альбоме имелись фотографии родео и даже было несколько снимков ранчо до строительства некоторых зданий.

— Ого, ранчо было-то меньше, чем сейчас.

Тейт в ответ улыбнулся.

— Когда-нибудь оно будет еще больше. Это ранчо, пожалуй, могло бы стать лучшим во всей Америке, но Билл Кинг стареет, и ему уже не так важно, чтобы оно разрасталось. Во всяком случае, мне так кажется.

— А тебе? Тебе этого хочется, Тейт? Ты хотел бы когда-нибудь стать управляющим здесь?

Тейт медленно кивнул, не захотел кривить душой. У него было много честолюбивых замыслов, и все они были направлены на усовершенствование ранчо.

— Да. Я бы хотел превратить ранчо в нечто сногсшибательное... если, конечно, мисс Каро позволит. Но я в этом не уверен, по крайней мере пока старина Билл здесь.

Саманта произнесла тихо, почти с благоговейным трепетом:

— Я надеюсь, он всегда будет здесь, Тейт. Ради нее!

Тейт кивнул:

— Я тоже. Но когда-нибудь... когда-нибудь я бы с удовольствием кое-что тут изменил.

Он осторожно закрыл альбом и начал посвящать Саманту в свои планы. А через час, случайно бросив взгляд на электрические часы, стоявшие в кухне, осекся.

— Что это я все говорю да говорю? Сколько можно! — Тейт смущенно улыбнулся, но по лицу Саманты было понятно, что она его слушала с удовольствием.

— Мне нравится тебя слушать, — сказала Сэм и добавила: — А почему ты не заведешь свое ранчо?

Однако Тейт рассмеялся и покачал головой.

— На какие средства, Белогривка? Что у меня есть? Благие пожелания и пустые банки из-под пива? Ты представляешь себе, сколько нужно денег, чтобы завести маломальски приличное ранчо? Целое состояние! Нет, на мою зарплату это невозможно, малютка. Поэтому предел моих мечтаний — это стать управляющим. Не помощником управляющего, а настоящим правителем ранчо! Тем, кто имеет власть. Эх, да большинство владельцев ранчо ни черта в этом деле не смыслит! И на ранчо всем распоряжается управляющий.

— Как ты здесь. — Саманта с гордостью поглядела на Тейта, а он погладил Сэм по голове и подложил руку ей под подбородок.

— Я стараюсь, маленькая Белогривка. Стараюсь, когда мы с тобой не занимаемся глупостями. Ты заставляешь меня чуть ли не пожалеть о том, что приходится работать. Вчера мне хотелось только одного — приехать сюда с тобой, позаниматься любовью, а потом блаженствовать, сидя у камина.

Саманта мечтательно уставилась на огонь.

— Мне тоже. — Она немного помолчала и снова повернулась к Тейту. — Ну и что мы будем делать, Тейт?

— Ты о чем?

Тейт дразнил ее. В действительности он прекрасно знал, что Сэм имеет в виду.

— Не прикидывайся дурачком. Ты знаешь, о чем я говорю. — Саманта хихикнула. — Вчера ночью я вдруг представила себе, как ты и Билл Кинг прокрадываетесь в дом и стукаетесь в темноте лбами.

Оба рассмеялись, представив себе эту картину, и Тейт привлек Саманту к себе. Глаза его стали задумчивыми. Он уже успел перебрать в уме различные варианты, и все они оказались чересчур сложными, ни один не был идеальным.

— Не знаю, Сэм. Будь сейчас лето, все упростилось бы. Мы могли бы приезжать сюда каждый вечер после работы и возвращаться при свете луны и звезд. Но сейчас в конце рабочего дня уже тьма кромешная, и я боюсь, что лошади оступятся, боюсь их покалечить.

— Мы могли бы ездить с фонарем.

— О да! — ухмыльнулся Тейт. — Или нанять вертолет. Почему бы и нет?

— Ах, замолчи! Так... Ну и что же нам делать? Может, попробуем прокрадываться в дом тети Каро?

Тейт покачал головой:

— Нет. Они нас услышат. Ты же слышишь, как Билл приходит к ней каждую ночь. А мой дом у всех на виду. Стоит одному из ребят тебя заметить, и все пропало.

— Неужели? — Саманта напряглась. — Неужели будет так ужасно, если они узнают?

Тейт кивнул.

— Но почему?

— Нам не подобает этим заниматься, Сэм. Ты же понимаешь, кто ты и кто я. И тебе, как и мне, не нужны сплетни.

Но на самом деле Саманте на сплетни было глубоко наплевать. Она любит Тейта, и ей совершенно плевать, что говорят вокруг. Что они смогут ей сделать?.. Однако по лицу Тейта ей стало понятно, что это правило здесь священно. Хозяева ранчо не влюбляются в батраков.

Саманта посмотрела на Тейта в упор.

— Я не собираюсь играть в ту же игру, Тейт. Во всяком случае, это не будет длиться вечно. Если мы с тобой останемся вместе, я хочу, чтобы люди об этом узнали. Я хочу гордиться нашими отношениями, а не бояться, что нас могут застукать.

— Об этом поговорим попозже, — сказал Тейт, но у Саманты возникло ощущение, что он не намерен ей уступать ни на йоту.

Она вдруг разозлилась, и в ее глазах появился такой же упрямый блеск, как и у Тейта Джордана.

— Но почему? Почему не поговорить об этом прямо сейчас? Ладно, я понимаю, мы не должны сию же минуту трезвонить о нашем романе. Но, черт возьми, Тейт, я не собираюсь таиться вечно!

— Разумеется, — еле слышно пробормотал Тейт. — Ты ведь вернешься в Нью-Йорк.

Саманту словно обдали холодной водой, и, когда она заговорила вновь, ее голос был ледяной, и в нем сквозила боль:

— Почему ты так уверен?

164

— Потому что твое место там, а мое — здесь.

— И ты думаешь, это правильно? Может быть, я как Кэролайн? Может, я тоже решила, что жизнь, которую я вела, на самом деле не по мне? Может, у нас с Кэролайн много общего?

— Откуда я знаю? — Тейт посмотрел на нее с видом умудренного опытом человека, который прожил на свете сорок с лишним лет. — Да оттуда, что Кэролайн приехала сюда овдовев. Она хотела отказаться от жизни, которую вела вместе с мужем. Отказаться, потому что он умер. И потом, ей было сорок, Сэм, а не тридцать или тридцать один. Ты молода, у тебя еще все впереди, тебе еще предстоит сочинить уйму дурацких рекламных текстов, заключить уйму сделок, ездить на автобусах, звонить по телефону, опаздывать на самолеты, бегать на вечеринки...

— А здесь этим заниматься нельзя? Хоть чем-нибудь? — Саманта чуть не заплакала, и Тейт поглядел на нее ласково, мудро и с огромной любовью.

— Нет, малышка, нельзя. Это неподходящее место. Ты приехала сюда залечивать свои раны, Сэм, и все для этого делаешь. Может быть, и я для тебя своего рода лекарство. Я люблю тебя. Три недели назад мы еще не были знакомы. Мне столько лет было на женщин наплевать, но тебя я люблю, поверь. Я понял это в первый же день, как только тебя увидел. И надеюсь, ты тоже меня любишь. Но с Билл и Каро случилось чудо, Сэм. Они не созданы друг для друга и никогда не смогут быть настоящей парой. Она образованная, а он — нет. Она вела роскошную жизнь, а его идеал — золотая зубочистка и сигары по пятьдесят центов каждая. У нее есть ранчо, а у него и гроша ломаного за душой нет. Но она любит его, а он — ее, и ей больше ничего не надо. Я лично считаю, что она с легким приветом, но, в конце концов, у нее же была другая жизнь! Может, теперь Каро действительно ничего больше не нужно. Но ты, Сэм, другая, ты гораздо моложе и достойна гораздо большего, чем то, что я в состоянии тебе предложить здесь.

Это было полным безумием: они знали друг друга меньше месяца, а любовниками были всего два дня, но уже говорили о будущем, как о чем-то и вправду важном, словно перед ними действительно стоял вопрос — быть или не быть вместе до конца жизни.

Саманта поглядела на Тейта с изумлением и усмехнулась.

— Ты с ума сошел, Тейт Джордан. Но я тебя люблю. — Она обняла его за голову, крепко поцеловала в губы, а затем откинулась назад и скрестила руки на груди. — И если я решу остаться здесь, решу вести такую жизнь — не важно, в тридцать лет, в девяносто или в восемнадцать, — это будет исключительно мое решение. Я не Кэролайн Лорд, а ты не Билл Кинг. Вы можете воздержаться от самоотверженных речей, мистер, потому что, если мне приспичит, я поступлю так, как сочту нужным, — и точка! Если я не захочу вернуться в Нью-Йорк, ты не сможешь меня заставить, а если я пойму, что хочу остаться с тобой навсегда, то пойду за вами, мистер Джордан, на край света и не отвяжусь, пока ты всем парням до единого, и Биллу, и Кэролайн не объявишь о наших отношениях. Ты от меня так легко не отделаешься. Понял?

Саманта говорила все это улыбаясь, но, заглянув Тейту в глаза, вновь натолкнулась на стену. Однако Сэм это не смутило. Тейт ее просто не знал. Сэм Тейлор всегда — если не считать истории с Джоном — добивалась своего.

— Вам понятно, мистер?

— Да.

Тейт больше ничего не сказал. Он принялся целовать Саманту, а потом стянул с кровати теплое одеяло и, накрыв себя и Сэм с головой, заставил ее умолкнуть окончательно. Еще через пару мгновений их тела вновь слились воедино; на переплетенных руках и ногах дрожали отблески пламени, губы не размыкались, а в камине одобрительно потрескивали дрова. Когда все было закончено, Тейт, еле переводя дух, оторвался от губ Саманты и отнес ее на руках в маленькую голубую спаленку, где все началось сначала. Они заметили, что уже вечер, только после шести. Весь день они то спали, то занимались любовью, и теперь Тейт с сожалением похлопал Саманту по попке и пошел принимать горячую ванну. Они залезли туда вместе, он обхватил своими длинными ногами ее ноги, а она, хихикая, рассказывала ему о том, как раньше проводила летние каникулы на ранчо Кэролайн.

— Слушай, а мы так с тобой ничего и не решили.

— Да, по-моему, нам нечего решать. — Тейт положил голову на край ванны и закрыл глаза, блаженствуя в горячей воде.

— Я имею в виду, где мы будем встречаться.

Тейт долго молчал, перебирая в уме разные варианты, а потом тряхнул головой.

— Черт, если б я знал! А ты что думаешь, Сэм?

— Понятия не имею. Может, все же в моей спальне у тети Каро? Ты мог бы влезать в окошко. — Она нервно рассмеялась. Да, это, конечно, попахивает приключениями пятнадцатилетних подростков, причем особо шустрых. — Давай лучше встречаться у тебя, — предложила Саманта.

Тейт задумчиво кивнул:

— Наверное, придется. Но мне это не нравится. — И тут он вдруг просиял: — Знаю! Хеннеси уже два месяца нудит — говорит, у него дом плохой. И тесно там, и сквозняки гуляют, и далеко от столовой. Он нас уже до белого каления довел своим нытьем.

— Ну и что?

— А я с ним поменяюсь. Его домик стоит с краю, позади дома Каро. Если ты туда пойдешь, никто и не заметит. Да, это место гораздо лучше, чем то, в котором я живу сейчас.

— А ты не боишься возбудить подозрения?

— С какой стати? — ухмыльнулся Тейт сквозь завесу пара, поднимавшегося от ванны. — Я же не собираюсь щипать тебя за задницу каждое утро в столовой или целовать перед отъездом в губы.

— А почему бы и нет, если ты меня любишь?

Тейт ничего не ответил. Он лишь нагнулся к Саманте, нежно поцеловал ее и погладил по груди.

— Между прочим, я действительно тебя люблю, крошка Белогривка.

Саманта встала на колени в старой ванне и потянулась к нему, вложив во взгляд все свои пылкие чувства.

— Я тоже, Тейт Джордан! Я тоже!

В тот вечер они поехали назад только в начале восьмого, и Сэм была безмерно счастлива, что Кэролайн уехала на другое ранчо — ее пригласили на ужин. Иначе Кэролайн места бы себе не находила от волнения, не зная, куда подевалась Саманта. Но за болтовней, шуточками и занятиями любовью день пролетел незаметно, а вернувшись в хозяйский дом, Сэм внезапно ощутила чувство утраты. Она страдала, что Тейта нет с ней рядом. Казалось, ей отрубили правую руку. Саманту изумляло, что она не может жить без человека, с которым едва познакомилась, но здесь, на ранчо, они существовали как бы независимо от внешнего мира, и это придавало особую остроту и силу их чувствам. Поэтому, сидя одна в пустом доме, Саманта то и дело сожалела, что Тейта нет рядом. Кэролайн оставила записку, в которой выражалась озабоченность долгим отсутствием Саманты, однако тон был довольно спокойный, без признаков паники. В духовке Сэм ждал горячий ужин, который она съела только в половине девятого, перед сном, а затем улеглась в постель и лежала в темноте, думая о Тейте.

Когда Кэролайн и Билл Кинг вернулись домой в тот вечер, они крадучись вошли на цыпочках в темный дом, и Билл прямиком отправился в спальню Кэролайн. Приезд Сэм немного усложнил ситуацию, и Кэролайн приходилось каждый вечер напоминать Биллу, чтобы он не хлопал дверью, но он постоянно забывал об этом.

Теперь Кэролайн тихонько пошла по коридору, приоткрыла дверь в спальню Сэм, вгляделась в темноту — она не была кромешной, поскольку в комнату просачивался лунный свет, — и увидела прекрасную молодую жен-

168

щину, спавшую на постели. Кэролайн немного постояла на пороге — перед ней словно маячил призрак ее собственной юности, — а потом молча вошла в комнату. Кэролайн догадывалась о происходящем, и, насколько ей было известно по своему опыту, изменить или остановить это было невозможно. Человек должен прожить свою жизнь... Кэролайн долго глядела на Саманту: волосы Сэм разметались по подушке, лицо было гладким и таким счастливым... Со слезами на глазах Кэролайн прикоснулась к руке спящей молодой женщины. Сэм не пошевелилась, и Кэролайн, все так же бесшумно ступая, вышла из ее спальни.

Вернувшись в свою комнату, она увидела, что Билл уже переоделся в пижаму и докуривает сигару.

— Ты где пропадала? Неужели опять захотела есть после такого сытного ужина?

— Нет. — Странно притихшая Кэролайн помотала головой. — Мне просто хотелось убедиться, что с Самантой ничего не случилось.

— Как она?

— Все нормально. Спит.

Они так и подумали, увидев, что в доме нет света.

— Сэм — хорошая девочка. Парень, за которым она была замужем, должно быть, круглый дурак, раз сбежал к другой бабенке. — Билл видел Лиз по телевизору, и она не произвела на него впечатления.

Кэролайн молча кивнула, а про себя подумала, что таких круглых дураков пруд пруди. Она круглая идиотка потому, что двадцать лет подряд заставляла Билла таиться и скрывать их любовь; Билл — потому, что два десятилетия жил как преступник и на цыпочках прокрадывался в ее дом; Саманта — потому, что влюбилась в мужчину, весь образ жизни которого был ей совершенно чужд и даже опасен, это все равно как взять и прыгнуть с Эмпайр-Стейт-Билдинг; ну а Тейт Джордан — круглый дурак, поскольку втрескался в женщину, которая ему не пара. Ведь Кэролайн прекрасно понимала, что происходит. Она чувствовала это всеми фибрами своей души. Кэролайн увидела любовь в глазах Сэм еще тогда, когда та ни о чем не подозревала; она все поняла в Рождество, заметив, как Тейт глядит на Саманту, которая занималась в тот момент какими-то другими делами. Кэролайн перехватила его взгляд, но вынуждена была притвориться, что ничего не замечает и не видит. И внезапно ей это осточертело.

— Билл!

Заметив, что Кэролайн глядит на него как-то странно, Билл вынул изо рта сигару и положил ее в пепельницу.

— Я хочу выйти за тебя замуж, — продолжала Кэролайн.

— Давай! — ухмыльнулся он и погладил ее левую грудь.

— Перестань, — оттолкнула она его руку. — Я серьезно.

И чутье вдруг подсказало Биллу, что она действительно не шутит.

— Да ты спятила на старости лет! С какой стати нам теперь жениться?

— Потому что в нашем возрасте уже не пристало тайком пробираться в дом в глухую полночь. Это плохо отражается на моих нервах и на твоем артрите.

— Ты с ума сошла! — Билл откинулся на подголовник кресла, вид у него был потрясенный.

— Может быть. Но знаешь, мне кажется, что мы никого этим не удивим. И главное, думаю, всем будет глубоко наплевать. Никто и не припомнит, кто я и откуда, так что все твои старые доводы потеряли смысл. Столько воды утекло с тех пор, как я тут появилась, и теперь люди знают одно: я Кэролайн Лорд, а ты Билл Кинг с ранчо «Лорд». И точка.

— Нет, не точка! — вдруг вскипел Билл. — Они знают и то, что ты хозяйка ранчо, а я твой управляющий.

— Да кому до этого есть дело?

— Мне. И тебе. И ребятам. Между нами огромная разница, Каро. Теперь, когда ты столько лет прожила здесь, ты это знаешь. И будь я проклят, — Билл чуть не заорал на Кэролайн, — если позволю сделать из себя посмешище. Ишь чего надумала! Чтобы люди болтали, будто ты рехнулась, раз вдруг выскочила замуж за управляющего?

— Ладно, — сверкнула глазами Кэролайн. — Тогда я тебя уволю, и ты будешь уже не управляющим, а просто моим мужем.

— Ты сошла с ума. — Билл даже не хотел это обсуждать. — Погаси свет. Я устал.

— Я тоже... — Кэролайн уныло поглядела на Билла Кинга. — Я устала прятаться. Я хочу выйти замуж. Хочу, черт побери, Билл!

— Выходи за владельца ранчо.

— Пошел к черту! — рявкнула Кэролайн.

Билл погасил свет, и разговор завершился. В последние двадцать лет они уже сотню раз беседовали на эту тему, и всегда их споры заканчивались ничем. Билл упорно стоял на своем: она — владелица ранчо, а он — управляющий. Кэролайн лежала в кровати, повернувшись к Биллу спиной, и со слезами на глазах страстно молилась о том, чтобы Господь уберег Саманту от безумной любви к Тейту Джордану. Кэролайн знала, что эта любовь кончится тем же самым. Ковбои придерживались особого кодекса поведения, кодекса, который всем остальным казался бессмысленным, однако они жили придерживаясь этих правил. И не собирались от них отказываться.

Глава 15

Через четыре дня Тейт Джордан и Харри Хеннеси поменялись домиками. Хеннеси пришел в восторг от предложения Тейта, а тот, поворчав немного для проформы, принялся перевозить вещи. Он заявил, что не так уж дорожит своим домиком, а нытье Хеннеси ему осточертело, поэтому он готов поменяться не глядя. Дескать, ему все равно, где жить. Никто не обратил на этот обмен внимания, и в четверг вечером Тейт уже распаковал свои пожитки на новом месте. Саманта терпеливо ждала в своей спальне до половины десятого. Наконец Кэролайн удалилась к себе. Саманта вылезла из окна и, пробежав по саду, который был разбит на задворках хозяйского дома, через несколько минут уже очутилась на пороге домика Тейта. Он был почти целиком заслонен домом Кэролайн, и никто не мог заметить, как Саманта тихонько проскользнула в дверь. Тейт ждал ее. Он стоял босиком, без рубашки, в одних джинсах; на висках его белела седина, а в глазах полыхало зеленое пламя. Он легко подхватил Саманту на руки. В следующее мгновение они уже лежали на узкой кровати Тейта, застеленной свежим бельем. Разговаривать они смогли, только насытившись любовью, и Саманта, посмеиваясь, сказала, что наверняка Билл Кинг проник в дом в тот самый момент, когда она вылезала через окно.

— Ну разве в нашем возрасте это все не смешно?

Саманта забавлялась, однако Тейт ее не поддержал.

— Зато как это романтично. — Подобно Биллу Кингу, волновавшемуся за Каро, Тейт Джордан не имел ни малейшего желания превращать Сэм в объект насмешек на ранчо. Она же не вертихвостка, не шлюшка из Нью-Йорка. Саманта — удивительная женщина, и теперь, когда она стала его женщиной, он будет защищать ее. И если понадобится, даже от самой себя. Сэм абсолютно не разбиралась в том, что существуют особые правила поведения для хозяев ранчо и для наемных работников. Поэтому никто не должен быть посвящен в их отношения. Мало ли чего требует Саманта!

Впрочем, она предпочла не спорить на эту тему; им и так было о чем поговорить. Сэм теперь знала его мнение (как и он — ее), и обсуждать сейчас было нечего, они же придумали, каким образом устроить тайные свидания! И временно их это вполне устраивает. Саманта решила пока оставить вопрос открытым. Может, когда их роман продлится полгода или семь месяцев, Тейт уже не будет так яростно сопро-

172

тивляться и они смогут не прятаться от окружающих? Саманта вдруг сообразила, что речь идет не о лете, а о том, чтобы остаться на ранчо навсегда. Впервые за все время она допустила, что может здесь остаться, и задумалась, как же ей быть с работой в Нью-Йорке. Однако потом решила, что со временем и это уладится. У нее было такое ощущение, будто она провела на ранчо «Лорд» уже несколько лет. И все это время была подругой Тейта Джордана.

— Ты счастлива? — спросил он перед тем, как заснуть; их тела были связаны воедино: Тейт обнимал Саманту за плечи, она обхватила ногами его ноги.

— Ммм... — Сэм улыбнулась с закрытыми глазами, и Тейт напоследок, когда она уже совсем спала, поцеловал ее смеженные веки.

Наутро Саманта проснулась вместе с Тейтом в четыре часа утра, пробралась по саду, залезла в полуоткрытое окно и включила свет. Потом, как обычно, приняла душ, оделась и отправилась в столовую на завтрак. Так для Саманты Тейлор началась новая жизнь.

Глава 16

В Валентинов день Сэм получила открытку от Чарли Петерсона; она была послана из агентства, и Саманта усмотрела в этом намек на то, что ее кабинет пустует. Впервые за все время она подумала о работе, которая ждала ее в Нью-Йорке. Вечером, лежа в объятиях Тейта, Сэм рассказала ему об открытке. Их встречи превратились в ритуал. Она появлялась у Тейта каждый вечер не позднее девяти, поужинав с тетей Каро и приняв ванну.

— И как он выглядит? — с любопытством покосился на Саманту Тейт, увидев, что по ее лицу расплылась счастливая улыбка.

— Чарли? — Сэм прищурилась, глядя на мужчину, который был теперь для нее как муж. — А ты что, ревнуешь?

— У меня разве есть основания? — ровным голосом спросил Тейт.

— Нет, черт возьми! — со смехом воскликнула Саманта. — У нас с ним никогда ничего не было. И потом, он женат, у него трое сыновей, и жена опять беременна. Я люблю его как брата. Он мой самый лучший друг. Мы столько лет проработали вместе.

Тейт кивнул и спросил:

— Сэм, а ты скучаешь по работе?

Саманта немного помолчала, подумала и покачала головой.

— Знаешь, самое поразительное, что нет. Кэролайн говорит, с ней то же самое. Она бросила свою прежнюю жизнь и ни о чем не жалела. И никогда не хотела вернуться назад. Вот и со мной происходит такое. С каждым днем я скучаю все меньше и меньше.

— Но все-таки скучаешь?

Тейт подловил ее на слове. Саманта, лежавшая на кровати, перевернулась на живот и посмотрела в глаза Тейта, который сидел, повернувшись к огню.

— Конечно, немного скучаю. Иногда скучаю по моей квартире или по книгам, по каким-то вещам. Но по жизни, которую я там вела, не скучаю. И по работе тоже. В основном мне не хватает вещей, которые я при желании могла бы перевезти сюда. А работа... Это так странно! Я столько времени проводила на работе, так старалась, хотела стать незаменимой, и вдруг... — Сэм передернула плечами и стала похожа на совсем юную, задорную девчушку. — Мне на все наплевать. Теперь меня волнует, сгоним ли мы всех бычков в стадо, управимся ли с работой, нужно ли подковать Навахо, не обвалилась ли ограда на северном пастбище. Не знаю, Тейт, у меня такое впечатление, что произошло чудо. Я как будто стала другим человеком, когда уехала из Нью-Йорка.

— Но что-то в тебе осталось и от той, старой Сэм. От Саманты, которая хотела делать первоклассную рекламу и

174

продвинуться по службе. Когда-нибудь тебе будет этого не хватать.

— Откуда ты знаешь? — Саманта вдруг рассердилась. — Зачем ты подталкиваешь меня к тому, что мне больше не нужно? Зачем? Хочешь, чтобы я вернулась в Нью-Йорк? Ты боишься нашей связи, Тейт? В чем дело?

— Может, и боюсь. Я вполне имею на это право, Сэм, ведь ты бесенок.

Тейт знал, что Саманта не желает всю жизнь хранить их отношения в тайне. Она хочет любить его открыто. Это Тейта беспокоило.

— Ладно, ты на меня не дави. Пока я возвращаться не желаю. А когда захочу, то сама тебе скажу.

— Надеюсь.

Однако они оба знали, что ее отпуск заканчивается через шесть недель. Сэм дала себе слово принять решение к середине марта. У нее был в запасе целый месяц. Но через две недели, медленно отъезжая от тайного убежища влюбленных, где Тейт и Саманта до сих пор идиллически проводили воскресенья, он, лукаво поглядев на Сэм, сказал, что приготовил ей сюрприз.

— Какой?

— Увидишь, когда поедем домой. — Сидевший на лошади Тейт наклонился к Саманте и поцеловал ее в губы.

— Так... дай подумать... Что же это может быть? — Саманта скорчила капризную и в то же время задумчивую рожицу и стала похожа на девочку. Она собрала свои длинные светлые волосы в два хвостика, обвязала их красными резинками, а на ноги надела новенькие ковбойские сапоги из красной змеиной кожи.

Тейт от души потешался над ней, заявляя, что они еще хуже, чем зеленые сапоги Каро, однако Сэм, после приезда на ранчо позабывшая о нарядах от Бласса, Ральфа Лорена и Халстона, решила, что одну-единственную прихоть за три месяца она может себе позволить.

— Ты купил мне еще одни сапоги? Фиолетовые, да?

— О нет... — простонал Тейт.

— Тогда розовые?

— Меня сейчас вырвет.

— Ну хорошо, значит, это что-то совсем другое. Так-так... Ты купил вафельницу?

Тейт покачал головой.

— Новый тостер? — хихикнула Саманта, которая всего неделю назад сожгла старый. — Щенка? — Сэм посмотрела на Тейта с надеждой, он улыбнулся, однако покачал головой. — Черепаху? Змею? Жирафа? Бегемота?

Сэм расхохоталась. Тейт — вслед за ней.

— Ума не приложу, что же это такое?

— Увидишь.

Оказалось, что Тейт имел в виду новый цветной телевизор, который брат Джоша купил по его просьбе в ближайшем городке. Джош пообещал завезти телевизор Тейту в воскресенье. Тейт сказал, чтобы Джош, не дожидаясь его, зашел в домик и оставил телевизор там. И когда они с Самантой переступили через порог, с радостью и гордостью продемонстрировал ей покупку.

— Тейт! Вот здорово!

Но на самом деле Саманта гораздо меньше восторгалась телевизором, чем Тейт. Она была счастлива и без телевизора.

Немного помолчав, Сэм робко спросила:

— Это значит, что медовый месяц окончен, да?

— О нет!

Тейт поспешил ей это доказать, но потом все же включил телевизор. И попал как раз на воскресный выпуск вечерних новостей. Обычно еженедельный обзор делал кто-то другой, но сегодня передачу почему-то вел Джон Тейлор; Сэм остановилась как вкопанная и уставилась на него, словно на незнакомца. Прошло почти три месяца с тех пор, как она видела Джона на экране телевизора, и пять с их последней встречи. И неожиданно Сэм осознала, что ее это уже не волнует. Страшная обида, жгучая боль исчезли, осталось лишь чувство легкого недоверия. Неужели она жила когда-то с этим человеком под одной крышей?

176

Неужели любила его целых одиннадцать лет? Теперь Саманта сочла, что вид у него напыщенный и неестественный, и вдруг четко осознала, насколько он эгоцентричен, и удивилась, как она не замечала этого раньше.

— Он тебе нравится, Сэм? — Тейт поглядывал на Саманту с интересом; его мужественные черты резко контрастировали с младенчески гладким лицом более молодого мужчины, смотревшего с экрана.

Сэм, странно усмехнувшись, покачала головой и повернулась к Тейту.

— Нет, не нравится.

— А чего же ты его так рассматриваешь? — хохотнул Тейт.— Ладно, скажи мне правду. Он тебя возбуждает, да?

На сей раз рассмеялась Саманта. Она вдруг почувствовала облегчение и свободу. И поняла, что все кончено. Ничто больше не связывает ее с Джоном Тейлором. Наконец-то она принадлежит самой себе и любит Тейта Джордана! Ей-богу, ее совсем не волнует, что у Лиз и Джона будет ребенок, и ей безразлично, увидит ли она когда-нибудь их еще раз. Однако Тейт не унимался. Он пристально смотрел на Саманту, которая лежала на кровати — Тейт специально купил кровать пошире, чтобы удобнее было заниматься на ней любовью, — натянув на грудь голубое одеяло.

— Ну признайся, Сэм! Это так?

— Нет, — наконец с оттенком торжества ответила Саманта. И игриво поцеловала Тейта в шею. — Ты меня возбуждаешь, а не он.

— Я тебе не верю.

— Ты что, шутишь? — Сэм задохнулась от смеха. — После всего, что мы с тобой сегодня проделали, ты еще сомневаешься? Тейт Джордан, ты сумасшедший!

— Да я не про это, глупышка. Я про его внешность. Ты только посмотри... посмотри, какой хорошенький этот блондинчик. — Тейт поддразнивал Сэм, и она рассмеялась. — Посмотри, какой он симпатяга. Неужели ты его не хочешь?

— Да с какой стати? Что в нем особенного? Он, наверное, спит в сеточке для волос. И вообще, ему шестьдесят лет, и он уже два раза делал косметическую операцию.

Сэм впервые в жизни потешалась над Джоном. Он относился к себе так серьезно, и она всегда ему в этом потворствовала. Лицо, тело, имидж, жизнь и счастье Джона Роберта Тейлора были для них обоих на первом месте. А что можно сказать про нее? Когда он думал про Сэм? И думал ли вообще? Во всяком случае, в конце, разумеется, не думал, когда сбежал от нее к Лиз. Саманта посерьезнела, припоминая, как это было...

— Я думаю, он тебе нравится, только ты боишься признаться.

— Нет. Ты ошибаешься, Тейт. Он мне совершенно не нравится. — Однако Сэм произнесла это с такой глубокой убежденностью, что Тейт вновь повернулся к ней и посмотрел уже серьезно и испытующе, совсем не так, как вначале.

— Ты его знаешь?

Сэм кивнула, но на ее лице не отразилось никаких эмоций. Оно было равнодушным, словно они говорили о каком-то растении или о подержанной машине.

— Ты хорошо его знаешь?

— Да, раньше знала.

Сэм заметила, что Тейт заволновался, и хотела его немножко подразнить. Она положила руку на его могучую голую грудь и улыбнулась.

— Да не переживай ты так, любимый. Ничего особенного. Просто мы с ним были женаты семь лет.

В маленькой комнатушке все вдруг замерло. Лежавший рядом Тейт напрягся, потом сел на постели и ошалело уставился на Саманту.

— Ты надо мной издеваешься, Сэм?

— Нет, — как ни в чем не бывало ответила она. Реакция Тейта ее напугала, но Саманта еще не понимала, как на нее реагировать. Может, это просто шок?

— Так это он был твоим мужем?

Она снова кивнула.

— Да.

Потом ей пришло в голову, что, наверное, следует объясниться. Не каждый день мужчина, с которым ты ложишься ночью в постель, видит по телевизору твоего бывшего мужа.

И Саманта рассказала Тейту все.

— Но самое забавное вот что: глядя на него, я вдруг поняла, что он меня больше не колышет. Когда я была в Нью-Йорке, то каждый вечер смотрела по телевизору эту проклятую передачу. Любовалась Джоном и Лиз, а они болтали про своего младенца с таким видом, словно ее беременность интересовала всех на свете. Это меня так бесило — ужас! Один раз я зашла в дом, а Каро как раз смотрела телевизор. Мне чуть плохо не стало. А знаешь, что сегодня со мной случилось, когда на экране вдруг возникла эта пластиковая физиономия? — Сэм выжидательно посмотрела на Тейта, но ответа не получила. — Ничего, абсолютно ничего! Я ничего не почувствовала. Мне не стало плохо, я не разнервничалась, не взбесилась, не начала страдать от одиночества. Нет! — Сэм широко улыбнулась. — Мне совершенно безразлично.

На этой фразе Тейт вскочил, в два шага перемахнул через комнату и выключил телевизор.

— Потрясающе! Ты была замужем за одним из самых главных красавчиков Америки, за юным Джоном Тейлором, снискавшим такую славу! Потом он тебя бросил, и ты нашла себе усталого ковбоя, лет на десять — двенадцать старше нашего героя, выбрала себе батрака, у которого ни цента нет за душой и который возится с коровьим дерьмом на ранчо. И ты хочешь убедить меня, что обрела блаженство? Да еще не на две минуты, а навсегда? Я правильно тебя понимаю, Саманта?

Он прямо-таки кипел, и Саманта ощутила свою полную беспомощность.

— Почему ты мне раньше не сказала? — воскликнул Тейт.

— Почему? А какое это имело значение? Да и не такой он известный, не такой преуспевающий, как ты думаешь. — Но, говоря это, Саманта кривила душой.

— Проклятие! Ты что, хочешь полюбоваться на мой банковский счет и сравнить с его счетом? Сколько он зарабатывает в год? Сто тысяч? Двести? Триста? А знаешь, сколько зарабатываю я, Саманта? Хочешь узнать? Восемнадцать тысяч «грязными», и это для меня еще ого-го сколько, ведь я помощник управляющего. Мне сорок три года, черт побери! По сравнению с ним я нищий!

— Ну и что? Какая мне разница? — Саманта тоже перешла на крик. С Тейтом что-то стряслось, когда он узнал, что Джон был ее мужем. И Саманту это напугало. Она не ожидала, что он примет это так близко к сердцу. — Главное... — Сэм сделала над собой усилие и понизила голос, разгладив одеяло, которым были укутаны ее ноги. Тейт принялся нервно расхаживать взад и вперед по комнате. — Главное то, что было между нами, какие мы с ним люди, как относились к друг другу, чем все это закончилось, почему он меня бросил, что я чувствовала по отношению к нему, Лиз и их будущему ребенку. Это действительно важно, а вовсе не то, сколько денег он зарабатывает и что его с новой женой показывают по телевизору. Тем более что это их показывают, а не меня! Какое тебе до них дело, Тейт? Если ты ревнуешь меня к нему, то приглядись повнимательнее и увидишь, он дурак. Он кукла, удачливая кукла. Ему просто повезло, вот и все. У него светлые волосы и смазливая мордашка, поэтому он нравится американским женщинам. Ну и что с того? Какое это имеет отношение к нам с тобой? Я лично считаю, что никакого. Джон Тейлор мне абсолютно безразличен. Я люблю *тебя*!

— А почему тогда ты мне не сказала, кто был твоим мужем? — В тоне Тейта появилась подозрительность.

Саманта откинулась на подушку и схватила себя за волосы, стараясь удержаться от крика. Потом снова села и посмотрела на Тейта почти с такой же яростью, с какой он смотрел на нее.

— Я не думала, что это важно.

— Проклятие! Ты думала, я не стою того, чтобы посвящать меня в твою жизнь? И знаешь что, малышка? — Тейт

180

еще раз прошел в другой конец комнаты и принялся надевать брюки. — Ты права. Я действительно этого не стою.

— Ты с ума сошел! — Саманта уже не сдерживалась: она кричала, пытаясь побороться с его фантазиями, показать правду. — Ты стоишь пятидесяти, сотни Джонов Тейлоров! Он эгоистичный сопляк, который меня так страшно оскорбил! А ты взрослый мужчина, красивый, добрый. С тех пор как мы познакомились, я от тебя ничего не видела, кроме добра!

Саманта оглядела комнату, в которой они вот уже три месяца подряд проводили все вечера. Взгляд ее упал на картины, которые Тейт купил ради нее, чтобы оживить свою комнатушку, на удобную кровать, на цветной телевизор, который Тейт приобрел тоже ради нее, чтобы она развлекалась... Сэм посмотрела на симпатичные простыни — она и Тейт сплетались на них в объятиях... на книги — Тейт предполагал, что они ей понравятся... Вот цветы, которые он рвал для нее украдкой, когда никто не видел, вот фрукты — Тейт приносил их из сада... вот ее портрет — он сделал этот набросок в воскресенье, когда они поехали на озеро. Саманта вспомнила мгновения, часы, проведенные вместе с Тейтом, вспомнила его жесты, фотографии, общие секреты — и снова в сотый раз поняла, что Джон Тейлор недостоин целовать сапоги Тейта Джордана.

Когда она заговорила вновь, в ее глазах стояли слезы, а голос звучал сипло и глухо:

— Я не сравниваю тебя с ним, Тейт. Я тебя просто люблю. А его — нет. И только это важно. Попытайся понять. Мне больше ничего не нужно.

Сэм хотела дотронуться до Тейта, но он не подходил к ней, и ее протянутая рука безвольно упала... Обнаженная Саманта встала на колени, и по ее лицу медленно заструились слезы.

— Неужели ты думаешь, что через пять лет тебе это тоже не станет глубоко безразлично? О, леди, не будьте столь наивны! Пройдет пять лет, я так и останусь обыкновенным ковбоем, каких великое множество, а он по-прежнему будет одним из самых знаменитых телеведущих в нашей стране. Неужели ты, любуясь на него по вечерам, за мытьем посуды, не будешь сожалеть о том, что связалась со мной? Это тебе не игра, а реальная жизнь! Жизнь на ранчо. Тяжелая работа. Безденежье. Тут вам не реклама, дамочка, а настоящая реальность.

От этих злых слов Сэм разрыдалась еще горше.

— По-твоему, я не воспринимаю это всерьез?

— Да как ты можешь, скажи на милость? Как, Сэм? Ты только сравни, как ты жила там и как живу здесь я. Какая у тебя квартира в Нью-Йорке? Пентхаус на Пятой авеню? Фешенебельные апартаменты со швейцаром, французским пуделем и мраморными полами?

— Нет, я живу на верхнем этаже небольшого дома без лифта. Ну как, тебе легче стало?

— Ага, и вся квартира забита антиквариатом.

— Ну, есть у меня несколько старинных вещей...

— Тут они будут смотреться просто шикарно! — с чувством воскликнул Тейт и, отвернувшись от Саманты, принялся надевать ботинки.

— Да какого хрена ты так разозлился? — снова сквозь слезы закричала Саманта. — Ладно, я виновата, что не сказала тебе про Джона Тейлора. Извини! Если уж на то пошло, тебя он волнует куда больше, чем меня. Я просто не думала, что для тебя это так важно.

— А что ты еще мне не рассказала? Что твой отец президент «Дженерал моторс»? Что ты выросла в Белом доме? И унаследуешь все состояние своего богатого папашки?

Тейт посмотрел на Сэм с откровенной враждебностью, и она как была нагишом, так и выпрыгнула из постели, словно ловкая, изящная кошечка.

— Нет, я тебе не сказала, что у меня эпилепсия и сейчас начнется припадок. Из-за тебя!

Но Тейт даже не улыбнулся, ей не удалось его рассмешить. Он молча ушел в ванную и закрыл за собой дверь. А когда появился вновь, то посмотрел на Сэм с раздражением.

— Ты чего сидишь? Одевайся!

— Почему? Я не хочу. — У Сэм внутри все похолодело от ужаса. — Я не собираюсь уходить.

— Не собираешься, но придется.

— Нет. — Сэм присела на край кровати. — Я не уйду, пока мы не уладим это недоразумение. Ты должен усвоить раз и навсегда: этот мужчина ничего для меня не значит, я люблю только тебя. Ты можешь это понять своей дурацкой башкой?

— А какая разница, пойму я или нет?

— Для меня разница есть. Ведь я люблю тебя, дурак дураковский! — Сэм перешла на шепот и ласково улыбнулась Тейту, но он на ее улыбку не ответил.

Пристально посмотрев на Саманту, Тейт взял сигару, но закуривать не стал, а просто повертел ее в руках.

— Ты должна уехать в Нью-Йорк.

— Зачем? Чтобы гоняться за мужем, на которого мне плевать? Мы разведены. Ты это забыл? И я очень довольна. Я влюблена в тебя.

— А как насчет твоей работы? Ты и ее готова бросить ради жизни на ранчо?

— Вообще-то... — Сэм глубоко вздохнула, и ее внезапно забил озноб.

То, что она собиралась сейчас сказать, означало решительный поворот всей ее жизни, а ведь она еще не приняла окончательного решения... но сказать нужно сейчас, прямо сейчас... У нее не оставалось времени на размышления.

— ...Именно это я и собираюсь сделать. Уволиться с работы и остаться здесь.

— Это смешно.

— Почему?

— Потому что тебе здесь не место, — устало произнес Тейт. — Твое место там, в шикарной квартире, на высокооплачиваемой работе, рядом с каким-нибудь мужчиной из того, а не из этого мира. Тебе нечего делать с ковбоем

183

в однокомнатном домике, среди лошадиного навоза и быч-ков-однолеток. Ты же шикарная женщина, дама!

— Ах, как романтично! — Саманта старалась говорить язвительно, но слезы жгли ей глаза.

— Ничего романтичного, Сэм. Совершенно ничего. В этом-то все и дело. Ты хочешь жить в вымышленном мире, а он реальный. И я не твоя фантазия. Я живой человек.

— И я живая, вот что интересно! А ты отказываешься поверить в это, не веришь, что у меня есть реальные по-требности, что я вполне могу обойтись без Нью-Йорка, без моей квартиры и работы. Ты не допускаешь, что я могу захотеть изменить мою жизнь. Может быть, мне в Нью-Йорке надоело. Может, мне здесь лучше и я хочу переехать сюда!

— Тогда купи себе ранчо, как Кэролайн.

— И что будет? Ты поверишь, что я живу в реальном мире?

— Ну, ты сможешь дать мне работу.

— Иди к черту!

— А почему бы и нет? А я смогу двадцать лет подряд тайком пробираться в твою спальню. Ты этого хочешь, Сэм? Чтобы все кончилось тем же самым? Потайным мес-течком для свиданий? А потом ты состаришься и уже не сможешь туда ездить, и останутся у тебя только тайные мечты. Ты заслуживаешь большего. И если ты сама этого не понимаешь, то у меня-то ума хватает понять.

— И что это означает? — Саманта с ужасом смотрела на Тейта, но он упорно не желал встречаться с ней взглядом.

— Ничего. Просто одевайся — и все. Я провожу тебя домой.

— В Нью-Йорк? — Сэм попыталась небрежно пошу-тить, но у нее ничего не вышло.

— Нечего нервничать. Одевайся!

— Но почему? А если я не желаю? — Сэм говорила, как рассерженный ребенок.

Тейт подошел к ее одежде, сваленной в кучу — она бросила ее в начале вечера, перед тем как упасть в его

184

объятия, — взял вещи в охапку и положил Саманте на колени.

— Меня не интересуют твои желания. Я желаю, чтобы ты оделась — и точка! Одевайся. Такое впечатление, что из нас двоих взрослый только я один.

— Да какой ты, к чертовой матери, взрослый! — Саманта вскочила на ноги и швырнула одежду на пол. — Ты зациклился на своих старомодных представлениях о господах и батраках. Я не хочу больше слушать эту ахинею! Ты просто увиливаешь, не желаешь брать ответственность на себя! А это глупо. Глупо и неправильно! — Она всхлипнула, подобрала одну за другой свои вещи и принялась одеваться.

Раз он так себя ведет, она вернется к Кэролайн. Пусть посидит один — может, перебесится.

Через пять минут Саманта уже была одета. Тейт глядел на нее с отчаянием, не веря своим глазам, словно узнал ее только сегодня с какой-то совершенно другой стороны и перед ним была теперь совсем чужая женщина. Она уныло посмотрела на него и медленно, с несчастным видом побрела к двери.

— Хочешь, я провожу тебя до дома?

Саманта заколебалась, но потом решила, что лучше не надо.

— Нет, спасибо, я сама доберусь. — Остановившись на пороге, она попыталась взять себя в руки. — Ты не прав, Тейт. — Но все же не сдержалась и тихо прошептала: — Я люблю тебя.

Слезы потоком хлынули из глаз. Саманта захлопнула дверь и побежала домой, благодаря Бога за то, что Кэролайн снова уехала в гости на соседнее ранчо. Она частенько ездила в гости по воскресеньям, и Сэм была сейчас этому рада: ей совсем не хотелось бы, чтобы тетя Каро увидела, как она заходит в дом, обливаясь слезами.

Глава 17

На следующее утро Саманта долго сидела за кофе на кухне Кэролайн, тупо уставившись в чашку, целиком поглощенная своими мыслями. Она не понимала, то ли ей стоит вечером попытаться поговорить с Тейтом еще раз, то ли лучше оставить его в покое на несколько дней и подождать, пока он не образумится без ее увещеваний. Саманта вспомнила вчерашний разговор, и ее глаза тут же наполнились слезами. Хорошо еще, что поблизости никого не было! Она решила не ходить сегодня на завтрак в рабочую столовую. Есть Сэм не хотелось и уж тем более не хотелось встречаться с Тейтом до работы. Она специально пошла в конюшню только без пяти шесть. Тейт стоял в дальнем углу, держа в руках дощечку, к которой была прикреплена бумага для записей; он спокойно отдавал приказания, говорил, куда нужно будет сегодня съездить и каких животных разыскать в горах. Потом он переключился на какую-то другую тему, а Сэм, как всегда по утрам, молча оседлала Навахо и через несколько минут, усевшись на него верхом, уже поджидала во дворе остальных. Однако Тейт почему-то назначил старшим в группе Саманты Джоша. Сам же он явно не собирался сегодня уезжать с усадьбы, или если и собирался, то не с ними. Поняв это, Сэм разозлилась еще больше: похоже, Тейт ее избегает!

Поэтому она громким, резким голосом спросила, когда Навахо приблизился к стоявшему посреди двора Тейту:

— Решили сегодня посачковать, мистер Джордан?

— Нет. — Он посмотрел на нее в упор. — Просто мне нужно кое-что обсудить с Биллом Кингом.

Сэм кивнула, не зная, что ответить, но, когда ковбои выехали со двора и Саманта, сидя верхом на Навахо, повернулась лицом к воротам, чтобы запереть их, она увидела, что Тейт с печалью смотрит ей вслед. Потом он ушел. Может, он раскаивается в том, что устроил такой скандал из-за ее бывшего мужа? А может быть, понял, что разница в их положении не имеет для нее ни малейшего значения? Сэм вдруг захотелось окликнуть Тейта, но она не осмелилась, ведь окружающие могли услышать, поэтому она пришпорила Навахо и присоединилась к остальным.

Спустя двенадцать часов, уже далеко не так резво, как утром, еле держась от усталости в седле, ковбои въехали во двор, спешились, ввели лошадей в конюшню, расседлали и убрали на место уздечки и седла. Саманта в тот вечер порядком устала, в ее голове неотвязно вертелись мысли о Тейте и обо всем, что он сказал накануне. Она рассеянно попрощалась со всеми и, еле волоча ноги, поплелась к дому Кэролайн.

— Ты такая уставшая, Сэм! Как ты себя чувствуешь, дорогая? — с тревогой спросила Кэролайн, втайне надеясь, что виновата в этом только тяжелая работа.

Однако у нее сразу мелькнуло неприятное подозрение, что дело обстоит гораздо серьезнее. Тем не менее Кэролайн не хотела усугублять и без того дурное настроение Саманты. Ни словом не обмолвившись о своих подозрениях, Кэролайн заставила Сэм принять перед ужином горячую ванну, а сама отправилась на кухню жарить бифштексы, сварила суп и сделала салат. Когда Сэм вернулась, на ней были чистые джинсы, клетчатая фланелевая рубашка и она еще больше, чем обычно, напоминала девочку-подростка, что и не преминула заметить с улыбкой Кэролайн.

Однако ужин в тот вечер получился невеселым, и Сэм казалось, что прошел не один час и не два, пока она наконец смогла выбраться из окна в сад и побежать к Тейту в его домик. Подойдя к двери, Сэм, похолодев, осознала, что Тейт, вероятно, расстроен еще сильнее, чем она предполагала. Свет в доме не горел, а ведь ложиться спать было еще рано! Либо Тейт притворяется, что спит, либо он торчит в столовой. На него это, правда, непохоже, но, конечно же, если он решил ее избегать, то вполне мог уйти к парням. Саманта осторожно постучалась, однако ответа не последовало. Тогда она повернула дверную ручку и вошла. Сэм ожидала увидеть беспорядок, обычно царивший в комнате Тейта, но вместо этого перед ее взором предстала пыльная пустота, которая, казалось, вот-вот была готова поглотить Саманту. Сэм удивленно вскрикнула, и в опустевшей комнате зазвучало гулкое эхо. Что это? Может, Тейт снова переехал к себе, в старый дом, чтобы она не приходила к нему? Сэм вдруг сообразила, что понятия не имеет, где искать Тейта, и ее охватила паника. Сердце готово было вырваться из груди. Сэм вцепилась в дверной косяк, чтобы не упасть, и поспешила убедить себя, что, куда бы Тейт ни делся, он все равно где-нибудь поблизости. Она знала, что на ранчо есть еще два или три пустующих домика. Вероятно, Тейт целый день потратил на переезд: вставлял в дверь новый замок, перевозил мебель и вещи. Если б ее все это не так нервировало, если б он не кипятился так вчера, Саманту его поступок даже позабавил бы. Но сейчас, возвращаясь в потемках к дому Кэролайн, она не видела в случившемся ничего смешного.

Саманта почти не спала в ту ночь, она ворочалась с боку на бок, теряясь в догадках, почему Тейт пошел на столь решительный шаг и переселился в другой дом. В половине четвертого, не в силах больше лежать в кровати, она встала. Полчаса слонялась по комнате, потом приняла душ. Однако идти на работу все еще было рано. Чтобы убить время, она приготовила кофе и полчаса пила его, сидя в кухне Кэролайн. Наконец пора было отправляться в столовую на завтрак. Этим утром Сэм не терпелось поскорее добраться туда. Если удастся улучить момент, она непременно спросит, почему он переехал в другой домик, и скажет, что он ведет себя как капризный ребенок.

Но стоя в очереди за яичницей с беконом и за третьей чашкой кофе, Сэм услышала за своей спиной разговор двух мужчин и в ужасе, непонимающе уставилась на Джоша.

— Что они сказали?

— Да они говорят о Тейте.

— Да, но что, что они сказали? — Лицо ее стало мертвенно-бледным. Может, она не расслышала?

— Плохо дело.

— А что плохого? — Сэм отчаянно старалась сдержаться, чтобы не закричать.

— Как что? Он же вчера уехал. — Джош дружелюбно улыбнулся и сделал шаг вперед, потому что очередь немного продвинулась.

— Куда уехал? — Сердце Саманты забилось так громко, что она с трудом разбирала ответы Джоша.

Он пожал плечами.

— Мне кажется, никто не знает. Может, его сын в «Барм-три» в курсе?

— Что вы такое говорите, черт побери? — Сэм уже почти кричала.

— О Господи, Сэм, да не переживай ты так. Ну, уехал Тейт Джордан. Уволился.

— Когда? — У Саманты мелькнула мысль, что она сейчас упадет в обморок.

— Вчера. Об этом он и собирался поговорить вчера с Биллом Кингом. Вообще-то он вчера утром мне рассказал о своих планах. Когда попросил заменить его. Тейт сказал, что давно хотел уехать. И наконец выдался подходящий момент. — Джош передернул плечами. — Вот жалость-то! Он был бы прекрасной заменой Биллу Кингу.

— Значит, он взял — и вот так, с бухты-барахты, уволился, да? Не предупредил за две недели, не подыскал кого-нибудь на свое место? Да? — Глаза Саманты уже жгли слезы.

— Да, Сэм, тут у нас не Уолл-стрит. Если человеку вдруг приспичило уехать, он уезжает. Утром Тейт приобрел грузовик, сложил в кузов все пожитки — и поминай как звали!

— Он уехал навсегда? — У Сэм встал в горле комок, она задыхалась.

— Конечно. Возвращаться бессмысленно, прошлого не воротишь. Я однажды попытался вернуться. И понял, что совершил ошибку. Если Тейт был здесь несчастлив, то, значит, он правильно сделал, что уехал.

Ах вот как? Неужели он действительно был здесь несчастлив? Что ж, приятно слышать...

Джош пристально поглядел на Саманту.

— Сэм! Тебе нездоровится?

— Нет. Все нормально. — Но вид у Саманты был ужасающий, лицо приобрело землистый оттенок. — Просто я не очень хорошо сплю последнее время.

Ей надо загнать слезы внутрь... надо... обязательно надо! И потом... оснований для паники пока нет! Билл Кинг наверняка знает, куда уехал Тейт. А если он в курсе, то сын все скажет. Она поедет и разыщет его. Нет, этому типу не удастся так просто ускользнуть! Пусть не мечтает! А когда она найдет его, то он больше никогда так с ней не поступит. Никогда!

— Знаешь, — Джош по-прежнему не сводил с Саманты глаз, — ты и вчера плохо выглядела. Может, простудилась?

— Да. — Сэм старалась не подавать виду, что новость об отъезде Тейта Джордана поразила ее в самое сердце. — Может быть.

— Тогда какого рожна ты торчишь здесь? Отправляйся домой и ложись в постель.

Сэм попробовала было воспротивиться, но поняла, что не в состоянии продержаться в седле двенадцать часов. Да она сойдет с ума, гадая, куда подевался Тейт! Поэтому она вяло кивнула, сказала Джошу спасибо и ушла из столовой. Добежав до дома Кэролайн, Сэм ворвалась в дверь и застыла. Ее душили рыдания, она упала на колени перед диваном и в отчаянии поникла головой. Нет! Этой второй утраты она не перенесет! Кто угодно, только не Тейт!.. Умирая от тоски, безудержно рыдая, Саманта не сразу заметила Кэролайн, которая стояла рядом, ласково гладя ее по плечу и приглаживая растрепавшиеся светлые волосы. Через несколько мгновений Саманта подняла голову. Лицо ее покраснело и распухло, в глазах застыло дикое выражение. Она впилась взглядом в Кэролайн, но та лишь закивала, шепча ласковые слова, обняла Сэм и потихоньку усадила ее на диван.

Лишь спустя полчаса Сэм обрела дар речи. Кэролайн за все это время не произнесла ни слова. Она просто сидела рядом, гладила Саманту по спине и ждала. Что тут скажешь? Кэролайн до боли было обидно, что Сэм, едва оправившись от одного удара, получила новый. В глубине души Кэролайн догадывалась насчет Сэм и Тейта. И уже накануне, когда Билл Кинг сообщил ей об отъезде Тейта Джордана, сердце ее сжалось от тоски. Но переубеждать или пытаться остановить Тейта было поздно. Билл принес ей это известие в конце дня, когда Тейт уже уехал, и Кэролайн заботило теперь только то, как переживет случившееся Саманта. Накануне Кэролайн не отважилась заговорить с Сэм про Тейта. Подумала, что это может и подождать.

Когда Саманта повернула к Кэролайн свое лицо, на котором выступили красные пятна — глаза Сэм опухли и тоже страшно покраснели, — во взгляде, устремленном на подругу, не было никакого притворства.

— Он уехал! О Боже, Каро, он уехал. А я люблю его... — Сэм не в силах была продолжать.

Кэролайн кивнула. Она прекрасно понимала чувства Саманты. Недаром когда-то пыталась ей объяснить, что здесь люди во многом иначе смотрят на вещи, и то, что кажется Сэм совершенно неважным, для Тейта может иметь огромное значение.

— Что между вами произошло, Сэм?

— О Господи, я сама не знаю! На Рождество у нас начались... отношения... — Сэм вдруг принялась нервно озираться, испугавшись, что ее услышит мексиканка, обычно делавшая уборку. Однако никого не увидела. — Мы поехали... — Она смущенно посмотрела на Кэролайн. — Мы нашли ваш домик и вначале встречались там, но это бывало редко. Мы совершенно не хотели лезть в вашу жизнь...

— Не оправдывайся, Сэм. Все в порядке. — Голос Кэролайн звучал спокойно.

— Нам просто хотелось побыть где-нибудь вдвоем, без посторонних.

— Нам тоже, — почти печально произнесла Кэролайн.

— А потом он поменялся коттеджами с каким-то парнем, и я стала приходить к нему каждую ночь... пробиралась по саду... — Сэм говорила бессвязно, обливаясь слезами. — А потом, в позапрошлую ночь, он... мы смотрели телевизор... и вдруг показали Джона, который выступал в специальном выпуске новостей... Ну, мы сначала шутили, Тейту все хотелось узнать... узнать, считаю ли я Джона красивым мужчиной... а я возьми да и ляпни, что он был моим мужем. А Тейт вдруг взбеленился. — Сэм громко всхлипнула и продолжала: — Он как будто с ума сошел. Заорал, что поменять телезвезду на ковбоя — это страшная глупость, что я никогда не буду счастлива и заслуживаю лучшего, что... — Сэм опять захлебнулась слезами. — О Боже мой, а теперь он уехал! Что мне теперь делать? Как его найти? — Саманту в который раз за утро охватила паника. — Вы знаете, куда он отправился?

Кэролайн покачала головой.

— А Билл?

— Не знаю. Я сейчас позвоню ему в контору и спрошу.

Кэролайн пошла к телефону, стоявшему на письменном столе. Сэм, задыхаясь от боли, слушала разговор, в конце которого стало совершенно ясно, что Билл тоже ничего не знает и тоже сожалеет об отъезде Тейта. Билл ведь надеялся, что, когда он состарится и больше не сможет управлять делами на ранчо, Тейт займет его место. А Тейт взял и уехал... и, очевидно, навсегда.

— Ну, что он сказал? — печально спросила Саманта, когда Кэролайн вернулась и села рядом с ней.

— Да ничего особенного. Якобы Тейт пообещал прислать о себе весточку, но Билл думает, что надеяться на это не следует. Он прекрасно знает нрав здешних мужчин. А адреса Тейт не оставил.

— Тогда я разыщу его сына, он в «Барм-три»! — в отчаянии воскликнула Сэм, но Кэролайн покачала головой.

— Нет, Сэм. Парень взял расчет и уехал вместе с Тейтом. Это Билл знает точно. Они вместе сложили вещи в грузовик и укатили.

192

— О Господи... — Саманта уронила голову на руки и опять заплакала, но уже негромко.

Казалось, сердце ее разбито вдребезги, и даже рыданий почти не осталось.

— Что я могу для тебя сделать, Сэм? — В глазах Кэролайн тоже застыли слезы. Она понимала, что и с ней много лет назад могло случиться то же самое; разговор, который пересказала ей Сэм, был как две капли воды похож на ее многолетние споры с Биллом. Правда, их споры заканчивались не так печально, но и Тейт куда упрямее Билла.

«И гонора, слава Богу, у Билла меньше...» — подумала Кэролайн, беспомощно глядя на горестно рыдавшую гостью.

Услышав вопрос Кэролайн, Сэм подняла голову:

— Помогите мне разыскать его! Пожалуйста! О, если бы вы могли это сделать...

— Но как?

Сэм откинулась на спинку дивана и задумчиво пробормотала, хлюпая носом:

— Он наверняка поехал на какое-нибудь ранчо. Тейт не захочет менять профессию. Как бы мне получить список окрестных ферм?

— Я могу перечислить те, что знаю. Ковбои назовут остальные. Только вот что, давай я сама у них спрошу. Мы что-нибудь придумаем... какой-нибудь повод. Сэм! — Глаза Кэролайн вспыхнули. — Ты найдешь его.

— Я надеюсь. — Впервые за долгое время Саманта улыбнулась. — Я не успокоюсь, пока не разыщу Тейта.

Глава 18

К середине апреля Сэм уже связалась с владельцами шестидесяти трех ранчо. Она начала с соседних, потом принялась искать Тейта севернее, потом южнее, а потом решила обзванивать ранчо в других штатах. Аризона, Нью-Мехико, Невада, Техас, Арканзас... По совету одного ковбоя Сэм даже позвонила на одно ранчо в Небраске. Ковбой рассказывал Тейту про это место и уверял его, что там и кормят хорошо, и платят прилично. Однако Тейта Джордана никто не видел. Сэм всем оставляла свои координаты, а также телефон Кэролайн и просила позвонить, если Тейт вдруг объявится. Она всегда ссылалась на Кэролайн Лорд, и это ей очень помогало. Они с Кэролайн часами изучали телефонные справочники, объявления о найме, списки нанятых работников и тех, кто желает устроиться на ранчо... Сэм уже давно попросила начальство продлить ей отпуск и пообещала к первому мая сообщить о своем решении. К этому времени им хотелось твердо знать, вернется она в Нью-Йорк или нет. Пока же они держали место для нее. Однако Саманте на свою работу было глубоко плевать, ей был нужен только Тейт Джордан, а он пропал — как в воду канул. Казалось, месяц назад он исчез с лица земли, никто его не встречал. Но где-то же он есть! Только где? Вот в чем вопрос! Это было как наваждение. Сэм больше не выезжала в поле с ковбоями; ее не тревожило, что это породило слухи и подтвердило их подозрения. С того дня как Тейт уехал, Саманта прекратила работать на ранчо.

Как-то раз Сэм поехала одна в тайное убежище влюбленных, однако это оказалось невыносимым мучением, и, когда она вернулась домой на Черном Красавчике, ее лицо было залито слезами. Теперь Сэм редко ездила на крупном гнедом жеребце, хотя Кэролайн ее постоянно уговаривала покататься. Саманте хотелось только сидеть дома, звонить по телефону, просматривать списки работников, изучать карты местности, писать письма и пытаться выяснить, куда же подевался Тейт Джордан. Пока все ее попытки оканчивались неудачей, и Кэролайн втайне подумывала, что, наверное, ничего из затеи Саманты не выйдет. Страна большая, ранчо не сосчитать. Да и потом не исключена возможность, что Тейт занялся совершенно другим делом или поступил на работу под вымышленным именем. За долгие годы жизни в этих краях Кэролайн давно привыкла к тому, что с ранчо ежегодно уходит множество работников, и не могла обнадежить Сэм. Вполне возможно, Тейт в один прекрасный день объявится где-нибудь, но столь же вероятно, что о нем так и не будет никаких известий. Не исключена возможность, что он уехал из страны — в Канаду, Мексику или даже на крупное аргентинское ранчо. Их владельцы часто без всяких документов брали на работу людей вроде Тейта или закрывали глаза на то, что документы у них фальшивые: главное было заполучить хороших ковбоев на свое ранчо. У Тейта был прекрасный послужной список, он надежный человек, очень трудолюбивый и имеет огромный опыт, так что на любом ранчо его примут с распростертыми объятиями. Любой хозяин, у которого в голове есть хоть пара извилин, сообразит, какой ему вдруг достался клад. Вот бы только узнать, владельцу какого ранчо он достался...

Апрель подходил к концу, а о Тейте по-прежнему не было ни слуху ни духу. У Сэм оставалось в запасе три дня, потом придется звонить в агентство и давать ответ. Месяц назад она наврала им, что Кэролайн заболела и поэтому отъезд надо отложить. Начальство вошло в ее положение, но теперь Чарли принялся названивать Сэм по телефону. Шутки в сторону! Харви хочет, чтобы она вернулась. У них неожиданно возникли неприятности с ее клиентом, и если она в принципе собирается возвращаться, то Харви требует сделать это немедленно... Сэм не винила его, но в то же время не могла сказать им, что теперь она чувствует себя еще хуже, чем до отъезда из Нью-Йорка. Теперь она отчетливее, чем когда-либо, понимала, насколько ей дорог Тейт, как глубоко она уважает его самого и его образ жизни. Теперь ей было особенно тяжело видеть Билла и Каро, а Кэролайн страшно мучилась, не зная, как утешить Саманту, которую постигла такая утрата.

— Сэм! — В последний апрельский день, сидя за чашкой кофе в обществе своей молодой подруги, Кэролайн наконец решила сказать ей все начистоту. — Я думаю, тебе следует вернуться.

— Куда? — Саманта снова взглянула на лежащий перед ней список ранчо, решив, что Кэролайн хочет попробовать обратиться куда-то еще раз.

Но Кэролайн поспешно покачала головой.

— Я имею в виду Нью-Йорк.

— Сейчас? — Сэм была шокирована. — Но я же его еще не нашла!

Кэролайн стиснула зубы: она понимала, что, как это ни больно, Саманте придется сказать правду.

— Нет гарантии, что ты его вообще найдешь.

— Как вы можете так говорить! — Сэм сердито посмотрела на Кэролайн и резко отодвинула от себя кофе.

С тех пор как начался весь этот кошмар, Саманта безумно издергалась. Она не спала, не ела и больше не бывала на свежем воздухе. Сэм занималась теперь только одним — искала Тейта. Она даже съездила на несколько ранчо на машине, а в одно место слетала на самолете.

— Но это правда, Сэм. Пора наконец посмотреть правде в глаза. Может статься, что ты его вообще больше не увидишь. Я очень надеюсь, что тебе удастся разыскать его, но нельзя же тратить всю жизнь на поиски человека, который хочет остаться один. Ведь даже если ты его разыщешь, еще не факт, что ты убедишь Тейта в своей правоте. Он считает, что вы слишком разные. И не исключено, что он прав. А если нет, то все равно ты не сможешь заставить его изменить решение, если он этого не захочет.

— Почему вы завели этот разговор? Вы говорили об этом с Биллом, да?

— В излишние подробности я не вдавалась.

Сэм знала, что Билл не одобряет ее неустанные поиски. Он называл это «дурацкой охотой» и считал, что Сэм зря упорствует.

— Он же сказал ей все перед отъездом, Каро. О чем еще говорить? — ворчал Билл.

Но однажды все же признался, что ему было бы приятно, если бы в аналогичной ситуации Кэролайн искала его столь же упорно.

— Я просто думаю, что тебе следует учесть и другие возможности, Сэм. Ты ведь уже здесь полтора месяца потратила на поиски.

— А вдруг осталось еще чуть-чуть?

— Чуть-чуть... и еще чуточку... и еще. А что потом? Ты еще будешь двадцать лет подряд искать мужчину, с которым и знакома-то была без году неделя?

— Не говорите так. — Сэм с измученным видом закрыла глаза. Ни на одной работе она еще так не выкладывалась, как в эти полтора месяца, разыскивая Тейта. — Я его прекрасно знала. И знаю. Наверное, в чем-то я знаю его даже слишком хорошо, это его и напугало.

— Вероятно, — согласилась Кэролайн. — Но ведь ты не сможешь жить так вечно. Тебя это погубит.

— Почему? — В голосе Саманты отчетливо слышались горькие нотки. — Почему меня ничто не доконало, а это доконает?

Месяц назад у Джона и Лиз родилась дочка, и ее вместе с ликующей Лиз даже показали в вечернем выпуске новостей — сделали репортаж прямо из родильной палаты. Но Сэм больше не было до этого дела. Ей хотелось только одного — разыскать Тейта.

— Тебе придется уехать домой, Сэм. — Кэролайн проявила не меньше упрямства, чем Сэм.

— Но почему? Потому что мне здесь не место? — Сэм сердито сверкнула на Кэролайн глазами, однако та спокойно кивнула в ответ.

— Вот именно. Не место. Тебе место в твоем мире, за твоим письменным столом, в твоем агентстве, в квартире, среди твоих вещей. Ты должна знакомиться с новыми людьми, общаться со старыми друзьями и быть самой собой, а не тем, кем ты пыталась на время притвориться. Сэм, — Кэролайн дотронулась до руки Саманты, — дело вовсе не в том, что ты мне здесь надоела. Мне бы лично хотелось, чтобы ты тут осталась навечно. Но для тебя самой это будет плохо. Неужели ты не понимаешь?

— Мне все равно. Я хочу разыскать его, больше мне ничего не нужно.

— Но он-то этого не хочет! Если бы хотел, то непременно сообщил тебе свой адрес. Он, должно быть, наоборот, делает все, чтобы ты его не нашла, Сэм. А раз так, то ты проиграла. Он может прятаться от тебя хоть сто лет.

— Значит, вы считаете, что мне стоит отказаться от поисков. Да?

Наступило долгое молчание. Наконец Кэролайн кивнула и еле слышно прошептала:

— Да.

— Но я же искала его всего полтора месяца! — К глазам Саманты подступили слезы, и она попыталась опровергнуть логику рассуждений Кэролайн: — Может, если подождать еще месяц...

— Если ты это сделаешь, то потеряешь работу и тебе станет еще хуже. Сэм, ты должна вернуться к нормальной жизни!

— А что считать нормальной жизнью? — Сэм почти позабыла, что такое «нормальная жизнь».

Скоро будет год, как она развелась с Джоном Тейлором, с которым у них был «счастливый» брак... Год назад она вела совершенно обычную жизнь, работала в рекламном агентстве в Манхэттене и была замужем за человеком, которого любила... и который, как ей казалось, любил ее.

— Вернуться к нормальной жизни? — В глазах Сэм промелькнул ужас. — Вы, наверное, шутите? Ничего себе нормальная жизнь — бред собачий с утра до вечера!

Кэролайн рассмеялась этой унылой шутке, однако взгляд ее нисколько не смягчился, и наконец Сэм откинулась на спинку стула и издала глубокий, задумчивый вздох.

— Но какого черта мне ехать в Нью-Йорк? Чем я буду там заниматься?

198

— Забудешься, отвлечешься от того, что было здесь. Тебе это пойдет на пользу. А вернуться... вернуться ты всегда сможешь.

— Значит, я и отсюда сбегу?!

— Нет, ты просто позаботишься о своем здоровье. Эта жизнь не для тебя. Во всяком случае, такая.

Да, с тех пор как он уехал, это было правдой...

Сэм молча кивнула, встала из-за стола и, еле волоча ноги, побрела в свою спальню. Через два часа она поговорила с Харви Максвеллом и пошла в конюшню, чтобы оседлать Черного Красавчика. Впервые за три недели Сэм уселась на него верхом и ринулась против ветра, на полном скаку преодолевая все препятствия — изгороди и ручьи, что встречались ей на пути. Попадись она в этот момент на глаза Кэролайн, та наверняка испугалась бы за жизнь коня не меньше, чем за жизнь своей молодой подруги. А Тейт убил бы ее прямо на месте.

Но Саманта была одна и могла мчаться во весь опор, пока не поняла, что лошадь уже изнемогает. Тогда она перешла на рысь и, вернувшись на усадьбу, прогуливала коня медленным шагом по двору еще примерно полчаса. Сэм знала, что многим обязана Черному Красавчику и должна уделять ему внимание, даже если чувствует себя глубоко несчастной. Потом, почувствовав, что конь остыл, она отвела его обратно в стойло, сняла со спины Красавчика английское седло, посмотрела на коня долгим взглядом и, в последний раз погладив, прошептала:

— До свидания, мой старый друг!

Глава 19

Самолет приземлился в аэропорту Кеннеди благоуханным весенним вечером, но Саманта пустым взором смотрела вниз, на простиравшийся под крылом самолета город.

Отстегивая ремень безопасности, она думала лишь о том, как прощалась с Кэролайн: та стояла, гордо выпрямившись, рядом с пожилым управляющим, и по щекам ее текли слезы, когда она махала Саманте рукой. Билл почти ни слова ей не сказал, когда в переполненном зале аэропорта Сэм встала на цыпочки и поцеловала его в щеку, но потом вдруг схватил за руку и ласково пробормотал:

— Возвращайся в Нью-Йорк, Сэм, и теперь-то уж побереги себя!

Этим он по-своему давал ей понять, что она поступает правильно.

Но Саманта вовсе не была уверена в правильности своего решения, когда доставала с полки чемодан и шла по проходу между креслами. Правильно ли она поступила, поспешив приехать домой? Может, ей нужно было задержаться подольше? А вдруг Тейт объявился бы, задержись она еще на пару месяцев? Конечно, он и теперь мог приехать или откуда-нибудь позвонить.

Кэролайн пообещала продолжать расспросы и, разумеется, заверила Сэм, что, если будут какие-то известия о Тейте, она позвонит. Ну а больше ничего, собственно говоря, и нельзя было предпринять. Сэм прекрасно это осознавала. Глубоко вздохнув, она ступила на территорию аэропорта.

Народу было ужасно много... шум, толкотня, сумятица. Пожив на ранчо пять месяцев, Сэм позабыла, что такое толпа, да еще такая суетливая. Ей казалось, толпа пожирает ее, когда она пробиралась к месту выдачи багажа. Она чувствовала себя туристкой в родном городе, и вид у нее был совершенно растерянный. Носильщика поблизости, разумеется, не оказалось; в очереди на такси стояли сотни людей, и, поймав наконец машину, Сэм вынуждена была сесть в нее вместе с двумя японками, приехавшими посмотреть Нью-Йорк, и коммерсантом из Детройта, торговавшим пластмассовыми изделиями. Он поинтересовался, откуда приехала Саманта. Она еле ворочала языком от усталости, но все же пробормотала, что из Калифорнии.

— Вы актриса? — поинтересовался торговец, решив, очевидно, что его светловолосая, загорелая спутница наверняка голливудская кинозвезда.

Но Сэм тряхнула головой, рассеянно глядя в окно.

— Нет, я работаю на ранчо.

— На ранчо? — Он уставился на нее с откровенным недоверием, а она посмотрела на него в ответ с усталой улыбкой. — Вы первый раз в таком большом городе? — Торговец был явно обнадежен, однако Сэм опять покачала головой и постаралась после этого свести разговор на нет.

Японки оживленно лопотали по-своему, а водитель только чертыхался, лавируя в потоке машин. Что ж, именно так, наверное, и полагается возвращаться в свой родной город... Когда они въезжали на мост, ведущий из Квинса на Манхэттен, Сэм посмотрела на горизонт и внезапно чуть не заплакала. Она не хотела любоваться ни Эмпайр-Стейт-Билдинг, ни зданием Объединенных Наций, ни небоскребами. О, если бы вновь увидеть большой дом Кэролайн, конюшню, роскошные красные деревья, огромное голубое небо...

— Красиво, правда? — Обливавшийся потом торговец придвинулся к ней поближе, но Сэм покачала головой и почти вжалась в дверцу, отодвигаясь от него.

— Нет, ничего особенного. Во всяком случае, после того, что я недавно видела, не впечатляет. — Она сердито зыркнула глазами на парня, словно он был виноват в ее возвращении в Нью-Йорк.

После этого он уставился на одну из японок, но та только хихикнула и продолжала болтать по-японски со своей подружкой.

Таксист смилостивился и прежде всего отвез домой Саманту. Она довольно долго стояла на тротуаре, глядя на дверь, и боялась зайти; внезапно Сэм пожалела о том, что вернулась, и еще отчаяннее, чем раньше, затосковала по Тейту. Какого черта она делает в этом незнакомом городе, совершенно одна, в окружении чужих людей? Зачем вернулась в квартиру, где они когда-то жили с Джоном? Ей хотелось лишь уехать обратно в Калифорнию, найти Тейта и по-прежнему жить и работать на ранчо. Почему это невозможно? Неужели у нее такие уж большие запросы? — думала Сэм, отпирая входную дверь и затаскивая на лестницу свои чемоданы. Даже за целые сутки, проведенные в седле, она не утомилась бы так, как за пять часов полета, в котором ее дважды покормили и показали кино. Ну а само возвращение в Нью-Йорк явилось для Сэм настоящим шоком. Со стонами дотащив чемоданы до своей лестничной площадки, она бросила их у двери в квартиру, нашла ключ, отперла дверь и распахнула ее настежь. В квартире пахло, как в корпусе пылесоса. Все вещи были на месте — там, где Саманта их оставила, — и выглядели заброшенными и немилыми. И чуть-чуть другими, как будто за время ее отсутствия мебель слегка изменилась: либо уменьшилась в размерах, либо, наоборот, увеличилась и поменяла оттенок. Ничто не осталось прежним. И тем не менее все, абсолютно все было таким же, как и в те времена, когда Сэм жила в этой квартире с Джоном. Саманта показалась себе незваной гостьей... а может, призраком, вернувшимся в прошлое.

— Эй! — Сэм сама не понимала, к кому обращается, но поскольку ей никто не ответил, она закрыла за собой дверь и, вздохнув, присела на стул. А затем, посмотрев по сторонам, разрыдалась. Плечи ее затряслись, она уткнулась лицом в ладони.

Через двадцать минут в квартире настойчиво зазвонил телефон. Сэм шмыгнула носом, высморкалась в платочек и, толком не понимая, зачем ей это надо, сняла трубку. Она столько отсутствовала... скорее всего кто-то ошибся номером.... если это, конечно, не Харви или не Чарли. Во всем Нью-Йорке о ее возвращении знали только два человека.

— Да?

— Сэм?

— Нет. — Саманта улыбнулась сквозь слезы. — Грабитель.

202

— Грабители не ревут, глупышка. — Это был Чарли.

— Еще как ревут! Здесь же нет цветного телевизора, так что и поживиться нечем.

— Приезжай к нам, я отдам тебе свой.

— Не хочу. — Слезы медленно потекли вновь. Саманта громко всхлипнула и закрыла глаза, стараясь успокоиться. — Извини, Чарли. По-моему, я не в восторге от возвращения домой.

— Похоже на то. Зачем же ты в таком случае вернулась? — спокойным, деловым тоном поинтересовался Чарли.

— Ты что, с ума сошел? Вы с Харви полтора месяца грозились меня прихлопнуть, если я не вернусь, а теперь ты спрашиваешь, почему я здесь?

— Ладно, тогда помоги нам разобраться с твоим бешеным клиентом и можешь возвращаться обратно. Если хочешь, то навсегда. — Чарли всегда относился к жизни сугубо прагматически.

— Все не так просто.

— Почему? Послушай, Сэм, жизнь коротка, надо наслаждаться. Ты уже взрослая, теперь тебя ничто не связывает, и ты можешь жить, где тебе заблагорассудится. Если тебе охота всю оставшуюся жизнь возиться с лошадьми — пожалуйста, отправляйся туда!

— Для тебя все раз плюнуть, да?

— Конечно. А почему бы и нет? Знаешь, что я тебе скажу? Побудь здесь немного... ну как туристка... поживи месячишко-другой, и если тебе будет тут плохо... Черт побери, Сэм, ты всегда можешь все бросить!

— Тебя послушать, никаких сложностей вообще не существует.

— Так и должно быть. Ладно, в любом случае, красотка, добро пожаловать домой. Даже если ты своему приезду не рада, мы счастливы донельзя, что ты опять будешь рядом с нами.

— Спасибо, солнышко. А как поживает Мелли?

— Растолстела, но все равно милашка. Ребенок родится через два месяца. И помяни мое слово, это будет девочка!

— Конечно, Чарли, конечно! Ты и в предыдущие три раза так говорил. — Сэм улыбнулась телефонной трубке и утерла слезы. Все-таки приятно вернуться туда, где Чарли... — Если хотите знать правду, мистер Петерсон, то вы умеете делать только мальчишек. Это все из-за баскетбольных матчей, ты столько на них ходишь, а там ведь особый воздух... вот он и повлиял на твои гены.

— О'кей, пожалуй, я теперь буду чаще ходить на стриптиз. Да, это идея...

Они оба покатились со смеху, и Сэм обвела взглядом унылую комнату.

— А я-то надеялась, что ты будешь поливать мои цветочки, Чарли, — произнесла она отнюдь не укоризненно, а даже как-то весело, посматривая на увядшие зеленовато-бурые растения.

— Целых пять месяцев? Да ты шутишь! Лучше я тебе куплю новые!

— Ничего, я тебя и так люблю. Кстати, раз уж вы вытребовали меня сюда, то признайся, дела конторы плохи?

— Плохи.

— Совсем плохи или все же не так страшно?

— Это полный кошмар. Если бы ты задержалась еще на пару дней, я бы заработал язву или убил Харви. Этот сукин сын уже бог знает сколько времени мотает мне нервы! Да на него — я о клиенте — не угодишь! Все ему не так.

— А лошадиную тему, которую я предложила, вы не разрабатывали?

— Еще как разрабатывали! Всех лошадей, которых только можно найти на этом берегу Миссисипи, осмотрели, со всеми жокеями женского пола беседовали, со всеми тренерами, со всеми...

— Нет-нет, ради Бога, Чарли! Если вы с этого конца взялись за дело, то клиенты правы, выражая недовольство. Я же говорю тебе про *лошадей*. Про таких, на которых ездят ковбои. Ну, ты сам знаешь, настоящий мужчина на

204

фоне заката... кажется, что он скачет прямо к солнцу на большом прекрасном жеребце... — Стоило Сэм произнести эти слова, как ее мысли обратились к Черному Красавчику и, разумеется, к Тейту. — Вы же продаете не маленькие женские автомобильчики, а дешевые спортивные машины, и реклама должна вызвать ассоциации с мощью и высокими скоростями.

— А скаковая лошадь, по-твоему, не вызывает?

— Нет, черт побери! — Тон у Саманты был непреклонный, и Чарли на другом конце провода ухмыльнулся.

— Теперь понятно, почему это твое детище.

— Завтра я посмотрю, что вы там наваяли. Передавай привет Мелли. Спасибо за звонок, Чарли. — Сэм повесила трубку, вновь огляделась и, вздохнув, прошептала: — О, Тейт! Почему?..

Она потихоньку распаковала чемоданы, стерла пыль с мебели, прибралась и, посмотрев в который раз по сторонам, попыталась убедить себя, что это ее дом. В десять вечера Саманта с удовольствием улеглась в постель, прихватив с собой блокнот и кое-какие записи, оставленные Харви. Ей хотелось настроиться на завтрашнюю работу. Лишь после двенадцати она отложила блокнот, выключила свет и попробовала заснуть. Это заняло у нее еще два часа. Два часа она пролежала, думая о ранчо и надеясь вот-вот услышать знакомые звуки, которые так и не раздались.

Глава 20

Самой Саманте ее возвращение на следующее утро в агентство показалось этаким удивительным путешествием во времени: она словно попала в совершенно незнакомое место, восприняв свой рабочий стол, кабинет и коллег как часть чужой, неведомой жизни. Сэм с трудом могла себе представить, что проводила здесь по десять часов в сутки, что работа в агентстве занимала все ее мысли. Теперь Саманта сочла то, чем занимались ее сослуживцы, ребячеством; клиентов, о которых они разговаривали, обозвала дураками и тиранами, а все концепции, презентации и идеи — детской забавой. Она не могла отнестись серьезно к их опасениям потерять клиента, кого-нибудь рассердить или плохо провести переговоры. Все утро Саманта выслушивала коллег, а когда беседы были окончены, почувствовала, что зря потеряла столько времени. Лишь Харви Максвелл, творческий директор фирмы, похоже, смутно догадывался о ее переживаниях, поэтому, когда все покинули конференц-зал на двадцать четвертом этаже, он пронзительно посмотрел на Саманту.

— Ну, Сэм, как ощущения? — Харви насупил брови и вынул трубку изо рта.

— Странные. — Саманта всегда старалась быть с ним откровенной.

— Что и следовало ожидать. Ты слишком долго отсутствовала.

Сэм задумчиво кивнула.

— Да, пожалуй, дольше, чем следовало. — Она подняла на Харви глаза и посмотрела в упор. — Трудно возвращаться после стольких месяцев. У меня такое чувство... — Она заколебалась, но потом все же решила сказать: — Такое чувство, будто часть меня осталась там.

Харви вздохнул, закивал и попытался раскурить трубку.

— Я так и понял. У тебя есть на это какие-то особые причины? — Он опять поймал ее взгляд. — Ты не хочешь мне рассказать? Может, ты влюбилась в ковбоя, Сэм, и собираешься вернуться?

Однако Саманте не особенно хотелось посвящать Харви в свои дела, поэтому она покачала головой:

— Вообще-то нет.

— Я не уверен, что меня твой ответ устраивает, Сэм. — Харви отложил трубку в сторону. — Он довольно уклончив.

206

Но Сэм спокойно ответила:

— Я вернулась. Вы меня об этом просили, я вашу просьбу исполнила. И может быть, сейчас нам с вами ничего больше знать не надо. Вы отпустили меня в то время, когда мне было совершенно необходимо сменить обстановку, хотя я даже не подозревала, насколько мне это нужно. А теперь я вам нужна, и поэтому я здесь. И пробуду столько, сколько вам понадобится. Я от вас не сбегу, Харви. Обещаю. — Сэм улыбнулась, однако Харви Максвелл смотрел на нее по-прежнему серьезно.

— Но вообще-то ты можешь туда вернуться, Сэм?

— Вероятно. Я не знаю, что будет. — Сэм вздохнула и собрала свои вещи. — Зачем гадать? Лучше поговорим сейчас о нашем клиенте. Что вы думаете насчет моей идеи изобразить ранчо... ковбоя, который на лошади скачет на закате или на рассвете, а позади него — стадо коров. Он сидит на великолепной лошади и резко выделяется на фоне пейзажа. Но в то же время прекрасно с ним гармонирует...

— Прекрати! — Харви поднял руку и усмехнулся. — А то ты и меня заставишь купить машину. Мне твоя идея нравится. Придумай вместе с Чарли какие-нибудь тексты. Посмотрим, что нам удастся.

В течение трех следующих недель Сэм и Чарли вместе работали над текстами и в результате добились такого успеха, как никогда в жизни. Они сделали не просто отличную рекламу, она явно тянула на очередную премию. Когда первая встреча с клиентом закончилась, Сэм была горда и счастлива.

— Что ж, малышка, это твоя заслуга! — Дожидаясь возвращения Харви, Чарли обнял Саманту. Пока Харви провожал клиента до лифта, Сэм и Чарли успели переброситься парой фраз. — Ему понравилось!

— Еще бы! Ты так здорово все нарисовал, Чарли.

— Приятно слышать. — Чарли улыбнулся и погладил свою бороду.

Через мгновение появился сияющий Харви, который взмахнул рукой, указывая на рекламные щиты, повешенные на стены. Они представили заказчику четыре щита, надеясь, что он выберет в лучшем случае пару. А заказчик принял все четыре!

— Ну что, дети мои, по-моему, презентация прошла удачно? — Харви не смог сдержать улыбку, и Саманта счастливо улыбнулась ему в ответ.

Впервые с момента своего возвращения она повеселела — приятно ведь сделать что-то конструктивное, да еще так хорошо!

— Когда начинаем?

— Они хотят запустить это в производство немедленно. С какого дня ты можешь приступить к этой работе, Сэм? У нас есть список мест для съемок? Господи, да ты на стольких ранчо побывала! Может, снимем то, на котором ты жила последние полгода?

— Я позвоню туда. Но нам нужны еще три. И наверное, — задумчиво протянула Саманта, покусывая кончик ручки, — наверное, лучше провести съемки в трех абсолютно разных местах. Пусть каждое ранчо отличается от остальных, имеет какое-то своеобразие. Нам совершенно не нужны повторения!

— И что ты предлагаешь?

— Можно поехать на северо-запад, потом на юго-запад, на средний запад, в Калифорнию... может, даже на Гавайи или в Аргентину.

— О Боже! Я так и знал! Ладно, проработай этот вопрос и включи в статью расходов. Нам придется это согласовать с заказчиками, но не думаю, что у нас возникнут проблемы. Но, пожалуйста, начинай подыскивать места для съемок прямо сейчас, не откладывая в долгий ящик. На это ведь тоже нужно время. И позвони своей подруге на ранчо. Так у нас уже будет хотя бы одна договоренность. При необходимости мы можем начать именно с этого ранчо.

Сэм кивнула. Она понимала, что организация этих съемок, как и множества предыдущих, целиком ляжет на ее плечи. Теперь, когда она вернулась, Харви начал поговаривать о своем уходе на пенсию, и Саманта знала, что поиски подходящих мест для съемок он поручит ей.

— На следующей неделе я могу вылететь туда и осмотреть несколько ранчо, Харви. Вас это устраивает?

— Да, вполне, — сказал Харви и ушел, по-прежнему широко улыбаясь, а Саманта и Чарли отправились каждый в свой кабинет.

У Саманты кабинет был белоснежным, в нем стояли хромированный стол со стеклянной крышкой, бежевый кожаный диван и кресла; литографии на стенах тоже были выдержаны в бежево-белых тонах. Кабинет Чарли больше напоминал мастерскую художника, в нем царил веселый, красочный беспорядок: там было нагромождение коробок и ящиков каких-то причудливых форм, много больших комнатных растений в кадках и всяких забавных эмблем. Это был типичный кабинет художественного директора: одна стена белая, другая желтая, две остальных темно-зеленые — цвета моха, а палас на полу — темно-коричневый. Чарли, конечно же, сам продумал интерьер своего кабинета. Ну а комната Сэм была обставлена согласно генеральному плану обустройства конторы, где все было выдержано в мягких песочных тонах, мебель современного дизайна, наоборот, была обита тканями холодных тонов, и все выглядело довольно бездушно. Однако работалось тут хорошо. Уйдя с головой в работу, Саманта вообще не обращала внимания на интерьер, а с клиентами либо встречалась в комнате для приема гостей, либо приглашала их в ресторан «Времена года».

Взглянув на часы, Саманта поняла, что звонить Кэролайн и интересоваться, нельзя ли приехать к ней для съемок рекламного ролика, не время. В Калифорнии был полдень, и Кэролайн наверняка уехала со двора вместе с Биллом и остальными. Однако, чтобы не терять времени, Сэм достала список ранчо, который она уже предварительно просмотрела утром, и принялась обзванивать некоторые из них. Саманта прекрасно знала, что она не может позвонить на ранчо, где у нее нет знакомых. Поэтому ей придется вылететь в какие-то районы, исколесить их на машине и, явившись на ранчо собственной персоной, попросить у хозяев разрешения провести съемки рекламного фильма. Обычно на поиски подходящих мест уходили недели, но Саманту это не останавливало, поскольку она твердо решила сделать такой рекламный фильм, равного которому еще не было. Она старалась не только для клиента, но и для себя. Ей очень важно было, чтобы все получилось прекрасно, важно было сделать нечто необыкновенное, значительное, броское и оказывающее сильное воздействие... а может быть, заодно удастся и разыскать Тейта?! Саманта не сбрасывала со счетов и эту возможность. Хотя проталкивала свою идею вовсе не из-за этого. Просто образ ковбоя, сидящего верхом на лошади, как нельзя лучше соответствовал рекламным задачам... Однако думая прежде всего о работе, Саманта лелеяла и тайную надежду на то, что, когда она будет ездить с ранчо на ранчо в поисках подходящих мест — а может, и когда вернется туда для проведения съемок, — ей посчастливится что-нибудь узнать про Тейта. Она не отказалась от мысли найти его, и теперь, связавшись с отделом командировок и попросив их заказать для нее билеты в Феникс, Альбукерке, Омаху и Денвер — все это на ближайшую неделю, — Саманта подумала, что заветная цель, может быть, уже близка.

— Вы будете подыскивать места для съемок? — поинтересовался собеседник.

— Да, — рассеянно откликнулась Сэм, с головой уйдя в чтение бумаг, лежавших на ее письменном столе. Она подготовила список мест, которые намеревалась осмотреть: предстояло объехать четыре больших района, и, разумеется, в списке было и ранчо тети Каро.

— По-моему, это увлекательное занятие.

— Еще бы! — В глазах Сэм заплясали озорные искорки.

Глава 21

На ранчо «Лорд» телефон зазвонил в шесть часов вечера. Сэм в купальном халате сидела у себя дома, в который раз обводя взглядом унылый, безжизненный интерьер своей комнаты. Дожидаясь, пока кто-нибудь снимет трубку, она решила непременно улучшить внешний вид своей квартиры... если, конечно, останется тут.

— Алло? — К телефону подошла Кэролайн, и Сэм заулыбалась.

— До чего же я рада слышать ваш голос!

— Сэм? — улыбнулась в ответ Кэролайн. — Как ты поживаешь?

— Прекрасно. Работаю над одним безумным проектом. Я, конечно, хочу узнать, как у вас дела, но еще вообще-то собираюсь попросить вас об одолжении... но если вам это не понравится, вы всегда можете отказаться.

— Ты сперва расскажи, как у тебя дела. Как ты себя чувствуешь, вернувшись домой?

Саманта заметила, что Кэролайн говорит устало, но списала это на утомление после долгого рабочего дня и принялась подробно описывать, сколько грязи было у нее в квартире, когда она туда вернулась, как она опять пришла на работу... Потом ее голос оживился: Сэм приступила к рассказу о рекламных роликах и о том, что на будущей неделе она собирается объезжать ранчо.

— А вы же понимаете, что это означает! — Голос Сэм зазвенел. — Это означает, что, может быть... вдруг... если мне повезет... — Она замялась, а потом отважилась сказать это только шепотом: — Вдруг мне удастся разыскать Тейта? Ведь я весь этот край должна исколесить вдоль и поперек.

— Ты поэтому все затеяла, Сэм? — Кэролайн расстроилась. Она хотела, чтобы Сэм позабыла про Тейта. Хотела для ее же блага.

— Нет. — Саманта немного умерила свое ликование, почувствовав тревогу в голосе Кэролайн. — Но я поэтому так взволнована. Ведь мне выпала великая возможность!

— Во всяком случае, в профессиональном плане — да. Если твои надежды оправдаются и ролики получатся действительно хорошими, это может иметь огромное значение для твоей карьеры.

— Да, я надеюсь и отчасти из-за этого и позвонила вам. Тетя Каро, вы не возражаете, если мы проведем съемки на вашем ранчо?

Это был простодушный, искренний вопрос, однако на другом конце провода воцарилось молчание.

— В других обстоятельствах, Сэм, я была бы только рада, — после паузы ответила Кэролайн. — Помимо всего прочего, я получила бы прекрасный повод с тобой повидаться. Но боюсь, что сейчас об этом не может быть и речи.

Голос Кэролайн звучал как-то странно. Сэм нахмурилась.

— Что-то не так, тетя Каро?

— Да. — Кэролайн всхлипнула, но быстро взяла себя в руки. — Ничего-ничего, я сейчас... Просто у Билла на прошлой неделе был сердечный приступ. Хотя серьезного ничего нет. Он уже вернулся из больницы, и врачи говорят, что особенно тревожиться не о чем, но... — Кэролайн вновь начали душить рыдания. — О, Сэм, если бы что-нибудь случилось... я не знаю, что бы я делала. Я не могу без него жить!

Они впервые столкнулись с подобной ситуацией, и Кэролайн страшно перепугалась, поняв, что может потерять Билла.

— Я не смогла бы жить, если бы с Биллом что-то стряслось. — Она тихо заплакала в трубку.

— Боже мой, но почему вы мне не позвонили? — Эта новость оглушила Саманту.

— Не знаю. Все произошло так быстро... Я была с ним в больнице, а потом, когда он вернулся домой, все время крутилась как белка в колесе. Он лежал в больнице всего неделю, и доктор говорит, что ничего страшного нет... — Кэролайн от волнения начала повторяться, и к глазам Сэм тоже подступили слезы.

— Может, я к вам приеду?

— Не говори глупостей.

— Да я серьезно! Мне здесь совершенно нечего делать. Они прекрасно прожили без меня всю зиму, обойдутся и сейчас. Тем более что я всю подготовительную работу уже сделала, им осталось только выбрать места для съемок и проследить за их ходом. Я могла бы прилететь к вам завтра, тетя Каро. Вы хотите, чтобы я приехала?

— Я всегда тебе рада, дорогая. — Пожилая женщина улыбнулась сквозь слезы. — Я же тебя очень люблю. Но ты зря беспокоишься, у нас все нормально. Ты бы лучше занималась своими съемками, а я буду ухаживать за Биллом, и он поправится. Но я не думаю, что приезд съемочной группы был бы...

— Конечно-конечно! Вы извините, что я к вам обратилась с такой просьбой. Но, с другой стороны, если бы я этого не сделала, то никогда бы не узнала про Билла. Как же вы могли мне не сообщить! Но, тетя Каро, вы действительно уверены, что справитесь сами?

— Совершенно уверена. Если мне понадобится твоя помощь, я тебе позвоню.

— Обещаете?

— Торжественно. — Кэролайн улыбнулась.

И тут Сэм тихонько спросила:

— Он у вас дома?

Она надеялась, что да, ведь так и тете Каро легче за ним ухаживать, и ему гораздо лучше.

Но Кэролайн вздохнула:

— Нет, конечно. Он такой упрямый, Сэм! Он остался в своем домике. И теперь мне приходится прокрадываться к нему по ночам.

— Но это нелепо! Неужели нельзя положить его в комнату для гостей? Черт побери, он же почти тридцать лет

213

служит у вас управляющим! Неужели его присутствие в вашем доме может кого-нибудь шокировать?

— Он так считает, а я не хочу его расстраивать, поэтому пусть будет так, как он хочет.

— Ох уж эти мне мужчины! — сердито фыркнула Сэм. Кэролайн рассмеялась:

— Я с тобой полностью согласна.

— Ладно, передавай ему от меня привет. Пусть не волнуется, а я позвоню через пару дней, чтобы узнать, как он. — И прежде чем повесить трубку, Саманта сказала: — Я люблю вас, тетя Каро.

— Я тебя тоже люблю, дорогая Сэм.

Теперь их, кроме всего прочего, связывала общая тайна: они обе любили ковбоев и обе пострадали от глупых правил этикета, соблюдавшегося во взаимоотношениях хозяев ранчо и их работников. После того как Кэролайн чуть не потеряла своего любимого Билла, она смогла наконец постичь всю глубину страданий Саманты.

Глава 22

За десять дней Сэм успела слетать на средний запад, на юго-запад и вернуться на север страны. И только настойчивые уверения Кэролайн, что Билл чувствует себя гораздо лучше, удержали ее от поездки в Калифорнию. Приезжая куда-то, Саманта брала напрокат машину, ночевала в маленьких мотелях, проезжала за день сотни миль и вела переговоры с хозяевами ранчо, со всеми подряд. А еще — уже в личных целях — опрашивала ковбоев, работавших на этих ранчо. Что касается задач рекламного агентства «Крейн, Харпер и Лауб», через десять дней они были выполнены: Саманта выбрала четыре великолепных ранчо, каждое из которых было совершенно непохоже на другие, но при этом все располагались в очень живописной местности. На таком фоне можно было снять сногсшибательный рекламный ролик! Однако в своих личных делах Сэм неизменно терпела неудачу. Поэтому, когда она возвращалась в Нью-Йорк, к чувству торжества и гордости за отлично выполненную работу примешивалось и горькое сожаление из-за того, что она не смогла найти Тейта. Сэм каждый вечер звонила из гостиниц, где она останавливалась, Кэролайн: справлялась о здоровье Билла, а потом принималась рассказывать, с кем она переговорила за день, что ей сказали... И опять терялась в догадках, не зная, что же все-таки случилось с Тейтом, куда он уехал, в каком направлении. За три месяца после его исчезновения она успела переговорить со столькими людьми, что наверняка, если бы кто-то его обнаружил: мельком увидел, пообщался или нанял на работу, — ей сообщили бы. На всех ранчо Саманта оставляла свою визитную карточку, и, конечно, это хоть где-то аукнулось бы. Может, Тейт решил по пути навестить родственников? Однако Кэролайн упорно твердила, что он может оказаться где угодно, на любом ранчо, и вполне вероятно, Сэм вообще его никогда больше не встретит. Кэролайн считала, что Саманте нужно посмотреть фактам в лицо. Для ее же собственного блага!

— Нет, я никогда не сдамся! — упрямо пробормотала Сэм в предыдущем вечернем разговоре.

— Хорошо, но ты не можешь ждать его всю оставшуюся жизнь!

Сэм подумала: «А почему?» Но вслух этого говорить не стала, и беседа перешла в другое русло, вновь вернувшись к здоровью Билла. Кэролайн уверяла, что он чувствует себя значительно лучше, однако пока еще слаб.

Когда самолет приземлился в Нью-Йорке, Сэм опять вспомнила про Билла и, разумеется, про Тейта. Она прекрасно понимала, что в ближайший месяц будет думать о нем ежедневно, ежеминутно, поскольку ей придется выбирать актера на роль ковбоя в рекламном фильме. С заказчиком уже договорились, что ковбоев должно быть не четверо, а один. Этот мужчина будет олицетворять собой силу, мужественность, добродушие, искренность и обаяние, присущие мужчинам Америки. Сэм мечтала о том, чтобы найти человека, похожего на Тейта, на него — и ни на кого другого.

Несколько недель подряд на собеседовании с актерами, которых ей присылали крупнейшие агентства фото- и киномоделей, она всех сравнивала с Тейтом. Ей хотелось найти высокого, широкоплечего мужчину лет сорока с низким приятным голосом, доброго, с красивыми глазами и сильными руками... такого, чтобы умел хорошо держаться в седле... Короче говоря, на самом деле ей нужен был именно Тейт. Казалось, всякий раз, когда секретарша объявляла о приходе очередной группы актеров, Сэм надеялась увидеть Тейта. Однако вместо него видела ослепительных блондинов с широкими плечами, высоких темных красавцев, бывших футбольных игроков и даже одного бывшего хоккейного вратаря, мужчин, чьи лица прорезали морщины, мужчин с глубоко посаженными глазами и волевыми подбородками... Но большинство из них были какими-то манекенами, у некоторых Саманте не нравился голос, других она находила чересчур смазливыми, один вообще больше походил на балетного танцора, а не на ковбоя. В конце концов в результате четырехнедельных поисков Сэм, слава Богу, подобрала кандидата на роль. До съемок оставалось две недели — они были назначены на пятнадцатое июля.

Человек, отобранный на роль, оказался англичанином, однако его американское произношение было настолько безупречным, что никто никогда не догадался бы, откуда он родом. Он четыре года проработал в шекспировском театре в Стратфорде-на-Эйвоне, а теперь уже два года жил в Нью-Йорке и снимался в рекламных фильмах, устав от слишком серьезных ролей, за которые платили слишком маленькие деньги. В Нью-Йорке этот человек рекламировал безалкогольные напитки, мужское нижнее белье и различные инструменты; американские фирмы платили ему за это приличные гонорары. Плечи у него были шириной во всю комнату, лицо красивое, но не слишком слащавое, глаза синие, волосы темно-каштановые с рыжеватым отливом. Он идеально подходил на роль, любой американский мужчина захотел бы отождествить себя с ним, а жены американцев принялись бы мечтать о разрекламированных машинах, подспудно надеясь увидеть за рулем ковбоя из этого фильма. Именно такой человек им был нужен... Правда, существовал один минус — новый американский киногерой явно был «голубым», о чем позабавленная Саманта не преминула сообщить Чарли.

— Он что, похож на «голубого»? — встревожился тот.

— Нет, конечно! Он же актер. Нет, он выглядит великолепно.

— Ты смотри не влюбись в него!

— Хорошо, постараюсь.

Однако, по правде сказать, актер ей нравился. Его звали Генри Джонс-Адамс, и если со всем прочим дело обстояло проблематично, то путешествовать в его обществе было сплошным удовольствием. Генри был очень начитан, чертовски вежлив, культурен и, похоже, вдобавок обладал прекрасным чувством юмора. Снимая предыдущие фильмы, Саманта была вынуждена терпеть эгоцентриков, не замечавших никого вокруг и не признававших никакой дисциплины, и теперь вздохнула с огромным облегчением.

— Ты тоже поедешь с нами, Чарли?

— Не знаю, Сэм. Очень уж мне неохота оставлять Мелли. Если она к тому времени разродится, тогда другое дело. А если нет, я, пожалуй, пошлю двух моих ассистентов. Ты справишься без меня?

— Если приспичит, то справлюсь, — ответила Саманта и, ласково улыбнувшись, поинтересовалась: — Как она себя чувствует?

— Толстая, измученная, закормленная, вредная. Но я все равно ее люблю. Да и потом, скоро все будет позади. Малыш должен родиться в конце будущей недели.

— Как вы его назовете? — Саманта не прекратила поддразнивать Чарли, уверяя его, что опять родится мальчик.

— Ее. Вот увидишь! А как назовем, я тебе не скажу. На сей раз это будет сюрпризом.

— Ну ладно, скажи, Чарли! Если родится девочка, ты назовешь ее Шарлотта?

Саманта обожала дразнить приятеля. В ответ он покачал головой, шутливо ущипнул ее и убежал.

На самом деле Мелли родила в ближайший уик-энд, на неделю раньше, чем ожидалось, и на сей раз и вправду девочку. А сюрприз состоял в том, что ее назвали Самантой. Во вторник, после выходных, пришедшихся на празднование 4 июля, Чарли сообщил Сэм об этом, и в ее глазах появились слезы.

— Ты серьезно?

— Ну да! Хочешь на нее посмотреть?

— Ты не шутишь? С удовольствием! А Мелли не слишком сейчас слаба?

— Нет, конечно! В четвертый раз это все проходит куда легче. Страшно сказать, но даже из родильной палаты ее не выкатывали на каталке, а она вышла сама! Я чуть с ума не сошел от беспокойства, но врач сказал, все о'кей.

— Ой, у меня при одном только рассказе об этом мурашки по коже забегали. — Как все нерожавшие женщины, Саманта с трепетом относилась к этому, для нее в родах была какая-то мистика.

В обеденный перерыв Сэм и Чарли поехали в роддом. У сияющей Мелли в розовом халате с кружавчиками и в розовых атласных шлепанцах был счастливый, здоровый вид, а на ее руках угнездилась крошечная бело-розовая малютка. Сэм долго не произносила ни слова. Она молча уставилась на маленький сверточек, не сводя глаз с лица девочки.

— Какая она красивая, Мелли! — благоговейно прошептала наконец Сэм, и стоявший позади нее Чарли довольно хохотнул.

218

— Да, но мы назвали бы ее Самантой, даже если б она не блистала красотой.

Сэм обернулась и сделала грозное лицо. Впрочем, замечание Чарли хотя и снизило торжественность момента, но не отвлекло Саманту от грустных мыслей: ее внезапно охватила тоска по тому, чего она была лишена навсегда, — по великому чуду произвести на свет свое дитя. В последнее время ее редко посещали подобные мысли, но сейчас, когда Сэм глядела на новорожденную девочку, ее сердце заныло снова.

— Хочешь ее подержать? — Мелинда никогда еще не выглядела столь очаровательной.

Казалось, из самой глубины ее души исходит спокойное сияние, обволакивающее драгоценную ношу — малютку, покоившуюся в надежных материнских объятиях.

— Нет-нет. — Сэм покачала головой и присела на край кровати, по-прежнему не сводя глаз с младенца. — Я боюсь ей что-нибудь сломать.

— Ты что! Дети гораздо крепче, чем это кажется. — Матери всегда так говорят. — Ну же... попробуй!

И Мелинда без предупреждения сунула Саманте в руки малышку, которая потянулась, а потом снова свернулась калачиком, и по ее лицу промелькнула улыбка. Малютка крепко спала. Саманта, замирая от нежности, чувствовала тепло ее тельца.

— Какая крошечная!

— Вовсе нет! — засмеялась Мелли. — Она весит восемь с половиной фунтов!

Однако уже через минуту новорожденная Саманта ощутила прилив голода и с криком проснулась, требуя маму. Сэм-старшая отдала ее Мелинде и поспешила вместе с Чарли на работу, в который раз осознав, сколь многого она в жизни лишена. В такие мгновения бесплодие страшно ее угнетало — наверное, такую же тяжесть она ощущала бы, окажись в ее желудке огромный камень.

Остановившись на пороге своего кабинета, Сэм вдруг о чем-то вспомнила и окликнула Чарли:

— Слушай, значит, ты поедешь со мной?

Он кивнул, улыбнувшись:

— Мне все равно пришлось бы это сделать.

— Почему? — удивилась Саманта.

— Должен же я защитить нашего ковбоя, а то ты его чего доброго изнасилуешь!

— Сомневаюсь, что мне это удалось бы, — усмехнулась Саманта, входя в кабинет.

На душе у нее стало чуть полегче, однако тоска, охватившая ее при виде маленького ребенка, в тот день так до конца и не прошла.

Глава 23

— Все готовы? — Чарли, широко улыбаясь, посмотрел на свою команду, потом слегка поклонился провожающим и взмахнул рукой, призывая начать посадку в самолет.

Они летели в Аризону обычным самолетом, но группа оказалась столь многочисленной, что создавалось впечатление, будто все места в первом классе принадлежат им. В состав группы входило семь человек из кинокомпании, а также Сэм, Чарли, два их ассистента, Генри Джонс-Адамс, английский актер, и его друг. Ну и еще горы чемоданов и оборудования, множество ящиков и коробок. Генри и его приятель взяли с собой собачку, белого карликового пуделя по кличке Джорджи, и Саманта молила Бога, чтобы пудель не бросился под ноги лошадям. В противном случае для пуделя все будет кончено... да и съемки скорее всего придется прервать.

Кроме того, в Аризоне их должны были встретить гример и парикмахер, работавшие в Лос-Анджелесе; им предстояло сопровождать группу до конца съемок.

— Как ты думаешь, они ничего из наших вещей не забыли? — нервно прошептал приятель Генри, обращаясь к Саманте.

Она ответила, что беспокоиться совершенно не о чем.

— Но у нас столько багажа! — не успокаивался он.

— Да тут к этому привыкли. Тем более, — Сэм ободряюще улыбнулась, — что мы летим первым классом.

Как будто это имело какое-то значение! Как будто это гарантировало, что в полете не потеряют его шикарный чемодан, купленный в магазине «Вуиттон», сумки из «Самсонита», принадлежащие другим членам съемочной группы, или оборудование, стоившее кучу денег. Сэм в очередной раз осознала, что ей придется изрядно попотеть в этой поездке. Она продумала концепцию фильма, практически самостоятельно написала весь текст, нашла съемочные площадки, подобрала актера на главную роль, произвела отбор остальных людей, решила, в какую кинокомпанию стоит обратиться, утрясла с ними финансовые вопросы, и вот теперь в ближайшие две недели, за которые они побывают в четырех разных местах, ей предстоит ободрять всех членов съемочной группы, говорить, что скоро обед, совсем скоро, вот только еще пару дублей отснимем — и все, а погода завтра будет попрохладнее, и кондиционер в гостинице к полудню починят, и еда на новом месте, в новом городе, наверное, будет получше... Присутствие нервного бой-френда «голубого» Генри и их французского пуделя не сулило никакого облегчения. Но, с другой стороны, Генри Джонс-Адамс оказался на поверку человеком уравновешенным, забавным собеседником и вообще хорошим парнем, поэтому Сэм надеялась, что он будет призывать своего любовника и их общего любимца-пуделя к порядку. Сексуальные пристрастия Генри были Саманте безразличны, но ее несколько раздосадовало, что он хочет взять с собой эту небольшую свиту. Однако Генри упорно настаивал на своем, а агентство так в нем было заинтересовано, что даже в том случае, если бы Генри вздумалось отправиться на съемки со своей матерью и не с одним, а с четырнадцатью дружками, ему не отказали бы.

Спиртное, предложенное стюардессой, успокоило нервы и придало всем бодрости. Чарли был в ударе, веселил всю компанию, и через полчаса после отлета из Таксона они расслабились. Работы на тот день запланировано не было. Саманте и ее коллегам предстояло проехать в трех взятых напрокат фургонах, погрузив в них все оборудование, сто пятьдесят миль до места назначения, а потом плотно поесть и как следует выспаться, чтобы на следующий день, приступив к съемкам, все были как огурчики. Вот когда ей пригодится приобретенная на ранчо привычка вставать ни свет ни заря! Ведь во время съемок, наверное, она будет подниматься в половине пятого. А по вечерам Сэм собиралась еще час-другой тратить на свои личные дела. Она уже составила список людей, с которыми ей хотелось поговорить, и решила после каждого рабочего дня немного задерживаться на ранчо, чтобы поболтать с ковбоями. Вдруг кто-нибудь где-нибудь работал вместе с Тейтом? Вдруг она получит хоть малюсенькую зацепку: адрес родственника, старого хозяина Тейта или человека, который знает, где сейчас Тейт? Сэм считала, что стоит попытаться. Да что угодно стоит предпринять, главное — не сидеть сложа руки! Когда самолет пошел на посадку, Саманта тихонько улыбнулась, лелея в сердце надежду. Кто знает? Может быть, в один прекрасный день она зайдет на ранчо, увидит высокого, красивого ковбоя, прислонившегося к столбу забора... И на сей раз это будет не какой-нибудь там незнакомец, это будет Тейт, зеленоглазый Тейт... И он ласково улыбнется ей губами, которые она так любила целовать... Тейт...

— Ты что, Сэм? — Чарли похлопал ее по плечу.

Саманта вздрогнула от удивления, обернулась и заметила, что он смотрит на нее как-то странно.

— А? Что? — Она еще не до конца пришла в себя.

— Да я к тебе уже десять минут обращаюсь!

— Очень мило.

222

— Я хотел узнать, кого ты хочешь посадить за руль двух других машин.

Саманта поспешно включилась в работу и принялась отдавать распоряжения, однако ее мысли по-прежнему были далеко: во время посадки, глядя на горизонт, она втайне надеялась, что, может быть, завтра или послезавтра ей удастся найти Тейта...

«Тейт, ты там?» — хотелось шепотом спросить Саманте, но она понимала, что ответа не последует.

Узнать, где он, можно, только продолжая поиски. И именно поэтому она сюда явилась!

Саманта и ее коллеги одними из первых вышли из самолета, и Сэм быстро все устроила: взяла напрокат машины, назначила трех человек водителями, обеспечила их картой местности, закупила в дорогу несколько коробок с сандвичами и дала каждой из трех групп по чеку для оплаты мотеля — на тот случай, если машины приедут туда по отдельности. Как обычно, Сэм продумала все до мелочей.

В фургоне, за рулем которого сидела Саманта, ехали Чарли, парикмахерша, гримерша, артист, его дружок, пудель и весь их багаж. Оборудование, другие члены съемочной группы и ассистенты Саманты и Чарли разместились в двух других машинах.

— Всем удобно? — спросил Чарли, оглядываясь на сидящих сзади пассажиров, и протянул им банки с холодным фруктовым соком.

В Аризоне было жарче, чем в адском пекле, и все облегченно вздохнули, усевшись в машину, оборудованную воздушным кондиционером. Генри рассказывал забавные истории о своих гастролях по Англии, его приятель смешил их, описывая, что было, когда в Дубуке обнаружили, что он «голубой», парикмахерша и гримерша наперебой говорили о своей недавней поездке в Лос-Анджелес, где они причесывали и гримировали известную рок-звезду, так что до приезда в отель все шло гладко и мило. В гостинице, как и следовало ожидать, разразилась первая буря. Хозяин не пускал в гостиницу собак, с презрением отнесся к дружку Генри, с ужасом воззрился на огненно-рыжие волосы парикмахерши и на ее коротко подстриженную голубовато-розоватую челку и разбранил на чем свет стоит «эти страшенные бурые чемоданы». Дружок Генри принялся чуть ли не целовать свой любимый чемоданчик и пригрозил, что останется спать в машине, но не бросит песика одного. Чек на сто долларов — этой сумме предстояло пополнить статью расходов, обозначенную как «чаевые и проч. издержки», — помог Джорджи проникнуть в виниловое великолепие отеля, где все было выдержано в слащавых бирюзовых тонах.

— Ну и видок у тебя, Сэм! Ты как загнанная лошадь.

Растянувшись на диване в ее номере, Чарли наблюдал, как Саманта сосредоточенно изучает кипу бумаг. Она подняла на него глаза, усмехнулась и бросила в него бумажный шарик, который угодил Чарли в левое ухо.

— Все шутим, да? Действительно, с чего бы это мне утомиться? Я ведь просто тащусь через всю страну в компании разных чудиков и с французским пуделем в придачу. Разве от этого можно устать, Чарли?

— Я, например, не устал, — заявил Чарли.

Сэм скорчила гримасу.

— Ничего удивительного. Ты же никогда не работаешь.

— Это не по моей вине. Я художественный руководитель, и моя задача — обеспечить высокохудожественность фильма. Я не виноват, что ты такая честолюбивая и мечтаешь стать творческим директором.

Чарли сказал это в шутку, но Сэм вдруг посерьезнела и, отложив бумаги, пересела на кровать.

— Ты правда так думаешь? Ты думаешь, я хочу стать творческим директором?

— Нет, моя птичка. — Чарли ласково улыбнулся Саманте. — Я не думаю, что ты этого хочешь. Но ты это получишь. Ты работать здорова, черт побери. И хотя мне ужасно неохота это признавать, порой бываешь просто великолепна. И Харви это знает, и клиенты, и я, и вообще все в конторе, так что рано или поздно ты своего добьешься. Или тебя переманят в другое агентство, соблазнив высокими заработками, или Харви выполнит свою угрозу и уйдет-таки на пенсию, и ты станешь творческим директором.

Творческий директор... Одна лишь мысль об этом внушала Саманте трепет.

— Я не думаю, что мне этого действительно хочется. Нет, больше не хочется.

— Тогда тебе нужно что-то делать. А то дождешься, что на тебя это свалится, и отказаться будет уже поздно, — посоветовал Чарли и, немного подумав, спросил: — А чего ты хочешь, Сэм?

Саманта посмотрела на него долгим взглядом и тихонько вздохнула:

— О, Чарли, это длинная история.

— Я так и предполагал. — Он глядел на Сэм настойчиво, не отводя глаз. — Там, в Калифорнии, у тебя кто-то был, да? На ранчо?

Саманта кивнула.

— Ну и что случилось?

— Он меня бросил.

— О черт!

Надо же, вслед за Джоном... Неудивительно, что она была такой скованной и несчастной, когда вернулась домой.

— Вы расстались навсегда?

— Не знаю. Я до сих пор его разыскиваю.

— Так ты даже не знаешь, где он?

Сэм покачала головой, и Чарли погрустнел.

— И что ты собираешься делать?

— Продолжать поиски, — со спокойной решимостью ответила Саманта, и Чарли одобрительно закивал.

— Умница. А знаешь, ты сильный человек, Сэм.

— Не знаю, дорогой. — Саманта улыбнулась и снова вздохнула. — Подчас я в этом сомневаюсь.

— Нечего сомневаться. — Чарли посмотрел на Саманту с затаенной гордостью. — Я лично не представляю себе, с чем ты бы не смогла справиться. Помни об этом, детка, если вдруг твои дела будут совсем плохи.

— А ты мне тогда сам напомни.

— Хорошо.

Они обменялись теплыми улыбками, и Сэм порадовалась тому, что Чарли поехал с ней.

Он был ее лучшим другом, скрашивал своими шутками и болтовней дорогу, а главное, был добрым и умным человеком, хотя и строил из себя шута. Саманте было приятно, что Чарли и Харви ее ценят. Вернувшись после долгого отсутствия, она почувствовала, что ей придется снова завоевывать их уважение, на деле доказывать не только свою профессиональную пригодность, но и качества, которые ценны в дружбе. И теперь, спустя короткое время, Саманта знала, что вернула себе их уважение и любовь. А это для нее ой как много значило!.. Она поднялась с кровати и, подойдя к Чарли, поцеловала его в щеку.

— Ты мне в последнее время что-то не рассказываешь о моей тезке.

— О, малышка великолепна. Уже сама чистит зубы, отбивает чечетку, стирает.

— Ой, да замолчи, дурачок! Я серьезно спрашиваю. Как она?

— Просто прелесть. Девочки совсем не похожи на мальчиков.

— Ты удивительно наблюдателен, дорогой. Кстати, ты еще не проголодался? Я, например, умираю с голоду. Наверное, надо собрать наших милых овечек в волчьей шкуре и погнать в соседнюю забегаловку, где продают тако*. А то они поднимут вой и начнут скалить зубы.

— Ты серьезно собираешься кормить их *этим*? Тако? — Чарли был шокирован. — Я не уверен, что наш маленький мистер Вуиттон придет в восторг. Не говоря уже о пуделе.

— Не издевайся надо мной. Между прочим, в этом городишке вообще, наверное, ничего не готовят, кроме тако.

---

* Кукурузные лепешки с мясом, мексиканское блюдо.

— Великолепно.

Но в результате они прекрасно провели время: ели тако, пили пиво и шутили, причем шутки эти постепенно, по мере того как всех охватывали усталость и истома, становились более и более скабрезными. Наконец компания вернулась в отель и отправилась на боковую. На прощание Чарли помахал рукой Саманте, пожелал ей спокойной ночи и скрылся в своей комнате, а она еще полчаса посидела над бумагами, составляя план на следующий день, а затем зевнула и выключила свет.

Глава 24

Наутро они собрались все вместе за завтраком в шесть часов. Но лишь в половине восьмого выехали на ранчо. Восход солнца сегодня снимать не собирались, однако намеревались целый день посвятить съемкам натуры и попробовать снять закат. Тем не менее намеченные планы сорвались, потому что оборудование было готово только к полудню, и группа принялась снимать Генри Джонса-Адамса верхом на красивой вороной кобыле, при виде которой Саманта затосковала по прекрасному коню Кэролайн. Конечно, этой лошади было далеко до Черного Красавчика, но все равно в фильме она должна была смотреться великолепно. Она грациозно скакала по холмам взад и вперед, а операторы снимали дубль за дублем, однако лошадь оказалась еще спокойнее своего седока, и к концу дня группа хоть и устала, но никаких дрязг не возникло. Работать с такой группой было приятно, и Саманта осталась довольна. Она подошла к управляющему и поблагодарила его за то, что он разрешил провести съемки на ранчо. До этого Саманта уже успела послать жене хозяина ранчо цветы, а сам хозяин в добавление к плате, оговоренной за каждый съемочный день, получил от нее в подарок ящик бурбона. А теперь Саманта подарила несколько бутылок и управляющему, который сразу пришел в хорошее расположение духа и принялся с ней любезничать. Еще большее впечатление на него произвело то, что Саманта почти год проработала на ранчо в Калифорнии. Они немного поговорили о том, как на ранчо идут дела, о лошадях и коровах, и Сэм почувствовала себя почти дома. Вскоре она невзначай упомянула в беседе про Тейта Джордана, поинтересовалась, не встречал ли управляющий такого, и, объяснив, что хотела бы предложить ему сниматься в рекламном фильме, попросила сообщить ей, если управляющий что-нибудь услышит о Тейте. Сэм сказала, что Тейт — прекрасный человек, которого она очень уважает. Щадя чувства Тейта, не желавшего, чтобы работники ранчо знали о ее отношениях с ним, Сэм не стала посвящать управляющего в курс дела. Управляющий взял ее визитную карточку и заверил, что счастлив будет сообщить, если вдруг повстречается с Тейтом. Заручившись таким обещанием, Сэм вернулась к остальным, села за руль битком набитого фургона и повела его в гостиницу.

Останавливаясь для съемок, Сэм использовала любую возможность, чтобы навести справки о Тейте. Съемки шли великолепно. Коллеги Сэм понимали, что более красивой натуры не найти, и съемки проходили без сучка без задоринки. Все воспряли духом, сдружились, повеселели, были готовы работать до изнеможения под палящим солнцем и жаловались очень редко. Группе даже удалось снять два великолепных восхода и несколько красочных закатов солнца. Только Сэм к последнему дню съемок еле волочила ноги. Они проводились в штате Колорадо, на ранчо в Стимбоут-Спрингсе, и Сэм уже успела побеседовать с управляющим и несколькими ковбоями, которые пришли поглазеть на съемки. Сэм уже понимала, что если ей и суждено разыскать Тейта, то это случится когда-нибудь в другой раз, ибо на следующий день они отправлялись домой. Итак, ее надежды вновь рухнули! Придется возвращаться в Нью-Йорк и ждать, пока опять представится возможность поехать на ранчо. И может быть... может быть, в один прекрасный день она все-таки найдет Тейта! Может быть... Если, конечно...

Сэм на мгновение задержалась, чтобы полюбоваться на горы, и вдруг услышала, как какой-то ковбой говорит другому, что она работала в Калифорнии на ранчо Кэролайн Лорд. Они знали это место, и второй ковбой смерил Саманту оценивающим взглядом.

— Правда?

Она кивнула.

— Я понял, что вы разбираетесь в лошадях, но не подозревал, что настолько. Сегодня утром я видел, как вы ездили верхом. У вас хорошая посадка, хорошая хватка.

— Спасибо. — Сэм улыбнулась, однако в глаза ее прокралась печаль. Она ощутила страшную усталость, была сейчас как выжатый лимон, и мужчина недоумевал, почему она вдруг сникла.

— Вы видели нашего нового коня? — спросил он, жуя табак. — Его купили на прошлой неделе. Он там, в дальней конюшне.

— На него можно взглянуть? — Сэм спросила скорее из вежливости, на самом деле у нее не было особого желания любоваться конем.

Ей хотелось поскорее вернуться в маленький мотель, где они остановились, уложить вещи и приготовиться к отъезду домой, который был запланирован на следующий день. Больше здесь задерживаться было незачем. Съемки закончились, Тейта она не нашла... Однако все же поперлась за старым ковбоем, стараясь придать своему лицу заинтересованное выражение. И не пожалела о том, что согласилась пойти! Никогда еще она не видела такого большого коня; он был серый, с черной гривой, черным хвостом и белым продолговатым пятном на лбу, которое придавало его глазам диковатое выражение, особенно это впечатление усиливалось, когда он бил копытом о землю.

— Боже, какой красавец! — ахнула Саманта.

— Правда? — Ковбой был явно доволен. — Да, но ездить на нем — дело нелегкое. Он вчера всех седоков сбросил, кого один раз, а кого и два. — Ковбой ухмыльнулся. — Даже я в седле не удержался.

Сэм улыбнулась.

— Мне тоже приходилось вылетать из седла. Но этот красавец того стоит. — Она погладила жеребца по шее, и он заржал: казалось, ему понравилось ее прикосновение и он просил еще ласки.

Это было такое могучее, великолепное животное, что его вид вызывал чуть ли не чувственное наслаждение. Сэм рассказала ковбою про Черного Красавчика, про то, как она на нем каталась и как это было здорово.

— Он был чистокровный жеребец, да?

Сэм кивнула.

— По-моему, Серый Дьявол ничуть не хуже. Он мчится, как настоящая скаковая лошадь, вот для работы на ранчо он слишком резвый. Не знаю, но, по-моему, мистер Аткинс в конце концов будет вынужден его продать. Жалко, конечно. Конь-то отличный! — И неожиданно предложил, как бы желая сделать Саманте подарок на прощание: — Хотите на нем прокатиться, мисс? Предупреждаю, вы можете с него слететь, но по тому, как вы сегодня управлялись с другой лошадью, я думаю, вы и с ним в состоянии совладать.

Утром, на рассвете, Сэм скакала рядом с Генри — чуть поодаль, чтобы не попасть в камеру, — и всеми силами старалась его расшевелить и даже разозлить, чтобы он хоть немного утратил благодушие и пришпорил лошадь: ей хотелось, чтобы он мчался гораздо быстрее. Соответственно и Саманта пришпоривала лошадь, чтобы не отставать от Генри, однако ей это удавалось без труда. Она была прекрасной наездницей, и от наблюдавших за ней мужчин не укрылись четкость и ловкость движений Сэм. Они говорили о ней за ленчем, и один из ковбоев сравнил Саманту с маленькой белогривой лошадкой. Так что сейчас ковбой с удовольствием предложил ей покататься на Сером Дьяволе, который выжидающе глядел на Саманту с таким видом, словно был создан именно для нее и ни для кого другого.

— Вы серьезно? — Сэм была потрясена и польщена его предложением, понимая, что это и признание ее мастерства, и одновременно широкий жест. — Неужели я действительно могу на нем прокатиться?

Сэм знала, что возможность покататься верхом предоставится ей в следующий раз не скоро... Она уезжала в Нью-Йорк и в ближайшем будущем никаких поездок на ранчо не планировала. В ближайшем будущем ее ждет лишь напряженная работа в конторе, за письменным столом.

— Я с удовольствием!

— Вот и отлично. Сейчас принесу его седло, — сказал ковбой и через пару минут уже оседлал коня для Саманты, действовал он при этом очень осторожно, чтобы конь его не лягнул.

Этот жеребец был еще более норовистый, чем Черный Красавчик, кровь в его жилах прямо-таки бурлила, Серому Дьяволу не терпелось вырваться на свободу.

— Он застоялся на месте, так что вы с ним будьте поосторожнее, мисс... — Ковбой замялся, не зная ее имени.

— Сэм. — Она непринужденно улыбнулась, и ей вдруг захотелось поскорее сесть верхом на огромного серого коня.

Он был даже крупнее Черного Красавчика, и Сэм показалось, будто Тейт стоит рядом и ругает ее, крича, что она должна ездить на лошадях типа Леди и Рыжика, а к черному жеребцу Каро и близко подходить нечего. Саманта усмехнулась. Черт побери, Тейт ее бросил, и теперь она может ездить на ком захочет. Едва она об этом подумала, как ее вновь пронзила острая боль утраты... Сэм с помощью старого ковбоя села в седло и туго натянула вожжи. Рослый серый конь заплясал на месте. Однако Саманта сумела его обуздать, и обе попытки Серого Дьявола сбросить ее на землю окончились неудачей к восторгу старого ковбоя.

Сэм медленно выехала из большой конюшни и направилась к загону для скота. К тому времени ее уже заметили несколько мужчин; сначала они наблюдали за ней с интересом, но молча, а потом, видя, что она справляется с гарцующей лошадью, разразились ободряющими криками. Тут заинтересовались и все остальные; оказавшиеся поблизости люди оторвались от своих занятий и принялись следить за Самантой, которая проехала на Сером Дьяволе по двору, мимо съемочной группы, мимо Чарли и Генри, его дружка и пуделя... Затем страсть к лошадям и красота пейзажа захватили Саманту, и она, позабыв про всех, поскакала вперед. Сэм лишь несколько минут ехала рысью, после чего наконец дала жеребцу волю, и он помчался галопом, почти взлетая в воздух, с силой ударяясь копытами о землю. Скача на Сером Дьяволе, Сэм улыбалась; ветер бил ей в лицо, а сердце гулко стучало в груди. Езда на этом коне напоминала битву... битву с сильным, умным животным. Противопоставить этому Сэм могла только свои способности и навыки. Однако наездница оказалась под стать коню, он несколько раз пытался ее сбросить, но безрезультатно, и, почувствовав, как в ее груди вскипают раздражение, тоска и злость из-за того, что ей так и не удалось разыскать Тейта, Саманта погнала Серого Дьявола вперед, заставляя скакать все быстрее и быстрее. Она хотела, если возможно, победить Серого Дьявола его же оружием.

Тут толпа, наблюдавшая за Сэм, притихла. До этого момента все любовались прекрасным зрелищем, которое являла собой ловкая наездница: развевающиеся за спиной Саманты золотистые волосы резко контрастировали с черной гривой и хвостом летящего по траве Серого Дьявола. Сэм и гигантский конь словно слились воедино, все их движения были слаженными. Однако теперь какой-то ковбой даже перепрыгнул через забор и бросился вслед за Сэм, пытаясь остановить ее; другие мужчины смотрели на происходящее затаив дыхание, а управляющий закричал, как будто она могла его услышать. Но было поздно! На краю луга находилась речушка, которую издали не было видно. Если Саманта успеет ее заметить, то без труда перемахнет — речушка была узкой, — а если не успеет, то очутится в быстрой, глубокой воде. Все понимали, что, если конь оступится, Сэм упадет на камни. Управляющий побежал к ней, дико размахивая руками. Увидев это, Чарли тоже кинулся к Саманте. Казалось, они оба предчувствовали, что произойдет, но спохватились слишком поздно. Конь раньше Саманты разглядел речушку и, доскакав до ее берега, остановился как вкопанный. Саманта этого не ожидала и взлетела в воздух. В этом полете была какая-то дикая, страшная грация; волосы Сэм развевались, напоминая веер, руки были раскинуты в стороны... Потом она исчезла.

Чарли бросился к машине, повернул ключ зажигания, включил передачу и рванулся вперед, не разбирая дороги — ему было наплевать, что он может кого-то задавить. Добежать до Саманты он не успел бы — она была слишком далеко. Машина бешено загудела: Чарли подзывал к себе управляющего. Тот запрыгнул в машину, послышался визг шин, заскрежетавших по гравию, и фургон понесся по траве, подпрыгивая на кочках так, что шофер и пассажир набили себе уйму шишек. Чарли всю дорогу молился, и у него что-то жутко булькало в горле.

— Что там впереди? — спросил он управляющего, пристально глядя вперед.

Скорость машины уже достигла шестидесяти километров в час, а ведь Серый Дьявол только-только умчался со двора!

— Небольшое ущелье и речка, — откликнулся управляющий, тоже напряженно смотря вперед.

Они до сих пор ничего не видели... Но уже в следующее мгновение управляющий крикнул:

— Стоп!

Чарли повиновался, и управляющий побежал по пологому склону, поросшему травой, он мчался туда, где стоял Серый Дьявол. Сначала они ничего не увидели, а потом

233

Чарли вдруг заметил Саманту... Ее белая рубашка была разорвана в клочья, грудь, лицо и руки изуродованы почти до неузнаваемости... Сэм, переломавшая себе чуть ли не все кости, лежала на земле, истекая кровью, и не шевелилась!

— О Господи... Господи! — воскликнул Чарли, бросаясь к ней, но управляющий опередил его: опустившись на колени возле Саманты, он осторожно приложил два пальца к ее шее.

— Она еще жива. Быстро садитесь в машину, возвращайтесь домой и позвоните шерифу. Пусть сейчас же пришлет сюда вертолет! А если сможет, то и доктора или хотя бы медсестру.

Городок Стимбоут-Спрингс не мог похвастаться большим количеством врачей-травматологов. У Сэм же, судя по позе, в которой она лежала, были множественные переломы костей и, может быть, даже перелом шеи или позвоночника.

— Идите! Ну идите же! — завопил управляющий на Чарли, который утер лицо рукавом и побежал к машине, оставленной чуть поодаль. Развернув фургон, Чарли изо всех сил нажал на педаль газа. В его голове лихорадочно мельтешила одна мысль: будет ли жить Саманта?

— Проклятая лошадь! — кричал он сам себе, несясь к дому, где его напряженно ждали все остальные.

Выскочив из фургона, он принялся поспешно отдавать приказания.

Потом Чарли вернулся к Сэм и склонился над ней, пытаясь приподнять ее и обтереть пораненное, кровоточащее лицо полотенцем, которое он нашел в машине. Когда спустя двадцать минут он сел в вертолет, увозивший Саманту с места происшествия, вид у него был мрачный. Двое ассистентов остались упаковывать вещи. Чарли договорился с коллегами, что вся съемочная группа встретится вечером в денверской больнице.

Вертолет, казалось, добирался до Денвера целую вечность, и к моменту приземления стало совершенно ясно,

234

что жизнь Саманты в большой опасности. Врач полетел вместе с ними, и в последние десять минут перед посадкой он делал Сэм искусственное дыхание, а Чарли тревожно ерзал рядом на сиденье. Ему ужасно хотелось спросить, выживет ли Саманта, но он боялся и поэтому молча следил за врачом и продолжал молиться. Саманту как можно осторожнее повезли по шоссе к больнице Пресвятой Девы Марии; все остальные автомобили уступали дорогу, потому что машина, перевозившая Саманту, была с синей надписью. Чарли отчаянно напрягал память, пытаясь вспомнить, что это означает, и вроде бы припомнил... Похоже, на таких машинах перевозят людей, дела которых совсем плохи.

У входа Саманту поджидали врач и три медсестры с каталкой; ее тут же завезли в больницу. Чарли побежал за ними, стараясь не отставать. Он даже не сообразил, что нужно поблагодарить молодого врача и пилота самолета. Он мог думать только о Саманте, которая была так страшно покалечена и не подавала признаков жизни. А несколько минут спустя вместо Саманты Чарли увидел маленький кокон из простыней и узнал ее только по спутанным золотистым волосам, напоминавшим белую гриву. Лишь тогда Чарли смог выдавить из себя страшный вопрос... Он задал его двум медицинским сестрам, которые собирались отвезти Саманту на рентген, а потом, возможно, и на операцию, и для этого снимали показания датчиков, которыми была обвешана Саманта. Они уже решили, что порезы на ее лице неглубокие и зашить их можно чуть погодя.

— Она будет жить? — Голос Чарли был еле слышен в ярко освещенном белом вестибюле.

— Простите? — переспросила медсестра, не отрывая глаз от Сэм.

— Она будет жить?

— Не знаю, — тихо ответила сестра. — Вы ее родственник, да? Муж?

Чарли молча покачал головой:

— Нет. Я...

И вдруг понял, что, наверное, стоит выдать себя за родственника. В таком случае ему скажут больше.

— Я ее брат. Она моя сестра!

Он почти ничего не соображал; ему вдруг стало дурно; все поплыло перед глазами, когда до него дошло, что Сэм может умереть. Она уже всем своим видом напоминала покойницу. Однако сестра сказала, что Сэм еще дышит. Больше она ничего не успела сказать, потому что к ним подошли врач, два его ассистента и стайка медсестер в одежде, напоминавшей голубые пижамы. Они торопливо повезли куда-то Саманту.

— Куда вы ее везете? Куда?

Но его никто не слушал. Чарли остался один, по лицу его вновь тихо заструились слезы. Никто не мог ему ничего сказать, врачи просто ничего не знали...

Они вернулись спустя полтора часа; все это время Чарли просидел в одной и той же позе и напоминал потерявшегося ребенка. Он боялся пошевелиться, не выкурил ни одной сигареты и даже не выпил кофе. Просто сидел и ждал, боясь лишний раз вздохнуть.

— Мистер Петерсон! — Кто-то записал его имя при оформлении Саманты в больницу, заполняя ее анкету.

Чарли продолжал уверять, что он ее брат. Его нисколько не смущало, что это неправда. Пусть неправда, лишь бы это помогло... хотя он не очень-то понимал, какая им разница, брат он ей или не брат.

— Да? — Чарли вскочил на ноги. — Как она? Все в порядке?

Слова посыпались из него как горох; он не мог остановиться, однако доктор прервал его, кивнул и посмотрел Чарли в глаза.

— Она жива. Хотя и еле дышит.

— Но что с ней? В чем там дело?

— Чтобы не отягощать вас медицинскими терминами, мистер Петерсон, я скажу вам так: у нее перелом позвоночника. В двух местах. Кости раздроблены. Есть перелом верхних отделов позвоночника, но это еще дело поправимое. Главное — это средние отделы. Кроме того, сломано столько мелких костей, что необходима операция: мы должны хотя бы частично снять давление с позвоночника. Если этого не сделать, пострадает мозг.

— А если сделать? — Чарли мгновенно почувствовал, что это палка о двух концах.

— Если сделать, то она может не перенести операции. — Доктор сел в кресло и знаком предложил Чарли последовать его примеру. — Но в случае отказа от операции я вам даю почти стопроцентную гарантию, что она до конца своих дней будет жить растительной жизнью. Да, квадриплегия вполне возможна.

— А что это такое?

— Паралич конечностей. Она не сможет двигать руками и ногами, но голову поворачивать, наверное, будет.

— А операция позволит избежать паралича? — Чарли вдруг жутко затошнило, но он постарался сдержаться.

Боже, что они тут обсуждают! Торгуются, как будто выбирают на базаре морковку, лук и яблоки... Будет она вертеть головой или двигать руками и ногами... О Боже!

Доктор принялся осторожно объяснять:

— Ходить она все равно больше не сможет, мистер Петерсон, но если сделать операцию, то мы можем спасти ее от еще худших бед. Даже при благоприятном исходе нижняя часть тела все равно будет парализована, но, если нам повезет, мы сумеем спасти мозг. Если поспешить, то она не превратится в овощ.

Он колебался всего мгновение, но это мгновение показалось Чарли нескончаемым.

— Однако риск велик, — продолжал врач. — Она очень слаба и может не выдержать. Я ничего вам не обещаю.

— Значит, на карту поставлено все, да?

— В общем-то да. И честно говоря, в любом случае — сделаем мы для нее, что сможем, или нет — она вовсе не обязательно переживет эту ночь. Состояние ее сейчас критическое.

Чарли ошеломленно кивнул. Он внезапно осознал, что сейчас все зависит от его решения, и безумно пожалел о том, что выдал себя за брата Саманты. Чарли знал, что отчим и мать Сэм живы, но уже не мог пойти на попятную... дело зашло слишком далеко, и потом... у нее ведь никого нет ближе его!.. О бедная, милая Сэм!

— Вы ждете от меня ответа, доктор?

Мужчина в белом халате кивнул:

— Жду.

— Когда?

— Прямо сейчас.

«Но откуда мне знать, хороший вы хирург или нет?» — хотел спросить Чарли.

«А разве у тебя есть выбор?» — возразил ему внутренний голос.

Отказ от операции означал, что Сэм умрет... умрет, и от нее останутся только копна белокурых волос и тело с переломанными костями, а разум, душа — все это куда-то денется... Чарли чуть не задохнулся. Если же пойти на операцию, то можно... можно ее убить... но с другой стороны... если Сэм выживет, то останется прежней. Это будет прежняя Сэм, пусть и в инвалидной коляске.

— Вперед!

— Простите, я вас не понял, мистер Петерсон.

— Оперируйте. Оперируйте, черт побери! Да оперируйте же ее поскорее! — заорал Чарли.

Доктор поспешно ушел, а Чарли повернулся к стене и принялся колотить по ней кулаком. А когда прекратил, то пошел купить сигарет и кофе. После чего забился в угол, словно испуганный зверек, и затравленно глядел на часы. Так прошел час... два... три... четыре... пять... шесть... семь... Вернувшись в два часа ночи, врач наткнулся на Чарли, который сидел с расширенными от ужаса глазами и почернев от тоски: он был уверен, что Сэм умерла. Она умерла, а ему никто не сообщил. За всю свою жизнь Чарли не испытывал подобного страха. Он твердил себе, что Сэм

238

погибла из-за его идиотского решения. Нужно было запретить операцию, он должен был позвонить ее бывшему мужу... или матери... или самому Господу Богу! Как можно принимать решение, не подумав о последствиях!.. Но доктор требовал ответа немедленно...

— Мистер Петерсон?

— А? — Чарли был как будто в трансе.

— Мистер Петерсон, с вашей сестрой все в порядке. — Врач ласково тронул Чарли за плечо.

Чарли кивнул. Кивнул раз, другой, и из глаз его хлынули слезы. Он стиснул доктора в объятиях.

— Боже мой!.. Боже мой! — причитал Чарли. — А я думал, она умерла...

— Нет-нет, все хорошо, мистер Петерсон. Вы можете вернуться домой и немного отдохнуть, — сказал врач и вдруг вспомнил, что они все из Нью-Йорка. — Вам есть где остановиться?

Чарли покачал головой, и врач написал на бумажке название гостиницы.

— Попробуйте обратиться туда.

— А как Сэм?

— Я пока мало что могу вам сообщить. Сами знаете, что было поставлено на карту. Мы сделали, что смогли. С шеей у нее будет все нормально. Ну а ниже... как я вас и предупреждал, ходить она не сможет. Однако я почти уверен, что мозг не поврежден. Ни при падении, ни под воздействием давления костей, которое наблюдалось до операции. Однако надо подождать. Операция длилась очень долго. — Это было видно по его лицу. — Мы должны подождать.

— Сколько?

— С каждым днем картина будет проясняться. Если она доживет до утра, шансы сильно повысятся.

Чарли вдруг что-то сообразил и поднял на доктора глаза.

— А если... если она будет жить, то сколько пролежит в больнице? Когда мы сможем ее перевезти в Нью-Йорк?

— О... — протянул доктор, уставившись в пол. Потом снова посмотрел на Чарли в упор. — Я, признаться, не знаю, что вам ответить. Скажем, так: если все пройдет без сучка без задоринки, мы сможем отправить ее на вертолете «скорой помощи» месяца через три-четыре.

Значит, три-четыре месяца.

— А потом? — отважился прошептать Чарли.

— Сейчас рано даже думать об этом, — сердито буркнул врач, — но ей придется провести в больнице по меньшей мере год, мистер Петерсон. А может, и больше. Работы еще непочатый край.

Только тут Чарли наконец начал понимать, сколько еще мучений предстоит Саманте.

— Но сейчас главное, чтобы она пережила эту ночь, — повторил доктор и ушел, а Чарли остался один и, снова забившись в угол, принялся ждать своих коллег, которые должны были приехать из Стимбоут-Спрингс.

Появившись в половине четвертого утра, они увидели, что Чарли крепко спит, уронив голову на грудь и тихонько похрапывая. Его разбудили и забросали вопросами. Он рассказал все, что ему было известно. Коллеги выслушали Чарли в гробовой тишине, а потом так же молча отправились в гостиницу. Зайдя к себе в номер, Чарли уселся у окна и в полном отчаянии уставился невидящим взглядом на Денвер. И только когда Генри и его приятель пришли к нему в комнату и сели рядом, Чарли смог расслабиться. Боль, ужас, тревога, угрызения совести, смятение и тоска вырвались наконец наружу, и он почти час рыдал в объятиях Генри. И с того момента Чарли и эти люди, просидевшие с ним всю ночь напролет и дарившие ему утешение, стали друзьями. Чарли не помнил другой такой темной ночи, но когда наутро они позвонили в больницу, Генри — теперь уже не Чарли, а Генри — заплакал от радости, уткнувшись лицом в ладони. Саманта была жива!

240

Глава 25

На следующий день после несчастья, постигшего Сэм, съемочная группа уехала, но Чарли после долгих переговоров с Харви решил-таки остаться. Сколько он сможет пробыть с Самантой, Чарли не знал, ведь он не мог оставить Мелли одну с четырьмя детьми на неопределенное время, однако он понимал, что сейчас уехать от Сэм просто нельзя. Она одна в незнакомом городе, и жизнь ее висит на волоске. Узнав о случившемся, Харви впал в состояние шока. Он легко разрешил Чарли задержаться в городке. Но при этом сказал, что нужно позвонить в Атланту матери Сэм. Кроме нее, у Саманты нет больше родственников, и мать имеет право знать, что ее единственная дочь лежит сейчас в денверской больнице с переломанным позвоночником. Но когда Чарли попытался с ней связаться, выяснилось, что мать с новым мужем уехали на месяц в Европу и поделать ничего нельзя. Впрочем, Чарли знал, что Сэм не особенно в ладах со своей матушкой; отчима она считала болваном, а родной отец Саманты давно умер. Так что больше звонить было некому. Разумеется, к тому времени Чарли уже позвонил Мелли, которая, услышав ужасную новость, разрыдалась как дитя.

— О, Сэм... бедняжка... О, Чарли... как она теперь будет... в инвалидной коляске... совсем одна?..

Они плакали по телефону вместе. Потом Чарли повесил трубку. Он хотел еще раз позвонить Харви: пусть наведет справки о хирурге, который делал Саманте операцию... хотя, конечно, сделать это надо было гораздо раньше. Однако, поговорив с Харви, Чарли вздохнул с облегчением. Харви уже успел связаться со всеми, кого он знал в Бостоне, Нью-Йорке и Чикаго; он даже позвонил другу, который был главным хирургом-ортопедом в метеослужбе.

— Какое счастье, что у вас столько знакомств, Харви. И что сказал хирург?

— Что этот парень первоклассный специалист.

Чарли издал глубокий вздох и через несколько минут положил трубку. Теперь оставалось только ждать. Каждый час его допускали к Саманте на пять минут. Но помочь он ей толком не мог. Она до сих пор не приходила в сознание.

Сэм пришла в себя лишь на следующие сутки в шесть часов вечера, когда Чарли зашел к ней в восьмой раз за день. Он собирался пробыть у нее всего несколько минут, как делал час за часом с самого утра: входил, глядел на ее неподвижное лицо, на которое к тому времени уже наложили повязки, а затем по сигналу медсестры закрывал за собой дверь и тихо удалялся. Но на этот раз в облике Сэм что-то изменилось. Руки лежали немного по-другому, цвет лица немного улучшился. Чарли ласково погладил ее по длинным, выгоревшим на солнце белокурым волосам и тихонько окликнул по имени. Он говорил с ней так, словно она могла его услышать. Сказал, что он здесь, с ней, что все ее любят и что все будет хорошо. И на этот раз — медсестра еще не успела позвать Чарли — Сэм открыла глаза, увидела его и прошептала:

— Привет!

— Что? — Чарли был изумлен, и звуки его голоса прозвучали в палате, где приборы записывали малейший шорох, оглушительно, будто грохот взрыва. — Что ты сказала?

— Я сказала: «Привет». — Сэм еле шептала, а Чарли вдруг захотелось издать ликующий боевой клич.

Но вместо этого он наклонился к ней пониже и тоже перешел на шепот:

— Привет, дорогая! Ты молодец!

— Молодец?.. А... что случилось?.. — Голос ее не слушался.

Чарли не хотелось отвечать, но Сэм смотрела на него не отрываясь и не давала ему отвести глаза.

— Ты выбила дурь из одной норовистой лошади.

— Из Черного Красавчика? — Взор Сэм помутнел, и Чарли показалось, что она опять потеряет сознание, однако ее ресницы вдруг снова дрогнули. — Нет... я вспомнила... серый жеребец... там был овраг... речушка... в общем... что-то было...

«Что-то»... Маленький пустячок, изменивший всю ее жизнь.

— Да. Но сейчас это не важно. Все позади.

— А почему я здесь?

— Чтобы подлечиться. — Они по-прежнему говорили шепотом. Чарли улыбнулся Саманте и осторожно взял ее за руку. Он был на седьмом небе от счастья.

— А можно я пойду домой? — сонно и совсем по-детски пробормотала Саманта, закрывая глаза.

— Нет, пока нельзя.

— А когда? Завтра?

— Посмотрим.

«Завтра»... Чарли знал, что этих «завтра» будет не одна сотня, но сейчас нисколько не огорчался. Он так обрадовался, что Саманта жива! Раз она пришла в сознание, то, наверное, выкарабкается.

— Ты не звонил моей матери? — Сэм посмотрела на Чарли подозрительно.

Он торопливо замотал головой:

— Нет, конечно!

Хотя это была ложь.

— Правильно. Ее муж — осел.

Чарли ухмыльнулся в восторге от того, что разговор принимает такой оборот, и тут сестра, появившаяся в окошечке, подала ему знак, что пора уходить.

— Я должен идти, Сэм. Но я сегодня вернусь. О'кей, детка?

— О'кей.

Сэм ласково улыбнулась Чарли, закрыла глаза и уснула. Возвратившись в отель, Чарли позвонил Мелли и сказал, что Сэм наконец пришла в сознание.

— И что это значит? — Мелли все равно безумно тревожилась, однако Чарли бурлил от радости.

— Не знаю, любовь моя. Но на сегодняшний момент это наверняка отлично. Я ведь думал, что... что мы ее потеряли.

На другом конце провода Мелли ответила:

— Я тоже так думала.

Чарли пробыл в Денвере еще две недели, а затем и Мелли, и Харви начали требовать, чтобы он вернулся домой. Чарли понимал, что ему надо вернуться; он страшно соскучился по Мелли и ребятишкам, но ему очень не хотелось оставлять Сэм одну. И все же он не мог торчать в Денвере еще три месяца. В тот вечер, когда Чарли пытался заставить себя позвонить по телефону и заказать авиабилет на следующую неделю, у него возникла идея. Наутро он дождался врача у двери его кабинета и нервно, сбивчиво изложил ему свой план.

— Как вам мое предложение, доктор?

— Это очень опасно. Стоит ли так рисковать? Почему так важно перевезти ее в Нью-Йорк?

— Потому что там у нее друзья. А здесь совсем никого нет.

— А ваши родители? Они не могли бы приехать?

Чарли непонимающе уставился на врача, но потом вспомнил, что до сих пор выдает себя за брата Саманты, и отрицательно покачал головой.

— Нет. Они путешествуют по Европе, и я вряд ли смогу с ними связаться раньше чем через месяц.

Чарли уже знал, что с семьей Сэм может связаться через контору ее отчима, но Саманта категорически возражала против этого. Она не хотела, чтобы Чарли сообщил о случившемся ее матери.

— Поймите, я не могу оставить ее здесь одну, а мне обязательно нужно вернуться.

— Я понимаю. — Врач задумался. — Но вы же оставите ее в хороших руках.

— Да, знаю. — Чарли тепло посмотрел на врача. — Но... именно сейчас... как только выяснится, что ее ждет в будущем, доктор, Саманте понадобится поддержка всех ее друзей и близких.

Врач задумчиво кивнул:

— С этим я спорить не могу. Хотя на данный момент для нее главное — полный покой. В этом случае и еще, если нам удастся уберечь ее от пневмонии, она будет вне опасности.

Пока именно это представляло для Саманты наибольшую угрозу, пока она лежала в большом пластмассовом лонгете, была подвешена к огромному агрегату, который она называла «шампуром», и ее, как жареного цыпленка, несколько раз на дню поворачивали в разные стороны. Однако она до сих пор не подозревала о последствиях травмы, а врач хотел ей сказать лишь, когда она как следует окрепнет. Сейчас это было еще рано.

— Вы правы, Петерсон. Как только она узнает правду — а произойдет это довольно скоро, — вы все ей будете нужны. Я не могу скрывать от нее правду вечно. Но ведь прошло только две недели. Сознание ее, конечно, уже прояснилось, она меньше спит и вполне соображает, что к чему, однако известие о том, что она больше никогда не будет ходить, может оказаться слишком сильной психологической травмой. И мне бы хотелось, чтобы вы в этот момент были здесь.

— Или она там, с нами. Что вы на это скажете?

— Ваша фирма может заказать чартерный рейс? Они пойдут на это?

— Да. — Утром Чарли позвонил Харви, и тот велел не останавливаться ни перед какими издержками. — Они оплатят работу сиделки, врача, использование любых приспособлений, какие вам понадобятся. Мы все оплатим.

— Ладно, — задумчиво произнес врач. — Ладно, если в ближайшие несколько дней ее состояние не ухудшится, я все организую, и в эти выходные мы отправим ее самолетом в Нью-Йорк.

— Вы полетите с нами? — спросил Чарли затаив дыхание.

Врач кивнул.

— Слава Богу! — вскричал Чарли. — Спасибо, доктор!

Доктор улыбнулся, а Чарли побежал сообщить приятные новости Сэм.

— Ты поедешь домой, малышка.

— Я? Меня отпустят? — Сэм пришла в полное изумление и неописуемый восторг. — Но как же мой шампур? Нам не скажут, что мы везем с собой слишком много багажа, что это лишний вес?

Сэм шутила, однако Чарли почувствовал, что она нервничает. Саманта уже начала осознавать тяжесть той опасности, которая ей угрожала совсем недавно, и понимала, что опасность еще не миновала. Она лишь не знала, что ноги у нее парализованы. Но рано или поздно узнает. При мысли об этом Чарли неизменно съеживался. Пока лонгет не снят, Сэм, конечно, ни о чем не догадается...

— Нет, дорогая, ты уж извини, — сказал Чарли, заставляя себя улыбнуться, — но шампур поедет с нами. Харви разрешил нам нанять свой, отдельный самолет.

— Но, Чарли, это же безумие! Неужели мне нельзя дать костыли или, на худой конец, запихнуть меня в этой дурацкой штуковине в инвалидное кресло и отправить домой обычным рейсом?

— Можно лишь в том случае, если ты хочешь, чтобы со мной случился сердечный приступ. Послушай, Сэм, ты и так здорово грохнулась. Зачем же рисковать еще раз? Почему не полететь домой с таким шиком? Раз уж тебе предоставляется такая возможность, детка, используй ее!

— Значит, чартерный рейс? — Сэм все еще колебалась, но Чарли ободряюще кивнул и ухмыльнулся.

— Конечно, мы еще посмотрим, как ты себя будешь чувствовать... подождем пару деньков.

— Да я чувствую себя чудесно! И мне не терпится отсюда смотаться. — Сэм устало улыбнулась Чарли. — Я хочу домой, в мою кровать.

Чарли с ужасом осознал, что под «домом» Саманта подразумевала свою квартиру, тогда как он имел в виду лишь возвращение в Нью-Йорк. Немного позднее Чарли рассказал об этом врачу. Тот постарался его ободрить.

— Боюсь, что вам еще не раз придется с этим столкнуться, мистер Петерсон. Человеческий мозг устроен удивительным образом. Он воспринимает только то, с чем может справиться. Все остальное же отметается, откладывается в сторону до тех пор, пока сознание не будет в силах с этим примириться. В глубине души она понимает, что еще слишком слаба и не может вернуться домой, однако сознание пока не готово принять это. Когда придет время, она все поймет. Вам не нужно ничего говорить. По крайней мере пока. Если возникнет необходимость, мы можем обсудить все в нью-йоркском аэропорту. Но уверяю вас, когда ее психика будет готова, Саманта смирится с необходимостью поехать в больницу... как смирится и с тем, что она больше не сможет ходить. Наступит момент, когда все известные ей факты станут на свои места и она все поймет.

Чарли тихонько вздохнул:

— Откуда у вас такая твердая уверенность, что она все поймет?

Наступила небольшая пауза, потом доктор ответил:

— У нее нет выбора.

Чарли неохотно кивнул.

— Вы думаете, мы сможем увезти ее в Нью-Йорк?

— Рано или поздно — конечно, — ответил доктор, сохраняя полнейшую невозмутимость.

— Нет, я говорю про этот уик-энд!

— Посмотрим. Что нам еще остается делать? — Сказав это, врач улыбнулся и отправился совершать утренний обход больных.

Несколько следующих дней тянулись нескончаемо долго. Сэм неожиданно заволновалась, разнервничалась, перевозбудилась. Ей не терпелось вернуться домой, но все было не слава Богу. Лонгет натирал ей тело, вдобавок Сэм слегка простыла и начала кашлять, от лекарств на руках выступили красные пятна, а лицо — ссадины на нем уже зажили, и засохшие корки постепенно отваливались — страшно зудело и чесалось.

— Господи, Чарли, да я похожа на чудовище! — Впервые за все время своего пребывания в больнице Сэм вышла из себя.

Зашедшему в палату Чарльзу даже показалось, что глаза ее покраснели.

— А по-моему, нет. Я считаю, что выглядишь просто великолепно. Ну, какие у нас новости?

— Никаких.

Однако вид у Саманты был угрюмый, и Чарли, якобы беззаботно прохаживаясь по палате, внимательно за ней следил. Из палаты интенсивной терапии Сэм уже перевели в отдельную палату. Почти все место там занимала кровать, а столик в углу был заставлен цветами. Там были букеты от Генри и его любовника, от Джека и остальных членов съемочной группы, от Харви и, конечно, от Мелли и от самого Чарльза.

— Хочешь, я расскажу тебе какие-нибудь сплетни?

— Нет. — Лежавшая в лонгете Саманта закрыла глаза, и Чарли испугался, как бы она не заболела. Казалось, прошло бог знает сколько времени, прежде чем глаза открылись вновь. Вид у Сэм стал при этом сердитый, и Чарли увидел, что она готова заплакать.

— Что стряслось, малышка? Ну расскажи своему папочке! — Он присел на стул, стоявший рядом с кроватью, и взял Саманту за руку.

— Ночная сиделка... у нее такой смешной рыжий парик... — Слезы начали медленно выкатываться из глаз. — Она сказала, что когда я вернусь домой... — Сэм шумно всхлипнула и сжала его руку; Чарли молча порадовался, что у нее еще хватает на это сил. — Она сказала, что я поеду вовсе не домой, а... а в другую больницу... в Нью-Йорке... О, Чарли! — Сэм захныкала, как маленький ребенок. — Неужели это так?

Чарли захотелось ее обнять, как он обнимал своих плачущих детей, но большой пластмассовый лонгет и громадный агрегат мешали ему подобраться к Саманте. Чарли мог лишь держать ее за руку, да еще осторожно погладить по лицу. Он знал, что придется сказать Саманте правду.

— Да, милая, это так.

— О, Чарли! Я хочу домой! — зарыдала в тоске Саманта и тут же сморщилась от боли.

— Не кричи, глупенькая, тебе будет больно. А поплакать — поплачь. Только тихонько. — Чарли попытался пошутить, но на самом деле был удручен не меньше Сэм.

Для нее это было всего лишь началом долгого и трудного пути. Она на него только ступила. Вся жизнь, которую вела до сих пор Сэм, закончилась в какую-то долю секунды... оборвалась, когда она упала с серого жеребца.

— И все-таки, Сэм, возвращение в Нью-Йорк — это ведь шаг в верном направлении, не так ли?

— Наверно.

— Не наверно, а наверняка!

— Да, но я хочу поехать домой! Я не хочу в больницу!

— Ну что ж... — криво усмехнулся Чарли, — по крайней мере мы теперь знаем, что ты еще не выжила из ума. Но послушай, что случится, если ты еще немножко полежишь в больнице? Я смогу тебя навещать. И Мелли, и Харви, и все, кого ты пожелаешь видеть...

— Но только не моя мать! — Сэм закатила глаза и рассмеялась сквозь слезы. — О дьявол! Ну почему это случилось именно со мной, Чарли?

Улыбки как не бывало, в глазах снова заблестели слезы... После этого Чарли еще долго сидел рядом с Самантой, держа ее за руку. Он не знал, как ее утешить, и сказал лишь:

— Я люблю тебя, Сэм. Мы все тебя любим. И мы все здесь с тобой.

— Ты такой хороший друг, я тебя тоже люблю. — Саманта расчувствовалась и заплакала еще сильнее, но тут появилась сиделка, которая принесла ленч.

— Я слышала, вы нас покидаете, мисс Тейлор. Это правда?

— Да, я попытаюсь. — Сэм улыбнулась Чарли. — Но я вернусь. Приду к вам в гости, на сей раз уже не на каталке, а сама.

— Надеюсь вас увидеть. — Сиделка улыбнулась и вышла из палаты.

Чарли мысленно вздохнул с облегчением. Когда Сэм сказала, что придет сама, он было испугался, что сиделка чем-то себя выдаст.

— Итак, — Сэм съела ложку супа и подняла на Чарли глаза, — когда мы едем домой?

— В субботу. Тебя это устраивает или есть какие-то другие предложения? — Чарли был необычайно доволен. Она пыталась сделать над собой усилие. О Господи, она пыталась!

— Нет, суббота мне вполне подходит. — Сэм улыбнулась в ответ, и Чарли невольно подумал, что доктор был прав.

Когда Саманта будет внутренне готова что-то принять, она это примет. Но только вот... когда она будет готова принять самое главное?

— Да, суббота меня устраивает, — продолжала Саманта. — А в какую больницу меня положат, Чарли?

— Не знаю. Разве тебе не безразлично?

— А у меня есть выбор?

— Я узнаю.

— Попытайся устроить меня в Ленокс-Хилл. Это в таком милом месте, рядом с метро. Меня все смогут навещать. — Сэм мягко улыбнулась. — Может быть, даже Мелли придет. — И тут же поинтересовалась: — Как ты думаешь, она сможет привезти малышку?

Чарли со слезами на глазах кивнул.

— Я пронесу ее под пиджаком. Скажу, это твоя дочка.

— В каком-то смысле это действительно так, знаешь... — Сэм смутилась. — Ведь... ведь она носит мое имя.

Чарли склонился над Самантой и молча поцеловал ее в лоб. Он боялся сказать хоть слово, понимая, что не выдержит и разрыдается.

250

Глава 26

Когда в субботу утром самолет вылетал из Денвера, Чарли боялся даже лишний раз вздохнуть. С ними летели хирург Саманты, его юный ассистент и две медсестры. Они взяли с собой необходимый набор лекарств и инструментов, а также большой запас кислорода — его хватило бы на всех до Латинской Америки. Саманта всю дорогу клевала носом и находилась в каком-то расслабленном состоянии, хотя и радовалась возвращению домой. Врача, судя по всему, ее состояние удовлетворяло; он заранее договорился о помещении Саманты в больницу Ленокс-Хилл и о том, что машина «скорой помощи» будет ждать их в аэропорту. Кроме того, «скорой» должны были всю дорогу предоставлять «зеленую улицу», и вдобавок на протяжении всего маршрута за ней обязался вести наблюдение вертолет автоинспекции. Если бы Сэм вдруг потребовалась помощь, которую не смогли бы обеспечить с воздуха, она моментально получила бы ее по дороге почти в любом пункте. Все было продумано до мелочей, оставалось лишь благополучно долететь до Нью-Йорка.

Дело происходило ослепительно солнечным августовским днем, и Сэм ни о чем другом, кроме как о возвращении домой, говорить не могла. Транквилизаторы подействовали на нее одурманивающе, она то и дело хихикала и неуклюже шутила. Однако все смеялись над ее шутками... все, кроме Чарли, который места себе не находил от беспокойства. Он снова почувствовал на своих плечах бремя ответственности и считал, что если произойдет какая-либо оплошность, то виноват будет он. Не нужно было настаивать на отъезде, зря он торопил события... лучше бы Саманта полежала еще немного в денверской больнице. Когда они преодолели примерно половину пути, врач подошел к Чарльзу, который сидел в хвосте самолета, глядя в иллюминатор, и, легонько дотронувшись до его плеча, заговорил с ним. Врач говорил тихо, чтобы Сэм не проснулась. Она только что задремала.

— Все в порядке, Петерсон. Мы почти у цели. Она прекрасно выдерживает полет. Просто великолепно.

Чарльз повернулся к доктору, силясь улыбнуться.

— Она-то, может, и выдержит, а вот каково мне? Мне кажется, за последние две недели я постарел лет на двадцать.

— Да, для родственников это все тоже очень тяжело.

Но ведь он даже родственником ее не был, вот ведь что самое дикое!.. Однако Чарли был ее другом. И ради любого своего друга и родственника он был готов на такое самопожертвование: и ради шурина, и ради Харви, и ради... Сэм... Да, он бы еще целый месяц провел у ее постели, если бы так было нужно. Чарли безумно жалел Саманту. Во что, черт побери, теперь превратится ее жизнь? И никого-то у бедняжки нет! Ни мужа, ни любовника... Этот проклятый ковбой, про которого она как-то ему рассказывала, удрал, и она понятия не имеет, где его искать. Кто будет о ней заботиться? М-да, заботиться о ней некому... Чарли давно не испытывал ненависти к Джону Тейлору, но тут она всколыхнулась вновь. Если бы этот мерзавец вел себя как подобает мужу, она не оказалась бы сейчас одна! Но она одна. Самое поганое то, что она одна-одинешенька... Наблюдавший за Чарли доктор слегка сжал его плечо.

— Только не нужно слишком оберегать ее, Петерсон. Это было бы ужасной ошибкой. Все равно придет время, и ей нужно будет твердо стоять на ногах... если можно так выразиться. Она замужем?

Чарли покачал головой:

— Уже нет. Именно об этом я и думал. Ей придется очень тяжело.

— Да, поначалу. Но потом она привыкнет. Другие же привыкают. Она сможет жить полной жизнью. Сможет помогать и себе, и другим, со временем вернется к работе. В конце концов, для профессии наличие ног не имеет такого уж большого значения... если, конечно, она не балери-

252

на. Тут главное — психология. Вот где возникают основные трудности. Но ее не выпустят из Ленокс-Хилла, пока она не оправится не только физически, но и психологически. Ее научат себя обслуживать, чтобы ни от кого не зависеть. Вот увидите! Она красивая молодая женщина, сильная, умная, она ко всему прекрасно приспособится. — Врач напоследок еще раз ободряюще сжал плечо Чарли и улыбнулся. — Вы приняли правильное решение... и в тот раз, и теперь. Было бы преступлением потерять ее, отказавшись от операции, обречь на гибель такой ум и такую сильную натуру. И хорошо, что она летит в Нью-Йорк, где ее будут окружать друзья.

Чарли посмотрел на врача с благодарностью.

— Спасибо вам за эти слова.

Доктор ничего не ответил. Он лишь молча потрепал Чарли по плечу и пошел проведать Сэм.

Через два часа они приземлились в аэропорту Кеннеди. Переезд в большую машину «скорой помощи» прошел идеально гладко; трое врачей сели в ту же машину и туда же была перенесена система жизнеобеспечения. Машина на бешеной скорости помчалась по шоссе, сигнальная лампочка горела, однако сирену включать не стали. Через полчаса «скорая» без приключений доехала до Ленокс-Хилла.

Подъезжая к больнице, Сэм с улыбкой сказала Чарли:

— Знаешь, это самый быстрый способ добраться до дому. И из-за багажа волноваться не приходится, и такси ловить не нужно.

— Э нет, — усмехнулся Чарли. — Ты уж, пожалуйста, в следующий раз сделай мне одолжение, въезжай в город по-другому. Я лучше потреплю себе нервы из-за багажа и такси поймаю.

Сэм тоже заулыбалась, но едва они подъехали к Ленокс-Хиллу, ей стало уже не до болтовни. На то, чтобы ввезти Саманту в больницу и поудобнее устроить в палате, ушло более двух часов. Сначала ей помогал старый доктор, потом она познакомилась с новым, который — опять-таки благодаря Харви — ждал ее появления. Когда все наконец было завершено, ни у Саманты, ни у Чарли, ни у врача из Денвера не оставалось сил. Все остальные уже ушли. Им было заплачено вперед, и в тот же вечер они собирались вернуться в Денвер на самолете «скорой помощи». Доктор же намеревался провести несколько дней в Нью-Йорке, понаблюдать за Самантой, а потом вылететь в Денвер обычным рейсом.

— Ну как? Теперь у тебя будет все нормально, Сэм? — Чарли с усталой улыбкой посмотрел на Саманту. Ей сделали укол, и она моментально начала засыпать.

— Да, дорогой... конечно... все будет нормально... передавай Мелли привет... спасибо тебе...

Через пять минут Чарли уже был в лифте вместе с доктором, потом сел в такси и через десять минут уже очутился в доме на Восточной восемьдесят первой улице, где крепко обнял свою жену.

— О, малышка... моя малышка...

Так чувствует себя человек, вернувшийся с войны. Внезапно Чарли осознал, насколько он соскучился по своей жене и как страшно устал. Трагедия Саманты и ощущение, что он несет за ее жизнь полную ответственность, были для него слишком тяжелой ношей, однако он не позволял себе подобных мыслей до этой минуты, а тут вдруг ощутил, что ему хочется только одного — заняться любовью со своей женой. Мелли предусмотрительно пригласила в дом няню, и, когда дети вдоволь потискали и подразнили папашу, наигрались с ним и довели его до изнеможения, Мелли отправила их к няне, закрыла дверь в спальню, сделала Чарльзу ванну и массаж и поспешила раскрыть ему свои объятия, после чего он, сонно улыбнувшись ей, заснул в их общей постели. Однако через два часа Мелли разбудила мужа. Она приготовила ужин, поставила на стол бутылку шампанского и даже испекла маленький тортик, на котором красовалась надпись: «Я люблю тебя. Добро пожаловать домой!»

— О, Мелли, я так тебя люблю!

— Я тоже, — откликнулась она. А когда они ели торт, спросила: — Может, нам стоит съездить к Сэм? Как ты думаешь?

Но Чарли покачал головой. Он сделал для Саманты все, что мог. И теперь — всего один вечер! — хотел побыть с Мелли. Ему не хотелось вспоминать про страшное несчастье, про серого жеребца, который три недели подряд являлся ему во сне, про Сэм в лонгете, про ее шампур и про то, что она никогда не будет ходить... Чарли хотел лишь побыть с женой и понежиться в ее объятиях, что он и делал, пока совсем не выбился из сил — это случилось вскоре после полуночи. Чарли в последний раз зевнул и заснул, расплывшись в улыбке.

— Добро пожаловать домой! — тихонько прошептала жена, поцеловала его в шею и выключила свет.

Глава 27

— Мама, я прекрасно себя чувствую... не говори глупостей... тебе совершенно незачем приезжать... Ах, ради Бога!.. Да, я, конечно, еще в корсете, но все хорошо. Нет, я не хочу переезжать в Атланту. Меня всего три недели как перевезли в Нью-Йорк из Денвера, так что хорошенького понемножку... Но ведь мой дом здесь, мама. А в Атланте я никого не знаю. Да, конечно, у меня есть ты и Джордж... Мама... ну, мама, не надо! Пожалуйста!.. Я на него не обижаюсь... — Саманта закатила глаза, повернувшись к вошедшей в палату Мелинде, и, скорчив жуткую гримасу, прошептала: — Это моя мать.

Мелинда усмехнулась.

— Честное слово, мама, доктор у меня чудесный, я его обожаю... Я знаю, что он компетентный специалист, потому что верю ему на слово. И потому что его родная мамочка в нем души не чает... Ну хватит, мама. Не терзай меня. Я чувствую себя прекрасно, я тебе буду звонить. И ты мне можешь звонить. Когда я поправлюсь, то приеду в Атланту... Нет, я не знаю, когда меня выпишут... но я тебе сообщу. Обещаю... нет, мама, мне сейчас нужно идти... меня ждет медсестра... нет, ты не сможешь с ней поговорить... до свидания, мама! — Саманта положила трубку и застонала. — Привет, Мелли. Господи, ну почему она всегда ко мне пристает как липучка?

— Да она просто беспокоится о тебе, Сэм.

— Я знаю. Но она меня бесит. Видите ли, ей хочется приехать навестить меня. Да еще притащить с собой Джорджа, который желает поговорить с моим врачом и поставить всю больницу на уши. Ну скажи, разве приезд этого дундука из Джорджии может способствовать заживлению моего переломанного хребта?

При одной лишь мысли об этом Мелли расплылась в улыбке.

— Твои-то дела как? — продолжала Саманта.

— Все о'кей. А ты как поживаешь?

— Скучаю. Хочу домой.

— Ну а что говорят врачи?

— Да что-то невразумительное. Дескать, надо запастись терпением. Как там моя тезка? — При упоминании о малышке Сэм просияла.

— Прекрасно. — Мелли тоже улыбнулась. — В два месяца она умеет делать больше, чем мальчишки делали в четыре.

— Это потому, что у нее такое имя, — с усмешкой заверила Мелли Саманта. — Только держи ее подальше от лошадей, чтобы не было беды.

Мелли ничего не ответила. Сэм вздохнула.

— Эх, знать хотя бы, сколько мне еще придется здесь проторчать.

Но Мелли подозревала, что на самом деле Сэм вовсе не желает этого. Чарли сказал ей, что Саманте, вероятно, придется провести в больнице около года.

Все навещали Саманту, даже Харви, который нервно елозил на краешке стула, теребил шляпу, вертел в руках трубку и тревожно поглядывал на Сэм, которая беспомощно лежала в корсете.

— Да не напрягайтесь так, Харви. Я вас не укушу.

— Ты готова дать мне расписку?

— С удовольствием.

Он уныло улыбнулся, и Саманта спросила, долго ли он будет валять дурака и держать ее в агентстве.

— Я не могу тебя уволить, Сэм. Ты мне еще пригодишься, когда я совсем состарюсь. И потом, мне только что принесли уже готовый рекламный ролик, первый плод твоего великого путешествия на запад. Сэм, — голос Харви от восхищения прерывался, — даже если ты ничего больше в жизни не сделаешь, а будешь до конца своих дней лежать в постели и лопать шоколадные конфеты, ты можешь быть собой горда!

— Неужели получилось так здорово? — Сэм была потрясена.

Харви не отличался щедростью на похвалу. Но ведь и Чарли сказал ей утром, что материал получился изумительный.

— Не то слово! Это сногсшибательно! А остальные ролики, говорят, получились еще лучше. Моя дорогая, я сражен.

Саманта смерила Харви долгим взглядом и улыбнулась.

— Наверное, я умираю, раз вы так со мной заговорили.

— Отнюдь. Мы переснимем, сделаем копию ролика и принесем сюда видеомагнитофон, чтобы ты смогла увидеть свое творение раньше, чем его покажут по телевизору. Но боюсь, что после этого, мисс Саманта, мне действительно придется уйти на пенсию и освободить для тебя место творческого директора.

— Не угрожай мне, Харви! — сверкнула на него глазами Сэм. — Мне не нужна ваша проклятая работа. Так что вы оставайтесь на своем месте, а я — здесь, на моем.

— Не приведи Господь!

Харви приходил к Сэм раз или два в неделю, Чарли частенько забегал в обеденный перерыв, Генри Джонс-Адамс тоже успел зайти к ней пару раз и принес коробку вкуснейших шоколадных конфет фирмы «Годива», а его друг прислал Сэм роскошную пижаму из Бергдорфа — Сэм теперь особенно хотелось избавиться от неуклюжего корсета и примерить обновку. А Джорджи, французский пудель, прислал ей открытку с пожеланием скорейшего выздоровления и книгу.

Однако через неделю к Сэм заявились посетители, после прихода которых все полетело в тартарары. Несмотря на протесты Сэм, из Атланты приехала ее мать; она пришла в сопровождении мужа и сделала все возможное, чтобы перебудоражить всю больницу. Мать битый час уговаривала Саманту подать в суд на агентство: дескать, если бы не эти дурацкие съемки, Сэм не поехала бы в командировку. Мать не уставала твердить, что Саманте дали явно рискованное задание, а ее босс — маньяк, которому совершенно наплевать на то, что Сэм теперь лежит пластом и не в состоянии пошевелиться. Все это так взбесило Саманту, что она попросила мамашу уйти, но потом все же смягчилась, поскольку мать залилась слезами и принялась восклицать, что Сэм — неблагодарная дочь, садистка, которая хочет разбить материнское сердце. В общем, это свидание измучило Саманту, она лежала белая как полотно и ее била нервная дрожь. Однако все это были еще цветочки по сравнению с тем, что мать и Джордж устроили ей на следующий день. Как и накануне, они вошли в палату Сэм с похоронным выражением лица. Было ясно, что мать много плакала. И, усевшись рядом с койкой, она снова зарыдала.

— Боже мой, мама, что случилось? — При виде родных Сэм сразу разнервничалась, а ведь она и без того была расстроена.

Утром Саманта позвонила Кэролайн Лорд и, справившись о здоровье Билла, узнала, что у него был еще один сердечный приступ, на сей раз более серьезный. Прикованная к постели в больнице Ленокс-Хилла, Саманта ничем не могла помочь Каро и почувствовала себя загнанной в угол. Каро же, в свою очередь, страшно волновалась, поскольку уже знала о несчастье, постигшем Сэм. Сэм не хотела ей ничего говорить, считая, что Каро и без того приходится нелегко, однако Чарли, вероятно, успел сообщить Кэролайн о несчастном случае. Каро места себе не находила от беспокойства. Как все заядлые лошадники, она, разумеется, хорошо представляла себе, с какими опасностями сопряжена верховая езда, однако история, приключившаяся с Самантой, все равно повергла ее в состояние шока. Кэролайн заставила Сэм пообещать, что она позвонит еще раз. И добавила, что, если Сэм этого не сделает, она позвонит сама, как только сможет хоть на минутку отойти от Билла.

Однако мысли о тете Каро вылетели из головы Саманты, едва лишь она увидела мать, которая была одета по своему обыкновению крайне элегантно: в голубой льняной костюм и белую шелковую блузку. На ногах у нее были хорошенькие туфли лодочки, на шее — три нитки жемчуга, в ушах — жемчужные серьги. Хотя этой маленькой, пухленькой женщине уже перевалило за шестьдесят, волосы у нее были такие же роскошные, как у Саманты. Теперь они, правда, стали белыми словно снег, но раньше имели тот же золотистый оттенок, что и локоны Сэм. Отчим Саманты был высоким, красивым мужчиной, который больше походил не на врача, а на капитана морского корабля. Грудь колесом, вид цветущий, львиная грива седых волос...

— О, Саманта... — запричитала мать, бессильно рухнув на стул.

Муж держал ее за руку.

— Да скажите, ради Бога, что случилось? — В душу Саманты внезапно закралось странное подозрение... как будто с ней вот-вот случится — или уже случилось? — что-то ужасное...

— Ох, Саманта...

— Господи!

Если б она могла, то завопила бы что есть мочи или даже стукнула по кровати ногой. Но после того как ее тело одели в корсет, напоминавший бетонный мешок, ноги затекли и помертвели. Медсестры, правда, уверяли Саманту, что это обычное ощущение, когда человек лежит в корсете, и Сэм их объяснение успокоило. А то ведь вначале она боялась, что ноги у нее отнялись.

— Ну так в чем дело, а? — Она смотрела на них раздраженно и враждебно. Сэм не могла дождаться, когда же они вернутся к себе домой. — Не тяните, рассказывайте!

Но мать только еще громче зарыдала. Первый шаг решился сделать отчим:

— Саманта, сегодня утром нам наконец удалось побеседовать с твоим врачом.

— С которым? У меня их четверо.

Подозрительно глядя на мать и отчима, Сэм понимала, что ведет себя как колючий, невоспитанный подросток. Однако ей страстно хотелось, чтобы они ушли и оставили ее в покое.

Но отчим привык доводить начатое дело до конца.

— Вообще-то мы поговорили с двумя врачами: с доктором Вонгом и доктором Джозефсом. Они побеседовали с нами весьма обстоятельно и были очень добры.

Джордж посмотрел на Саманту с явной жалостью, а мать бросила взгляд на него, после чего снова всхлипнула, а он собрался продолжить свою речь.

— Они сказали вам что-то такое, из-за чего стоит биться в истерике? Может быть, вы меня тоже в это посвятите? — Сэм с досадой покосилась на мать и подняла глаза на Джорджа.

— Да. И хотя нам очень больно говорить это, мы думаем, что пора тебе сказать... Врачи просто выжидали, пока... пока это можно будет сделать. Но раз уж мы здесь...

Все это очень напоминало надгробную речь, и Саманте даже захотелось оглянуться и посмотреть, где же покойник. Сейчас Джордж напоминал уже не капитана, а

260

владельца похоронного бюро, подумалось Сэм, но все же она постаралась изобразить на своем лице вежливый интерес, а Джордж продолжал:

— Раз уж мы здесь, то тебе, наверное, пора узнать...

— Что?

— Правду.

Едва он произнес это слово, как сердце Сэм пронзила тревога. Как будто она давно это знала... Знала с самого начала, хотя и не признавалась себе в этом... Да, она точно угадала, что они сейчас скажут.

— Вот как? — только и смогла выдохнуть Саманта.

— Да, — кивнула мать.

А отчим сказал:

— Этот несчастный случай... видишь ли, Сэм, при падении ты получила очень тяжелую травму. Позвоночник у тебя переломан в двух местах. Просто чудо, что ты от этого не умерла. И удивительно, что твой мозг не пострадал. А в том, что он совершенно не пострадал, врачи теперь твердо уверены.

— Слава Богу. Это прекрасно. Но что дальше? — Сердце Саманты бешено колотилось, однако лицо оставалось бесстрастным.

— Что же касается всего остального, то тебе повезло гораздо меньше. Иначе ты не лежала бы сейчас в этой штуковине. — Отчим вздохнул, но тут же заговорил снова: — Ты пока не знаешь, а мы — и врачи — считаем, что тебе пора узнать... да-да, пора! Так вот, Саманта, ты еще не знаешь, что... — Джордж секунду поколебался, но все же обрушил на нее страшную весть: — Ты парализована.

На мгновение воцарилась тишина. Сэм молча глядела на Джорджа.

— То есть как это, Джордж? — наконец выдохнула она.

— Ты никогда не сможешь ходить. Выше пояса все будет нормально: руки, плечи, туловище будут двигаться, а вот с нижней половиной тела все обстоит не так благополучно. Граница проходит по линии талии, это прекрасно видно на рентгеновском снимке. — Джордж объяснял обстоятельно, с ученым видом. — Ниже талии тело практически обездвижено. У тебя могут возникать какие-то ощущения... скажем, сейчас, в данный момент, но и только. Ты не сможешь управлять своими мышцами, не сможешь ходить. Тебе придется ездить в инвалидном кресле. — И тут отчим окончательно добил Саманту, заявив: — Но разумеется, мы с твоей матерью решили сегодня, что ты переедешь жить к нам.

— Нет! Нет! — в панике вскрикнула Саманта.

Мать и отчим были потрясены.

— Ну, конечно, ты переедешь к нам, дорогая! — Мать протянула к ней руки, и Сэм съежилась, словно раненое животное, отчаянно желая удрать.

В глазах ее вспыхнул дикий огонь. Они не имели права ей это говорить! Это неправда... этого не может быть... ей никто такого не говорил... Но еще до того, как ей сообщили страшное известие, Сэм уже понимала, что грядет... она догадывалась, но скрывала от себя правду... давно, почти с той самой минуты, как очнулась в денверской больнице. И все же никто не говорил ей страшной правды. Никто, кроме этих двух людей. Они пришли специально для того, чтобы сказать все как есть, ибо считали это своим долгом. Но она не желала ничего слышать!

— Я не хочу, мама, — пробормотала Сэм сквозь зубы, но они отказывались ее понимать.

— Ты ведь не сможешь сама себя обслуживать. Ты будешь беспомощной, как младенец. — Мать нарисовала такую картину, что Сэм захотелось умереть.

— Нет! Ни за что, черт побери!.. Да я скорее наложу на себя руки! — истерически взвизгнула Сэм.

— Саманта! Как ты можешь так говорить?!

— Да-да, я сделаю это! Я не собираюсь вести такую жизнь... жизнь калеки! Не хочу, не хочу быть беспомощным младенцем и в тридцать один год жить с родителями. Проклятие! Как такое могло случиться со мной? Нет... не может быть... я не допущу...

Мать беспомощно стояла рядом, а Джордж призвал на помощь все свои профессиональные навыки и попытался утешить Саманту. Но она только еще громче закричала, и мать умоляюще взглянула на мужа: дескать, пойдем.

— Может быть, нам стоит вернуться и поговорить об этом попозже... — Она медленно пятилась к двери. — Тебе нужно побыть немного одной, Саманта, привыкнуть... у нас будет много времени, чтобы все обсудить, до завтра мы не уедем, да и потом, врачи считают, что до мая или даже до июня ты все равно отсюда не выйдешь.

— Что-о? — Это был последний вопль отчаяния.

— Саманта...

Сэм показалось, что мать опять кинется к кровати, и она чуть не зарычала как зверь.

— Уходите... ради Бога, уходите... пожалуйста... — Сэм начала неудержимо рыдать. — Уходите же!

Они повиновались, и внезапно она осталась одна в пустой палате, по которой разносилось эхо их слов. Через полчаса медсестра, зашедшая к Саманте, увидела, что она в отчаянии пытается перерезать себе вены на руках тупым краем пластмассового стаканчика.

Эти раны зашили парой стежков, а вот душевные раны, которые Саманте нанесли мать и отчим, заживали в течение нескольких месяцев.

Глава 28

— Ну, как дела, детка? — Чарли стряхнул с воротника снег, снял пальто и кинул его на стул. Даже в бороде и в волосах Чарльза белели снежинки. — Ну?

Он испытующе посмотрел на Саманту, она пожала плечами.

— А чего ты ожидал? Что я буду ждать тебя, сидя в инвалидном кресле, но при этом в розовой балетной пачке и, когда ты зайдешь, начну кружиться в танце?

— Ой-ой-ой! По-моему, мы сегодня просто обворожительны, не правда ли?

— Иди ты в...

Чарли задумчиво поглядел на часы.

— Да я бы с удовольствием, но Мелли ушла в школу на родительское собрание, да и у меня вообще-то нет свободного времени. В два часа мне нужно встретиться с клиентом.

— Очень смешно.

— У тебя шутки еще более убогие.

— А у меня пропало чувство юмора. Что ж, такова жизнь. Мне всего тридцать один год, а я уже инвалид. В этом нет ничего забавного, веселого или остроумного.

— Да, но совершенно не обязательно жалеть себя с утра до ночи.

В таком состоянии Сэм пребывала уже три с половиной месяца. С того самого дня, как идиот-отчим сообщил ей страшное известие. Теперь пластиковый лонгет был снят, Саманте уже дали костыли, и она сидела в инвалидной коляске. Однако началось самое сложное: изнурительные многомесячные занятия, на которых Сэм предстояло либо научиться жить со своим увечьем, либо — нет...

— Вовсе не следует рисовать себе будущее в таких черных тонах, Сэм. Ты совсем не обязательно должна быть беспомощной калекой, по выражению твоей матери.

— Не должна? Но почему? Ты что, сотворишь чудо и я опять обрету власть над своими ногами? — Сэм постучала по ним, словно то были два куска старой резины.

— Нет, этого я сделать не могу, Сэм. — Чарли говорил ласково, но твердо. — Однако ты владеешь своим умом, руками и... — он усмехнулся, — языком. А этим можно очень многого достичь, если, конечно, захотеть.

— Вот как? И чего же?

Чарли был готов к такому разговору.

264

— Видите ли, мисс Зануда, я принес вам сегодня подарочек от Харви.

— Если мне передадут еще хоть одну коробку шоколадных конфет, я закричу!

Сэм говорила как капризный ребенок, Чарли не узнавал ее. И все же надеялся, что она привыкнет. Врачи уверяли, что со временем она, вероятно, придет в себя. Хотя привыкнуть к своему увечью безумно трудно, особенно когда речь идет о такой красивой молодой женщине, как Сэм...

— Никаких конфет он тебе не передавал, дуреха. Харви передал тебе работу.

В глазах Сэм промелькнуло удивление:

— То есть как?

— А так. Вчера Харви поговорил с твоими врачами, и они сказали, что ты вполне можешь тут поработать. Я принес тебе диктофон, ручку и бумагу. Харви хочет, чтобы ты внимательно просмотрела три папки...

Он собрался было уйти, но Сэм вдруг откатилась от него, повернулась спиной и почти зарычала:

— Какого черта мне этим заниматься?

Однако Чарли решил, что она слишком долго играет в эту игру.

— Потому что ты уже бог знает сколько времени бьешь баклуши! Потому что у тебя хорошие мозги. Ты могла бы умереть, но не умерла, Сэм. А значит, нечего бездарно разбазаривать дарованную тебе жизнь!

Чарли рассвирепел; Сэм же, наоборот, притихла и спросила уже спокойнее:

— С какой стати я должна что-то делать для Харви?

— А с какой стати он должен что-то делать для тебя? С какой стати он дал тебе пятимесячный отпуск после того, как от тебя ушел муж? А потом не пожалел денег, чтобы перевезти тебя домой, когда с тобой случилось несчастье? Я вынужден напомнить тебе, что ты до сих пор куковала бы одна в Денвере, если бы не Харви... А потом, с какой стати он дал тебе неограниченный отпуск по болезни и дожидается, пока ты вернешься на работу?

— Потому что я отлично знаю свое дело, вот почему!

— Нахалка! — Впервые за столько месяцев Чарли позволил себе разозлиться на Саманту, это было приятное ощущение. — Ему нужна твоя помощь, черт побери! Он сейчас завален работой. И я тоже. Ты хочешь наконец взять себя в руки и перестать себя жалеть? Да или нет?

Сэм молчала, повернувшись к нему спиной и поникнув головой.

— Я пока не решила, — тихо пробормотала она.

Чарли улыбнулся:

— Я люблю тебя, Сэм.

Она медленно повернулась к нему лицом, и Чарли увидел, что по ее щекам струятся слезы.

— Что мне делать, Чарли? Где я буду теперь жить? И как?.. О Господи, я так боюсь, что мне в конце концов придется переехать к матери в Атланту! Они звонят мне каждый день и твердят, что я беспомощная калека. И сама я начинаю думать, что... что я...

— Ты не такая! Никакой беспомощности в тебе нет. Ты вполне можешь немного изменить свой образ жизни, но никаких радикальных изменений, вроде переезда в Атланту, производить незачем. Господи, да ты там с ума сойдешь! — Саманта печально кивнула, и Чарли взял ее за подбородок. — Мы с Мелли этого не допустим. В крайнем случае возьмем тебя жить к нам.

— Но я не хочу быть беспомощной, Чарли! Я хочу сама о себе заботиться.

— Но разве тебя не этому здесь учат?

Сэм неохотно кивнула:

— Да. Но это будет тянуться целую вечность!

— Что значит «вечность»? Полгода? Год?

— Что-то вроде этого.

— Разве игра не стоит свеч? Ведь на другой чаше весов — жизнь в Атланте.

266

— Да. — Сэм утерла глаза рукавом роскошной пижамы. — Ради этого можно потратить и пять лет.

— Тогда не теряй времени даром, обучись всему, чему полагается, а потом возвращайся в мир и живи своей жизнью, Сэм. Ну а пока что, — Чарли улыбнулся Саманте и взглянул на часы, — сделай мне одолжение — прогляди материалы в этих папках. Ради Харви.

— Нечего пытаться разжалобить меня подобными штучками! Ради Харви! Да вы оба изрядные поганцы. Я знаю, зачем ты это все затеял. Ну да ладно, постараюсь. Передавай Харви от меня привет.

— Он тебе тоже передавал привет и сказал, что завтра придет тебя навестить.

— Скажи, чтобы он не забыл принести мне Мики Спиллейна.

Сэм и Харви обожали детективы, и Харви постоянно передавал Саманте все новые и новые книги, чтобы ее развлечь.

— О Господи... Как вы мне оба надоели! — Чарли снова надел тяжелое пальто и галоши, поднял воротник и помахал Сэм с порога.

— Пока, Санта-Клаус! Передавай пламенный привет Мелли.

— Слушаюсь, мэм. — Чарли отдал честь и ушел, а Саманта еще долго сидела, уставившись на папки.

Уже близилось Рождество, и она все утро думала о Тейте. Год назад она была в это время на ранчо Кэролайн, и Тейт выступал перед детишками в роли Санта-Клауса. Именно тогда и завязалось их настоящее знакомство, тогда-то все и началось... А рождественским утром Тейт привез ее к тайному домику влюбленных... Стоило Саманте подумать о Тейте, и прошлое оживало, а у нее снова привычно болело сердце и она принималась гадать, куда же он все-таки подевался.

Не далее как утром Сэм разговаривала с Кэролайн. После Дня благодарения с Биллом случился микроинсульт, а ведь в последние месяцы он практически не работал. Саманте было неприятно спрашивать у Кэролайн про Тейта Джордана, у бедняжки и без того мрачное настроение, однако она все равно поинтересовалась, и, как всегда, оказалось, что новостей нет. Кэролайн страшно удручало состояние здоровья Билла, поэтому она недавно наняла нового управляющего, молодого человека, у которого были жена и трое детей. Кэролайн сказала, что он хорошо справляется с работой, и в который раз принялась уговаривать Сэм сделать над собой усилие, не опускать руки. Заниматься оздоровительной гимнастикой было страшно тяжело, и Сэм часто задумывалась: а стоит ли? Она уже так натренировала руки, что могла висеть на них чуть ли не как мартышка, научилась садиться в инвалидное кресло и вставать с него, ложиться в кровать, обходиться без посторонней помощи в туалете. Ее обучали всему, что может понадобиться человеку, который живет один. И если она будет прилежной ученицей, то в конце концов сумеет обходиться вообще без посторонней помощи. Сэм сопротивлялась, отказывалась от предлагаемой ей поддержки, считая в глубине души, что все это на самом деле не важно, но теперь... теперь ей вдруг показалось, что надо сделать над собой усилие. Чарли прав. Она выжила, и это достаточное основание для дальнейшей борьбы!

Рождество было для Саманты большим испытанием. Утром к ней пришли Харви Максвелл, Чарли, Мелли и ребятишки. Медсестра их впустила, и Саманте даже дали подержать малышку, ей было почти пять месяцев, и она еще больше похорошела. Когда же друзья ушли, Сэм почувствовала себя безнадежно одинокой. К вечеру одиночество стало невыносимым, и, не зная, куда деваться от отчаяния, Сэм выехала из палаты и медленно покатилась по коридору. И вдруг обнаружила в другом его конце маленького мальчика. Он тоже сидел в инвалидном кресле и грустно смотрел в окошко на снег.

— Привет! Меня зовут Сэм. — При виде малыша сердце Сэм болезненно сжалось.

Он повернулся к ней. Ему было лет шесть, не больше. Глаза мальчика были полны слез.

— Я больше не смогу бегать по снегу.

— Я тоже. А как тебя зовут?

— Алекс.

— Что тебе подарили на Рождество?

— Ковбойскую шляпу и кобуру для пистолета. Но ведь я и на лошади кататься не смогу.

Сэм машинально кивнула, но тут же переспросила:

— А почему не сможешь?

Он посмотрел на нее как на идиотку.

— Потому что я теперь в инвалидном кресле, вот почему. Я катался на велосипеде, и меня сбила машина. Теперь я всегда буду сидеть в этом кресле. — В глазах малыша вспыхнуло любопытство. — А с тобой что случилось?

— Я упала с лошади в Колорадо.

— Да? — Любопытство переросло в интерес. Саманта усмехнулась.

— Да. Но знаешь что? Я все равно смогу кататься верхом на лошади. И ты сможешь, честное слово! Я видела когда-то статью в одном журнале, и там говорилось, что такие люди, как мы, могут кататься на лошадях. Наверное, для этого нужно специальное седло. Но во всяком случае, это возможно.

— А лошади тоже специальные? — Мальчика такая идея явно заворожила.

Сэм улыбнулась и покачала головой.

— Нет, не думаю. Просто они должны быть смирные.

— А ты со смирной лошади свалилась? — Он внимательно рассмотрел ее ноги, потом перевел взгляд на лицо.

— Нет. Тот конь был совсем не смирный. Но я вдобавок вела себя с ним очень глупо. Он был такой норовистый, а я допустила столько дурацких ошибок!

— Каких?

— Ну, например, скакала галопом, рисковала.

Саманта впервые призналась честно, как было дело. Да и о несчастье, которое с ней приключилось, она рассказывала впервые. И была поражена тем, что рассказ почти не причинил ей боли.

— Ты любишь лошадей, Алекс?

— Конечно! Я один раз был на родео.

— Вот как? А я работала на ранчо.

— Неправда. — Он досадливо поморщился. — Девчонки на ранчо не работают.

— Нет, работают. Я же работала.

— И тебе понравилось? — Он все еще сомневался.

— Очень!

— Тогда почему ты уехала?

— Потому что вернулась в Нью-Йорк.

— Зачем?

— Соскучилась по друзьям.

— А-а... У тебя есть дети?

— Нет. — Сэм почувствовала легкий укол в сердце и с тоской подумала о малышке Саманте. — А у тебя, Алекс?

Она расплылась в улыбке, он громко захохотал.

— Конечно, нет. Какая ты глупая! Тебя действительно зовут Сэм?

— Да. Сокращенно от «Саманта». Но друзья называют меня Сэм.

— А мое имя — Александр. Но так меня зовет только мама.

— Хочешь немного прогуляться? — Сэм не хотелось торчать на одном месте, а с мальчиком было веселее — все-таки компания...

— Прямо сейчас?

— Ага. А почему бы и нет? Ты кого-то ждешь?

— Нет. — Мальчик тут же погрустнел снова. — Они только что уехали домой. Я видел в окно, как они уезжали.

— Тогда почему бы нам с тобой не совершить маленькое путешествие? — Сэм лукаво улыбнулась Алексу и, подтолкнув его кресло вперед, сказала, что они немножко покатаются.

Все медсестры принялись махать им руками на прощание, а Сэм и Алекс подъехали к лифту и спустились на

270

первый этаж, где находился магазин подарков. Сэм купила Алексу леденец на палочке и две длинные карамели, а себе выбрала несколько журналов. Потом они решили купить жевательную резинку и вернулись на свой этаж, выдувая пузыри и отгадывая загадки.

— Хочешь посмотреть мою комнату?

— Конечно!

В палате Алекса стояла маленькая елочка, украшенная крошечными игрушками, а стены были завешаны рисунками и открытками, которые ему прислали школьные друзья.

— Я скоро вернусь домой. Доктор говорит, что мне не обязательно учиться в специальной школе. Если я хорошо позанимаюсь, то буду как все... почти.

— Мне мой доктор говорит то же самое.

— А ты разве ходишь в школу? — изумился Алекс.

Сэм рассмеялась:

— Нет, я работаю.

— И какая у тебя работа?

— Я работаю в рекламном агентстве. Мы делаем рекламные ролики.

— Такие, которые показывают по телевизору, чтобы детям навязывать всякую ерунду, да? Мама говорит, что люди, которые сочиняют эту рекламу, безвест... безавет... в общем, какие-то такие.

— Безответственные. Но я вообще-то сочиняю рекламу для взрослых... чтобы они покупали всякую ерунду типа автомашин, пианино, губной помады или разных ароматических жидкостей.

— Ясно.

— Да. Ну и... может быть, когда-нибудь я снова вернусь на ранчо и буду там работать.

Мальчик кивнул с видом знатока. Ему такое решение показалось вполне разумным.

— У тебя есть муж, Сэм?

— Нет.

— Почему?

— Наверное, я никому не нужна.

Она шутила, но он кивнул вполне серьезно.

— А у тебя есть жена, Алекс?

— Нет, — ухмыльнулся он. — Но зато есть две подружки.

— Целых две!

Они болтали так несколько часов подряд. Вечером вместе поужинали, и Сэм заехала к Алексу перед сном в палату, чтобы пожелать ему спокойной ночи и рассказать сказку. Возвращаясь к себе, она безмятежно улыбалась, а потом рьяно принялась за работу.

Глава 29

Алекс выписался из больницы в апреле. Он уехал домой к маме с папой, а потом вернулся в школу. Каждую неделю Алекс присылал Сэм по письму: он уверял, что чувствует себя таким же, как и остальные дети, и даже ездит по субботам вместе с папой на специальные бейсбольные игры, в которых принимают участие ребята в инвалидных колясках. Алекс диктовал эти письма своей матери, и Сэм складывала их в специальную папку. Она тоже посылала ему письма, жевательную резинку, открытки с изображением лошадей и прочие мелочи, которые продавались в магазинчике подарков и, по предположению Сэм, должны были прийтись Алексу по душе. Это общение придавало Саманте сил. А в конце месяца ее ждало испытание: врачи подняли вопрос о том, что ей пора возвращаться домой.

— Как вы к этому относитесь? Вы готовы?

Сэм пришла в ужас и замотала головой.

— Нет! Еще нет!

— Но почему?

— Не знаю... Я не уверена, что справлюсь... Я еще не... руки у меня недостаточно крепкие...

Она вдруг придумала тысячу отговорок, однако врачи отнеслись к этому как к нормальному явлению. Саманте было спокойно в ее коконе, и она уже не хотела уходить из больницы. Доктор Нолан знал, что настанет такой момент, когда им придется выпроваживать ее — конечно, ласково и осторожно, — а она будет отчаянно сопротивляться.

И действительно, у Саманты выработался очень удобный распорядок дня. Каждое утро она по три часа занималась гимнастикой, после обеда три часа сидела над бумагами, которые ей присылали из агентства. Рекламу, за которую она получила несколько призов и в том числе вожделенную премию Клио, давно показали по телевизору, и теперь Сэм предложила компании несколько новых идей. Генри Джонс-Адамс, его дружок и Чарли снова собирались на запад — отснять два новых ролика.

Однажды вечером Сэм позвонила Кэролайн: она хотела еще раз закинуть удочку насчет съемок на ее ранчо, надеясь отвлечь Кэролайн от грустных мыслей о здоровье Билла. Однако Кэролайн была в глубоком шоке. Она подошла к телефону и, услышав голос Сэм, не смогла совладать с собой. Из ее груди вырвались душераздирающие рыдания.

— О, Сэм!.. Господи... его больше нет... нет.

Сэм не знала, что ей сказать... Да и что можно сказать в таких случаях? Она лишь старалась с тех пор регулярно звонить Кэролайн и потихоньку подбадривать ее. С того вечера прошло несколько месяцев, но Кэролайн по-прежнему ничего не замечала вокруг, и Саманте было безумно больно осознавать, что ее подруга чувствует себя такой одинокой и сломленной, что она совсем пала духом и ее сердце разбито, ибо она потеряла человека, которого любила столько лет. Сэм и Кэролайн поменялись местами: теперь уже Сэм старалась ее ободрить и поддержать.

— Но у меня никого больше нет, Сэм. Мне незачем жить. Все мои родные умерли... а теперь и Билл...

— У вас есть ранчо, и я, и столько людей, которым вы небезразличны.

— Не знаю, Сэм. — У Кэролайн был такой усталый голос. — Мне кажется, что моя жизнь кончена. Я даже на работу не хочу выезжать! За меня теперь все делает мой новый управляющий. Без Билла все потеряло смысл, и... — со слезами в голосе добавила Кэролайн, — это так грустно!

Она похоронила Билла на ранчо и там же отслужила заупокойную службу. Билл настоял-таки на своем. Он до конца своих дней оставался управляющим ранчо, так и не став мужем Кэролайн. Впрочем, теперь это уже не имело значения. Независимо от того, догадывались люди об их отношениях или не догадывались, они уважали обоих, и очень многие сочувствовали Каро, считая, что она потеряла близкого друга.

О Тейте Джордане, разумеется, по-прежнему не было никаких новостей. Сэм даже и спрашивать перестала. Она была уверена, что Каро немедленно сообщит, если что-нибудь узнает. Скольких людей она опросила, на сколько ранчо съездила, со сколькими ковбоями и хозяевами ранчо переговорила — никто не видел Тейта и ничего о нем не слышал. Сэм терялась в догадках, не понимая, куда же он подевался, счастлив ли он и вспоминает ли ее, как она вспоминает его. Впрочем, разыскивать его теперь не было смысла. Ей нечего ему теперь предложить. Отныне она не позволила бы ему остаться с ней. Теперь она постаралась бы исчезнуть с его горизонта. Однако ей не придется этого делать, ведь Тейта уже целый год как нет рядом...

Весной Саманту наконец потихоньку вытолкнули из гнезда, хотя ее мать решительно протестовала. Врач выписал Сэм из больницы первого мая, чудесным, солнечным, теплым днем, и она поехала осматривать новую квартиру. В который раз Саманте пришлось воспользоваться помощью Чарли и Мелли. Она позвонила в трансагентство, и рабочие упаковали ее вещи. В старую квартиру нужно было подниматься по лестнице. Саманта понимала, что это ей не под силу. И вдруг произошло чудо: в доме, где жили Мелинда и Чарли, нашлась свободная квартира! Она располагалась на первом этаже, и под окнами имелся маленький, залитый солнцем палисадничек. Это было идеальное жилье для Саманты: никаких ступенек, подъехать легко и вдобавок ко всему у дверей сидит швейцар. Как говорится, то, что доктор прописал! Саманта велела грузчикам расставить мебель так, как она указала на рисунке, а ящики с ее вещами не трогать, она распакует их сама. Сэм решила, что это будет для нее первым испытанием после выписки из больницы. И действительно, испытание оказалось тяжким.

Она пыхтела и кряхтела, передвигая ящики, обливалась потом и один раз даже выпала из кресла — когда пыталась повесить на стену маленькую картину. Но все же поднялась с пола, повесила-таки картину, распаковала ящики, постелила себе постель, вымыла голову — короче, сделала все, чему ее научили в больнице. К понедельнику Сэм преисполнилась такого торжества, что когда появилась утром на работе, надев черную юбку, черный свитер, модные туфли из черной замши и украсив волосы красным обручем, то выглядела помолодевшей и совсем здоровой. Впервые за весь этот жуткий год у нее был такой цветущий вид. В полдень мать Саманты позвонила по телефону, настроившись на обычные причитания по поводу ее горькой участи, но Сэм была на деловой встрече. После этого она пошла вместе с Чарли и Харви в «Лютецию» — отпраздновать свое возвращение, а к концу недели уже провела переговоры с первым клиентом, причем проделала это изящно и непринужденно. Сэм поразилась тому, что мужчины по-прежнему смотрели на нее как на привлекательную женщину, и даже страх, что они на самом деле просто притворяются из жалости, не смог затмить радости: значит, она все-таки не утратила женственности, хотя после всего случившегося не может ощущать себя полноценной женщиной! В больнице Сэм отказывалась даже обсуждать с психотерапевтами перспективы своей личной жизни. Она считала, что ее поезд ушел, и они решили временно оставить эту тему и заняться другими психологическими проблемами Саманты. Однако во всем остальном ее успехи были столь грандиозны, что врачи надеялись на улучшение и в этой области. В конце концов, Саманте был всего тридцать один год, и она отличалась поразительной красотой. Мало вероятно, что такая женщина, как Сэм Тейлор, всю жизнь проживет одна! Независимо от того, что она утверждает сейчас.

— Итак, — Харви, обычно не очень-то щедрый на улыбки, заулыбался и поднял бокал шампанского, — я предлагаю выпить за Саманту. Чтоб ты жила еще сто лет и каждый день появлялась на работе в нашей фирме. Благодарю за внимание.

Он поклонился, все трое рассмеялись, и Саманта подняла в ответ свой бокал. К концу обеда они были уже полупьяными, и Сэм отпускала шуточки насчет того, что она потеряла управление своим креслом. На обратном пути в агентство она наехала на двух пешеходов, после чего ее повез Чарли. Однако он радостно врезался в полицейского, который чуть не рухнул на колени.

— Чарли, ради Бога! Смотри, куда ты меня везешь!

— Да я... мне... Мне кажется, он пьян. Какое безобразие! Напиваться на посту!

Они смеялись как дети и, когда вернулись в контору, никак не могли протрезветь. В результате, оставив свои безнадежные попытки, все рано разошлись по домам. Это был поистине великий день.

В субботу Сэм пригласила своего маленького друга Алекса на ленч; они сидели на солнышке, каждый в своем инвалидном кресле. Оба заказали хот-дог и картофель, жаренный во фритюре, а потом Саманта сводила Алекса в кино. Они сидели рядом в проходе «Радио-Сити», и малыш округлившимися глазами смотрел на экран. После того как в конце дня она отвезла его матери, ей стало немножко грустно, и она поспешила укрыться у Мелли, где можно было поиграть с малышкой. И вот когда Саманта осторожно катилась на своем кресле по комнате, маленькая Сэм вдруг встала и на цыпочках, взмахивая ручками, пошла за ней. «Большая Сэм» — так в присутствии малышки называли Саманту — ахнула от изумления. Потом малышка, что-то лепеча, упала на ковер, и Сэм позвала Мелли, которая появилась в тот самый момент, когда девочка опять сделала несколько шажков. А ведь ей было всего десять месяцев!

— Она ходит! — неизвестно к кому обращаясь, крикнула Мелли. — Она ходит... Чарли! Сэм уже ходит...

Потрясенный Чарли — он не понял, что речь идет о девочке, — заглянул в комнату. Сэм подняла глаза, из которых градом лились слезы, а затем, улыбнувшись, показала на смеющегося ребенка.

— О да, она ходит.

Глава 30

В тот год агентство «Крейн, Харпер и Лауб» получило еще одну премию Клио — за другой рекламный фильм Саманты, а к концу года благодаря ей у фирмы было еще два более крупных заказа. Пророчества матери Сэм, предвещавшей ей зловещую участь, не сбылись. Сэм работала еще активнее прежнего, легко справлялась с домашним хозяйством, виделась с друзьями и время от времени ходила по субботам в кино с Алексом, которому уже исполнилось семь лет. В целом Сэм была довольна своей жизнью. Она радовалась тому, что живет на свете... радовалась тому, что ей удалось выжить. И все же не совсем понимала, как будут дальше развиваться события. Харви до сих пор занимал должность творческого директора. Он по-прежнему грозился уйти на пенсию, но Сэм в это не верилось. Не верилось вплоть до первого ноября, когда он вызвал ее к себе в кабинет и рассеянно указал на кресло.

— Присаживайся, Сэм.

— Да я уже сижу, Харви, спасибо. — Сэм усмехнулась, а Харви сначала смутился, а потом захохотал.

— Не нервируй меня, Сэм... Черт побери, я должен тебе кое-что сказать... вернее, нет... попросить...

— Неужели вы решили наконец-то мне сделать предложение?

Это у них была такая вечная шутка. На самом деле Харви счастливо жил со своей женой уже целых тридцать два года.

— Да ну тебя! Я с тобой серьезно сейчас говорю, Сэм, — Харви посмотрел на нее даже с некоторой свирепостью, — я твердо решил это сделать. Первого января я ухожу на пенсию.

— И когда это вам пришло в голову, Харви? Сегодня утром?

Сэм все еще улыбалась. Она давно не относилась серьезно к его угрозам и была вполне довольна своей работой. За последние годы ее зарплата существенно увеличилась, и вдобавок компания «Крейн, Харпер и Лауб» отнеслась к ней с такой добротой и пониманием в тяжелую минуту жизни, что Сэм чувствовала себя перед ней в неоплатном долгу. Должность Харви была ей не нужна.

— Может, вам просто нужно отдохнуть? Поезжайте с Мэгги на Рождество в теплые края, на какой-нибудь остров в Карибском море. А когда вернетесь, опять будете паинькой, засучите рукава и приметесь за работу.

— Я не хочу! — Он вдруг заговорил, как капризный ребенок. — Понимаешь, Сэм? В пятьдесят девять лет я вдруг задался вопросом: а что это я здесь делаю? Кому, черт побери, нужна эта реклама? Кто через год вспомнит что-нибудь из наших творений? А я трачу на нее свои последние годы, которые мог бы провести с Мэгги. Просиживаю штаны за письменным столом! Все, я больше не желаю! Я хочу вернуться домой, Сэм, вернуться, пока не поздно. Пока у меня есть шанс насладиться жизнью, пока мы с Мэгги не заболели и не умерли. Я никогда так не рассуждал, но на следующей неделе, во вторник, мне стукнет шестьдесят, и я вдруг начал задумываться. В общем, я твердо решил уйти на пенсию, и ты меня не отговоришь, потому что я тебе не позволю. Я позвал тебя сюда для того, чтобы спросить, хочешь ли ты занять мое место. Если хочешь, то пожалуйста, оно твое. Но в принципе мой вопрос — это чистая формальность, потому что оно будет твоим в любом случае, независимо от твоего желания.

Потрясенная, Сэм какое-то время молчала, не зная, что ответить, а потом пробормотала:

— Ну и речь вы произнесли, Харви!

— Я говорил абсолютно серьезно.

— Что ж, в каком-то смысле вы, как это ни странно, правы...

Сэм постоянно вспоминала историю Билла Кинга и тети Каро. И спрашивала себя: а в полной ли мере они насладились обществом друг друга? Ведь они так старались скрыть свои многолетние отношения, что наверняка упустили множество мгновений, которые в другом случае могли бы провести вместе. Сэм считала это пустой тратой энергии, которую лучше было бы использовать иначе, однако понимала, что прошлого не вернуть. Теперь ее больше волновало состояние Каро, которая после смерти Билла уже целых восемь месяцев чувствовала себя ужасно. Она пребывала в глубокой депрессии. Сэм хотелось навестить ее, но отправиться в поездку она пока не решалась. Дома Сэм вполне освоилась и прекрасно со всем справлялась, однако перспектива очутиться вне дома, отправиться в далекое путешествие ее пока пугала. Она еще не побывала в Атланте у матери и подозревала, что так никогда и не побывает. Однако поездка к тете Каро — это совсем другое дело. Просто она еще не взялась как следует за организацию этой поездки. Сэм подумывала о том, чтобы навестить Кэролайн на Рождество, но твердой уверенности у нее еще не было. У Саманты возникали сложные чувства в связи с поездкой на ранчо в рождественские каникулы, ведь там на нее нахлынут воспоминания о Тейте.

— Ну что, Сэм, хочешь стать творческим директором?

Прямой вопрос требовал прямого ответа... Сэм посмотрела на Харви и нерешительно усмехнулась.

— Самое забавное, что я не знаю. Мне нравится работать у вас, Харви, и я привыкла считать, что должность творческого директора — это предел мечтаний. Но, по правде говоря, с тех пор как моя жизнь за последние пару лет круто изменилась, у меня появились другие жизненные ценности, и теперь я вовсе не нахожу привлекательным то, что сопряжено с вашей работой: бессонные ночи, головную боль, перспективу заполучить язву... особенно сейчас. С другой стороны, меня волнует то, что творческому директору приходится много ездить в командировки, а я к этому пока не готова. Я пока чувствую себя в плане поездок недостаточно уверенно, поэтому еще даже не навестила мою подругу в Калифорнии. Так что не знаю, Харви, наверное, я больше не гожусь на эту должность. Может, вы подумаете про Чарли?

— Он художественный директор, Сэм. Ты сама знаешь, насколько это необычно, чтобы художник стал режиссером. Это совершенно разные специальности.

— Может быть. Но он справится, и очень даже хорошо.

— Ты тоже. Так ты подумаешь об этом?

— Конечно, подумаю. Значит, вы теперь не шутите?

Сэм была изумлена как его решением, так и своей нерешительностью. Однако она уже не была уверена, что именно такая работа и есть предел ее мечтаний. Да и потом, как бы ловко ни справлялась она со всеми делами, сидя в инвалидном кресле, она не знала, удастся ли ей справиться с работой творческого директора, требовавшей гораздо большей подвижности.

— Как скоро я должна дать вам ответ?

— Через пару недель.

Сэм кивнула, они еще немного поболтали, и Сэм выехала из кабинета. Покидая Харви, она искренне собиралась дать ему ответ в конце второй недели. Но через десять дней жизнь поставила ей подножку, и Сэм показалось, будто небо обрушилось на землю. В последние два года у нее частенько возникало такое ощущение.

Она сидела в своем кабинете, держа в руке письмо от адвоката Кэролайн, и по ее лицу струились слезы. Потом проехала по коридору до комнаты Чарли и с опрокинутым лицом застыла в дверях.

— Что-то случилось? — Чарли тут же оторвался от дел и подошел к ней.

Но это был глупый вопрос. Побледневшая Сэм кивнула и, въехав в комнату, протянула письмо. Он прочел и потрясенно посмотрел на Саманту.

— Ты знала?

Она покачала головой, проливая тихие слезы, и прошептала:

— Мне это даже в голову не приходило... Но, наверное, у нее больше никого нет.

Она простерла к Чарли руки, он дружески сжал их.

— О, Чарли! Ее больше нет! Что мне теперь делать?

— Успокойся, Сэм. Успокойся.

Однако Чарльз был потрясен не меньше Саманты. Кэролайн Лорд умерла неделю назад, в выходной. Сэм сначала обиделась: почему ей никто не позвонил? Там же Джош! Почему он ничего не сообщил? Но обида вскоре прошла. Ковбои ведут совсем иной образ жизни, им и в голову не пришло бы звонить ей в Нью-Йорк.

По завещанию Кэролайн ранчо отошло к Саманте. Кэролайн умерла во сне, спокойно, без мучений. Чарли — да и Саманта — подозревали, что она просто хотела этого. Без Билла Кинга жизнь была ей не мила.

Саманта медленно откатилась от Чарли и уставилась в окно.

— Почему она оставила ранчо мне, Чарли? Что мне теперь с ним делать, черт побери? Ну какая из меня теперь хозяйка ранчо? — Голос Саманты дрогнул: она вспомнила счастливые времена, вспомнила, как проводила там время с Барбарой, Кэролайн и Биллом, а потом и с Тейтом... Подумала о тайном убежище влюбленных, о Черном Красавчике, о Джоше — слезы еще быстрее заструились по ее лицу.

— Почему это ты не можешь быть хозяйкой ранчо? — послышался голос Чарли, и, повернувшись к нему, Сэм поймала его взгляд.

— Потому что, как это ни прискорбно, как бы я ни пыталась сделать вид, что я нормальный человек и веду нормальный образ жизни: работаю, общаюсь с друзьями, живу одна и езжу везде на такси, — в действительности я, Чарли, калека, в этом моя дорогая мамочка абсолютно права. Так на черта мне тогда ранчо? Что мне с ним делать? Смотреть, как они там ездят верхом на лошадях? Жить на ранчо могут только здоровые люди, Чарли.

— Твое здоровье зависит только от тебя. У лошади четыре ноги, Сэм. Так что тебе вообще ни одной ноги не нужно. Пусть лошадка за тебя ходит. А выглядеть ты будешь гораздо более стильно, чем в инвалидной коляске.

— У тебя плоский юмор, — сердито буркнула Саманта и, развернув коляску, выехала из кабинета.

Однако спустя пять минут Чарли явился к ней: он твердо решил обсудить новый поворот событий, не обращая внимания на ее сердитые крики.

— Оставь меня в покое, слышишь? Женщина, которую я так любила, только что умерла, а ты твердишь, что я должна туда поехать и кататься на лошадях! Оставь меня в покое! — вопила Сэм, но его эти вопли не убедили.

— Нет, не оставлю. Не оставлю, и вот почему: хотя мне, конечно, страшно жаль, что она умерла, я думаю, что для тебя ее наследство — это подарок. И не потому, что это ранчо стоит больших денег, а просто это мечта, с которой ты можешь прожить всю оставшуюся жизнь, Сэм. Я внимательно за тобой наблюдал с тех пор, как ты вернулась. Ты, конечно, работаешь так же хорошо, как и прежде, но если честно, то мне кажется, тебя это уже не волнует. По-моему, тебе не хочется здесь жить. С тех пор как ты влюбилась в ковбоя на ранчо, тебе хочется только одного, Сэм. Ты хочешь отсюда уехать. И вдруг, когда тебе представилась такая возможность, ты начинаешь изображать калеку! Знаешь что? Я думаю, ты просто трусишь. И не позволю тебе играть в такую игру!

— Интересно, как ты можешь мне помешать «изображать калеку» — по твоему выражению?

— Уж как-нибудь постараюсь выбить из тебя дурь. Привезу тебя, ткну носом и напомню, как ты любишь все, что там есть. Лично я считаю, что это безумие, и для меня любое место западнее Поукипси все равно что Восточная Африка, но ты, ты просто помешалась на всем этом! Господи, да во время прошлогодних съемок у тебя глаза вспыхивали, как электрические лампочки, всякий раз, когда ты видела лошадь, корову или какого-нибудь ковбоя. Меня там все бесило, а ты приходила в восторг и теперь собираешься отказаться от своего счастья? Может, лучше поступить наоборот? Почему бы не воплотить в жизнь хотя бы одну свою мечту? Ты так часто рассказывала Алексу о специальных уроках верховой езды — ты прочитала о них когда-то в газете. В последний раз, когда он заезжал сюда за тобой — вы собирались вместе пообедать, — Алекс уверял меня, что сможет кататься верхом — вроде бы ты ему это сказала. Почему бы тебе не превратить ранчо Кэролайн в место для людей, подобных тебе и Алексу? Почему бы не попытаться сделать что-то в этом роде?

Сэм изумленно воззрилась на друга, слезы перестали катиться по щекам.

— Но я не смогу это осилить, Чарли... С чего начать? Как? Я же ничего в этом не смыслю!

— Научишься. Ты знаешь толк в лошадях. Знаешь, что такое сидеть в инвалидном кресле. На ранчо полно людей, они тебе помогут. Твоя задача — координировать их работу. Как на съемках большого рекламного фильма, а ты делаешь это чертовски здорово!

— Чарли, ты сошел с ума!

— Возможно. — Он ухмыльнулся. — Но признайся, Сэм, тебе ведь и самой хочется побезумствовать.

— Пожалуй, да, — честно призналась Сэм. Изумленное выражение еще не сошло с ее лица. — Ну и что мне теперь делать?

— Почему бы тебе не поехать туда и не сориентироваться на месте, Сэм? Черт возьми, это же теперь твоя собственность!

— Поехать сейчас?

— Да когда хочешь!

— Самой?

— Если хочешь.

— Я не знаю. — Сэм снова отвернулась от Чарли и уставилась в пространство, думая о ранчо без тети Каро.

Как больно будет увидеть его, зная, что ее там больше нет! Везде будут подстерегать воспоминания о людях, которых она любила и которых больше никогда не увидит...

— Я не хочу туда ехать одна, Чарли. Я не выдержу.

— Тогда возьми кого-нибудь с собой, — деловито сказал он.

— Кого ты предлагаешь мне взять? — скептически спросила Саманта. — Мою мамочку?

— Упаси Боже! Черт, я не знаю, Сэм. Возьми Мелли.

— А как же ребятишки?

— Тогда возьми нас всех. Вернее, мы сами себя возьмем. Малыши с удовольствием поедут в путешествие, мы тоже. А там, на месте, я тебе выскажу мое мнение.

— Ты серьезно, Чарли?

— Совершенно. Я считаю, что это будет самым серьезным решением, которое ты когда-либо принимала в своей жизни, и мне ужасно не хотелось бы, чтобы ты все испортила.

— Мне тоже. — Сэм мрачно взглянула на него и неожиданно спросила: — Как насчет Дня благодарения?

284

— То есть?

— Праздник через три недели. Может, нам поехать тогда?

Чарли немного подумал и усмехнулся.

— Договорились. Я позвоню Мелли.

— Ты думаешь, она захочет поехать?

— Да, черт побери! А если нет, — он снова усмехнулся, — тогда я поеду один.

Но Мелли не стала возражать, когда он позвонил ей. Мальчики тоже согласились поехать, а больше Сэм и Чарли в свои планы никого не посвящали. Они потихоньку принялись готовиться к четырехдневной поездке в Калифорнию на День благодарения. Саманта даже Харви ничего не сказала, боясь его расстроить. Своего решения насчет работы она ему пока не сообщила.

Глава 31

Когда они проезжали последние несколько миль по незнакомому шоссе, Саманта странно притихла. Однако этого никто не заметил. Мальчики от волнения даже подпрыгивали на сиденьях машины, взятой напрокат. Малышку Мелли оставила со своей матерью, и до сих пор путешествие проходило гладко. Праздник Благодарения получился очень нетрадиционным, но они — во всяком случае, взрослые — считали, что поездка того стоит. В самолете они съели по маленькому пересушенному кусочку индейки и салат, и Мелли пообещала на следующий день устроить на ранчо настоящий праздничный обед.

Саманта утром уже успела все обсудить с Джошем по телефону. Он сказал, что мальчики могут спать в спальных мешках в одной из двух гостевых комнат, а Чарли и Мелинда — в комнате тети Каро. Сэм же поселится в той комнате, где она жила в прошлый раз. Дом был достаточно большим, и места хватало на всех. Джош заверил Саманту, что продукты в доме есть, и предложил встретить их в аэропорту Лос-Анджелеса. Однако Сэм не хотелось портить ему праздник, и она договорилась встретиться с Джошем, когда они сами доберутся до ранчо. Джош сказал ей — он, как обычно, недовольно бурчал и запинался, — что ему очень радостно видеть Сэм в роли новой хозяйки ранчо и он сделает все возможное, чтобы помочь ей. Он только надеется, что она не совершит страшную глупость и не продаст ранчо, ведь она может стать одной из самых лучших хозяек ранчо во всей округе. Сэм в ответ печально улыбнулась, пожелала ему хорошо провести праздник и поспешила в холл, навстречу Мелли, Чарли и мальчикам. Они должны были ехать в аэропорт на двух такси, мальчики уселись в большом пикапе и распевали песни.

Однако, подъезжая к ранчо, Саманта думала исключительно о Кэролайн и Билле Кинге, о том, как она в последний раз видела их живыми и здоровыми. Потом ее мысли обратились к дням, проведенным вместе с Тейтом. Все это было теперь похоже на сон... все казалось таким далеким: разделенные с Тейтом минуты радости, их поездки в домик, прогулки верхом на его коне и на прекрасном скакуне Каро. Тогда она еще могла ходить... Сэм погрузилась в мрачную задумчивость и в который раз осознала, сколь многое изменилось в ее жизни.

— Вот оно, — тихо произнесла с заднего сиденья Сэм, указывая вперед дрожащим пальцем.

Они въехали в главные ворота, проехали немного по извилистой дороге, и наконец она увидела дом тети Каро. Однако свет в окнах не горел, и хотя было всего пять часов дня, дом в лучах заходящего солнца выглядел унылым, одиноким и печальным.

— Джош сказал, что он оставит дверь открытой. Чарли, когда зайдешь внутрь, зажги свет в гостиной, выключатель на правой стене, прямо за дверью.

286

Сэм сидела в машине, не отрывая глаз от дома. В глубине души она все равно ожидала увидеть, как в доме зажжется свет и в окне покажется улыбающееся лицо тети Каро, которая помашет им рукой. Но когда Чарли включил лампу и торопливо вернулся к машине, рядом с ним никого не оказалось. Тут даже мальчики притихли и принялись озираться по сторонам.

— А где лошади, Сэм?

— В конюшне, милые. Я покажу их вам завтра.

— А сегодня нельзя?

Сэм улыбнулась мальчишкам, глядя поверх головы Чарли, и кивнула.

— О'кей, давайте занесем наши вещи, а потом я проведу вас по усадьбе.

Однако теперь, очутившись на ранчо, Сэм уже не хотела этого. Ей не хотелось заходить ни в дом, ни в конюшню, не хотелось видеть Черного Красавчика, Навахо и других лошадей. Она желала увидеть лишь Кэролайн, Билла Кинга и Тейта Джордана и вновь зажить той жизнью, которая никогда уже не вернется. Когда она пересела из машины в инвалидное кресло и Чарли повез ее по ступенькам к двери дома, в горле Саманты стоял комок величиной с яблоко. Она медленно заехала в дом и осмотрелась. Затем, так же не спеша, покатилась по коридору к своей комнате. В следующую минуту сыновья Чарли вприпрыжку пробежали мимо Саманты; она натянуто улыбнулась, показала мальчикам их комнату и возвратилась в гостиную к Чарли и Мелли. Сэм направила друзей в их комнату, однако сама туда заглядывать не стала. Ей не хотелось видеть пустую спальню, которая когда-то принадлежала Каро и Биллу.

— Как ты себя чувствуешь? — ласково посмотрела на Сэм Мелинда.

Саманта кивнула:

— Все в порядке. Честное слово!

— У тебя усталый вид.

Однако Сэм не устала, она просто была сейчас ужасно несчастной.

— Нет, все чудесно.

Сэм снова до боли отчетливо вспомнила, в каком состоянии она покидала ранчо, не зная, где Тейт и удастся ли найти его, однако еще не теряя надежды. Теперь она твердо знала, что никогда его не увидит. А в довершение всех бед она и Каро потеряла... Эти мысли были невыносимо тяжким грузом. А потом, сидя у окна и глядя на холмы, погружавшиеся в сумрак, Сэм увидела кривоногую фигурку, которая приближалась к дому... Казалось, это эльф или какой-то лесной дух... И вдруг влажные глаза Саманты радостно заблестели. Это же Джош!.. Он заметил, что в доме зажглись огни, и спешит к ней. Расплывшись в улыбке, Сэм доехала до двери, распахнула ее и замерла на крыльце.

Но Джош остановился как вкопанный и, потрясенно глядя на нее, пробормотал:

— О Господи...

Только тут Сэм наконец осознала, что плачет. Джош тоже заплакал и кинулся вверх по ступенькам, а она принялась спускаться вниз, и на полпути они встретились. Джош склонился над Самантой, обнял ее, поддерживая, и они вместе оплакивали Билла и Каро, Тейта и... саму Саманту. Казалось, несколько часов подряд слышались лишь их полузадушенные всхлипы, потом сухопарый пожилой ковбой громко всхлипнул и выпрямился.

— Почему мне никто не сказал, Сэм?

— Я думала, мисс Каро...

Он покачал головой, и на его лице появилось выражение отчаяния.

— Как это произошло?

На миг Сэм закрыла глаза, но тут же снова открыла. Казалось, она тоже была в шоке. Саманта как бы увидела себя со стороны... теперь она калека, сидящая в инвалидном кресле, а вовсе не гордая белогривая лошадка, носившаяся по всему ранчо. Ей вдруг почудилось, что жизнь ее кончена, что она вмиг состарилась. Она не управится с этим хозяйством! Это невозможно. На нее будут реагировать так же, как Джош. Мало ли что ей внушали в нью-йоркской больнице! Она калека, калека...

— Сэм...

— Все в порядке, Джош. — Саманта ласково улыбнулась ему и глубоко вздохнула. — Это случилось в Колорадо, почти год уже прошел. Я сама виновата.

Воспоминания потускнели, но Сэм, разумеется, не забыла серого жеребца... Серого Дьявола и тот миг, растянувшийся на целую вечность, когда она взлетела в воздух...

— Я вела себя неосторожно, а жеребец попался норовистый. Он был как бешеный, я не удержалась на нем, и он сбросил меня в овраг.

— Зачем?.. Зачем ты так рисковала? — Пристально смотревшие на Саманту глаза Джоша снова наполнились слезами. Он инстинктивно догадался, что она слишком быстро скакала, и Саманта не стала этого отрицать.

— Не знаю, — вздохнула она. — Должно быть, голову потеряла. Мне кажется, поездив на Черном Красавчике, я решила, что в состоянии совладать с любой лошадью. И потом... я была чем-то расстроена. — Сэм расстроилась из-за Тейта, но не захотела говорить об этом Джошу. — Вот так все и случилось.

— А ты не хочешь подать на них... Может, они?.. — Он не знал, как закончить фразу, но она без труда поняла его и покачала головой.

— Нет. Это случилось по моей вине. Но я думала, ты знаешь. Думала, Кэролайн тебе сообщила.

— Нет, она ни словом не обмолвилась.

— Наверное, она слишком была поглощена Биллом. С ним ведь в то время случился первый сердечный приступ. Я хотела приехать, но была очень занята по работе, а потом... — Сэм запнулась, но тут же продолжила: — Потом я десять месяцев пролежала в больнице. — Она обвела взглядом знакомые домики. — Мне, конечно, надо было приехать после больницы, но я... не знаю, наверное, я боялась.

Боялась увидеть то, что мне уже не под силу, поэтому я больше не повидалась с Каро. Джош, — губы Сэм задрожали, — она так убивалась после смерти Билла, а я ей ничем не помогла.

Саманта закрыла глаза и снова протянула руки к пожилому ковбою, ища утешения в его дружеских объятиях.

— Она держалась молодцом, Сэм. И ушла от нас именно так, как и хотела. Без него ей жизнь стала не мила.

Выходит, он знал? Неужели Билл и Каро зря притворялись все эти годы? Сэм в упор посмотрела на Джоша и убедилась, что для него отношения Билла и Кэролайн не были секретом.

— Они были все равно что муж и жена, Сэм.

Она кивнула.

— Я знаю. Но лучше бы они поженились.

Он пожал плечами.

— Что поделать, старые обычаи. — Потом снова поглядел на Саманту, и в его глазах появился вопрос: — Ну а ты-то что скажешь? — До Джоша внезапно дошло, что она вряд ли сможет теперь управляться со здешним хозяйством. — Ты продашь ранчо, да?

— Не знаю. — Лицо Сэм стало озабоченным. — Я просто не понимаю, как мне со всем тут управиться. Наверное, мое место в Нью-Йорке.

— Ты теперь живешь со своими родителями?

Джоша, видимо, интересовало, как же она справляется со всякими бытовыми делами.

Сэм покачала головой и, усмехнувшись, сказала:

— Нет, черт побери! Я живу одна. Живу в одном доме с друзьями, которые приехали сюда со мной. Мне пришлось переселиться в другую квартиру, на первом этаже. Но я со всем управляюсь самостоятельно.

— Так это же потрясающе, Сэм! — В его словах содержался лишь еле заметный намек на то, что он разговаривает с инвалидом, но Сэм понимала, что Джошу еще надо будет к ней привыкнуть.

290

В каком-то смысле она сама еще не привыкла, так что не обижалась на Джоша...

А потом он вдруг задал вопрос, который ее шокировал:

— А почему бы тебе не делать всего этого здесь? Мы поможем. Да ты и на лошади прекрасно будешь ездить! Если, конечно, теперь не вздумаешь вытворять черт-те что! — Джош сердито сверкнул на нее глазами, но тут же улыбнулся.

— Не знаю, Джош. Я сама об этом подумывала, но побаиваюсь. Потому и приехала сюда. Я не хотела принимать решения, пока не приеду на ранчо и не посмотрю на все своими глазами.

— Я рад, что ты здесь. И знаешь... — он прищурился и погладил себя по подбородку, глядя на темнеющий горизонт, — по-моему, у меня сохранилось старое седло, и я вполне смогу его для тебя приспособить. Но я должен предупредить, — он сердито зыркнул глазами на Сэм, — на Черном Красавчике ты ездить не будешь! Лучше не подходи к нему, а не то я тебе всю задницу отобью!

— Как же, остановишь меня! — Сэм уже не плакала, а смеялась, это было так похоже на прошлое... однако Джош вовсе не шутил.

— Остановлю с превеликим удовольствием. Хотел бы я знать, какой болван разрешил тебе сесть на того жеребца.

— Человек, который видел, как я умею ездить верхом.

— Вот до чего доводит желание покрасоваться.

Такой упрек мог ей бросить Тейт, и глаза Саманты моментально посерьезнели.

— Джош!

— Да?

— Ты так ничего и не слышал про Тейта Джордана?

С тех пор как Тейт уехал, прошло полтора года, однако Джош покачал головой.

— Нет. Еще одним ковбоем стало меньше. Бог его знает, куда он подевался. Да, Тейт был бы хорошим управляющим, Сэм.

«А мужем — и подавно», — подумала Саманта, но не высказала того, что было у нее на сердце.

— А как тебе нравится новый управляющий?

— Нормальный парень. Но он собирается уезжать. Ему сделали заманчивое предложение. Он заявил об этом юристу вчера утром. Парню не хочется рисковать, он боится потерять работу, если ты продашь ранчо, и поэтому, пока не поздно, решил уехать. У него куча детей, — добавил в оправдание управляющего Джош.

Сэм смерила его взглядом.

— А ты, Джош? Ты остаешься?

— Ну да, черт побери! Здесь слишком долго был мой дом. Куда я теперь поеду? Так что можешь продавать меня вместе с ранчо.

— Слушай, а если я его не продам... ты бы не хотел сделаться управляющим?

— Ты шутишь, Сэм? — В глазах Джоша вспыхнул интерес. — Ну конечно, хотел бы! Правда, жена моя совсем возгордится, тошно на нее смотреть будет. Но ничего, переживем.

Они обменялись улыбками, и он протянул ей шершавую руку. Сэм ее пожала.

— Сэм! — Из приоткрытой стеклянной двери выглянул Чарли: он услышал, что Саманта с кем-то разговаривает, и захотел узнать с кем.

Она торопливо повернулась к нему в кресле, представила Чарльза и Джоша друг другу, и они немного побеседовали про ранчо.

Наконец Джош снова опустил глаза и посмотрел на Саманту. Он на какое-то время забыл о ней и вел разговор через ее голову.

— Ты долго здесь пробудешь, Сэм?

— Только до воскресенья. Потом мы должны вернуться. Мы с Чарли работаем в Нью-Йорке. Он художник.

— Не просто художник, а гений!

Все засмеялись.

— Вы умеете ездить на лошади? — поинтересовался Джош.

Чарли покачал головой, и Джош широко улыбнулся.

— Мы вас научим. Сэм сказала, вы привезли с собой детей.

— Да, троих. Сыновей.

— А сколько у вас вообще ребятишек? — поднял брови Джош.

— Четверо. Малышка осталась дома.

— Ну это еще ничего! — хохотнул Джош. — У меня шестеро.

— Не приведи Господь! — в ужасе воскликнул Чарли, и все опять залились веселым смехом.

Джош познакомился с Мелли и мальчиками, а потом все отправились в конюшню, чтобы полюбоваться лошадьми. Мальчишки пришли в такой восторг, что принялись прыгать на кучах сена и визжать под дружный хохот взрослых. Было решено на следующий день преподнести ребятам урок верховой езды. Перед выходом Сэм ненадолго задержалась возле Черного Красавчика, который был, как обычно, великолепен и смирно стоял в своем закутке.

— Красивый конь. Правда, Сэм? — Тут Джош посмотрел на Красавчика с гордостью. Потом перевел взгляд на Сэм и добавил, словно что-то припомнив: — Теперь он твой, Сэм.

— Нет. — Она печально покачала головой. — Он всегда будет принадлежать Каро. Но я буду на нем ездить.

Она улыбнулась, однако Джош на сей раз ее не поддержал:

— Нет, не будешь!

— Ладно, давай перенесем сражение на завтра.

Джош посмотрел на Саманту с сомнением, однако возражать не стал, и они спокойно добрались до хозяйского дома. У крыльца он их оставил, на прощание ласково посмотрев на Сэм. Вот тогда-то она и поняла наконец, что вернулась домой. Да, других она потеряла, но у нее все-таки есть Джош. И прекрасное ранчо, которое досталось ей от Кэролайн, и воспоминание о тех минутах, которые ее подруга провела вместе с Биллом, и память о ее собственном счастье с Тейтом в тайном убежище влюбленных... Этого у нее никто не отнимет, особенно если она будет жить здесь!

Глава 32

— Так-так, Сэм... мы тебя держим... — Два ковбоя соединили руки и посадили на них Саманту, а двое других держали лошадь.

Это был не Черный Красавчик и даже не Навахо. Лошадь, предназначенную для Саманты, звали Красотка. Но на сей раз лошадиная кличка не раздражала Сэм. Она чувствовала себя сейчас такой немощной, что даже сама удивлялась, поэтому и лошадь для нее подобрали очень смирную. А потом ее охватило ликование. Ковбои быстро посадили Саманту в седло, Джош привязал ее ноги, и она изумленно уставилась на всех сверху вниз.

— Боже мой, и вправду получилось! Эй, я еду верхом! — Сэм сейчас была похожа на восторженного ребенка.

— Никуда ты не едешь. — Джош был явно доволен. — Ты просто сидишь. Пусти лошадь шагом, Сэм, пускай пройдет немножко, а ты посмотришь, каково это.

Сэм прошептала:

— Поверишь ли... я боюсь.

И застыла; лицо ее то принимало испуганное выражение, то кривилось в нервной усмешке. Наконец Джош тихонько взял смирную кобылку под уздцы и повел вперед.

— Все нормально, Сэм. Сейчас я прогуляю тебя по двору.

— Джош, ты разговариваешь со мной, как с младенцем. Он посмотрел на нее через плечо и ласково улыбнулся.

— А ты и есть младенец. И перед тем как научишься ездить рысью, тебе придется научиться ездить шагом.

Но уже в следующую минуту он отпустил вожжи, и Красотка медленно потрусила по двору. Лицо Сэм расплылось в широчайшей улыбке.

— Эй, ребята, я бегу! — закричала она. — Я бегу... посмотрите!

Сэм так разволновалась, казалось, ее сердце выпрыгнет из груди. Впервые за целый год она не передвигалась в инвалидном кресле, а снова бежала. Ну и пусть она не сама бежит! Саманта давно не испытывала такого восторга, как сейчас, когда она ехала на лошади и ветер развевал ее волосы. Джош битый час уговаривал ее, что на первый раз она покаталась достаточно. Когда ей помогли спешиться, Сэм была на седьмом небе от счастья, ей чудилось, будто она летит; глаза сверкали, золотистые локоны выбились из прически и обрамляли прелестное лицо.

— Ты отлично смотрелась на лошади, Сэм, — сказал Джош, когда ковбои усадили ее обратно в кресло.

Она заговорщицески улыбнулась:

— Вообще-то сначала я до смерти перепугалась.

— Что ж, вполне резонно. После того что с тобой стряслось, ты была бы совсем с приветом, если бы не боялась. — Он помолчал и задумчиво поинтересовался: — Ну и как тебе?

— Господи, как здорово, Джош! — Сэм закрыла глаза и опять улыбнулась. — Я снова почувствовала себя нормальным человеком. — Она поглядела в мудрые глаза старика, и улыбка сползла с ее лица. — Как когда-то давно.

— Да. — Он почесал подбородок. — Но думаю, дело поправимое. Сэм, ты можешь вернуться сюда и заправлять хозяйством на ранчо...

Джош всю ночь думал об этом. Но теперь Сэм не стала возражать, а задумчиво посмотрела на старика, склонив голову набок.

— Хотите знать, что я думаю?

Он кивнул.

— Мы с Чарли говорили об этом еще в Нью-Йорке. Не знаю, может, это чистое безумие, но... Что, если превратить ранчо в особое место, такое, где были бы люди... — она заколебалась, подбирая слова, — подобные мне? В основном дети, но и кое-кто из взрослых. Мы будем учить их ездить верхом, будем помогать им вернуться к нормальной жизни. Джош, я даже не в состоянии описать чувства, которые охватили меня, когда я сидела на лошади. Здесь, в кресле, я совсем другая. И всегда буду другой. Но, сев на лошадь, я стала прежней. Ну, может, не совсем прежней, но как только я освою езду, то стану совершенно той, прежней Самантой. Представьте себе, мы будем открывать перед людьми новый мир, давать им лошадей, учить...

Сэм не заметила, что в глазах Джоша — как и в ее собственных — заблестели слезы... Он задумчиво кивнул, обводя взглядом постройки.

— Нам придется тут кое-что изменить, но мы сможем...

— Вы мне поможете?

Джош снова кивнул.

— Я не очень-то много знаю про... про... — пытаясь быть тактичным, он удержался и не сказал слово «калеки», — про таких людей, но, черт возьми, я отлично разбираюсь в лошадях и даже слепого научил бы ездить верхом. Мои ребятишки уже в три года держались на лошади.

Сэм знала, что Джош говорит правду; он такой же терпеливый и ласковый, как любой психотерапевт, занимавшийся с ней в больнице.

— Да, Сэм, мы бы с этим справились. Ей-богу, я с удовольствием попробую!

— Я тоже. Но мне нужно все обдумать. Наш план требует вложений, мне придется подбирать психотерапевтов, медсестер и врачей, придется искать людей, которые захотели бы доверить мне своих детей. А с какой стати им, собственно, хотеть этого?

Но на самом деле Саманта говорила в основном с самой собой. А еще через пару мгновений эти рассуждения прервали Чарли и Мелли, которые буквально засыпали Джоша вопросами про ранчо.

Воскресенье наступило слишком быстро, и утром, когда настала пора прощаться, все сожалели, что нужно уезжать. Джош прямо-таки горевал; перед отъездом Сэм в аэропорт он схватил ее за руку, и на его лице была написана целая тысяча вопросов.

— Ну как? Ты сдержишь свое обещание?

Джош понимал, что иначе он больше никогда не увидит Саманту. А он не мог этого допустить! Он хотел помочь ей обрести себя и устроить ранчо для особых детей. В последние дни Джош почувствовал, что Сэм страшно одиноко и больно.

— Я еще не знаю, Джош, — честно ответила Саманта. — Мне нужно кое-что разузнать и обдумать. Я обязательно сообщу, как только приму решение.

— А когда это может быть?

— Вам что, другую работу предложили? — встревожилась Саманта.

— Если бы я ответил «да», — усмехнувшись, сказал Джош, — тебя бы это побудило согласиться?

Сэм в ответ рассмеялась:

— Вот хитрец!

Он посерьезнел:

— Я просто не хочу, чтобы ты отказывалась от этого ранчо.

— Я тоже не хочу, Джош. Но я так мало разбираюсь в сельском хозяйстве... По-моему, мне стоит заниматься только тем, о чем мы с тобой тогда говорили.

— Так почему бы не заняться?

— Дайте мне как следует подумать.

— Ладно, думай. — Он наклонился, стиснул Сэм в медвежьих объятиях и попрощался с Чарли, Мелли и тремя их сыновьями.

Они махали ему, пока он не скрылся из виду. Обратная дорога в отличие от путешествия на ранчо была очень спокойной. Мальчики утомились и были разочарованы тем, что приходится возвращаться в Нью-Йорк. Чарли и Мелли то и дело клевали носом, а Сэм все время, пока они добирались домой, напряженно думала. Ей было о чем подумать, ведь предстояло решить, справится ли она с поставленной задачей, хватит ли денег, вырученных за продажу скота, на переоборудование ранчо, и нужно ли ей это. Действительно ли она готова бросить налаженную жизнь в Нью-Йорке? Саманта была настолько поглощена обдумыванием своего решения, что по пути домой почти не вспоминала про Тейта.

Она простилась с Чарли и Мелли в вестибюле дома и скрылась в своей квартире, где засела за какие-то записи.

Наутро, когда Чарли постучался в дверь ее кабинета, вид у Саманты по-прежнему был озабоченный.

— Ну что, наездница, ты решилась?

— Тсс. — Она приложила палец к губам и жестом пригласила Чарли войти. В агентстве никто не знал про этот замысел, и ей особенно не хотелось посвящать в него Харви. Пока она не уверена, ему ничего не следует знать.

— Так что ты собираешься делать, Сэм? — Чарли развалился на диване. — Знаешь, что я бы предпринял на твоем месте?

— Нет. — Сэм старалась говорить грозно, однако Чарли всегда удавалось ее рассмешить. — Я хочу принять решение самостоятельно.

— Умница. Только не соверши ошибки: не надо ничего рассказывать маме. А то она, наверное, упечет тебя в сумасшедший дом.

— И вероятно, будет права.

— Вряд ли. Во всяком случае, если тебя и отправят в дурдом, то не за это. — Он улыбнулся Саманте и сел прямее как раз в ту минуту, когда на пороге появилась секретарша Харви.

— Мисс Тейлор!

— Да? — Сэм повернулась к ней лицом.

— Мистер Максвелл хотел бы побеседовать с вами.

— Сам Господь Бог? — Чарли сделал потрясенное лицо и отправился к себе в кабинет, а Сэм поехала вслед за секретаршей Харви по коридору.

Харви был задумчивым и усталым. На его столе высилась гора из бумаг, и он поднял на Сэм глаза, только когда что-то дописал.

— Привет, Сэм.

— Здравствуйте, Харви! Что случилось?

Он опять не сразу перешел к делу, а еще какое-то время говорил о пустяках.

— Ну как провела День благодарения?

— Прекрасно. А вы?

— Великолепно. С кем ты его праздновала?

Вопрос был с подковыркой, и Сэм занервничала.

— С Петерсонами.

— Отлично. У них дома или у себя?

— У меня.

«Но это же правда!» — принялась уверять себя Сэм. В конце концов, ранчо теперь действительно принадлежит ей!

— Это просто потрясающе, Сэм. — Харви лучезарно улыбнулся. — Ты делаешь удивительные успехи.

— Благодарю. — Этот комплимент много для нее значил, и они обменялись мимолетными улыбками.

— Что ж, тогда мне легче будет перейти к делу. Я вызвал тебя, потому что до сих пор ты не дала мне ответ.

Харви выжидающе умолк. Саманта вздохнула и сразу сникла.

— Я знаю, что не дала, Харви... Мне так неудобно, но я должна подумать.

— Неужели у тебя действительно есть выбор? — Харви был изумлен.

Да какой у нее может быть выбор, в конце-то концов?!

— Если ты до сих пор волнуешься из-за командировок, то это не беда: тебе нужно будет нанять компетентного помощника — вот и все! — Он усмехнулся. — Последуй моему примеру — и дело в шляпе! А с остальным ты, безусловно, справишься. Черт возьми, Сэм, да ты столько лет подряд выполняла и свою, и мою работу!

Он шутил, но она погрозила ему пальцем.

— Наконец-то вы это признали! Будьте любезны подписать соответствующий протокол.

— Ни за что на свете! Ладно, Сэм, не держи меня больше на поводке. Скажи, что ты решила. — Он откинулся на спинку кресла и улыбнулся. — Я хочу домой.

— Самое поганое в этой истории, Харви, — грустно произнесла Саманта, — что я тоже хочу домой.

Однако он явно не понял.

— Но это и есть твой дом, Сэм.

Она покачала головой:

— Нет, Харви, в этот уик-энд мне кое-что открылось. Здесь не мой дом.

— Тебе плохо в нашей компании? — Харви был шокирован. Он и представить себе не мог такого. Неужели она хочет уволиться?

Но Саманта поспешила воскликнуть:

— Нет, мне не плохо! Я говорю не об агентстве... а... мм... не знаю, как вам объяснить, но это имеет отношение вообще к Нью-Йорку.

— Сэм, — Харви поднял руку, прерывая ее, — предупреждаю: если ты собираешься мне сообщить, что переедешь в Атланту к своей матери, со мной случится шок. Если ты действительно собралась мне это сказать, то позвони сперва моему доктору.

Сэм в ответ лишь рассмеялась и снова покачала головой:

— Нет, что вы!

— Тогда в чем дело?

— Я от вас кое-что скрывала, Харви. — Сэм виновато посмотрела на человека, который был ее начальником на протяжении десяти лет. — Моя подруга Кэролайн оставила мне в наследство ранчо.

— В наследство? — изумился Харви. — И ты теперь собираешься его продать?

— Не думаю, — с расстановкой произнесла Сэм. — Нет.

— Но ты же не собираешься оставить его себе, Сэм?! Что ты с ним будешь делать?

— О, мало ли что! — Сэм подняла на Харви глаза и наконец поняла, каков будет ее ответ. — У меня есть замысел. Может быть, я не справлюсь, может, я беру на себя слишком много и потерплю фиаско, но я все равно хочу попробовать. Я хочу дать детям-инвалидам возможность научиться ездить верхом, быть независимыми, передвигаться по земле не только в инвалидном кресле, но и на лошади.

Харви задумчиво смотрел на Саманту.

— Вы считаете меня сумасшедшей? — спросила она.

Он печально улыбнулся.

— Нет, мне просто жаль, что ты не моя дочь. Я пожелал бы тебе удачи и отдал бы тебе все мои деньги, чтобы ты осуществила свой план. Конечно, мне хотелось бы сказать тебе, Сэм, что ты сошла с ума, но я этого не скажу. Хотя то, что ты затеваешь, никакого отношения не имеет к работе творческого директора на Мэдисон-авеню. Ты уверена, что тебе именно это нужно?

— Самое забавное, что я до последней минуты не была в этом уверена. Но теперь, когда сказала вам, не сомневаюсь. Да, я уверена! — ответила Сэм и, тихонько вздохнув, добавила: — Но что вы будете делать? Предложите свое место Чарли?

Он немного подумал и кивнул:

— Наверное. Он вполне справится.

— А вы уверены, что вам хочется выйти на пенсию, Харви? — в свою очередь, спросила Саманта. Однако она и сама видела, что он внутренне готов к этому, и понимала, что в его положении поступила бы точно так же.

Харви кивнул:

— Да, Сэм, уверен. Не меньше, чем ты насчет своего ранчо. Я хочу выйти на пенсию... а неизвестность всегда немного пугает. Ты не можешь гарантировать, что сделаешь верный шаг.

— Пожалуй.

— По-твоему, Чарли согласится на эту работу?

— Да он будет в экстазе!

— Тогда это место его. Да, это логично. Творческому директору приходится работать по пятнадцать часов в сутки, брать работу домой на выходные, оставаться без отпуска, есть, пить и спать, думая только о рекламе. Я больше так существовать не желаю.

— Я тоже. А Чарли желает.

— Тогда отправляйся к нему и скажи про новое назначение. Или лучше мне это сделать?

— Вы мне доверяете такое?

Это было последнее важное поручение агентства, которое Сэм могла выполнить.

— А почему бы и нет? Он твой близкий друг, — отозвался Харви и печально взглянул на Сэм. — Когда ты нас покидаешь?

— А когда вам удобнее?

— Оставляю это на твое усмотрение.

— Может, первого января?

До первого января оставалось пять недель. Это было заблаговременное предупреждение, и Харви, очевидно, тоже так решил.

— Тогда мы с тобой уволимся вместе. Мы с Мэгги даже можем навестить тебя на ранчо. Человек моего возраста вполне сойдет за инвалида, и ты сможешь включить меня в число твоих подопечных.

— Глупости! — Она объехала в кресле стол и поцеловала Харви в щеку. — Вы никогда не будете немощным стариком... ну разве что когда вам исполнится сто три года.

— Это случится на будущей неделе. — Харви обнял Сэм за плечи и тоже поцеловал. — Я горжусь тобой, Сэм. Ты потрясающая женщина!

Он смущенно кашлянул, побарабанил пальцами по крышке стола и взмахнул рукой, прогоняя Саманту.

— А теперь иди к Чарли и скажи ему про новое назначение.

Сэм без лишних слов покинула его кабинет и, расплывшись в улыбке, покатила по коридору. Остановившись в дверях кабинета Чарли, где, как обычно, царил хаос, она окликнула его в тот момент, когда он пытался найти под диваном теннисную ракетку. В обеденный перерыв Чарли договорился поиграть с приятелем в теннис, но пока что отыскал только теннисные мячики.

— Что ты там ищешь, неряха? Я вообще не знаю, как в таком кавардаке что-то можно найти.

— А? — Чарли вынырнул из-под дивана, но лишь на какую-то долю секунды. — О, это ты. Не могу найти. Слушай, у тебя нет лишней теннисной ракетки?

Такие шутки она могла терпеть только от Чарли.

— Ну разумеется, есть! Я же играю в теннис два раза в неделю. И на коньках катаюсь. И уроки ча-ча-ча беру.

— О, заткнись! Ну как самой-то не противно? Что с тобой? Неужели у тебя нет достоинства? Нет вкуса? — Он с притворным гневом сверкнул на нее глазами, и она расхохоталась.

— Что касается достоинства и вкуса, то тебе не мешало бы самому прикупить немножко. Они тебе понадобятся.

— Ты о чем? — Чарли не понял намека.

— О вкусе.

— Да зачем он мне нужен? У меня его отродясь не было.

— Но ты и не был творческим директором большого рекламного агентства.

Он непонимающе уставился на Саманту.

— Что ты сказала?

Сердце Чарли бешено заколотилось. Но нет, этого не может быть! Харви предлагал эту работу Саманте... Хотя... если...

— Сэм!

— Вы меня слышали, мистер Творческий Директор? — Саманта просияла от радости.

— Сэм?.. Сэм! — Он вскочил на ноги. — Он что... неужели я...

— Да. И он — да. И ты — да.

— А как же ты? — шокированно спросил Чарли.

Неужели ее обошли? В таком случае он тоже не согласится. Они оба уволятся, откроют свое дело, можно будет...

303

Сэм угадала, какие мысли лихорадочно проносятся в его голове, и взяла Чарли за руку.

— Не волнуйся. Это место твое. Я уезжаю в Калифорнию, Чарли, и устрою там ранчо для детей-инвалидов. А если ты будешь себя хорошо вести, то, может быть, позволю тебе и твоим ребятишкам приезжать ко мне на лето и...

Чарли не дал ей договорить. Он подбежал к Саманте и крепко сжал ее в объятиях.

— О, Сэм! Молодец! Молодец! Когда ты решилась?

Чарли радовался и за себя, и за нее. Он чуть не прыгал от радости, как ребенок.

— Не знаю, — засмеялась Сэм. — Наверное, прямо сейчас, в кабинете Харви... А может быть, вчера вечером в самолете... или утром, когда я разговаривала с Джошем... Я не знаю, когда у меня созрело это решение, Чарли. Но оно созрело.

— И когда ты увольняешься?

— Когда ты приступишь к новой работе. Первого января.

— Господи, Сэм, неужели это серьезно? Неужели я буду творческим директором? Но ведь мне всего тридцать семь лет!

— Не переживай, — успокоила его Саманта. — Ты выглядишь на пятьдесят.

— Спасибо, вы очень любезны.

По-прежнему сияя от восторга, Чарли потянулся к телефону, чтобы позвонить жене.

Глава 33

— Ну? Как жизнь? Когда вы открываетесь? — Чарли звонил ей каждую неделю, чтобы пожаловаться на уйму работы и выяснить, как продвигаются дела на ранчо.

— Мы открываемся через две недели, Чарли.

— А на что это будет похоже? На открытие банка? Вы будете раздавать тостеры, воздушные шарики и кепочки?

Сэм улыбнулась. Последние пять месяцев он ее постоянно подбадривал, ведь ей было очень тяжело. Конечно, по сравнению с целой жизнью пять месяцев — это ерунда, но Сэм работала по шестнадцать — восемнадцать часов в сутки, и эти пять месяцев, казалось, растянулись на целых десять лет. Работники ранчо снесли маленькие домики, построили новые сараи, изменили внешний вид коттеджей, сделали пандусы, устроили бассейн, продали большую часть скота, оставив лишь несколько коров, чтобы они давали молоко и забавляли ребятишек. Пришлось брать на работу психотерапевтов, знакомиться с медсестрами, общаться с докторами, а это неизбежно было сопряжено с поездками. Сэм полетела в Денвер, чтобы повидаться с врачом, который сделал ей первую операцию на позвоночнике, потом побывала в Фениксе, Лос-Анджелесе и Сан-Франциско, а затем наконец отправилась в Даллас и Хьюстон. В каждом городе она виделась с ведущими ортопедами. Сэм наняла секретаршу, которая сопровождала ее в поездках. Это облегчало Саманте жизнь и придавало ей более деловой вид. Она хотела рассказать врачам о своей программе, чтобы они направляли к ней пациентов — детей, которые могли бы провести на ранчо от четырех до шести недель, научиться вновь наслаждаться жизнью, ездить на лошадях, общаться с детьми, у которых такие же проблемы, стать независимыми от своих родителей и самим себя обслуживать.

Во время презентации своего проекта Сэм показала фотографии ранчо — такого, каким оно было и каким, по ее замыслу, должно было стать. Она разработала подробные планы занятий по оздоровительной гимнастике, дала справку на весь персонал и подробно изложила свою биографию. И повсюду, куда бы она ни приезжала, ее ждал теплый прием. Врачи были потрясены. Они связывали ее с другими докторами, большинство приглашали домой, чтобы познакомить с женами и детьми. А в Хьюстоне у Саманты даже появился поклонник, однако Сэм удалось изящно вывернуться из неловкой ситуации, не испортив отношений с этим врачом. К концу поездок Сэм знала, что по крайней мере сорок семь врачей в шести разных городах будут посылать пациентов на ее ранчо.

Она сохранила название «Лорд» и оставила часть старых работников. Джоша Сэм, как и обещала, сделала управляющим и даже дала ему бронзовую табличку, чтобы он повесил на своей двери. Джош был в восторге. Однако Саманте нужны были и молодые работники, и вдвоем с Джошем они тщательно отбирали кандидатов, оценивая их отношение к детям, к инвалидам, к лошадям. Саманте не нужны были слишком старые работники, не нужны были нетерпеливые люди или люди с тяжелым характером; она остерегалась тех, кто мог проявить неосторожность в обращении с детьми или с лошадьми. Только на отбор персонала ушло почти два месяца. Но зато теперь у Саманты была дюжина работников, двое — еще со старых времен, десятеро новых. Больше всех ей нравился широкоплечий, красивый, рыжеволосый и зеленоглазый «малец» (как называл его Джош) по имени Джеф. Он был застенчивым и закрытым парнем, но, ничего не рассказывая о своей жизни, был готов часами говорить про то, что нужно сделать на ранчо. В его послужном списке говорилось, что он в свои двадцать четыре года успел поработать на разных ранчо: за восемь лет — Джеф начал работать в шестнадцать — он успел побывать на пяти ранчо в трех разных штатах. Когда Сэм поинтересовалась причиной столь частых переездов, Джеф ответил лишь, что он много путешествовал вместе с отцом, но теперь живет самостоятельно. Когда же она позвонила на два последних места его работы, ей посоветовали сделать все возможное, чтобы его удержать, а если он захочет уволиться, прислать его обратно к ним. В результате Джеф Пикетт стал помощником управляющего, и Джош был вполне доволен своим подчиненным.

Единственным, что действительно тревожило Сэм, да и то лишь некоторое время, был вопрос, откуда достать нужные деньги; однако если человеку чего-нибудь очень хочется — а ей хотелось страстно, — он горы способен свернуть.

Кэролайн оставила Саманте небольшую сумму денег, которая в первые же недели была истрачена на строительство. Потом подоспели деньги, вырученные за продажу скота, а после этого Джош подкинул Саманте весьма полезную идею. Он сказал, что теперь им не понадобится большая часть современного оборудования, имевшегося на ранчо, не будут нужны тракторы, грузовики, сельскохозяйственный инвентарь. Поэтому Сэм продала их и построила шесть новых коттеджей и плавательный бассейн. Когда и эти деньги подошли к концу, она занялась поисками грантов и обнаружила, что это новый источник средств, о котором она раньше и не подозревала, а получив три гранта, взяла ссуду в банке.

За месяц до открытия ранчо Саманте позвонил Харви, который отдыхал в Палм-Спрингсе вместе с Мэгги: устраивал со своими старыми приятелями теннисные турниры. Харви спросил, нельзя ли им с Мэгги навестить Саманту, а когда приехал, то заявил, что хочет вложить в ее ранчо пятьдесят тысяч долларов. А ей как раз не хватало такой суммы, и, когда он выписал чек, Саманта сказала Харви, что его послал сам Господь Бог. Так что теперь средства у нее были, а через год или два на банковском счету ее организации уже будут деньги, и они перейдут на полную самоокупаемость. Сэм не стремилась разбогатеть на этом деле. Она хотела заработать лишь столько, сколько необходимо для обустройства жизни и поддержания хозяйства на ранчо.

Сэм сказала Чарли, что открытие намечено на седьмое июня и через несколько дней на ранчо должны приехать недостающие специалисты по физическому тренингу. Кроме того, предстояло еще привезти несколько лошадей. Ванны уже были оборудованы джакузи, бассейн выглядел фантастически, в коттеджах было очень уютно, и в ближайшие два месяца Сэм собиралась принять тридцать шесть ребятишек.

— А когда я смогу приехать?

— Не знаю, дорогой. В любое время, как только пожелаешь. Или лучше подожди немного, вот мы начнем, сориентируемся немного. Наверное, я буду крутиться как белка в колесе.

Выяснилось, что это было еще мягко сказано. Саманта даже не представляла себе, насколько будет занята. Каждое утро она была завалена работой: приходили письма от врачей, просьбы от родителей, — а потом целый день вместе с Джошем обучала ребятишек. В одной из заявок на грант она заказала специальные седла для детей-инвалидов. А получив пятьдесят штук, подала заявку еще на пятьдесят, подозревая, что вскоре они понадобятся. В работе с детьми Сэм проявляла безграничное терпение, занимаясь с группами по два-три человека. И всякий раз происходило одно и то же: сначала дети, сев верхом, испуганно вцеплялись в переднюю луку седла. Но потом Джош начинал прогуливать лошадь, дети чувствовали удивительную свободу, движение захватывало их, возникало впечатление, будто они не сидят, а ходят, и в конце концов ребятишки визжали от радости. Наблюдая за ними, Сэм не могла совладать с волнением и неизменно приходила в восторг, а Джош и другие ковбои украдкой смахивали слезу.

Все дети полюбили Саманту, и, подражая старым ковбоям, которые два с лишним года назад прозвали ее за выгоревшие на солнце волосы Белогривкой, тоже стали называть ее так. Где бы она ни появлялась в своем инвалидном кресле: на занятиях с психотерапевтами, в бассейне или в хорошеньких маленьких домиках, где принималась стелить их постели или прибираться в комнатах, — везде слышались крики:

— Белогривка!.. Белогривка!

Сэм за всем успевала следить, а вечером в столовой, где питались все, включая Саманту, велись бесконечные споры по поводу того, кто сегодня будет сидеть за ее столом, кто сядет справа, кто слева. А сев в кружок у костра, спорили, кто будет держать Сэм за руку. Самым взрослым пациентом был шестнадцатилетний мальчик, который поначалу угрюмо молчал и держался враждебно; за полтора года он перенес двенадцать операций на позвоночнике: парень катался на мотоцикле и попал в аварию, а его старший брат погиб. Однако, проведя четыре недели на ранчо, парнишка пре-

308

образился. Рыжий Джеф стал его наставником, и они быстро подружились. Младше всех была семилетняя шепелявая девочка с огромными голубыми глазами, на которые то и дело наворачивались слезы. У нее с рождения вместо ног были култышки. Она еще не до конца преодолела свой страх перед лошадьми, но уже прекрасно играла с другими детьми.

Порой, изумленно оглядевшись — лето было в разгаре, и детей на ранчо прибавилось, — Сэм поражалась тому, что ее не угнетает присутствие стольких калек. Когда-то лишь совершенство казалось ей нормой, и она не справилась бы ни с одной из трудностей, которые сейчас возникали на каждом шагу и были частью обычного существования: некоторые дети отказывались общаться с окружающими, протезы не подходили, на ранчо подчас попадали четырнадцатилетние подростки, которым нужно было менять бумажные подгузники, инвалидные кресла застревали и не ехали вперед, тормоза ломались... Порой Саманта изумлялась, как она со всем справляется, но самым удивительным было то, что это стало ее особым стилем жизни. Она мечтала иметь детей, и ее молитвы были наконец услышаны: к концу августа на ранчо было пятьдесят три ребенка. Затем она сделала еще одно нововведение. Саманта получила очередной грант, купила специально оборудованный школьный автобус и договорилась с местной школой насчет того, что после Дня труда ребятишки, приехавшие на ранчо, смогут ездить на занятия. Для многих детей это была возможность впервые вернуться в школу и оказаться среди нормальных детей, и Сэм считала, что это хорошая психологическая тренировка перед отъездом домой. В общем, Сэм продумала почти все, что только можно, и когда в конце августа ее навестили Чарли и Мелли, они были совершенно потрясены увиденным.

— Сэм, о тебе еще не писали в газетах? — Чарли завороженно глядел на подростков, которые возвращались под вечер домой после конной прогулки по холмам.

Большинство детей обожали лошадей. Сэм и в этом плане проявила крайнюю предусмотрительность: они с Джошем тщательно выбирали самых смирных животных, которые внушали бы седокам чувство уверенности.

Однако Сэм в ответ на вопрос Чарли покачала головой.

— Я не хочу рекламы, Чарли.

— Почему? — удивился Чарли, приученный к рекламе и шумихе в Нью-Йорке.

— Не знаю. Наверное, мне так больше нравится. Мы живем тихо и спокойно. Я не хочу показухи. Мне хочется просто помогать детям.

— Ну, это у тебя получается на «отлично»! — Чарли расплылся в улыбке, поглядывая на Мелли, которая догоняла малышку Сэм, бежавшую по дорожке. — В жизни не видел таких счастливых детей. Им у тебя хорошо, правда?

— Надеюсь.

Детям, да и родителям, а также врачам и прочим работникам действительно было хорошо у Саманты. Она претворила мечты в жизнь. Дети получали максимум свободы, родители обретали надежду, врачи могли осчастливить убитых горем родителей и детей, а жизнь других работников ранчо становилась куда более осмысленной. И почти всегда на ранчо были дети, ради которых и стоило все это затевать. Бывало, конечно, что к ним попадали ребятишки, которым не могли помочь даже самые заботливые психотерапевты и наставники. Бывали случаи, когда даже любовь и терпение Сэм не давали желаемого результата. Это происходило в тех случаях, когда дети были еще не готовы принять помощь, не дозрели до нее, а порой — такое тоже встречалось — было понятно, что они не дозреют никогда. Сэм и ее коллегам было тяжело признать, что они не в состоянии помочь ребенку, но они все равно старались как могли, старались до последней минуты, до отъезда ребенка с ранчо.

Удивительно, что, несмотря на скопление увечных детей, на ранчо всегда царило веселье, слышались смех и восторженные крики, мелькали улыбающиеся лица. Сэм и сама никогда еще не чувствовала себя такой счастливой и умиротворенной. И теперь, встречаясь с хозяевами или работниками других ранчо и отбирая новый персонал, она спрашивала людей только о том, что непосредственно касалось дела. Бесконечные и бесплодные поиски Тейта прекратились. Саманта спокойно говорила, приводя в уныние Чарли, что ее удел — всю жизнь быть одной и заниматься только ранчо и своими детишками. Казалось, ей больше ничего не нужно, и Джош любил приговаривать, что это ужасное безобразие. В тридцать два года Сэм по-прежнему отличалась изумительной красотой, и Джошу больно было осознавать, что она одинока. Сэм никем из мужчин не интересовалась и вела себя очень осторожно, стараясь не подавать надежды одиноким отцам пациентов и врачам, которым она нравилась. Она считала, что для нее личная жизнь больше невозможна, это навсегда закрытая дверь. И все же она не вызывала жалости, ведь Сэм постоянно была окружена детьми, которые ее обожали и которых она искренне любила.

Дело было в октябре, день выдался необычайно теплый. Саманта чем-то занималась во дворе, и вдруг ее позвали в контору — принять необычного пациента. Его направил на ранчо судья Лос-Анджелеса, услышавший о деятельности Сэм. За обучение мальчика должен был платить суд. Сэм знала, что он приедет утром. Знала и то, что история мальчика довольно своеобразна, однако социальный работник сказал ей по телефону, что объяснит все на месте, когда они приедут. Сэм заинтриговали его слова, но в то утро у них с Джошем были кое-какие дела, и она не захотела поджидать ребенка в конторе. До возвращения детей из школы ей еще предстояло выполнить кучу дел. В тот момент на ранчо проживал шестьдесят один человек. Сэм уже решила, что на ранчо можно будет разместить максимум сто десять детей. Что ж, пока еще есть возможности для расширения численности.

Когда Джеф пришел за Самантой — она беседовала с Джошем, остановившись возле джакузи, — он посмотрел на нее как-то странно. И, вернувшись в контору, Сэм поняла почему. В маленьком сломанном инвалидном кресле сидел съежившийся светловолосый мальчик с огромными голубыми глазами; руки его были сплошь в синяках, и он судорожно прижимал к себе старого плюшевого мишку. Увидев его, Сэм чуть не ахнула — настолько он был не похож на осталь-

311

ных. За последние пять месяцев она перевидала множество увечных детей: приезжая на ранчо, они плакали, хныкали, упрямились, капризничали. Им не хотелось ходить в школу, они боялись лошадей, не понимали, с какой стати они должны теперь сами стелить себе постели, но при всех различиях этих детей роднило одно: они были обласканы и даже заласканы родителями, которые души в них не чаяли и страшно переживали, что судьба так жестоко обошлась с их любимыми крошками. Никогда еще на ранчо не попадал столь откровенно нелюбимый ребенок, малыш, чьи тело и душа были так жестоко изранены. Когда Сэм подъехала к нему поближе и протянула руки, пытаясь заговорить с мальчиком, он заслонился локтем и жалобно заплакал. Сэм переглянулась с социальным работником и, переведя взгляд на мальчика, по-прежнему стискивавшего своего плюшевого мишку, тихонько проговорила:

— Не бойся, Тимми. Здесь тебя никто не обидит. Меня зовут Сэм. А это Джеф. — Она указала на рыжеволосого юношу, однако Тимми сидел зажмурившись и плакал все громче и громче. — Ты боишься?

Сэм спросила еле слышно, и через минуту мальчик кивнул и приоткрыл один глаз.

— Я тоже боялась, когда приехала сюда в первый раз. Пока я не покалечилась, я очень много каталась верхом, но когда впервые приехала сюда, тоже боялась лошадей. Ты тоже их боишься?

Он решительно затряс головой.

— А чего ты боишься?

Мальчик открыл второй глаз и в ужасе уставился на Саманту.

— Ну скажи.

Наконец раздался тихий, сдавленный шепот:

— Тебя.

Сэм была потрясена. Она подняла глаза на Джефа, социального работника и свою секретаршу, взглядом умоляя их отойти подальше. Они медленно отступили вглубь комнаты.

— Но почему ты меня боишься, Тимми? — продолжала Саманта. — Я не сделаю тебе ничего плохого. Ты же видишь, я, как и ты, сижу в инвалидном кресле.

Какое-то время он молча смотрел на нее, потом кивнул.

— А почему ты в кресле?

— Я попала в аварию. — Сэм теперь не рассказывала о том, что упала с лошади. Это не соответствовало ее замыслам, ведь она пыталась приучить детей к верховой езде. — Но я чувствую себя уже гораздо лучше и очень многое могу делать самостоятельно.

— Я тоже. Я умею сам себе готовить.

«Неужели ему приходится самому готовить обед? — изумилась Сэм. — Кто же все-таки этот мальчик и почему он так зверски избит?»

— А что ты любишь готовить?

— Спагетти. Ну их еще продают в консервных банках.

— У нас здесь тоже есть спагетти.

Мальчик грустно кивнул.

— Я знаю. В тюрьме всегда дают спагетти.

Сердце Саманты дрогнуло, она потянулась к ребенку и взяла его за руку. Но на этот раз он не стал прятаться, хотя второй рукой по-прежнему судорожно сжимал старого, грязного мишку.

— По-твоему, здесь у нас как в тюрьме?

Мальчик кивнул.

— Ну что ты. Здесь у нас летний лагерь для ребят. Ты когда-нибудь ездил в лагерь?

Он покачал головой, и Саманта подумала, что он выглядит не на свои шесть лет, а года на четыре. Она уже знала, что, когда ему был всего годик, он перенес полиомиелит, пагубно отразившийся на развитии его ног и таза.

— Моя мама сидит в тюрьме, — внезапно произнес мальчик.

— Мне грустно это слышать.

Он снова кивнул.

— Ее посадили на три месяца.

— И поэтому ты здесь?

А где же отец... или бабушка? Кто-нибудь, кому дорог этот ребенок? Впервые Саманта так расстроилась, принимая пациента. Она была готова три шкуры спустить с родственников мальчика за то, что они с ним сделали.

— Ты будешь с нами, пока она не вернется домой?

— Наверное.

— Ты хочешь научиться ездить на лошадях?

— Наверное.

— Я могу тебя научить. Я люблю лошадей. Тут у нас есть прекрасные лошади. Ты можешь выбрать ту, что тебе понравится.

На ранчо оставалась примерно дюжина лошадей, которые на данный момент не имели седоков. Каждому из детей выделялась какая-то одна лошадь, на которой он ездил, пока жил у Саманты.

— Ну так как, Тимми?

— Угу... да... — Однако он все время нервно посматривал на Джефа. — А это кто?

— Джеф.

— Он легавый?

— Нет. — Сэм решила говорить тем же языком. — У нас нет тут легавых. Он просто ухаживает за лошадьми и за ребятишками.

— А он бьет детей?

— Нет! — шокированно воскликнула Сэм и, потянувшись к мальчику, погладила его по голове. — Здесь тебя никто не обидит, Тимми. Никогда. Я обещаю.

Мальчик опять кивнул, но было видно, что он ей не верит.

— Кстати, может быть, мы с тобой немного побудем вместе? Ты можешь посмотреть, как я учу ребят ездить верхом, а потом мы поплаваем в бассейне.

— У вас есть бассейн? — Глаза его зажглись.

— Ну конечно!

Но сперва Сэм хотела искупать малыша в ванне. Он был такой грязный! Похоже, его не купали по целым неделям.

— Хочешь посмотреть свою комнату?

Мальчик пожал плечами, однако от Сэм не укрылось, что он заинтересовался еще больше; она слегка усмехнулась и протянула ему книжку-раскраску вместе с цветными фломастерами, попросив немного подождать.

— Ты куда? — В его глазах вновь появились подозрительность и испуг.

— Человек, который привез тебя, хочет, чтобы я подписала кое-какие бумаги. Я сделаю это и отведу тебя в твою комнату, а потом покажу бассейн. О'кей?

— О'кей. — Он принялся доставать фломастеры, а Сэм пересекла комнату в своем кресле и знаком пригласила социального работника пройти вслед за ней в комнату секретарши. Джефа она шепотом попросила остаться.

Социальный работник, который привез мальчика, был усталым мужчиной лет пятидесяти. Он многое повидал на своем веку, и, по его мнению, этот мальчик был не хуже остальных. Однако для Саманты такие дети, как Тимми, были в новинку.

— Господи, кто же о нем заботился?

— Никто. Мать посадили в тюрьму две недели назад, и соседи решили, что ребенка тоже куда-то отправили. Мамаша ни слова не сказала полицейским про мальчика, когда ее забирали. Он сидел один в квартире, смотрел телевизор и питался консервами. Но потом мы все же заставили мать разговориться. — Мужчина вздохнул. — Она наркоманка. Большую часть жизни проводит то в тюрьме, то в центрах и больницах, где лечат наркоманов, то еще бог знает где. Малыш — безалиментный ребенок, она ему даже ни одной прививки не сделала. Неудивительно, что он заболел полиомиелитом!

Социальный работник досадливо нахмурился, а Сэм смутилась.

— Извините, но что такое «безалиментный ребенок»? Мужчина улыбнулся.

— Я забываю, что остались еще порядочные люди, которые не знают подобных выражений. Безалиментный ребенок — это ребенок проститутки. Она не знает, кто его отец. Им мог быть кто угодно.

— А почему ее не лишат материнских прав? Куда смотрит суд?

— Он может это сделать. Я думаю, что на сей раз судья серьезно обдумывает эту возможность. Вообще-то она и сама не прочь отказаться от ребенка. Она считает себя этакой мученицей времен ранних христиан, ведь бедняжка уже шесть лет подряд ухаживает за ребенком-инвалидом, сколько можно?! — Мужчина умолк и потом сказал, глядя Саманте в глаза: — Должен предупредить вас, что к тому же здесь имело место жестокое обращение с ребенком. Вы видели синяки у него на руках. Она избивала его зонтиком. Чуть не сломала мальчику позвоночник.

— О Господи, неужели ей опять отдадут мальчика?

— Она же прошла психологическую реабилитацию, — бесцветным голосом ответил мужчина. По роду своей работы он насмотрелся такого, что его уже ничем нельзя было прошибить.

А вот Сэм никогда ни с чем подобным раньше не сталкивалась.

— Ему оказали психиатрическую помощь?

Мужчина отрицательно покачал головой.

— Мы признали его нормальным, если не считать, конечно, ограниченных двигательных возможностей. Но умственно он полноценен. С психикой у него все в порядке.

Саманте хотелось закричать на него. Разве может быть у малыша все в порядке с психикой, если мать избивает его зонтиком? Мальчик жутко запуган. Ей это сразу бросилось в глаза.

— В общем, его мать отсидела в тюрьме уже две недели, и, если у нее не будет никаких нарушений, ее выпустят досрочно — через два месяца. Так что вы берете его на шестьдесят дней.

Как берут напрокат автомобиль или еще какую-нибудь вещь... Малыш напрокат. Инвалид напрокат... Сэм ощутила дурноту.

— А потом?

— Потом она получит его обратно, если только суд не примет решения лишить ее материнства или она сама от него не откажется. Не знаю, может быть, вы, если захотите, сможете его усыновить.

— Разве его не могут усыновить какие-нибудь приличные люди?

— Пока она не лишена материнских прав — нет, а заставить ее отказаться вы не можете. Да и потом, — социальный работник пожал плечами, — кто захочет усыновить ребенка в инвалидной коляске? В общем, как ни посмотреть на эту ситуацию, он все равно рано или поздно окажется в приюте.

«В тюрьме», как сказал сам Тимми.

До чего же безрадостная участь ждет этого шестилетнего ребенка!

Сэм печально посмотрела вслед этому унылому мужчине, который направился к выходу.

— Мы очень рады, что он поступил к нам. И если понадобится, я подержу его подольше. Не важно, будет суд платить за него или нет.

Мужчина кивнул.

— Если у вас будут какие-то затруднения, свяжитесь с нами. Мы всегда можем подержать его до выхода матери в нашей детской комнате.

— А это похоже на тюрьму? — в ужасе вскричала Сэм.

Мужчина снова равнодушно пожал плечами.

— Ну, немного похоже. А что, по-вашему, мы должны с ними делать, пока их родители сидят в тюрьме? Посылать их в лагерь на отдых?

Самое смешное было то, что именно так они и поступили!

Сэм повернулась к нему спиной и поехала обратно в свой кабинет. Тимми уже вырвал страницу из раскраски и всю ее замазал коричневым цветом.

— О'кей, Тимми. Ты готов?

— А где легавый? — Тимми говорил как маленький гангстер.

Сэм рассмеялась.

— Ушел. Он не легавый, а социальный работник.

— Это все равно.

— Ну ладно, давай я покажу тебе твою комнату.

Сэм попыталась подтолкнуть его кресло, но колеса через каждый фут заклинивало, а потом еще и обваливался один бок.

— Тимми, как тебе удается ездить в таком кресле?

Он посмотрел на нее со странным выражением.

— Я никогда не выезжаю на улицу.

— Никогда? — потрясенно переспросила Сэм. — Даже с мамой?

— Она меня никуда не возит. Она много спит. Мама очень устает.

«Еще бы! — подумала Сэм. — Если она употребляет героин, то ее постоянно должно клонить в сон».

— Понятно. Что ж, я думаю, прежде всего тебе нужно новое кресло.

А именно эта услуга и не была у них предусмотрена! На ранчо не было запасных кресел. Правда, Саманта держала в пикапе одно узкое креслице — на тот случай, если ее собственное вдруг сломается.

— У меня есть кресло, в котором ты временно сможешь ездить. Оно для тебя великовато, но завтра мы достанем новое. Джеф, — Сэм улыбнулась рыжеволосому юноше, — ты не принесешь сюда мое запасное кресло? Оно в машине.

— Конечно, принесу!

Пять минут спустя он вернулся, и Тимми с комфортом усадили в большое серое кресло. Сэм поехала с ним рядом, помогая вращать колеса.

Проезжая мимо того или иного здания, Саманта объясняла, что в нем находится; потом они остановились возле загона для лошадей, чтобы мальчик мог на них посмотреть. На одну лошадь он смотрел особенно долго, а потом перевел взгляд на волосы Сэм.

— Она похожа на тебя.

— Я знаю. Тут некоторые дети называют меня Белогривкой. Так называют лошадей такой породы.

— Ты что, лошадь? — Он на секунду повеселел.

— Иногда мне нравится представлять себе, что я лошадка. А ты ничего такого себе не представляешь?

Он печально помотал головой, и они въехали в его комнату. Теперь Сэм была особенно рада, что догадалась отвести ему именно эту спальню. Она была большой и светлой, выдержанной в желто-голубых тонах. На кровати лежало большое яркое покрывало, а на обоях были нарисованы лошади.

— Чье это? — Он снова перепугался.

— Твое. Пока ты живешь здесь.

— Мое? — Глаза мальчика стали размером с блюдце. — Ты серьезно?

— Вполне.

В комнате имелись письменный стол (без стула), комод и маленький столик, за которым мальчик мог играть в разные игры. У него была своя ванная и особое переговорное устройство, по которому он, если бы с ним что-то стряслось, мог позвать кого-нибудь из взрослых, оказавшихся неподалеку.

— Тебе тут нравится?

Он смог лишь произнести:

— Ага!

Сэм показала ему комод и объяснила, что он может сложить туда свои вещи.

— Какие вещи? — недоуменно переспросил Тимми. — У меня нет никаких вещей.

— А разве ты не привез чемодан с одеждой? — Сэм вдруг сообразила, что не видела чемодана.

— Нет. — Тимми посмотрел на свою некогда голубую майку, которая была сплошь в пятнах. — Это все, что у меня есть. И еще мишка. — Он снова крепко прижал к себе плюшевую игрушку.

— Вот что, — Сэм посмотрела на Джефа, затем перевела взгляд на Тимми, — мы сейчас позаимствуем у кого-нибудь чистые вещи, а попозже я съезжу в город и куплю тебе джинсы и все прочее. Хорошо?

— Конечно. — Однако на мальчика это не произвело впечатления, он был в восторге от своей комнаты.

— Теперь насчет ванны. — Сэм въехала в светлую ванную комнату и открыла кран, предварительно повернув специальный рычажок, располагавшийся так, чтобы ребенку было удобно до него достать, и затыкавший в ванне пробку. Здесь все было рассчитано на инвалидов. А к унитазу с двух сторон были приделаны ручки. — Если тебе захочется в туалет, нажми вот эту кнопку. Кто-нибудь тут же придет и поможет тебе.

Он непонимающе воззрился на Саманту:

— А зачем мне принимать ванну?

— Потому что это приятно.

— Ты меня будешь купать?

— Если хочешь, я попрошу Джефа.

Сэм подумала, что, может быть, он в шесть лет уже стесняется, но ошиблась: мальчик решительно замотал головой.

— Нет. Лучше ты.

— О'кей.

Ей это было в новинку. Она десять месяцев училась купаться самостоятельно, а теперь предстоит купать ребенка, сидя в инвалидном кресле... Да, это что-то новенькое.

Сэм отправила Джефа на поиски подходящей одежды для Тимми, закатала рукава и объяснила малышу, как нужно перебраться в ванну. Однако рука у него соскользнула, Сэм попыталась схватить мальчика, и они оба чуть не упали. В конце концов ей все же удалось посадить его в ванну, сама она по уши перемазалась мылом, а помогая Тимми вылезти, умудрилась-таки посадить его обратно в кресло, но сама не удержалась и шлепнулась на пол. Однако почему-то, очутившись на полу, она расхохоталась, и он рассмеялся вслед за ней.

— Глупо, да?

— Я думал, ты будешь меня учить таким вещам.

— Нет, этому тебя будут учить другие. — Сэм осторожно поднялась с мокрого пола и села в кресло.

— А ты что будешь делать?

— Учить тебя ездить верхом на лошади.

Он кивнул. Она не знала, о чем Тимми думает, однако радовалась, что он хотя бы ее теперь не боится. И когда

320

Джеф принес одежду, которую он позаимствовал в нескольких коттеджах, Тимми преобразился. Сэм вымокла до нитки, и ей тоже нужно было переодеться.

— Хочешь осмотреть мой дом? — спросила она.

Мальчик нерешительно кивнул, и Саманта, переодев его, устроила ему экскурсию. Теперь в хозяйский дом можно было легко въехать по пандусу, и Тимми последовал за ней в гостиную, а потом по коридору в спальню, где Сэм достала из гардеробной, переоборудованной специально для нее, чистые джинсы и рубашку. Спальню Кэролайн она превратила в комнату для самых почетных гостей, однако почти никогда туда никого не селила и старалась появляться там как можно реже. Сэм до сих пор болезненно переживала потерю подруги.

— У тебя красивый дом. — Тимми с интересом оглядывался по сторонам. Плюшевый мишка тоже приехал с ним. — А кто спит в других комнатах?

— Никто.

— У тебя что, нет детей? — изумился он.

— Нет. Только ребятишки, которые живут со мной на ранчо.

— А муж есть?

Этот вопрос ей задавали многие дети. Сэм всегда улыбалась, говорила «нет», и дальнейшие расспросы прекращались.

— Нет.

— Почему? Ты же красивая.

— Спасибо. Но просто нет — и все.

— А ты хочешь замуж?

Сэм тихо вздохнула и посмотрела на прелестного белокурого мальчика. Теперь, когда его помыли, он стал хорошеньким!

— Нет, наверное, не хочу, Тимми. Я веду необычную жизнь.

— Моя мама тоже. — Он понимающе кивнул.

Сэм была шокирована, но затем расхохоталась, однако не могла не возразить:

— Нет, у меня совсем другая жизнь, не такая, как у нее. — Она попыталась объяснить Тимми свою точку зрения на замужество: — Я думаю, что мне не будет хватать времени на мужа, ведь у меня и ранчо, и дети, и столько сотрудников.

Но он внимательно поглядел на нее и указал рукой на инвалидное кресло:

— Ты из-за этого не хочешь, да?

Сэм словно ударили в солнечное сплетение. Мальчик сказал истинную правду, но она не желала в этом признаваться никому и тем более себе самой.

— Вовсе нет.

Однако тут же спросила себя: догадался ли Тимми, что она лжет? И, не дожидаясь дальнейших расспросов, поспешила вывезти мальчика из комнаты.

Они заехали в конюшню и в столовую, понаблюдали за коровами, стоявшими в хлеву, и отправились в бассейн, где Сэм немного поплавала вместе с Тимми перед ленчем. В этот час детей на ранчо было немного, только самые маленькие. Другие были в школе, их возили туда на большом, специально оборудованном автобусе, который приобрела Сэм. Ребятишки, остававшиеся на ранчо, приняли Тимми дружелюбно и заинтересованно, и, когда в половине четвертого вернулись дети постарше, он уже никого не дичился. Тимми смотрел, как они учились ездить верхом, въезжали на своих креслах в бассейн, гонялись друг за другом по широким, гладко заасфальтированным дорожкам. Знакомясь с Джошем, Тимми торжественно пожал ему руку и внимательно наблюдал за Самантой все время, пока она давала уроки верховой езды. Когда уроки закончились, Тимми по-прежнему сидел рядом с ней.

— Ты еще здесь, Тимми? А я думала, ты вернулся к себе в комнату.

Он молча покачал головой, прижимая к груди большеглазого плюшевого медведя.

— Хочешь заехать перед обедом ко мне домой?

Мальчик кивнул и потянулся к ней. Держась за руки, Сэм и Тимми поехали по направлению к большому дому. Там она принялась читать ему сказки. Чтение продолжалось до тех пор, пока не зазвонил большой школьный колокол, сообщая, что пора обедать.

— Можно я сяду с тобой, Сэм?

Тимми снова забеспокоился, Саманта поспешила его ободрить. Однако ей показалось, что он уже утомился от долгого пребывания в новом месте. Сидя рядом с Самантой, Тимми громко зевал и, не дожидаясь десерта, уснул, опустив подбородок на грудь и съежившись в уголке большого серого кресла. Однако мишку из рук не выпустил. Сэм ласково улыбнулась, сняла с себя теплый свитер, накрыла им мальчика, как одеялом, и увезла из столовой. В спальне Саманта легко подняла Тимми и переложила его из кресла на кровать: благодаря тому, что вся нагрузка теперь приходилась на ее руки, они стали очень сильными. Она раздела сонного малыша, сняла с него ботинки, выключила свет и ласково погладила Тимми по мягким светлым волосам. Сэм вдруг вспомнила детей Чарли, в памяти промелькнули их милые мордашки с большими голубыми глазами, и нахлынуло воспоминание о той страшной тоске, которая охватила ее, когда она впервые взяла на руки последнего ребенка Чарли, малышку Саманту... и как она тогда поняла, что эту пустоту ничто не сможет заполнить... Теперь, глядя на Тимми, Сэм внезапно потянулась к нему всем сердцем и обняла его так, словно он был ее собственным сыном. Он слегка пошевелился, когда Сэм поцеловала его в лоб, и прошептал:

— Спокойной ночи, мама... Я тебя люблю...

На глаза Сэм навернулись слезы. Она вдруг почувствовала, что готова отдать за эти слова жизнь... Опустив голову, она выехала из домика и закрыла за собой дверь.

Глава 34

К концу первого месяца Тимми уже ездил на симпатичной белогривой лошадке. Ее звали Маргаритка, и Тимми, как и все маленькие мальчики, впервые в жизни получившие возможность ухаживать за лошадью, ее любил. Но гораздо больше, чем Маргаритку, он любил Саманту, и в его привязанности были поражавшие окружающих пылкость и сила. Тимми каждое утро подъезжал к дому Саманты и, постучавшись, ждал, пока Сэм ему откроет. Порой ждать приходилось дольше обычного, потому что Саманта готовила кофе или даже еще спала. Но едва Сэм показывалась на пороге, лицо Тимми озарялось, и перед тем, как заехать в дом, он обязательно оглядывался по сторонам, очень напоминая щенка, которого продержали на улице всю ночь. По утрам они всегда мило болтали. Тимми рассказывал Сэм свои сны, говорил о том, что тот или иной ребенок делал за завтраком или как вела себя белогривая лошадка, когда он, Тимми, приехал сказать ей «доброе утро». Саманта же делилась с ним своими планами на день, и они обсуждали предстоящий урок верховой езды. Пару раз Сэм интересовалась, не изменил ли он своего отношения к школе, однако Тимми был непреклонен. Он не желал покидать ранчо, отказывался посещать школу наравне с остальными, и Сэм считала, что нужно дать ему возможность освоиться на ранчо и оставить в покое хотя бы на первый месяц.

Следы от материнских побоев давно исчезли. Мартин Пфайзер — тот самый мужчина из социальной службы — звонил Сэм каждую неделю и справлялся о состоянии Тимми. А когда в конце месяца приехал навестить его, то долго не мог прийти в себя и ошалело переводил взгляд с Тимми на Саманту и обратно.

— Ради всего святого, скажите, что вы с ним сделали? — воскликнул он, оставшись наконец наедине с Самантой.

Отослать куда-нибудь Тимми было не так-то просто, но Сэм догадалась попросить его проведать Маргаритку и предупредить Джоша, что скоро начнется урок верховой езды: надо же продемонстрировать свои успехи этому человеку!

— Да это же совсем другой ребенок!

— Да, он другой, — гордо подтвердила Сэм. — Теперь перед вами ребенок, которого любят, и это сразу заметно.

Однако социальный работник посмотрел на нее вовсе не одобрительно, а грустно:

— Вы понимаете, насколько усложнили ему жизнь?

Сэм решила, что он шутит, и чуть было не улыбнулась, но вовремя сообразила, что мужчина говорит серьезно, и нахмурила брови:

— То есть как?

— Вы представляете себе, каково ему теперь будет возвратиться в квартиру к матери-наркоманке и снова обедать заплесневелыми крекерами, запивая их пивом?

Сэм глубоко вздохнула и уставилась в окно. Ей очень хотелось завести этот разговор, но она не была уверена, что наступил подходящий момент.

— Я как раз собиралась с вами об этом поговорить, мистер Пфайзер. — Она опять встретилась с ним глазами. — Скажите, как можно было бы избежать его возвращения домой?

— Чтобы он пожил здесь подольше? Нет, я не думаю, что судья согласится это оплачивать. Сейчас за его содержание платит суд, но это было своего рода исключение из правил...

— Нет, я имела в виду другое. — Саманта сделала глубокий вдох и решила, что все-таки стоит попросить... В конце концов, что она теряет? Ничего. А выиграть можно все... все! Сэм третий раз в жизни влюбилась. Теперь, правда, не в мужчину, а в шестилетнего ребенка. Она любила его так, как еще никогда никого не любила, она даже не подозревала, что способна на такое глубокое чувство. В ее сердце и душе словно открылись какие-то шлюзы, и она была готова отдать этому ребенку абсолютно все, все без остатка. Она и не думала, что обладает таким огромным запасом любви. Эта любовь, которую она вмещала, не была востребована покинувшими ее мужчинами. И теперь вся эта безбрежная любовь принадлежала Тимми.

— А если я его усыновлю?

— Так, ясно. — Господин Пфайзер тяжело опустился в кресло и поднял глаза на Саманту. Он понял, что произошло, и это ему совершенно не понравилось. Он понял, что она полюбила ребенка. — Не знаю, мисс Тейлор. Мне не хочется вас обнадеживать. Мать Тимми может не захотеть его отдать.

Глаза Сэм зажглись странным огнем.

— По какому праву, мистер Пфайзер? Насколько я помню, она его бьет. Я уж не говорю о ее пристрастии к наркотикам.

— Да-да, конечно... Я знаю.

О Господи! Только этого ему не хватало сегодня... да и вообще не только сегодня. Люди, которые рассуждают, как она, только растравляют себе душу. Ведь, говоря по правде, мать Тимми скорее всего не захочет его отдать. Независимо от того, нравится это Сэм или не нравится.

— Дело в том, что это его родная мать. И суд склонен уважать это обстоятельство.

— До какого момента? — холодно, но в то же время враждебно спросила она. Страшно позволить себе полюбить кого-то, а потом столкнуться с тем, что он может тебя покинуть.

Социальный работник посмотрел на нее с грустью.

— Откровенно говоря, суд склонен очень упорно защищать права матери.

— И я ничего не могу поделать?

— Можете. — Ее собеседник вздохнул. — Вы можете нанять адвоката и подать иск — в том случае, если она по-прежнему будет претендовать на ребенка. Но вы можете проиграть... и скорее всего проиграете. — Тут ему пришло в голову поинтересоваться мнением ребенка. — А как сам мальчик к этому относится? Вы у него спрашивали? Мнение ребенка может оказать влияние на суд, хотя, конечно, Тимми слишком мал. Родная мать, даже самая порочная, имеет огромное преимущество. А самое неприятное, что сейчас мы не сможем сказать, что она в плохом состоянии, ведь госу-

326

дарство занималось ее психологической реабилитацией. Если мы так скажем, то признаем, что вся наша система реабилитации не работает. А это же не соответствует действительности. В общем, ситуация словно из известного романа Хеллера «Уловка-22». Вы меня понимаете?

Сэм еле заметно кивнула.

— Ну так что насчет мальчика? Вы его спросили? — повторил служащий.

Она покачала головой.

— Но почему?

— Я спрошу.

— Хорошо. Тогда позвоните мне после разговора с ним. Если он захочет вернуться к матери, вы его отпустите. А если мальчик захочет остаться здесь... — Социальный работник задумался. — Ладно, я сам поговорю с матерью. Может, она и не будет чинить вам препятствий. — Он холодно улыбнулся. — Надеюсь, все пройдет гладко. Мальчику наверняка здесь будет лучше, чем у нее.

Это было еще мягко сказано, но Сэм не стала заострять внимание. На самом деле Тимми с кем угодно было бы лучше, чем с родной матерью, и Сэм решила сделать все возможное, чтобы защитить его.

Они пошли смотреть, как Тимми ездит верхом, и с Мартином Пфайзером случилось то же, что случалось с родителями, которые впервые видели своих детей верхом на лошади: на глаза этого бесстрастного, усталого, пожилого человека навернулись слезы. Тимми так изменился, просто невероятно! Он теперь был симпатичным, чистым, счастливым мальчуганом, который много смеялся и смотрел на Сэм с откровенным обожанием. В нем даже появилось что-то забавное, но самым удивительным было то, что он даже внешне был похож на Саманту.

Уезжая под вечер с ранчо, Мартин Пфайзер пожал Саманте руку и шепотом повторил:

— Спросите мальчика и позвоните мне.

Потом ласково взъерошил Тимми волосы и, сев в машину, помахал им обоим рукой на прощание.

Сэм заговорила с Тимми на эту тему только после ужина, отвезя его в спальню; он в тот момент застегивал пижаму, а она убирала его костыли.

— Тимми!

— Да?

Сэм с внутренней дрожью посмотрела на мальчика. А вдруг он не захочет остаться у нее? Вдруг пожелает вернуться к матери? Сэм боялась, что не вынесет его отказа, но спросить все равно было необходимо. И ведь это было только начало...

— Знаешь, мне тут сегодня кое-что пришло в голову... Мальчик заинтересованно ждал.

— Как бы ты отнесся к тому, чтобы остаться здесь?.. Боже, какой кошмар! Она даже не представляла себе, что это будет так трудно!

— Ну, вообще... навсегда...

— Ты хочешь сказать, остаться здесь с тобой? — Глаза на маленьком загорелом личике стали просто огромными.

— Да, я хочу сказать именно это.

— Ух ты! Ага!

Но Сэм стало понятно, что до Тимми не дошел смысл ее слов. Он считал, что Сэм предлагает ему пожить на ранчо подольше, а ей предстояло сказать ему, что для этого он должен оставить свою маму.

— Тимми... — малыш обнял ее, но она отстранила его, чтобы заглянуть ему в лицо, — я хочу, чтобы ты жил здесь не так, как другие дети.

Он явно недоумевал.

— Видишь ли... я... я... — Так, наверное, предлагают руку и сердце. — Я хочу усыновить тебя, если мне разрешат. Но если только ты будешь согласен. Я никогда не сделаю того, чего ты не захочешь. — Сэм еле удерживалась от слез.

Тимми изумленно уставился на нее.

— Неужели я тебе нужен? — Он не мог прийти в себя от удивления.

— Ну конечно, нужен, дурачок! — Сэм крепко обняла его, из ее глаз хлынули слезы. — Ведь ты самый лучший мальчик на свете.

— А как же моя мама?

— Не знаю, Тимми. Это сложнее всего.

— А она будет приезжать ко мне?

— Не знаю. Наверное, это можно устроить, но я думаю, так будет еще тяжелее... для всех. — Сэм не кривила душой, она понимала, что нужно быть с ним честной, ведь ему предстояло сделать такой важный шаг.

Однако, снова взглянув в лицо Тимми, она увидела, что он напуган. Мальчик даже задрожал.

— Она приедет и будет снова меня бить?

— О нет! — воскликнула Саманта. — Я этого не допущу!

И тут мальчик разрыдался и впервые рассказал, что именно вытворяла с ним мать. Выговорившись, Тимми затих у нее на руках; он был совершенно обессилен, но зато больше не боялся, и, укрыв его до подбородка простыней, Сэм еще около часа сидела возле него в темноте, ждала, пока малыш заснет, и тихонько плакала.

Последним, что он сказал перед тем, как закрыл глаза, было:

— Я хочу жить с тобой, Сэм.

И это было все, что она хотела от него услышать.

Глава 35

Утром Сэм позвонила Мартину Пфайзеру и передала ему слова Тимми. Сообщила она и кое-что из того, о чем он наконец-то, впервые за долгое время, рассказал ей: о побоях и о полном безразличии со стороны матери.

Пфайзер покачал головой.

— Мне неприятно в этом признаваться, но я не удивлен. Ладно, я подумаю, что можно сделать.

Но уже на следующий день ему стало понятно, что сделать он ничего не может. Пфайзер два часа пытался уговорить мать Тимми, он побеседовал с адвокатом, которого ей дали в учреждении, где она проходила принудительное лечение, однако все было бесполезно. Вечером Пфайзер с тяжелым сердцем позвонил Сэм. Она оказалась дома одна.

— Она не согласна, мисс Тейлор. Я все перепробовал: угрозы, уговоры — все. Она требует своего сына назад.

— Но зачем? Она же его не любит.

— А ей кажется, что любит. Она битый час рассказывала мне про своих родителей. Отец ее бил кулаками, мать стегала ремнем. Она ничего другого не знает.

— Но она убьет мальчика!

— Может, и да. А может, и нет. Пока она не предприняла такой попытки, мы ничего не в состоянии поделать.

— Но я могу действовать через суд? — Рука Сэм, державшая трубку, задрожала.

— Да. Однако шансов у вас нет. Она его родная мать, мисс Тейлор. А вы — одинокая женщина и... и к тому же вы не совсем здоровы. — Пфайзер тут же осекся. — Это может произвести невыгодное впечатление на суд.

— Но посмотрите, что я для него уже сделала! Посмотрите, какая у него здесь будет жизнь!

— Я знаю. Мы с вами это понимаем, но существует прецедент, и вам придется убеждать суд в своей правоте. Наймите адвоката, мисс Тейлор, и попытайтесь выиграть процесс. Но я призываю вас быть реалисткой. Отнеситесь к этому как к проверке, как к эксперименту. Если проиграете — что ж, придется смириться. А если выиграете — мальчик ваш.

Он что, идиот? Неужели ему непонятно, что она любит Тимми, а Тимми любит ее?

— Спасибо, — ледяным голосом произнесла Саманта, а повесив трубку, принялась ездить кругами по комнате, что-то бормоча себе под нос. Она прямо-таки с ума сходила из-за того, что нельзя действовать сразу, а приходится ждать до утра.

Когда наутро к ней явился Тимми, Сэм дала ему несколько поручений, чтобы можно было спокойно позвонить адвокату Кэролайн и спросить, не посоветует ли он кого-нибудь, кто мог бы взяться за такое дело.

— Ты хочешь подать в суд из-за ребенка? — Адвокат был удивлен. — Я не знал, что у тебя есть дети, Саманта.

— У меня их и нет, — мрачно усмехнулась Сэм. — Пока.

— Понимаю.

Но конечно, он ничего не понял. Однако все же сказал про двух адвокатов из Лос-Анджелеса, о которых он слышал хорошие отзывы. Лично он не был знаком ни с одним из них, но заверил Саманту, что репутация у обоих прекрасная.

— Спасибо.

Первый адвокат уехал отдохнуть на Гавайи, а второй находился где-то в восточных штатах и должен был вернуться днем попозже. Сэм попросила его перезвонить ей и следующие сутки просидела как на иголках, боясь, что звонка не будет. Однако, как и обещала секретарша, адвокат позвонил ровно в пять часов дня.

— Мисс Тейлор? — Голос был глубоким и медоточивым; Сэм не смогла определить по нему возраст адвоката.

Она постаралась как можно короче изложить суть дела: чего она хочет, чего хочет Тимми, что сказал социальный работник и где сейчас содержится мать ребенка.

— Да, в нелегкую борьбу вы ввязались, — вздохнул адвокат, но, похоже, рассказ Саманты его заинтриговал. — Если вы не возражаете, я бы хотел приехать и посмотреть на мальчика.

Сэм уже объяснила ему, что они с Тимми инвалиды, но тут же рассказала про свое ранчо и про успехи мальчика.

— Я думаю, в вашем деле огромную роль будет играть именно описание обстановки на ранчо, и мне хотелось бы на это взглянуть, чтобы решить, имеет ли смысл браться за это дело. Если, разумеется, вы пожелаете, чтобы я представлял в суде ваши интересы.

Однако пока что Саманта одобряла ход его рассуждений.

— А как вы оцениваете мои шансы на успех, мистер Уоррен?

— Мм... почему бы нам не поговорить об этом поподробнее завтра? На первый взгляд обстоятельства дела не внушают мне особого оптимизма, но ситуация настолько волнующая, что может разрешиться совершенно неожиданным образом.

— Другими словами, шансов у меня нет. Вы это хотите сказать? — У Саманты упало сердце.

— Не совсем. Но вам будет нелегко. Я думаю, вы уже и сами понимаете.

Сэм согласилась:

— Да, разговор с социальным работником мне на многое открыл глаза. Хотя, по-моему, это полная нелепость! Если женщина наркоманка и жестоко обращается с ребенком, то почему она вообще имеет какие-то права на Тимми?

— Потому что она — его родная мать.

— И по-вашему, этого достаточно?

— Нет. Но будь Тимми вашим сыном, разве вы не цеплялись бы за него до последнего? Даже если бы были вконец опустившимся существом?

Сэм вздохнула:

— А как же благо ребенка?

— Это будет нашим самым главным аргументом, мисс Тейлор. А теперь давайте мне ваш адрес, и я завтра к вам приеду. Вы говорите, Двенадцатое шоссе? Дайте сообразить... в скольких же это милях от...

Сэм объяснила ему, как проехать, и адвокат появился на ранчо в полдень. Он приехал на темно-зеленом «мерседесе». На адвокате были коричневые брюки, бежевый пиджак из тонкой шерсти, дорогой шелковый галстук и очень красивая кремовая рубашка. Ему явно перевалило за сорок. Часы он носил швейцарские, «пиаже», волосы у него были серебристые, а глаза — стальные. Полное имя адвоката было Норман Уоррен. При виде его Саманта не смогла сдержать улыбки. Она столько лет работала с людьми, которые так походили на него! Сидя в инвалидном кресле, Сэм приветливо протянула руку.

— Извините, вы из Нью-Йорка?

Ее разбирало любопытство. Адвокат громко рассмеялся.

— Да, черт возьми! Как вы догадались?

— Я тоже оттуда. Хотя по мне этого больше не видно.

Однако в тот день Саманта надела не фланелевую рубашку, в которой ходила по ранчо каждый день, а свитер из мягкой лиловой шерсти и джинсы; на ногах ее красовались новенькие темно-синие ковбойские сапоги.

Они обменялись рукопожатиями и любезностями, и Сэм пригласила адвоката в свой дом, где их ждали сандвичи, горячий кофе и яблочный пирог, который она стащила из столовой всего несколько минут назад, когда провожала туда Тимми. Он разобиделся из-за того, что Сэм отослала его в столовую, но она объяснила, что к ней должен приехать взрослый человек.

— А почему я не могу с ним познакомиться? — надулся Тимми, когда Сэм оставляла его с Джошем и ребятами, которые в тот день пропустили занятия в школе.

Тимми был всеобщим любимцем. Самый младший, он к тому же был так похож на Саманту, что все относились к нему почти как к ее сыну. И она, разумеется, тоже.

— Ты познакомишься, но сначала мне нужно с ним поговорить.

— О чем?

— О делах. — Сэм усмехнулась, догадываясь, какой вопрос он хочет задать, но не решается. — Нет, он не полицейский.

Тимми залился звонким смехом.

— А как ты прочитала мои мысли?

— Я же знаю тебя как свои пять пальцев, дурачок. Ладно, а сейчас отправляйся завтракать.

Тимми и остальные ребята двинулись в столовую, ворча, что придется есть вчерашнее жаркое. Сэм пообещала забрать Тимми, как только поговорит о делах.

Сидя за столом с Норманом Уорреном, она постаралась самым подробным и обстоятельным образом рассказать ему про ребенка.

— Можно на него посмотреть? — наконец спросил адвокат.

Очутившись в столовой, Уоррен с любопытством огляделся по сторонам. Его спутница, ослепительно красивая женщина в лиловом свитере, сидела в инвалидном кресле, чувствуя себя совершенно непринужденно. На Нормана Уоррена ранчо произвело большое впечатление: по одному тому, в каком порядке оно содержалось и какой счастливый вид был у людей вокруг, Уоррену стало понятно, что Саманта сделала великое дело. Но все равно адвокат растерялся, увидев Тимми, и совсем опешил, глядя, как мальчик с помощью Джоша садится на белогривую лошадь, а Сэм едет рядом с ним верхом на Красотке и вернувшиеся из школы дети тоже берут уроки верховой езды. Норман Уоррен уехал с ранчо только после ужина, да и то с большой неохотой.

— Мне хотелось бы оставаться тут вечно.

— Мне очень жаль, но вас я усыновить не могу, — рассмеялась Саманта. — Да и потом, вам, слава Богу, не нужно проходить здесь реабилитацию. Но вы можете в любой момент приехать к нам в гости и покататься на лошади, мы все будем вам рады.

Адвокат потупился и прошептал:

— Я панически боюсь лошадей.

Она шепотом ответила:

— Мы вас вылечим.

Снова раздался шепот:

— Нет, не вылечите. Я не дамся.

Оба рассмеялись, и он уехал. Они пришли к соглашению: Сэм обязалась заплатить Уоррену десять тысяч долларов за то, что он будет представлять ее интересы в суде. Он ей очень понравился, а ему, похоже, понравился Тимми, и у Саманты теперь появился хоть какой-то шанс отвоевать мальчика. А в случае неудачи они собирались подать на апелляцию. Уоррен вновь подтвердил, что дело нелегкое, но и гиблым его не назовешь, поскольку есть много обстоятельств, говорящих в пользу Саманты. Очень существенно, например, то, что Саманта и Тимми так полюбили друг друга, а тот факт, что они оба прикованы к инвалидному креслу, пожалуй, скорее вызовет к ней жалость и придаст ситуации драматизма, нежели обернется против нее. Впрочем, время покажет... Сэм подписала в тот день необходимые бумаги.

Адвокат пообещал на следующее же утро подать иск в лос-анджелесский суд и похлопотать, чтобы слушание дела назначили как можно раньше.

— Ты думаешь, он нам поможет, Сэм? — грустно спросил Тимми по дороге в свою спальню. Сэм объяснила ему, кто такой Норман Уоррен и что он собирается предпринять.

— Надеюсь, что да, милый. Поживем — увидим.

— А что, если у него не получится?

— Тогда я тебя украду, и мы спрячемся в горах.

Сэм пошутила, но глаза ее при этом странно засверкали. Она распахнула дверь и включила в комнате Тимми свет.

— О'кей, договорились.

Сомнения охватили ее только после того, как она покинула спальню мальчика... Что, если Уоррену не удастся?.. Нет, не может быть... Он должен выиграть это дело! Она не перенесет расставания с Тимми!

И, добравшись до своей спальни, Саманта уже успела себя убедить, что она наверняка выиграет процесс.

Глава 36

Рождество они провели спокойно, и впервые в жизни Тимми был праздник, о котором мечтают все дети. В коробках лежали горы подарков: носильные вещи, игры, головоломки, яркая пожарная машина, каска для Тимми, свитер для его медвежонка и даже кое-какие вещицы, которые Сэм сделала своими руками. А в столовой красовалась большущая елка, окруженная подарками. Там лежали игрушки для всех детей, живших в то время на ранчо. По просьбе Саманты один из воспитателей нарядился Санта-Клаусом, напомнив тем самым Сэм и Джошу Рождество, когда Санта-Клаусом был Тейт Джордан. Воспоминание о том, как человек, которого Сэм до сих пор безумно любила, вешал на елку фигурку ангела, поразило ее в самое сердце. Внезапно ее захлестнули мысли о Тейте и Джоне (о нем она в последнее время почти никогда не вспоминала). Сэм знала, что у Джона родился второй ребенок, а Лиз наконец-то выгнали из телекомпании, потому что ее появление в эфире всех ужасно раздражало. Карьера Джона Тейлора по-прежнему была блестящей, однако Саманта, изредка видя бывшего мужа по телевизору, находила его фальшивым, чересчур смазливым и ужасно скучным пустозвоном. И не понимала, почему он когда-то был ей так нужен. Просто удивительно: она теперь с полнейшим равнодушием думала о том, что перечеркнуто одиннадцать лет ее жизни. Однако ее действительно это не волновало. Но с Тейтом все было иначе.

— Сэм... можно задать тебе дурацкий вопрос? — сказал Джош, когда они, отойдя в сторонку, глядели, как дети разворачивают подарки.

— Конечно. Насчет чего? — Однако Саманта уже догадалась.

— Ты любила Тейта Джордана?

Сэм посмотрела Джошу в глаза и медленно кивнула:

— Да.

— Поэтому он и уехал?

— Наверное. Он не хотел афишировать наши отношения. А я сказала, что не желаю следовать примеру Каро и Билла, не желаю играть в ту же игру. Но Тейт считал, что леди не пристало любить батрака. Во всяком случае, открыто. — Сэм погрустнела. — Вот он и уехал.

— Да, я примерно так все себе и представлял.

— А когда еще выяснилось, кто мой бывший муж, с Тейтом прямо-таки припадок случился... Тейт решил, что он меня недостоин... ну, в общем, понес какую-то ахинею.

— Проклятие! — разозлился Джош. — Да этот кретин Тейту в подметки не годится! Ох... — Он густо покраснел. — Извини, Сэм...

Саманта усмехнулась.

— Ничего, не извиняйся. Я как раз думала о том же самом.

336

— И он так и не написал тебе? Не подал весточки?

— Нет. Я, по-моему, на всех ранчо Америки побывала, но его так и не нашла.

Джош снова с сожалением посмотрел на Саманту.

— Да, вот уж неприятность, Сэм. Тейт — хороший человек, мне казалось, что он тебя любит. Может, он когда-нибудь появится... ну, чтобы повидаться с Биллом, со мной или с Каро... и обнаружит вместо них тебя.

Сэм напряженно покачала головой.

— Надеюсь, что нет. Для него это будет такой удар.

Она имела в виду свои ноги. Однако теперь уже Джош покачал головой.

— Ты думаешь, это может изменить его отношение к тебе?

— Для меня это уже не важно. Главное — мое отношение. А я считаю, что все кончено. У Саманты Тейлор теперь вместо него — куча детей.

— Это в твоем-то возрасте, Сэм? Не дури. Сколько тебе лет? Двадцать восемь? Двадцать девять?

Сэм улыбнулась старику.

— Джош, вы прелесть. Мне уже тридцать три.

— Ну, я существенной разницы не вижу. Представь себе, каково человеку, когда ему пятьдесят девять.

— Судя по вам, это прекрасно.

— Ты мне, конечно, льстишь, но ничего, я такую лесть люблю. — Он тоже улыбнулся, но быстро посерьезнел: — Но про Тейта — это все ерунда. И даже не важно, Тейт или кто другой... важно то, что ты слишком молода, тебе рано записывать себя в старухи. — Джош прищурился и понизил голос: — Если честно, Сэм, то ты ужасная лгунья. Постоянно учишь ребятишек, чтобы они не рассуждали и не вели себя как калеки, а сама в глубине души считаешь себя калекой.

Джош попал в точку, но Саманта ничего ему не ответила, она молчала, не отрывая глаз от детей.

— Это правда, Сэм... Правда, черт побери! Я заметил, как на днях с тобой разговаривал адвокат из Лос-Анджелеса. Ты ему нравишься! Нравишься как женщина! Но разве ты обращаешь на него внимание? Нет, черт побери! Ты ведешь себя как счастливая старушка, которая угощает молодого человека чаем со льдом.

— В чае со льдом нет ничего плохого, — усмехнулась Саманта.

— Да, но очень плохо притворяться, будто ты в тридцать три года перестала быть женщиной.

— Берегись, Джош, — Сэм попыталась сделать вид, что рассержена, — как только мы с тобой в следующий раз останемся наедине, я на тебя наброшусь.

С этими словами она послала Джошу воздушный поцелуй и въехала в толпу детей. Таким образом Сэм дала Джошу понять, что больше не желает разговаривать на эту тему. Он слишком близко подошел к двери, в которую посторонним вход был воспрещен.

Потом целых два дня все приходили в себя после рождественского веселья. Даже уроки верховой езды отменили; кое-кто, правда, иногда ездил покататься на лошади, но Тимми и Сэм среди них не было. Они много времени проводили вдвоем, словно боялись расстаться даже ненадолго. Слушание дела в суде было назначено на 28 декабря.

— Ты боишься?

Вечером, накануне суда, Сэм оставила Тимми на ночь у себя и положила его спать в самой маленькой комнатке для гостей. Он задал ей этот вопрос, когда она перекладывала его на постель.

— Ты про завтрашний день? — Их лица были близко-близко, и Сэм гладила мальчика по щеке своими длинными, изящными пальцами. — Немного боюсь. А ты?

— Да, — теперь она заметила, что его большие голубые глаза полны ужаса, — очень. Вдруг она меня побьет?

— Я не позволю.

— А если она отберет меня?

— Не отберет.

И все-таки... что, если мальчика отдадут матери? Эта мысль преследовала Саманту, и она не могла дать Тимми гарантию, что такого не случится. Ей не хотелось его об-

338

манывать. Она уже сказала, что, проиграв судебный процесс, она подаст апелляцию — если, конечно, Тимми захочет. И добавила, что если ему захочется остаться с мамой, то — пожалуйста, пусть будет, как он захочет. Когда Сэм предоставляла ему этот выбор, сердце у нее разрывалось на части, но она понимала, что так поступить необходимо. Нельзя же красть ребенка у родной матери! Нет, Тимми должен прийти к ней, к Сэм, с открытой душой!

— Все будет хорошо, милый. Вот увидишь.

Но наутро, когда Джош повез оба инвалидных кресла по пандусу, который вел к входу в здание лос-анджелесского окружного суда, Сэм выглядела далеко не так уверенно. Они с Тимми судорожно цеплялись за руки и, пока Джош вытаскивал их из кресел, остро переживали свою неловкость, им казалось, что все на них смотрят. Норман Уоррен поджидал их у входа в зал. В темно-синем костюме он выглядел сверхреспектабельно. Как и Сэм, которая надела очаровательное бледно-голубое шерстяное платье, остаток былой нью-йоркской роскоши, бледно-голубое, в тон платью, мохеровое пальто и простые черные туфли из натуральной кожи, купленные в фирме «Гуччи». Тимми она специально для поездки в суд купила новую одежду: матросский костюмчик и бледно-голубой пуловер, который неожиданно оказался в тон ее платью. Сидевшие перед входом в зал Тимми и Сэм были очень похожи на сына и мать, и Норман в который раз обратил внимание на их удивительное сходство: очень похожие волосы, совершенно одинаковые огромные голубые глаза...

Заседание должно было проходить в малом зале. Вошел судья, он был в очках, на губах играла спокойная улыбка. Судья поглядел на Тимми, стараясь не напугать его, и сел за стол, находившийся на небольшом возвышении. В других залах место судьи выглядело гораздо внушительнее. Судье было пятьдесят с небольшим, и он уже много лет подряд рассматривал дела об опеке над несовершеннолетними. В Лос-Анджелесе его любили за беспристрастность и доброе отношение к детям; бывали случаи, когда ребенка пытались усыновить недостойные люди, и судья спасал детей от множества неприятностей. Судья испытывал глубочайшее уважение к правам детей и их родных матерей и часто призывал женщин хорошенько подумать, прежде чем отказаться от своих детей. Множество женщин возвращались к нему со словами благодарности, и судья понимал, что даже когда он уйдет на пенсию, этих воспоминаний у него никто не сможет отнять. Теперь он с интересом посмотрел на Тимми с Самантой и на их адвоката, а затем перевел взгляд на маленькую, хрупкую молодую женщину, которая тихонько прошмыгнула в зал вместе со своим адвокатом. Она была одета в серую юбку и белую блузку и походила с виду на школьницу, а вовсе не на наркоманку или проститутку. Только тут Сэм узнала, что матери Тимми всего двадцать два года. У нее была внешность хрупкой красавицы, которая совершенно не способна сама о себе позаботиться. Ее сразу же хотелось любить, холить, защищать. Отчасти поэтому Тимми, терпевший от нее побои, тем не менее жалел мать. Она казалась такой ранимой, не от мира сего. Он всегда прощал мать и хотел ее поддержать, хотя вообще-то она должна была бы поддерживать его.

Служитель призвал присутствующих к порядку, судье передали документы, однако на самом деле нужды в этом уже не было, так как накануне он ознакомился со всеми бумагами. В начале заседания судья сказал, что дело очень интересное, поскольку парализованная женщина хочет усыновить парализованного ребенка, однако присутствующие обязаны помнить о своей главной цели, которой нельзя изменять: в конечном итоге все направлено на благо ребенка. Судья предложил вывести мальчика из зала, но Сэм и Тимми уже обсудили этот вариант. Тимми сказал, что хочет остаться, он не желает, чтобы его «увели легавые». Сэм пыталась его переубедить, говорила, что Тимми посидит в коридоре с Джошем, но Тимми упорно отказывался. Он ни разу не взглянул на мать, словно боялся признаться себе, что она тоже здесь, в зале, а все время смотрел на судью, крепко держа Сэм за руку.

340

Адвокат ответчицы вызвал в качестве первой свидетельницы мать Тимми, и, хорошенько рассмотрев ее, Сэм наконец осознала, насколько у нее серьезный противник. Милое личико, тихий голос, жалостливая, душещипательная история, заверения в том, что на сей раз она усвоила горький урок и день и ночь читает психологическую литературу, пытаясь разобраться в себе и помочь своему драгоценному сыночку. Тимми сидел опустив глаза и не поднимал их до тех пор, пока мать не покинула свидетельское место. Адвокат Сэм предупредил суд, что немного позже хочет допросить ее. Следующим пригласили психиатра, который осматривал мать Тимми. Психиатр заявил, что это заботливая, чувствительная молодая женщина, у которой было тяжелое детство. Врачи считают, что она не имела намерений причинить зло своему ребенку, а просто была не в состоянии вынести бремя материальных забот. Но теперь, когда она будет работать в большом отеле в центре города, все уладится. Норман Уоррен поставил своими вопросами психиатра в глупое положение, заявив, что в отеле у матери Тимми появятся широчайшие возможности находить клиентов. Однако его заявление не внесли в протокол, судья сделал Норману замечание и попросил свидетеля удалиться. Вызвали еще двух медиков, а затем врача, который должен был рассказать о состоянии здоровья матери и подтвердить, что она больше не употребляет наркотиков. Последним перед судьей предстал священник, который знал мать Тимми с одиннадцати лет и крестил малыша. Он сказал, что совершенно уверен: мальчик должен остаться с матерью, которая его любит. У Сэм внутри все перевернулось, едва она это услышала. Во время заседания она не выпускала руку Тимми, и, когда священник ушел, был сделан перерыв на обед. Норман допросил всех, кроме матери и священника. Мать он собирался вызвать после перерыва, но с католической церковью, как он объяснил Саманте, ему связываться было неохота.

— Почему?

— Но ведь судья — католик, моя дорогая. Да и потом, разве я могу вменить ему в вину эти слова? Нет, священника лучше не трогать.

341

Однако всех остальных он заставил слегка поежиться, допрашивая их с оттенком иронии и пренебрежения, словно уже сам факт, что они связаны с такой дурной женщиной, бросал тень на все свидетельские показания. Однако все это не шло ни в какое сравнение с тем, что он устроил, допрашивая мать Тимми. По сигналу Сэм Джош решительно вывез Тимми из зала; мальчик хриплым шепотом протестовал, но Саманта не оставила ему выбора: она послала Тимми воздушный поцелуй и повернулась к нему спиной, наблюдая за тем, что происходило на свидетельской скамье. Юная мать дрожала и, не успев произнести ни слова, разрыдалась. Да, облик этого хрупкого существа никак не вязался с представлениями о законченной негодяйке. Но все равно выяснилось, что она впервые попробовала наркотики в двенадцать лет, в тринадцать пристрастилась к героину, в пятнадцать была арестована за проституцию, а в шестнадцать забеременела и родила Тимми. К моменту суда она уже сделала пять абортов и семь раз пыталась излечиться от наркомании; девять раз она представала перед судом в качестве несовершеннолетней правонарушительницы и уже три раза — в качестве совершеннолетней.

— Но, — напористо заявил адвокат, защищавший права матери, — суд должен принять во внимание, что эта женщина уже не наркоманка! Ее лечением занимались врачи, выполняющие очень серьезную программу, финансирующуюся государством, и если мы заявим, что она не реабилитировалась, то, следовательно, дадим понять, что вся наша система реабилитации не работает.

Возражение адвоката было соответствующим образом запротоколировано и поддержано. Сведения об ее арестах были изъяты из дела, а все прочие детали оставлены.

Мать давала показания больше часа, она проливала крокодиловы слезы и с раскаянием при каждом удобном случае упоминала своего «малютку», но, поглядев на нее, Сэм тут же вспоминала про то, что мать не сделала ему прививок и он из-за этого заболел полиомиелитом, думала про побои, мучения, одиночество и ужас, выпавшие на долю Тимми из-за этой женщины... И всякий раз Саманте хотелось выскочить из инвалидного кресла и завопить на весь зал.

Со стороны истицы Норман Уоррен вызвал социального работника Мартина Пфайзера, который отвечал бесстрастно, сухо и не произвел особого впечатления на зал. Кроме того, в качестве свидетелей выступили врач Саманты и Джош, а также адвокат представил целую гору писем от разных влиятельных людей — судей и докторов, которые расхваливали ее прекрасную работу. И наконец судья вызвал саму Сэм. Тут же всплыли сведения о разводе, о том, что она не вышла повторно замуж и не имеет никаких перспектив, как выразился адвокат ответчицы.... ну и, конечно, муссировался вопрос о ее инвалидности. Долгое и унылое перечисление всех этих минусов то и дело возобновлялось, так что в конце концов Сэм стало себя жалко. Норман выразил протест, и расспросы на эту тему прекратились. В конце концов Сэм заслужила репутацию доброй женщины, которая хочет помочь Тимми, однако, в отличие от истеричной матери, она не кричала «мой малютка» и не рыдала так, что ее пришлось бы выводить из зала под руки.

Показания последнего свидетеля имели наибольший вес. Этим свидетелем был сам Тимми, и его мать спросили, сможет ли она прекратить плакать или же нужно устроить перерыв, чтобы она взяла себя в руки. Мать предпочла успокоиться прямо на месте и сидела, громко шмыгая носом и слушая показания сына, на лице которого появилось затравленное выражение. Суд проверял все, что говорилось раньше. Тимми спрашивали про его жизнь с матерью и про жизнь с Самантой, как о нем заботилась мать и что ему покупала и делала Сэм, как он относится к ним обеим... А потом вдруг прозвучало: «Ты боишься свою мать, Тимми?» Но сам вопрос так напугал мальчика, что он съежился в своем инвалидном креслице и, прижав к груди медвежонка, яростно замотал головой.

— Нет... нет!
— Она когда-нибудь тебя била?

Ответа долго не было. Потом Тимми снова помотал головой, и его попросили сказать это вслух. Суду удалось добиться только хриплого «нет». Сэм в отчаянии закрыла глаза. Она понимала, почему Тимми так себя ведет. Он не мог сказать правду в присутствии матери. Заседание продолжалось еще полчаса, после чего все разошлись по домам. Судья любезно попросил присутствующих вернуться на следующее утро. Он сказал, что у него есть их телефоны, и если по каким-либо причинам он не сможет вынести за этот срок свой вердикт, то предупредит их. А если звонка вечером не будет, нужно прийти в суд с утра и привезти Тимми — тут судья покосился на Сэм, — тогда приговор будет оглашен. В интересах ребенка, заявил судья, а также чтобы не причинять лишней боли обеим сторонам, лучше вынести приговор поскорее. С этими словами он поднялся с места, и судебный пристав объявил, что заседание суда переносится на следующий день.

Когда они ехали обратно, Сэм еле шевелилась от усталости, а Тимми уснул у нее на руках, как только машина отъехала от тротуара. Едва мать попыталась к нему приблизиться, он задрожал, вцепился в руку Саманты, и Норман поспешил вывезти мальчика из зала суда, а Джош помог выехать Саманте. Позднее, когда мальчик уже лежал в ее объятиях, Сэм осознала, какого мужества стоило Тимми присутствие на судебном заседании. Если мать получит его обратно, она отыграется на нем за все, и Тимми это известно лучше, чем кому бы то ни было. Впрочем, прижимая к себе мальчика, Сэм это тоже наконец поняла. Как, во имя всего святого, она отдаст его этой ужасной женщине? Разве можно такое перенести? Ложась в ту ночь спать, Сэм сказала себе, что не перенесет утраты, это ее доконает. Она несколько часов лежала и придумывала, как бы забрать Тимми и куда-нибудь убежать. Но куда, как и, главное, зачем? Два инвалида далеко не убегут... Потом она вспомнила о домике, в котором ни разу не побывала, вернувшись на ранчо. Но — нет, даже там ее найдут! Все было бессмысленно. Оставалось лишь верить в правосудие и надеяться на лучшее.

Глава 37

Наутро Сэм проснулась задолго до рассвета. Посмотрев на циферблат, она поняла, что спала всего полтора часа. Но, заглянув в комнату Тимми, располагавшуюся рядом с ее спальней, обнаружила, что мальчик тоже не спит.

— Привет, милый... — Сэм поцеловала его в кончик носа и потянулась за детскими костылями. — Доброе утро.

— Я с ней не поеду.

— Послушай, почему бы нам не начать волноваться после завтрака? — Сэм пыталась говорить беспечно, но Тимми разрыдался и судорожно вцепился в нее.

Так начался этот день. Они завтракали снова одни. Остальные дети понятия не имели о происходящем, да и взрослых-то — врачей и педагогов — Сэм далеко не всех посвятила в эту историю. Однако когда Сэм уезжала вместе с Джошем и Тимми с ранчо, было понятно, что дело серьезное. Дети словно почуяли беду и вели себя необычно тихо, садясь в автобус, отвозивший их в школу.

В Лос-Анджелесе Саманта, Джош и Тимми встретились с Норманом у здания суда; вид у всех был мрачный.

— Не расстраивайтесь, Сэм. — Норман ласково тронул ее за плечо.

Сэм оделась в серые брюки и серый кашемировый свитер, а на Тимми был тот же костюмчик, что и в прошлый раз, только с рубашкой в красную и желтую клетку.

Судья прежде всего попросил завезти Тимми в зал и, обращаясь к нему, сказал, что выслушал все показания и попытался принять правильное решение, которое надолго обеспечило бы Тимми счастливую жизнь. Он улыбнулся мальчику, словно снисходительный дедушка, и попросил выехать вперед, объяснив, что это лишь формальность: просто Тимми здесь — самый важный человек, ведь процесс затеян из-за него. Тимми вопросительно поглядел на Сэм, она кивнула, улыбнувшись, и он выехал, остановившись, как и просил его судья, перед публикой.

После этого внимание судьи переключилось на Сэм. Он сказал, что она делает не просто похвальное, а поистине святое дело; он побеседовал с несколькими людьми о ее ранчо и был потрясен настолько, что у него просто нет слов. Судья одарил Саманту еще одной теплой улыбкой, однако тут же заявил, что, хотя намерения ее прекрасны и материально она, разумеется, обеспечит Тимми гораздо лучше, чем родная мать, а с той у Тимми была очень тяжелая жизнь, поскольку ей было так трудно обрести себя и обеспечить достойное существование своему ребенку, он, судья, тем не менее уверен — особенно после разговора с отцом Реннеем, — что мать Тимми наконец встала на правильную дорогу. Поэтому — тут он лучезарно улыбнулся Тимми — он считает, что Тимми должен жить со своей родной матерью.

— А теперь, — судья указал жестом на испуганную, растрепанную молодую женщину в розовой блузке, — вы можете забрать своего сына. — И, ударив, как и положено, в гонг (сердце Сэм ухнуло куда-то вниз), зычно провозгласил: — Суд принял решение в пользу родной матери.

После этого судья встал с кресла и ушел, а Сэм изо всех сил сдерживалась, стараясь не закричать. А вот мать Тимми дала себе волю и, бросившись к ребенку, чуть не вышибла его из инвалидного кресла. Сэм видела, как Тимми бешено замахал руками, пытаясь отодвинуться от нее, однако адвокат крепко держал кресло, а мать, стискивая Тимми в объятиях, громко вопила:

— Мой малютка... мой малютка...

— Сэм... Сэм!

У нее чуть душа не разорвалась от этого жалобного крика, и Сэм, инстинктивно рванувшись к ребенку, попробовала было объехать Джоша и Нормана. Однако Джош схватился за ручки на спинке кресла, а Норман загородил ей путь: мужчины мгновенно поняли друг друга без слов. Теперь все было бессмысленно. Теперь ребенком распоряжалась мать.

— Не мешайте... — Сэм хотела наехать на Нормана, — я должна с ним поговорить.

346

— Вы не можете, Сэм. — Адвокат говорил спокойно, но решительно, а Джош не выпускал кресло из рук, как бы она ни рвалась.

— Я должна, черт побери!.. Джош, отпустите меня!

Сэм начала всхлипывать, но адвокат матери уже вывозил маленькое креслице Тимми из зала. Тимми в отчаянии обернулся к Саманте и замахал ручонками, тоскливо глядя на нее.

— Сэм... Сэм!

— Я люблю тебя! — выкрикнула она. — Я люблю тебя, Тимми! Все хорошо!

Его увезли. И тут же последние силы покинули Саманту, она уткнулась лицом в ладони и заплакала навзрыд. Мужчины растерялись, потом Норман присел возле кресла Сэм.

— Мне безмерно жаль, Сэм... Мы можем подать апелляцию.

— Нет, — еле вымолвила Саманта, доставая платок. — Нет. Я не могу его так мучить.

Норман кивнул, выпрямился и подал Джошу знак, что пора уходить. Оставаться в суде больше не имело смысла. Для Саманты и Тимми все было кончено. Мальчика она потеряла.

Глава 38

До конца недели Сэм безвылазно сидела дома, а в первый день после суда даже не выходила из спальни. Норман заехал, чтобы забрать вещи мальчика — нужно было вернуть их социальному работнику, который передал бы все Тимми, — но Сэм отказалась его принять. За нее всем распоряжался Джош. Норман дважды стучался в то утро в дверь спальни. Он даже попытался позвонить Сэм. Но она никого не желала видеть, кроме Тимми. Она потеряла свою последнюю любовь.

— Как вы думаете, она оправится от потрясения? — спросил Джоша огорченный Норман, и старик со слезами на глазах покачал головой:

— Не знаю. Она сильная женщина, но в ее жизни было слишком много утрат. А эта... вы даже не представляете себе, как она его любила.

Норман печально возразил:

— Нет, представляю.

Вчера, покинув здание суда, он до отказа выжал педаль газа в своем «мерседесе» и, мчась домой со скоростью восемьдесят миль в час, впервые за свою карьеру тоже не удержался от слез.

— Мне бы хотелось с ней повидаться, когда она немного успокоится. Я хочу поговорить насчет апелляции. Мне кажется, нам стоит попытаться. Дело необычное, ведь ей вменили в вину, что она не замужем и вдобавок инвалид. Но это вопиющий факт! Суд высказался в пользу проститутки и наркоманки только потому, что она родная мать, и отверг просьбу такой женщины, как Сэм! Я хочу передать дело в Верховный суд.

— Я скажу ей. — Джош явно одобрил идею Нормана. — Как только увижу.

И тут Норман вдруг забеспокоился:

— Надеюсь, она не совершит какого-нибудь безрассудства?

Джош немного подумал.

— Вряд ли.

Он не знал, что однажды она пыталась совершить самоубийство, когда лежала в нью-йоркской больнице. Но теперь Сэм и не помышляла о том, чтобы наложить на себя руки. Да, конечно, она хотела умереть, но слабая, теплившаяся вопреки здравому смыслу надежда когда-нибудь вернуть себе Тимми удерживала Саманту от опрометчивого шага. Целых два дня она неподвижно пролежала в кровати, отказывалась от еды и с трудом доползала до туалета. Она то заливалась слезами, то засыпала, а просыпаясь, вновь плакала... И вот в конце второго дня, в очередкой раз пробудившись, Сэм услышала, как кто-то стучится в дверь. Она затихла, твердо решив не откликаться, но вдруг раздался звон разбившегося стекла, и Сэм поняла, что кто-то вломился в дом силой.

— Кто там? — испуганно спросила она.

Наверное, грабитель... Однако когда в смятении и ужасе привстала на постели, в холле зажегся свет, и она увидела огненно-рыжую шевелюру Джефа. Его рука была окровавлена. Заметив Сэм, Джеф неожиданно смешался и, как всегда, стал багровым как свекла.

— Что ты тут делаешь?

— Я пришел узнать, как вы себя чувствуете. Я просто не выдержал, Сэм. У вас два дня не горел свет, я несколько раз подходил к дверям, но вы не отвечали... Я подумал, вдруг... Я испугался... Мне хотелось узнать, не случилось ли чего...

Сэм кивнула, поблагодарив его улыбкой за заботу, и тут слезы хлынули вновь. А потом она вдруг оказалась в его крепких объятиях. И странное дело — в них было что-то знакомое, словно он уже обнимал ее раньше, словно она знала эти руки, эту грудь... все его тело... Однако Сэм понимала, что это бредовая мысль, и отодвинулась от Джефа.

— Спасибо, Джеф. — Она утерла нос платком.

Он присел на край кровати и посмотрел на нее. Даже полежав два дня в слезах, она выглядела прелестно. Ему неудержимо захотелось поцеловать Саманту, и он снова зарделся. А она внезапно рассмеялась сквозь слезы.

Джеф в смятении пробормотал:

— Над чем вы смеетесь?

— Когда ты смущаешься, то становишься похож на редиску.

— Большое спасибо, — ухмыльнулся Джеф. — Морковкой меня уже называли — за цвет волос, а вот редиской — никогда. — И ласково поинтересовался: — С вами все в порядке, Сэм?

— Нет. Но надеюсь, я приду в себя. — Слезы опять потекли по ее щекам. — Главное, чтобы у Тимми все было хорошо.

349

— Джош говорит, что ваш адвокат хочет подать апелляцию, прямо в Верховный суд.

— Да? — язвительно и сердито откликнулась Саманта. — Черта с два у него получится! Шансов нет никаких. Я одинокая женщина, калека. То, что я не замужем, их, может, и не особенно волнует, а вот мое увечье — это дело другое. Этого вполне достаточно. Проститутки и наркоманки лучше воспитывают детей, чем калеки. Ты разве этого не знал?

— Да ерунда все это! — чуть ли не прорычал он.

— Ну, так решил судья.

— А пошел он в задницу!

Сэм невольно рассмеялась, а потом вдруг ощутила запах пива. Она нахмурилась и строго посмотрела на рыжего парня.

— Ты пьян, Джеф?

Он смешался и опять покраснел.

— Да я выпил-то всего две банки пива! Разве от этого опьянеешь?

— Что это на тебя нашло?

— Да ничего. Я всегда пять-шесть банок выпиваю спокойно.

— Да я не о том, — рассмеялась Саманта. — Я спрашиваю, с какой стати ты и эти-то две банки выпил?

Она была против того, чтобы ее работники выпивали при детях, и Джеф это знал, однако на улице уже стемнело, рабочий день кончился.

— Но ведь сегодня Новый год, Сэм.

— Правда? — удивилась Саманта.

Потом посчитала дни... Суд был двадцать восьмого, решение судья вынес двадцать девятого, то есть два дня назад...

— О черт! Действительно. Ты, наверное, пойдешь куда-нибудь праздновать? — Она ласково улыбнулась Джефу.

— Да. Я собираюсь в «Барм-три». Я вам не говорил, что когда-то там работал?

— Нет, но ведь ты где только не работал!

— Да, а вот про это ранчо забыл вам сказать.

— Ты едешь с девушкой?

— С Мэри Джо. — На сей раз Джеф стал красным, как пожарная машина.

— С дочкой Джоша?

Сэм это позабавило, Джеф тоже ухмыльнулся.

— Ага.

— Ну и что говорит Джош?

— Что он выпорет меня, если я ее напою. Но черт побери, ей ведь почти девятнадцать! Она же не малолетка.

— И все-таки я бы на твоем месте остерегалась. Если Джош пообещал тебя выпороть, он шутить не будет. — Потом лицо Сэм посерьезнело: — Как у него дела?

— Да беспокоится о вас. — Голос Джефа звучал в тишине очень нежно. — Мы все беспокоимся. Все, кто знает о случившемся. Вчера тут был ваш адвокат.

— Я так и думала. Он приехал забрать вещи Тимми?

Джеф замялся, но все-таки кивнул.

— Он взял его рождественские подарки? — Сэм снова заплакала. — Я хочу, чтобы Тимми все это забрал с собой.

— Да, он все взял, Сэм.

Не зная, как помочь Саманте, он обнял ее и прижал к груди. Джефу хотелось сказать ей про свою любовь, но он боялся. Джеф влюбился в Сэм с первого взгляда. Но она была на девять лет старше его и не проявляла никакого интереса к мужчинам. Порой Джеф задумывался: а может, она вообще уже не способна заниматься любовью? Но тут же говорил себе, что это не главное; ему просто хотелось обнять Саманту и в один прекрасный день признаться в любви. Они долго лежали рядом, и наконец Сэм перестала плакать.

— Спасибо. — Она пристально посмотрела на Джефа, слегка взволнованная его юной красотой и силой. — Ладно, тебе надо поторапливаться, а то вместо Мэри Джо ты встретишь Новый год со мной.

— Знаете что? — Его голос был низким и манящим. — Я бы не прочь.

— Неужели? — Глаза Саманты смеялись, но его были серьезны.

Однако Сэм считала, что Джефу вовсе не это нужно. Зачем ему женщина, которая не только старше его, но еще и калека? Он молод. У него вся жизнь впереди, жизнь, в которой будет целая толпа девушек вроде Мэри Джо... Но сама Сэм почувствовала себя вдруг такой одинокой, что ей захотелось потянуться к нему. И она поспешила прогнать Джефа, чтобы не наделать глупостей.

— Ладно, малыш, поезжай, отпразднуй Новый год как следует. — Сэм села на постели и попыталась улыбнуться. — А вы, Сэм?

— Я приму горячую ванну, приготовлю себе что-нибудь поесть и лягу спать. А завтра, может быть, выползу из своей берлоги и погляжу на мир.

— Рад это слышать. А то вы меня здорово напугали.

— Джеф, я крепкий орешек. Время закаляет человека. Время, горе, утраты...

— Вот как? Ну а вас оно еще и красит.

— Иди, Джеф. — Сэм забеспокоилась. — Тебе пора.

— Я не хочу уходить от вас, Сэм. Давайте я останусь здесь.

Но Саманта покачала головой и, взяв Джефа за руку, поднесла его пальцы к своей щеке, а потом нежно поцеловала и отпустила.

— Ты не можешь остаться, Джеф.

— Но почему?

— Я тебе не разрешаю.

— Вы считаете, что хозяевам нечего связываться с работниками? — Он горячился, как молодой жеребчик.

Сэм улыбнулась.

— Нет, вовсе нет, милый. Просто моя жизнь уже прожита, а твоя только начинается. И такое тебе не нужно.

— Да вы с ума сошли! Знаете, как давно я о вас мечтаю?

Сэм приложила палец к его губам.

— Не надо, не говори. Сегодня канун Нового года, в эту ночь люди часто говорят то, чего говорить не следует. Я хочу, чтобы мы с тобой остались друзьями, Джеф. Пожалуйста, не надо все портить. — В глазах Саманты снова

352

заблестели слезы. — Ты мне сейчас так нужен! Ты, и Джош, и дети, но особенно вы с Джошем. Прошу тебя. Не надо ничего менять. Я... я этого не вынесу... я не могу без вас.

Джеф снова обнял Саманту, поцеловал в макушку и повторил:

— Если вы хотите, я останусь, Сэм.

Она подняла голову, взглянула в блестящие зеленые глаза и покачала головой:

— Нет, милый, не надо. Иди.

Он неохотно кивнул и, остановившись в дверях, в последний раз взглянул на Саманту. Потом из коридора донеслись гулкие звуки удаляющихся шагов, и входная дверь захлопнулась.

Глава 39

— Сэм!.. Сэм!

Было шесть часов утра, самое начало нового года. Сэм уже оделась и впервые за три дня зашла на кухню, чтобы приготовить себе кофе. И вдруг Джош постучался в дверь. Сэм усмехнулась. Если сейчас не выйти к нему, то ее работники по очереди примутся ломать дверь. Саманта все еще страшно переживала потерю мальчика, но понимала, что распускаться нельзя. У нее есть обязательства и перед другими детьми. Она медленно подъехала к входной двери и, открыв ее, выглянула в предрассветные сумерки. Джош стоял на крыльце, на нем была теплая куртка.

— Привет, Джош. С Новым годом!

Он ничего не ответил, и Саманта забеспокоилась. Что случилось? Казалось, Джош только что плакал.

— Все в порядке?

Он покачал головой и, еле волоча ноги, вошел в дом.

— Присаживайтесь.

Сэм подумала было, что Джош пришел ее утешить, но теперь ей стало ясно, что у него какое-то горе.

— Что стряслось?

Сэм тревожно нахмурилась, а Джош тяжело опустился на стул и, поглядев на Саманту, уронил голову на руки.

— С ребятами несчастье. С Джефом и Мэри Джо. Они вчера поехали на вечеринку... — Он запнулся и с трудом проглотил комок в горле. — В общем, они возвращались домой на машине совсем пьяные.

Сердце Сэм бешено заколотилось. Она боялась спросить, что было дальше, но Джош ответил, не дожидаясь ее вопроса. Лицо его скривилось от боли, и по щекам потекли две большие слезы.

— Они врезались в дерево и свалились в овраг... У Мэри Джо переломаны руки и ноги, лицо все изранено... а Джеф погиб.

Сэм зажмурилась и схватила Джоша за руку, думая о юноше, который только вчера обнимал ее. Если бы она, несмотря ни на что, разрешила ему остаться, наверное, все было бы по-другому. Но тут же Сэм сказала себе — как и накануне вечером, — что соблазнять двадцатичетырехлетнего парня нехорошо.

«Нехорошо? — возразил внутренний голос. — Нехорошо? А умереть лучше, да?»

— О Господи!.. — Сэм открыла глаза и обняла старика. — Джош, Мэри Джо поправится?

Он кивнул и разрыдался.

— Но ведь я и Джефа любил как сына.

Парень пробыл с ними всего год, но казалось, он жил здесь всю жизнь. Теперь Сэм понимала, почему хозяева других ранчо так тепло о нем отзывались и мечтали заполучить обратно.

— У него есть родственники? Мы можем кому-нибудь сообщить?

— Не знаю. — Джеф достал из кармана красный носовой платок, высморкался и со вздохом убрал платок в карман. — Наверное, нужно просмотреть его вещи. Мать, я знаю, умерла: Джеф пару раз упоминал про это, а вот есть ли у него сестры, братья и отец — неизвестно. Он не любил распространяться о себе, все разговоры в основном вертелись вокруг детишек и тебя. Он говорил, что для него возиться с детьми и ухаживать за лошадьми — счастье.

Сэм снова закрыла глаза и глубоко вздохнула.

— Да. Лучше просмотреть его вещи. Где он сейчас?

— Я попросил оставить его в больнице. Обещал, что мы позвоним и скажем, что делать дальше. Если найдем родственников, то они, может быть, захотят забрать его.

— Надеюсь, нам удастся найти хоть какие-то их координаты в его бумагах. Но если нет, Джош? Что тогда?

Сэм никогда еще не сталкивалась с подобной ситуацией.

— Наверно, придется похоронить его вместе с Биллом и мисс Каро. Или в городе.

— Нет, похороним его здесь.

Джош был помощником Саманты и очень любил ранчо... Но как же дико говорить о похоронах мальчика, который всего несколько часов назад стоял на пороге ее спальни, сидел на краешке кровати и держал ее в объятиях! Сэм отогнала эти воспоминания, взяла куртку, висевшую на крючке, который был прибит у входной двери так, чтобы до него можно было достать из инвалидного кресла, и медленно выехала на крыльцо.

Джош удивленно воззрился на разбитое стекло и повернулся к Сэм.

— Что тут случилось?

— Да это все Джеф. Он хотел узнать, как я себя чувствую, и зашел ко мне перед отъездом.

— Я чувствовал, что он выкинет подобный фортель, Сэм. Он эти два дня глаз с твоего дома не сводил. У него, по-моему, все мысли были только о тебе.

Сэм кивнула и, пока они добирались до домика Джефа, не произнесла ни слова. Проехать туда оказалось нелегко, потому что подъезды к домикам, в которых жили работники ранчо, не были гладко заасфальтированы, поскольку в отличие от других дорожек не предназначались для того, чтобы по ним ездили в инвалидных колясках. Но Джош помог ей проехать по ухабам и рытвинам и завез кресло в уютный маленький домик. Сэм посмотрела на неубранную постель — в комнате был беспорядок, не жуткий, а, так сказать, умеренный, — и ей показалось, что если как следует поискать Джефа, то они найдут его. Может, он выйдет, пошатываясь и ухмыляясь, из ванной, или высунет голову из-под одеяла, или войдет в дом, распевая песню... Не мог же он действительно умереть... Только не Джеф... не этот юноша... Джош с болью взглянул на Саманту и, сев за маленький кленовый стол, выгреб из ящиков бумаги. Там были фотографии и письма друзей, памятные подарки с прежних мест работы, открытки с девицами, программки родео и многое другое — все, кроме того, что они искали.

Наконец Джош нашел маленький кожаный бумажник, в котором хранилась карточка с номером страхового полиса Джефа, несколько бумаг, которые дают страховые компании, лотерейные билеты и узкая бумажная полоска. На ней было написано: «Если со мной что-нибудь случится, пожалуйста, сообщите моему отцу, Тейту Джордану, на ранчо «Грейди». И указывался номер абонентного ящика в Монтане.·

Джош уставился на листок разинув рот, а потом вдруг припомнил... «Барм-три»... Ну конечно! Почему он раньше не догадался спросить? Ведь сын Тейта работал там... Не веря своим глазам, он посмотрел на Сэм. Она нахмурилась.

— В чем дело?

Что он мог ей ответить? Джош молча протянул Саманте записку и медленно вышел на улицу, чтобы немного отдышаться.

356

Глава 40

Сэм около получаса сидела, уставившись на листок бумаги, и пыталась понять, что же теперь делать. Сердце бешено колотилось в груди. Вчера вечером она чуть было не бросилась в объятия к сыну Тейта... Какая безумная прихоть судьбы! А теперь — из-за того, что она не согласилась, — он погиб, и ей придется сообщить отцу о смерти сына. Но Сэм понимала, что даже если бы она уступила Джефу, он все равно мог потом где-нибудь напиться и погибнуть. От судьбы не уйдешь, как ни старайся. Нет, теперь важнее всего понять, что и как сообщить Тейту Джордану. Но какая же убийственная ирония в том, что после стольких поисков, звонков и расспросов она наконец заполучила адрес Тейта: вот он, лежит на ладони! Сэм положила записку в карман куртки и выехала из домика.

Джош ждал ее у крыльца, прислонившись к дереву; на утреннем небе медленно всходило солнце.

— Что ты собираешься делать, Сэм? Ты ему сообщишь?

Узнав об их отношениях, Джош отчаянно надеялся, что Сэм позвонит Тейту.

Она мрачно кивнула.

— Придется. Иначе нельзя.

— Ты сама позвонишь?

— Нет, лучше вы. Вы же управляющий.

— Ты боишься?

— Нет, будь это кто-то другой, я бы взяла все на себя, Джош. Но с ним я разговаривать не хочу. Во всяком случае, сейчас.

Вот-вот должно было исполниться три года с тех пор, как Тейт бежал с ранчо.

— Может, стоит все-таки поговорить...

— Может быть, — грустно откликнулась Сэм. — Но я не буду.

Однако когда Джош позвонил, ему сказали, что Тейт вместе с другими работниками на неделю уехал в Вуо-

357

минг — на животноводческую ярмарку. Никто не знал, где они остановились и как с ними связаться, а следовательно, Джефа предстояло похоронить либо на ранчо, либо в городе. Ждать целую неделю они не могли.

Похороны были простыми и тягостными для всех. Но Сэм сказала детям, что смерть — это часть природы, часть жизни, и раз Джеф был их другом, значит, они тоже должны принять участие в похоронах. Местный священник немного почитал над гробом молитвы, и мужчины закопали Джефа рядом с Каро и Биллом, а дети приехали на лошадях, каждый принес букет цветов и возложил его на свежую могилу. Потом они окружили ее и запели свои любимые песни. Всем казалось, что именно так надо хоронить человека, который жил среди них и был их общим другом. Когда дети повернули лошадей к дому и поскакали по холмам, Сэм глядела им вслед — справа садилось солнце, лошадиные копыта негромко ударялись о землю, прохладный ветерок обдувал всадников — и думала, что еще ни разу в жизни она не видела такого прекрасного зрелища. На мгновение ей показалось, что Джеф едет рядом с ними, ведь, отдавая дань памяти своему погибшему другу, товарищи Джефа надели на его коня яркое западное седло, но никто не стал на него садиться, так что конь скакал без всадника. Почему-то это напомнило Саманте историю с Тимми, и на ее глаза вновь навернулись жгучие слезы.

И когда в тот вечер Саманта, сидя за столом, писала Тейту, чувства, охватившие ее у могилы Джефа, помогали ей протянуть Тейту руку, позабыть то, что между ними было и чему больше не суждено было повториться. Она ведь тоже потеряла ребенка, хотя Тейт приходился Джефу родным отцом, а она не была родной матерью Тимми. Но все же Сэм знала, как мучительна боль утраты, и еще острее ощутила ее, когда принялась за письмо человеку, которого она так долго и тщетно разыскивала. Сэм очень интересовало, что именно сообщил Тейту Джеф про свою жизнь на ранчо. Единственное, о чем ей не хотелось упоминать, так это о своем увечье. Она решила слегка покривить душой, надеясь, что Джеф ничего не рассказал про это отцу.

«Три года не такой уж большой срок, — написала она с красной строки, постаравшись как можно сдержаннее сообщить в начале письма страшную новость. — Но здесь у нас очень много перемен. Кэролайн и Билла уже нет, они покоятся там же, где мы похоронили сегодня Джефа: на холмах, неподалеку от их домика. Дети, которые живут вместе со мной на ранчо, принесли на могилу Джефа цветы, а ковбои привели на закате его лошадь. Это был очень тяжелый момент: день такой чудесный, а у нас — такая утрата. Дети пели любимые песни Джефа, и, когда мы возвращались домой, мне казалось, что он где-то рядом. Надеюсь, Тейт, что ты всегда будешь чувствовать его присутствие. Он был прекрасным юношей, мы все его любили, нам безумно больно и горько, даже не верится, что его жизнь так рано оборвалась... Однако я уверена, что за свою короткую жизнь он успел сделать гораздо больше, чем многие из нас, хотя мы значительно старше его. Но мы тратим свои годы впустую.

Не знаю, известно ли тебе, что Кэролайн завещала после ее смерти особым образом распорядиться этим ранчо. Она хотела превратить его в место отдыха детей-инвалидов, и мы с Джошем долго готовились к такому новшеству. Незадолго до того, как ворота ранчо распахнулись для особых детей, к нам присоединился Джеф, у которого оказался настоящий педагогический талант. Джеф так прекрасно работал — любо-дорого было посмотреть. О его работе можно рассказывать часами, ты должен им гордиться. Я поищу среди фотографий, которые мы сделали после открытия нашего центра, снимки Джефа и пришлю их тебе. Они помогут тебе понять, чем он здесь занимался, ведь теперь ранчо совсем не такое, каким ты его помнишь.

Конечно, нам с тобой даже в голову не приходило, как Кэролайн распорядится своим ранчо, а она распорядилась им самым лучшим образом, и все здесь служит самым благим целям, которым служил и твой сын. Пожалуйста, прими мои соболезнования. Я желаю тебе счастья. Вещи Джефа мы пришлем, чтобы ты мог избежать тягостного приезда сюда. Если мы еще что-нибудь можем для тебя сделать, не стесняйся, напиши нам. Джош постоянно живет на ранчо, и я уверена, что он с удовольствием тебе поможет».

В конце Саманта написала: «Сердечный привет. Саманта Тейлор».

В письме не содержалось ни намека на то, что произошло между ними, и на следующий день после похорон Сэм попросила Джоша и его парней упаковать вещи Джефа и послать их Тейту по почте. Накануне вечером она, как и обещала, просмотрела альбомы, аккуратно вынула все фотографии Джефа, нашла негативы и наутро отвезла пакет в город. А получив через неделю пересенятые фотокарточки, еще раз внимательно просмотрела их, желая убедиться, что ни на одной нет ее изображения, положила их в конверт и прямо так, без сопроводительной записки, отправила бандеролью Тейту. В представлении Саманты это было последней главой романа под названием «Тейт Джордан». В конце концов она его все-таки нашла... У Сэм был выбор: она могла сделать шаг к нему навстречу, признаться, что до сих пор любит его, и даже попросить приехать. Но она предпочла поступить так же, как и с Джефом в ту роковую ночь, когда прогнала его, считая, что, сблизившись с ним, проявит эгоизм и повредит мальчику. Вот и от сближения с Тейтом она отказалась, хотя и по другим причинам. И потом порадовалась своему мудрому решению. Ей — такой, какой он стала, — больше нет места в жизни Тейта. Вечером, лежа в кровати, Сэм задумалась: а если бы с ней не случилось несчастья, как бы она себя сейчас повела? Но понять это было невозможно, ведь если бы она не стала инвалидом, то не получила бы в наследство ранчо, не познакомилась бы с Джефом, не... Сэм не заметила, как задремала... Проснулась она лишь утром от телефонного звонка.

— Сэм? — Это оказался Норман Уоррен, голос у него был возбужденный.

— Здравствуйте, — сонно ответила Саманта. — Что случилось?

Потом до нее дошло, что он, наверное, по-прежнему хочет поговорить про апелляцию. Поглощенная похоронами Джефа и тягостными раздумьями о письме, которое предстояло послать Тейту, Саманта не перезвонила адвокату после их последней встречи, однако про себя твердо решила больше не подвергать Тимми столь тяжелому испытанию. Она дважды беседовала с социальным работником, и он сказал, что Тимми привыкает к дому с трудом и хочет вернуться к ней, но поделать ничего нельзя, в чем он и попытался убедить мальчика, когда в последний раз к нему заезжал. Сэм поинтересовалась поведением матери, однако собеседник ответил уклончиво: дескать, он надеется, что она ведет себя хорошо.

— Сэм, я хочу, чтобы вы приехали в Лос-Анджелес.

— А я не хочу больше это обсуждать, Норман. — Сэм села на постели и жалобно скривила губы. — Это бессмысленно. Я на такое не пойду.

— Я понимаю. Но у нас есть и другие дела.

— Какие? — подозрительно спросила Саманта.

— Вы не подписали некоторых бумаг.

— Пришлите их мне по почте.

— Не могу.

— Тогда привезите, — раздраженно буркнула Сэм.

Она устала, а он еще звонит ни свет ни заря! И тут, сонно поморгав, Саманта сообразила, что сегодня воскресенье...

— Норман, а почему вы звоните мне в выходной?

— Да я просто не успел сделать это перед уик-эндом. Послушайте, Сэм, я понимаю, что так делать не полагается, вы тоже заняты, но... вы не могли бы оказать мне любезность? Приезжайте сегодня.

— В воскресенье? Но почему?

— Пожалуйста. Сделайте это для меня. Я вам буду очень благодарен.

Сэм испугалась:

— Что-то с Тимми, да? Он нездоров? Может, она его снова избила?

Сердце Саманты уже было готово выпрыгнуть из груди, но адвокат поспешил ее успокоить:

— Нет-нет, ничего такого! С ним все в порядке. Мне просто хотелось бы разделаться сегодня с нашими делами раз и навсегда.

— Норман, — Сэм со вздохом посмотрела на часы, — лично я думаю, что у вас не все дома. Но вы мне так помогали, так старались, чтобы все было хорошо, и поэтому я пойду вам навстречу, но только один раз. Вы понимаете, сколько времени нам придется до вас добираться?

— Вы возьмете с собой Джоша?

— Наверное. Где мы встретимся? В вашей конторе? И какие бумаги я должна подписать?

— В них говорится, что вы отказываетесь от апелляции. Черт побери, что все это значит?

— А почему вы не можете послать их по почте?

— Я слишком мало беру за работу, мне не на что купить марку.

Сэм засмеялась:

— Вы сумасшедший.

— Я знаю. Когда вы приедете?

— Понятия не имею. — Сэм зевнула. — Может, после полудня?

— Почему бы не покончить с делами пораньше?

— Вы хотите, чтобы я явилась к вам в ночной рубашке, Норман?

— Это было бы очень мило. Давайте встретимся в одиннадцать.

— Проклятие! — Сэм снова вздохнула. — Ладно. Но только ненадолго. У меня здесь полно дел.

— Договорились.

Сэм позвала Джоша и рассказала ему о звонке Нормана. Джош разозлился не меньше ее:

— Какого черта?! Почему он не может послать все по почте?

— Не знаю. Но раз уж нам придется этим заняться, то лучше в воскресенье. А то у меня вся неделя забита очень плотно. Придется много заниматься с детьми. — Сэм ожидала одиннадцать новых ребятишек из разных штатов.

— Хорошо. Ты сможешь выехать через полчаса?

— Давайте лучше через час.

Джош согласился, и через час Сэм села в машину; она надела джинсы и красный свитер, перехватила волосы красной лентой и обулась в свои любимые красные ковбойские сапоги.

— Ты нарядилась так, словно сегодня Валентинов день, Сэм. Как будто на свидание едешь.

— А у меня такое чувство, будто сегодня Хэллоуин и мне устроили какой-то розыгрыш. Не понимаю, какого черта нам надо тащиться в воскресенье в Лос-Анджелес?!

Когда же они доехали до дома Нормана, то увидели, что он страшно нервничает. Норман заявил, что нужно поехать в суд, потому что, оказывается, у него нет всех необходимых документов.

— В воскресенье? Норман, вы что, напились? — Сэм не на шутку рассердилась.

— Ну поверьте! Ради Бога!

— Если бы я вам не доверяла, меня бы здесь сейчас не было, — ответила Сэм.

Джош лишь подозрительно покосился на адвоката, и они поехали на машине к зданию суда, находившемуся в противоположном конце города. Но, добравшись туда, Норман вдруг повел себя как человек, который твердо знает, что ему нужно делать. Войдя в вестибюль, он показал охраннику пропуск; тот кивнул и разрешил им войти.

— Седьмой этаж, — сказал Норман дежурному лифтеру, и, выйдя из лифта на седьмом этаже, они повернули налево, потом направо, потом снова налево и внезапно очутились в очень светлом помещении, где за письменным столом сидела матрона в униформе, с которой любезничал полицейский. И тут Сэм вдруг издала сдавленный вопль и рванулась вперед. В инвалидном кресле сидел

Тимми со своим неизменным медвежонком: он снова был жутко чумазым, но зато в нарядном костюмчике, купленном Самантой. Тимми радостно улыбался.

Он обнял Сэм и долго не отпускал. Она чувствовала, что он дрожит. Мальчик не произносил ни слова, а Сэм повторяла лишь одно:

— Я люблю тебя, Тимми... Люблю, дорогой... Все хорошо.

Она не знала, как долго сможет продлиться это свидание — минуту, час или день, но сейчас это было не важно. Она отдаст ему все и будет отдавать, пока это будет можно... пока ей позволят...

— Все хорошо.

— Моя мама умерла. — Он внимательно посмотрел на Сэм и сказал это с таким видом, словно не понимал значения своих слов.

Только тут Сэм заметила, что под глазами у Тимми синие круги, а на шее — синяк.

— Что случилось? — Сэм ужаснулась увиденному не меньше, чем услышанному. — Что ты хочешь этим сказать?

Однако Норман вышел вперед и ласково взял Сэм за руку.

— Сэм, она скончалась два дня назад. Вчера вечером полицейские обнаружили Тимми дома одного.

— Она была там? — Глаза Сэм расширились, она сжала ручонку Тимми.

— Нет, где-то в другом месте. Тимми был в квартире один. — Адвокат шумно вздохнул и улыбнулся женщине, к которой успел проникнуться дружеской симпатией. — Вчера вечером полицейские позвонили судье, чтобы посоветоваться насчет Тимми. Они не знали, стоит ли его отправлять к малолетним... в приют для малолетних, — тут же пояснил он Саманте. — А судья позвонил мне. Он пообещал встретиться здесь с нами сегодня утром и пересмотреть дело Тимми. Сэм, все вот-вот будет решено! — В глазах Нормана стояли слезы.

— Прямо сейчас?

Норман кивнул.

— Неужели он может?

— Да, из-за того, что случилось, он может пересмотреть свое решение. Тимми будет избавлен от волокиты, суду не придется временно брать над ним опеку. Он ваш, Сэм! — Норман обернулся и посмотрел на маленького мальчика в инвалидном кресле, держащего Сэм за руку. — Вы получили своего сына.

Две недели назад кричащего Тимми отобрали у нее и увезли из зала суда, а теперь он снова был с ней... Сэм посадила мальчика на колени и, громко всхлипывая, смеясь сквозь слезы, принялась целовать Тимми и гладить по голове. Постепенно и до его сознания дошло, что происходит. Он обнял Сэм, поцеловал, а затем дотронулся до ее лица замызганной ручонкой и сказал:

— Я люблю тебя, мама.

Эти слова Саманта мечтала услышать всю жизнь...

Через час пришел судья; по дороге на седьмой этаж он забрал из своего кабинета дело Тимми, подписал несколько бумаг, потом попросил Саманту расписаться. Матрона заверила документы. Джош заплакал, Норман заплакал, Сэм заплакала, судья улыбнулся, а Тимми, когда его везли в креслице к лифту, помахал судье плюшевым медвежонком и расплылся в улыбке до ушей.

— До свидания! — крикнул Тимми, и, когда двери лифта закрылись, судья засмеялся, уже не сдерживая слез.

Глава 41

— А потом я покатаюсь на Маргаритке... и поиграю в поезд, и в пожарную машину, и...

— Искупаешься, — усмехнувшись, вставила Сэм по дороге назад на ранчо.

Господи, какой же потрясающий подарок ей сделали! Сэм заливалась чуть ли не истерическим хохотом, она была так счастлива! И Джош смеялся, смеялся впервые с тех пор, как Джеф попал в аварию и погиб, а Мэри Джо отделалась переломами рук и ног. Когда Тимми спросил про Джефа, ему сказали правду. Тимми немного поплакал, а потом кивнул:

— Как мама...

Больше он про мать не упоминал, а Сэм не хотелось на него давить. Из того немногого, что успел рассказать ей Норман, она поняла, что Тимми пришлось худо. Но теперь это все было позади, и Сэм надеялась, что ее любовь и ласка заслонят дурные воспоминания о прошлом.

Сэм рассказала Тимми о предстоящем приезде новых детей, о том, что весной она собирается посадить сад... а потом с лукавой улыбкой посмотрела на мальчика.

— Угадай, что ты будешь делать через пару недель.

— Что? — Несмотря на темные круги под глазами от бессонных ночей, Тимми был очень оживлен.

— Ты будешь учиться в школе.

— Почему? — Он вовсе не пришел в восторг.

— Я так решила.

— Но я же раньше не учился! — Тимми захныкал, как самый обычный ребенок, и Саманта с Джошем с улыбкой переглянулись.

— Потому что раньше ты был особым ребенком, а теперь нет.

— А нельзя снова стать особым? — Тимми с надеждой поднял глаза на Саманту, она усмехнулась и сгребла его в охапку.

Они уместились втроем на широком сиденье большого пикапа, усадив Тимми посередине.

— Ты всегда будешь особым, дорогой. Но теперь мы можем жить как обычные люди. Тебе не придется волноваться из-за того, что скоро надо уезжать или что тебя заберут. Ты сможешь учиться в школе, как и все остальные дети.

— Но я хочу быть дома, с тобой.

— Ты немножко побудешь, а потом начнешь ездить в школу. Разве ты не хочешь стать таким же умным, как я или Джош?

Сэм снова захихикала, и Тимми тоже рассмеялся. А потом запротестовал:

— Ты не умная... ты просто теперь моя мама!

— Ну спасибо!

Но было совершенно ясно, что их роман еще далек от завершения. В тот день они испекли печенье и пошли в гости к другим детям. А перед сном — Тимми лег спать в соседней комнате — Сэм согласилась почитать ему сказку, но дочитать не успела, потому что он тихонько захрапел. Он спал, а она еще долго сидела рядом, глядя на него, перебирая пальцами его волосы и благодаря Бога за то, что Он вернул ей ребенка.

Это случилось две недели спустя. Тимми уже начал учиться в школе, на ранчо поступили новые дети и начали там обживаться, так что Сэм постепенно получала возможность проводить все больше и больше времени в конторе. Она просмотрела три горы писем — в основном от врачей. Некоторые врачи работали в восточных штатах. Сэм это было в новинку: до сих пор к ним обращались только из западных городов.

И вот, отложив последнее письмо, Сэм вдруг увидела его. Она случайно посмотрела в окно, и... Он оказался там, такой же, как всегда: высокий, красивый, жгуче-черноволосый, широкоплечий, с резко очерченным лицом... На нем были ковбойская шляпа и сапоги... только волосы на висках слегка поседели — в смеси соли с перцем доля первой увеличилась, однако это даже красило Тейта, и Саманта затаив дыхание смотрела, как он остановился и заговорил с кем-то из ребят. Она внезапно припомнила, как он прекрасно играл Санта-Клауса. Но потом отпрянула от окна, опустила жалюзи и вызвала к себе секретаршу. Лицо ее пылало, она страшно нервничала и озиралась, словно искала, куда бы спрятаться.

— Разыщи Джоша! — только и смогла сказать Саманта секретарше.

Через пять минут он уже был в ее кабинете. К этому времени Сэм хотя бы внешне обрела спокойствие.

— Джош, я только что видела Тейта Джордана.

— Где? — изумился Джош. — Ты уверена?

Мало ли что, прошло три года, он мог измениться... может, ей вообще все приснилось!

— Уверена. Он стоял на главном дворе и разговаривал с детьми. Найдите его, узнайте, что ему нужно, и избавьтесь от него. Если он захочет повидаться со мной, скажите, что я в отъезде.

— Ты считаешь, что это справедливо? — с упреком посмотрел на Саманту Джош. — Да у него сын только что умер, Сэм. Еще пяти недель не прошло. И похоронен он здесь, на ранчо. — Джош взмахнул рукой, указывая на холмы. — Неужели мы не позволим ему хоть немного побыть здесь?

Сэм закрыла глаза, но тут же открыла их и посмотрела на старого друга.

— Да, вы правы. Покажите ему могилу Джефа, а потом, пожалуйста, Джош, увезите его отсюда. Здесь ему делать нечего. Вещи Джефа мы ему послали. Ему совершенно незачем здесь оставаться.

— Может, он хочет тебя увидеть, Сэм.

— А я не хочу! — Заметив неодобрение в глазах Джоша, Сэм рассвирепела и, развернув свое кресло, уставилась на старика в упор. — И нечего болтать про справедливость! Несправедливо было бросать меня три года назад. Вот что несправедливо! А сейчас я ему ничего не должна, черт побери!

Джош замер на пороге и с сожалением пробормотал:

— Ты в долгу только перед собой, Сэм.

Она чуть было не послала старика к дьяволу, но сдержалась. Потом Сэм сидела в кабинете и ждала... Она толком не знала, чего ждет, но все равно сидела и думала... Ей хотелось, чтобы Тейт уехал с ранчо, оставил ее в покое. Теперь это только ее жизнь, он не имеет права возвращаться и преследовать ее! Хотя она понимала, что в словах Джоша есть доля правды — Тейт имеет полное право требовать, чтобы ему показали, где похоронен его сын.

Джош вернулся через полчаса.

— Я дал ему коня по кличке Солнечный Танец. Тейт съездит на нем на могилу мальчика.

— Хорошо. Он уже выехал из конюшни?

Джош кивнул.

— Тогда я вернусь домой. Когда увидите Тимми, скажите, что я буду там.

Однако, вернувшись из школы, Тимми с друзьями занялся верховой ездой, и Сэм сидела дома одна, гадая, уехал Тейт с ранчо или нет. До чего же странно было осознавать, что он рядом и если ей захочется, она может выглянуть на улицу и дотронуться до него, увидеть, поговорить... Сэм и сама толком не понимала, чего она так боится. Своих собственных чувств? Или того, что он может сказать? Может, она вообще ничего не почувствует, если пообщается с ним какое-то время, а может, она так долго страдала только потому, что он покинул ее без объяснений, не позволив оказать сопротивления? Это было сродни скоропостижной смерти, раз — и все. А теперь, спустя три года, он вернулся, но им уже нечего сказать друг другу. Во всяком случае, нет ничего, что стоило бы сказать, ничего, что она смогла бы высказать.

На дворе было уже почти совсем темно, когда Джош постучался в ее дом. Сэм опасливо приоткрыла дверь.

— Он уехал, Сэм.

— Спасибо.

Они обменялись долгим взглядом, и Джош кивнул.

— Он хороший человек, Сэм. Мы с ним долго говорили. Тейт убит горем. Он сказал, что заедет сегодня вечером в больницу к Мэри Джо и выразит ей свое сочувствие. Сэм... — Во взгляде Джоша сквозил вопрос, но Сэм покачала головой. Она знала, что он собирается спросить, и инстинктивно подняла руку, желая положить этому конец.

— Нет, — отрезала она и добавила уже мягче: — А он знает... ну, про меня? Он что-нибудь такое сказал?

Джош покачал головой:

— Не думаю. Он ни словом не обмолвился. Просто спросил, где ты, а я ответил, что уехала. Мне кажется, он все понял, Сэм. Так не делают: сначала бросил женщину, а через три года вернулся. Он попросил меня, чтобы я тебя за него поблагодарил. Его очень тронуло то, что мы похоронили Джефа рядом с Каро и Биллом. Тейт сказал: пусть там и останется. Знаешь, — Джош тихонько вздохнул и посмотрел на холмы, — мы о стольком успели поговорить... о жизни, о людях... о Кэролайн и Билле Кинге... Жизнь здорово меняется за несколько лет, правда?

Сегодня Джош что-то захандрил, встреча со старым приятелем подействовала на него ностальгически. Сэм ни о чем не расспрашивала, но он сам рассказал все, что ему стало известно:

— Уехав отсюда, Тейт отправился в Монтану. Работал на ранчо. Ему удалось скопить деньжат, потом он взял ссуду, купил небольшой участок земли и сделался владельцем ранчо. Я над ним начал посмеиваться, но он сказал, что хотел оставить что-то мальчику. Он старался для Джефа, а Джефа теперь нет. На прошлой неделе Тейт свое ранчо продал.

— И что он собирается делать? — занервничала Сэм. Вдруг он останется здесь или устроится на работу в «Барм-три»?

— Завтра он уезжает, — сказал Джош и, заметив в глазах Саманты страх, добавил: — Если ты передумаешь, Сэм, я еще могу его сегодня найти.

— Я не передумаю.

Тут вернулся домой Тимми. Саманта еще раз поблагодарила Джоша и отправилась готовить еду. В столовой ей ужинать в тот вечер не захотелось, а Тимми и так пробыл с детьми целый день. За ужином Сэм нервничала, сидела как на иголках, а ночью, лежа в темноте, думала только о Тейте. Может, она поступила неправильно? Может, стоило с ним повидаться? Но какая разница? Она прекрасно понимала, что уже слишком поздно, однако впервые с тех пор, как вернулась на ранчо, захотела проехаться по местам, где они бывали вдвоем, просто чтобы их увидеть... увидеть домик на краю сада, в котором жил Тейт, холмы, по которым они скакали на лошадях, тайное убежище влюбленных... За время своего пребывания на ранчо — а она жила тут уже больше года — Сэм оказалась неподалеку от домика и маленького озерца только один раз: когда они хоронили Джефа. Но с того места домик был не виден. Сэм давно обещала себе когда-нибудь съездить туда, хотя бы для того, чтобы забрать вещи Кэролайн. Она твердила, что не должна связывать все это с Тейтом, но у нее не хватало мужества даже взглянуть на тот домик. Везде, везде был Тейт... Тейт... Тейт... Его имя звучало у нее в ушах всю ночь напролет.

К утру Сэм вконец обессилела, ее бил озноб, и, когда они отправились в столовую на завтрак, Тимми спросил, не заболела ли она. Сэм вздохнула с облегчением, когда Тимми уехал в школу вместе с остальными ребятами и она была предоставлена самой себе. Сэм медленно поехала к стойлу Черного Красавчика. Время от времени она выводила коня на прогулку, но в последнее время давно на нем не ездила и держала скорее из сентиментальности, нежели из каких-то других соображений. Для всех остальных он был слишком нервным, ковбои его не любили, Джош предпочитал ездить на других лошадях, а Саманте, когда она давала детям уроки или выводила их на конную прогулку, нужна была лошадь поспокойнее, типа Красотки. Однако иногда, желая поездить по холмам в одиночестве, Сэм все-таки садилась на Черного Красавчика. Он был очень чутким животным и, похоже, смирял свой норов, пытаясь угодить ей. А Сэм даже после колорадского Серого Дьявола не боялась его.

Теперь, поглядев на Красавчика, Сэм сразу поняла, что ей необходимо сейчас сделать. Она попросила ковбоя оседлать коня, и через несколько минут парень посадил ее в седло. Сэм медленно выехала на большом коне во двор и задумчиво двинулась по направлению к холмам. Да, может быть, сейчас настало время встретиться с прошлым лицом к лицу, вернуться, посмотреть на все и понять, что ее это уже не трогает, потому что ей не принадлежит. Тейт Джордан любил Сэм такой, какой она давно уже не была и никогда больше не будет. Пустив коня неторопливой рысью и направляясь к холмам, Сэм отчетливо поняла это, а посмотрев на небо, спросила себя: будет ли в ее жизни еще одна любовь к мужчине? Может быть, встретившись с прошлым и разделавшись с ним раз и навсегда, она окажется в состоянии кого-нибудь полюбить: или ковбоя, или одного из тех докторов, с которыми она знакомится через детей, или юриста вроде Нормана, или... Но как же они все бледно выглядели по сравнению с Тейтом! Вспомнив, как он лишь накануне стоял во дворе, Сэм тихонько улыбнулась и принялась перебирать в памяти минуты, проведенные вместе с ним... как они скакали по холмам, работали бок о бок, как уважали друг друга, как она проводила ночи в его объятиях... А затем, когда сердце болезненно сжалось от нахлынувших чувств, Сэм спустилась с последнего холма, объехала рощицу и наконец увидела их — маленькое озерцо и домик, в котором она бывала с Тейтом. Ей не хотелось подъезжать ближе. Казалось, вход туда ей заказан. Все это было из другой жизни и принадлежало другим людям, но Сэм посмотрела на домик и озеро, поздоровалась с ними, а потом медленно повернула могучего черного коня назад и поднялась на круглый небольшой холм, на котором покоился Джеф. Сэм долго стояла и улыбалась людям, что обрели там вечный покой: мужчине, женщине и юноше. Она так любила всех троих! Но внезапно Сэм, по щекам которой струились слезы, почувствовала, как Черный Красавчик заплясал на месте и слегка взбрыкнул. Он заржал, Сэм обернулась и увидела Тейта: по-прежнему гордо выпрямив спину, он сидел на лошади, которую Саманта купила совсем недавно. Тейт приехал попрощаться с сыном. Он долго не произносил ни слова, по его щекам тоже текли слезы, но глаза прожигали Саманту насквозь, и у Сэм захватило дух... Она не знала, то ли ей стоит что-нибудь сказать, то ли лучше молча уехать. Черный Красавчик грациозно гарцевал. Саманта натянула поводья и кивнула Тейту:

— Привет, Тейт.

— Я хотел повидаться с тобой вчера, хотел поблагодарить тебя.

В его лице сквозила несказанная нежность. Нежность и в то же время сила. Он наводил бы ужас, если бы не был таким добрым. А какой он большой, широкоплечий! Кажется, он способен подхватить ее вместе с конем и легко переставить куда-нибудь в другое место.

— Тебе не за что меня благодарить. Мы его любили. — Глаза Саманты напоминали голубой бархат.

— Джеф был хорошим мальчиком. Но как же он себя безрассудно повел! — Тейт покачал головой. — Я вчера вечером видел Мэри Джо. — Он улыбнулся. — Боже, она стала такая взрослая!

Сэм тихонько рассмеялась.

— Прошло три года.

Тейт кивнул и, заметив в ее глазах вопрос, подъехал поближе.

— Сэм! — впервые за все это время он назвал ее по имени, и она постаралась отнестись к этому как можно спокойнее. — Ты не откажешься немного покататься со мной?

Саманта понимала, что ему хочется увидеть домик, но мысль о том, чтобы вернуться туда с ним, показалась ей невыносимой. Она отчаянно старалась сохранить дистанцию и не кинуться к этому ласковому великану, который вдруг очутился перед ней, единым махом перепрыгнув трехлетнюю пропасть. Но всякий раз, когда ей хотелось сказать ему что-нибудь, назвать по имени, дотронуться до него, сделать это, пока шанс не был упущен, Сэм опускала глаза, смотрела на свои крепко привязанные ноги и понимала, что расслабляться не следует. Да и потом, он же бросил ее три года назад, бросил по каким-то своим соображениям! Нет, пусть лучше остается все как есть.

— Мне нужно возвращаться домой, Тейт. У меня много дел. — Вдобавок ко всему Сэм боялась, что он успеет догадаться, почему ее ноги обвязаны веревкой.

Но он, похоже, этого не замечал. Он не отводил взгляда от ее лица.

— Какую мирную обитель ты тут устроила! Что тебя на это подвигло?

— Я же писала: такова была воля Кэролайн.

— Но почему именно ты?

Значит, ему неизвестно. Сэм вздохнула с облегчением.

— А почему бы и нет?

— Ты так и не вернулась в Нью-Йорк? — Тейта это, похоже, шокировало. — Я думал, ты вернешься.

«Вот как? Не поэтому ли ты меня и бросил, Тейт? Чтобы я могла вернуться туда, где мне самое место?»

— Я вернулась. На какое-то время. А потом приехала сюда после ее смерти. — Говоря это, Сэм смотрела на холмы. — Мне ее до сих пор не хватает.

— Мне тоже, — тихонько откликнулся он и спросил: — Ну, так поехали? Мы же совсем ненадолго. Я вернусь сюда не скоро.

Тейт глядел на Саманту почти умоляюще, и, почувствовав, как у нее душа уходит в пятки, она кивнула и двинулась вслед за ним. Объехав холм, они приблизились к маленькому озерцу и остановились.

— Хочешь на минутку слезть на землю, Сэм?

— Нет, — решительно ответила Саманта.

— Я не предлагаю тебе зайти в домик. Я бы не решился туда войти. — В глазах Тейта появился вопрос. — Их вещи все еще там?

— Я их не трогала.

Он кивнул.

— Мне бы хотелось с тобой поговорить, Сэм.

Но она покачала головой.

— Я тебе столького не сказал! — В его взгляде сквозила мольба, а ее глаза смотрели ласково.

— Не нужно ничего говорить, Тейт. Все было так давно. Это уже не имеет значения.

— Для тебя, может, и не имеет, Сэм. А для меня важно. Я не утомлю тебя длинной речью. Я хочу сказать тебе только одно. Я был не прав.

Сэм вздрогнула.

— Что ты имеешь в виду?

— Я был не прав, когда тебя оставил. — Тейт вздохнул. — Мы даже повздорили из-за этого с Джефом. Ну, вернее, не из-за тебя, а из-за должности управляющего ранчо. Он сказал, что я всю жизнь убегаю от важных решений, от всего важного. Джеф твердил, что я мог бы стать управляющим или даже завести собственное ранчо, если бы захотел. Мы с ним скитались примерно полгода, а потом осточертели друг другу. Тогда я поехал в Монтану и купил себе маленькое ранчо. — Тейт улыбнулся. — Это было очень выгодное вложение капитала. Я доказал Джефу, что он ошибался, но теперь... — Тейт передернул плечами, — теперь все это не важно. Хотя я многому научился. Например, тому, что нет никакой разницы, собственник ты или наемный работник, мужчина или женщина. Главное — жить правильно, любить и делать добро. Вот что важно! Посмотри на них, — Тейт кивком указал на домик, — в конце концов их похоронили вместе, потому что они любили друг друга, и никому нет дела, были они женаты или не были, и удалось ли Биллу Кингу сохранить свою любовь в тайне или нет. Как же глупо они потеряли столько времени!

Тейт злился на себя. Саманта улыбнулась и протянула ему руку.

— Что поделаешь, Тейт. — Глаза ее увлажнились, но она по-прежнему улыбалась, а он поднес ее руку к своим губам. — Спасибо тебе за эти слова.

— Должно быть, тебе было чертовски трудно, когда я уехал, Сэм. Прости меня. Ты еще долго тут оставалась?

— Я искала тебя повсюду два месяца, а потом Каро буквально вышвырнула меня вон.

— Она была права. Я не заслуживал таких усилий. — Тейт усмехнулся и добавил: — Тогда.

Сэм рассмеялась:

— Значит, сейчас заслуживаешь?

— Может, и нет. Но зато я тоже владелец ранчо!

На сей раз они оба рассмеялись. Как же хорошо было с ним разговаривать! Совсем как в старые времена, когда она только познакомилась с ним и они подружились.

— Помнишь, как мы впервые приехали сюда?

Сэм кивнула, понимая, что они ступили на шаткую почву... они и так слишком далеко зашли.

— Да. Но все это было давно, Тейт.

— Ты и теперь не старуха.

Сэм взглянула на него со странным выражением.

— Нет, старуха.

Он тоже пристально посмотрел на нее.

— Я думал, ты снова выйдешь замуж.

Ее взгляд на мгновение стал жестким.

— Ты ошибся.

— Почему? Неужели я так сильно тебя обидел? — опечалился Тейт, но Сэм молча покачала головой, и он снова взял ее за руку. — Пойдем прогуляемся?

— Извини, Тейт, но я сейчас не могу. — Сэм погрустнела и настойчиво повторила: — Мне нужно возвращаться.

— Почему?

— Нужно — и все!

— Но почему ты не даешь мне высказать мои чувства? — Его глаза были такими глубокими и зелеными...

— Потому что уже слишком поздно, — тихо пробормотала Саманта, и в этот момент Тейт в отчаянии опустил глаза и... взгляд его упал на седло. Он нахмурился, но только собрался о чем-то спросить, как она, воспользовавшись паузой, поскакала прочь.

— Сэм!.. Подожди!..

Тейт посмотрел ей вслед и вдруг догадался... неожиданно кусок головоломки, который он никак не мог найти, встал на место, и Тейт понял, почему она все это затеяла, почему вернулась, почему не вышла второй раз замуж и почему сказала, что поезд уже ушел...

— Сэм!

Но Саманта его не слушала. Похоже, она уловила какую-то перемену в его тоне и подхлестывала Черного Красавчика, заставляя убыстрить бег. Внимательно вглядевшись в ее фигуру, Тейт понял, что его догадка верна. Ноги, которые три года назад крепко сжимали бока лошади, висели безжизненно, носки сапог смотрели в землю. Саманта никогда такого бы не допустила, если бы была властна над своими ногами. Теперь Тейту стало наконец понятно, почему у нее такое странное седло. Он так пожирал глазами ее лицо, что упустил самую важную деталь... Тейту пришлось пришпорить лошадь, чтобы догнать Сэм, и наконец перед последним холмом, не доезжая до главного комплекса, Тейт пустил лошадь галопом и схватил Черного Красавчика под уздцы.

— Стой же, черт побери! Мне нужно задать тебе один вопрос.

Голубые глаза яростно вспыхнули.

— Отпусти, кому говорю!

— Ну нет! Ты мне скажешь правду, или я скину тебя с этой проклятой лошади, которую я всегда ненавидел, и посмотрим, что будет дальше!

— Только попробуй, ублюдок! — вызывающе крикнула Сэм и попыталась отобрать у Тейта вожжи.

— И что случится?

— Я встану и пойду домой. — Сэм отчаянно надеялась, что Тейт ей поверит.

— Вот как? Неужели, Сэм? Ну тогда, может, стоит попробовать?..— Тейт легонько толкнул Саманту, и она тут же отъехала в сторону.

— Прекрати! Слышишь?

— Почему ты не хочешь мне рассказать? Почему? — Его глаза стали зеленее, чем когда-либо, а лицо исказилось от невыразимой муки. — Я люблю тебя, женщина, неужели ты не понимаешь? Все эти три года я тебя любил, каждую минуту думал о тебе. Я же оставил тебя ради твоего же блага, чтобы ты могла вернуться в свой мир, к людям своего круга и забыть обо мне. А я о тебе никогда не забывал, Сэм, каждую ночь ты приходила ко мне во сне, и вдруг ты здесь, передо мной... Ты стала еще красивее, еще желаннее, а ты меня к себе не подпускаешь. Почему? У тебя кто-то есть? Ты только скажи! Тогда я уйду и никогда больше не появлюсь. Но ведь дело не в этом, да? Просто ты такая же, как твои подопечные? Как эти дети, не правда ли? Что ж, значит, ты ведешь себя сейчас так же глупо, как я три года назад. Я думал, ковбой — существо низшего сорта. А теперь тебе кажется, что раз ты не можешь ходить, то уже недостойна меня. Ты ведь не можешь ходить, да, Сэм? Да? Отвечай же, черт побери! — Это был горестный вопль, слезы текли по щекам Тейта, а Саманта смотрела на него, и в ее душе клокотали злоба и отчаяние.

Наконец она напряженно кивнула и, уже не скрывая слез, вырвала поводья Красавчика из рук Тейта.

Но прежде чем отъехать от Джордана, она бросила ему через плечо:

— Да, это так. Ты прав, Тейт. Но самое удивительное другое: ты и три года назад был прав. Нет, не насчет своей ситуации, а вообще... Есть обстоятельства, которые имеют решающее значение. То, что произошло со мной, из этого разряда. — Сэм медленно поехала вперед. — А теперь сделай мне одолжение. Ты уже попрощался с сыном и сказал мне все, что хотел. Теперь уезжай. Сделай одолжение, уезжай.

— Не уеду! — Он был непреклонен, и лошадь, на которой сидела Саманта, послушно остановилась, почуяв силу Тейта. — Я не уеду, Сэм. На этот раз я такую глупость не сделаю. Если я тебе противен, тогда другое дело, но если это все из-за твоих ног, то я и с места не сдвинусь. То, что ты не можешь ходить, для меня ничего не меняет. Я люблю тебя. Люблю твое лицо, твое сердце, твой ум и душу. Люблю за то, что ты столько дала мне и моему сыну и этим ребятишкам. Ты знаешь, Джеф мне рассказывал про тебя. Он писал про необыкновенную женщину, которая устроила удивительное ранчо. Только я совершенно не понимал, чем он тут занимается. И не знал, что эта жен-

щина — ты. Я представлял себе блаженную, которая затеяла на ранчо Каро что-то эдакое. Я и понятия не имел,
что это ты, Сэм... И теперь, когда все выяснилось, я никуда не уеду.

— Нет, уедешь. — Лицо Сэм стало жестким. — Я не
нуждаюсь в жалости. И помощь мне не нужна. Мне больше ничего не нужно, хватит того, что я имею, — этих ребятишек и моего сына.

Тейт впервые услышал о Тимми, а ведь он прекрасно
помнил, как она призналась ему однажды, что не может
иметь детей.

— Это ты мне объяснишь потом. А сейчас скажи, что
ты намерена делать. Попытаешься ускакать от меня в горы?
Спрячешься в конюшне? Поскачешь на шоссе? Я все равно от тебя не отстану, Сэм.

Сэм сверкнула на него глазами и, вне себя от бешенства,
пустила коня вскачь и как безумная понеслась к холмам, так
что лошадь Тейта еле поспевала за Черным Красавчиком.
Но куда бы ни мчалась Саманта, Тейт неизменно следовал
за ней. Наконец даже Черный Красавчик притомился, и Сэм
была вынуждена остановиться. Они очутились почти у границы ранчо, и, пустив коня шагом, Сэм в отчаянии воскликнула:

— Зачем ты это делаешь, Тейт?

— Затем, что я люблю тебя. Сэм, что случилось?

И наконец она прекратила сопротивление и сказала
ему все. Он поднес ладонь к глазам, заслоняясь от солнца,
а Сэм принялась рассказывать, как она искала Тейта повсюду, рассказала про съемки рекламных фильмов, про
Серого Дьявола и роковую прогулку.

— Сэм, но почему?

— Потому что я отчаялась тебя найти... — ответила
Саманта и прошептала: — Потому что я тебя так сильно
любила... и мне казалось, я не смогу без тебя жить.

— Мне тоже так казалось. — В его словах звучала горечь трехлетнего одиночества. — Я работал не покладая
рук от зари до зари и думал только о тебе, Сэм. Каждую
ночь, ложась спать, я думал только о тебе.

— Я тоже.

— Ты долго лежала в больнице?

— Около десяти месяцев, — сказала Саманта и добавила, передернув плечами: — Самое удивительное, что меня это уже не расстраивает. Случилось — и случилось. Я вполне могу с этим жить. А вот взваливать такую ношу на кого-то другого — не могу.

— А что, есть кто-то другой?

Тейт замер в нерешительности, но Саманта улыбнулась и покачала головой:

— Нет, никого нет. И не будет.

— Ошибаешься. — Он подъехал к ней вплотную. — Будет!

И, не тратя лишних слов, поцеловал ее, крепко прижал к себе и запустил пальцы в ее прекрасные золотистые волосы.

— Белогривка... О, моя Белогривка...

А потом Сэм услышала слова, которых так долго ждала:

— Я больше никогда не оставлю тебя, Сэм. Никогда.

Он держал ее крепко, и наконец она, отбросив осторожность, сказала:

— Я люблю тебя. И всегда любила.

Саманта произнесла это с трепетом, она глядела на Тейта и не могла наглядеться. Тейт Джордан все-таки вернулся...

И когда он в следующий раз поцеловал ее, она прошептала:

— Добро пожаловать домой!

Тейт взял ее за руку, и они медленно поехали по холмам к дому, стараясь держаться как можно ближе друг к другу.

Джош чем-то занимался во дворе перед домом, но, завидев Саманту и Тейта, повернулся и ушел на конюшню, притворившись, будто он их не заметил. Приблизившись к входу в конюшню, Сэм остановила красивого коня и выжидательно замерла. Тейт медленно, торжественно спешился и, запрокинув голову, поглядел на Саманту. В его глазах читалась тысяча вопросов, а сердце жаждало слиться с ее сердцем. Сэм колебалась всего мгновение, а затем согласно кивнула, услышав уже знакомые слова:

— Я люблю тебя, Белогривка.

Тейт помолчал и добавил так тихо, что только она могла это расслышать:

— Я хочу, чтобы ты помнила это всю жизнь, каждый день, каждый час, каждое утро и каждую ночь. Отныне я всегда буду здесь с тобой, Сэм.

Она смотрела на него не отрываясь и при этом неторопливо отвязывала ноги от седла. Распутав веревки, Сэм помедлила, раздумывая, можно ли ему довериться. Неужели он действительно вернулся через три года, которые тянулись целую вечность? А вдруг это все иллюзия, мечта? И... вдруг он опять исчезнет? Тейт почувствовал, что она боится, и протянул к ней руки.

— Верь мне, милая. — И после долгой паузы: — Пожалуйста!

Руки его ни разу не дрогнули, а глаза были прикованы к Саманте, которая сидела, гордо выпрямив спину, и не шевелилась. Было ясно, что она не сломлена. Что это не калека. Судьбе не удалось ее победить. Это не увечное существо, которое перестало быть женщиной. Нет, перед Тейтом была женщина. Но и Тейт Джордан не был обыкновенным мужчиной.

— Сэм!

Они смотрели друг на друга, и годы, проведенные в разлуке, уже не имели значения, а когда Сэм осторожно положила руки ему на плечи, между ними вновь протянулась незримая нить.

— Помоги мне слезть, — просто и спокойно сказала Саманта, и Тейт легко снял ее с коня.

Джош, украдкой наблюдавший за ними, моментально выступил вперед и подвез к ним инвалидное кресло. Тейт колебался всего мгновение, а потом посадил ее, боясь прочитать в глазах Саманты горечь и боль. Но когда снова заглянул ей в лицо, то увидел, что она улыбается.

— Пошли, Тейт, — деловито сказала она, и он вдруг понял, что ситуация изменилась.

Перед ним была не хрупкая, сломленная женщина, которую нужно вызволять из беды, а сильная духом красавица, достойная любви. Тейт прибавил шагу, стараясь не отставать от Саманты, и в его зеленых глазах засветилась огромная радость.

— Куда ты меня ведешь, Сэм?

Она посмотрела на него безмятежно и ликующе. А потом сказала заветное слово:

— Домой.

Доехав до дома, Сэм поднялась по пандусу; Тейт шел чуть позади нее. Саманта открыла дверь и посмотрела на него внимательным, долгим взглядом... В его глазах засквозила нежность... Оба — и Тейт, и Саманта — молча вспоминали былые времена, былую жизнь... Тейту хотелось перенести Саманту через порог, но он не знал, как она отнесется к такому поступку, и поэтому спокойно зашел в дом, она последовала за ним и закрыла дверь.

Уважаемые читатели!
Даниэла Стил готова ответить
на Ваши вопросы.
Присылайте их по адресу:
129085, Москва, Звездный бульвар, 21
Издательство АСТ, отдел рекламы.

Литературно-художественное издание

Стил Даниэла
Саманта

Художественный редактор О.Н. Адаскина
Компьютерный дизайн: Е.Н. Волченко
Технический редактор О.В. Панкрашина

Подписано в печать 04.12.2000.
Формат 84×108$^1/_{32}$. Усл. печ. л. 20,16.
Тираж 5000 экз. Заказ № 2209.

Налоговая льгота — общероссийский классификатор продукции
ОК-005-93, том 2; 953000 — книги, брошюры

Гигиеническое заключение
№ 77.99.14.953.П.12850.7.00 от 14.07.2000 г.

ООО «Издательство АСТ»
Лицензия ИД № 02694 от 30.08.2000 г.
674460, Читинская область, Агинский район,
п. Агинское, ул. Базара Ринчино, д. 84
Наши электронные адреса:
WWW.AST.RU
E-mail: astpub@aha.ru

Отпечатано с готовых диапозитивов в типографии издательства
"Самарский Дом печати"
443086, г. Самара, пр. К. Маркса, 201.

Качество печати соответствует предоставленным диапозитивам.